O Embrulho Inédito

Roberto Protti

O Embrulho Inédito

UM LIVRO DIFERENTE E POLÊMICO,
APRESENTADO EM QUATRO PARTES DISTINTAS:

Contos e humor
Curiosidades
Filosofia mística
Ficção científica

Coleção
NOVOS TALENTOS DA LITERATURA BRASILEIRA

novo século

Copyright © 2004 by Novo Século Editora Ltda.
Mediante contrato firmado com o autor.

Direção geral: Luiz Vasconcelos
Supervisão editorial: Silvia Segóvia
Assistente editorial: Lívia Wolpert
Projeto gráfico e Produção editorial: S4 Editorial
Capa: Carlos Guimarães – Smart Vision
Revisão: Bel Ribeiro
Regina Soares
Ruy Cintra Paiva

Dados Internacionais de Catalogação na Publicação (CIP)
(Câmara Brasileira do Livro, SP, Brasil)

Protti, Roberto
 O embrulho inédito / Roberto Protti. – Osasco, SP : Novo Século Editora, 2004. – (Novos talentos da literatura brasileira)

1. Literatura brasileira I. Título. II. Série

04-4629   CDD-869.9

Índice para catálogo sistemático:
1. Literatura brasileira   869.9

2004
Proibida a reprodução total ou parcial.
Os infratores serão processados na forma da lei.

Direitos exclusivos para a língua portuguesa cedidos à
Novo Século Editora Ltda.
Av. Aurora Soares Barbosa, 405 – 2º andar – Osasco/SP – CEP 06023-010
Fone: 0xx11–3699.7107

Visite nosso site
www.novoseculo.com.br

Impresso no Brasil/Printed in Brazil

Agradecimentos

Aos meus netos, Beatriz e Fernando, que colaboraram na primeira diagramação do livro.

À minha esposa, Cida, pelo apoio e incentivo.

Em memória, ao meu saudoso amigo José Borella, que deixou sua marca no livro.

SUMÁRIO

CONTOS E HUMOR 9
Duplo amor 9
Reportagem perigosa 48
O casamento chique 72
O nome 75
Vidas em contraste 76
O José, a Maria & Cia. 95
A feiúra do Braguinha 96
Mistério no picadeiro 98
O enterro do Juventino 106
O avarento sabido 107
O crime perfeito e a justiça 111
O judeu, o árabe e o coreano 116
A cachorrinha da madame 118
Vida de ilusão 119
Os apostadores 130
A mudança 131
Todos saíram perdendo 133
Sapato novo 144
Amendoim torrado 147
A reforma 152
Traição, crime e castigo 154
A dentadura da vovó 159
O drama do comandante 160
A bagunça no baile 173
A gangorra da vida 174
Frango com farofa 188
O turismo dos sonhos 192
Êta, dia de cão! 197

O jogo complicado 199
Incidente no trânsito 201

CURIOSIDADES 203
O relógio na nossa vida 203
Conselhos e conceitos 206
O álbum 208
A noite, o vento & cia. 209

FILOSOFIA MÍSTICA 210
Deus existe! 210
Uma lição de vida 212

FICÇÃO CIENTÍFICA 213
A cidade em movimento 213
Sistema de governo 214
A sociedade 215
Moradias 217
Veículos 218
Informática 220
Na escola 221
Esportes 223
Suprimentos 224
Religiosidade do povo 225
Vestuário 226
A natureza 227
Construções 227
Indústria e agricultura 228
Animais e aves 229
A solução de um problema 230
Diálogo entre aeronautas 232
Rumo à lua 234
Comentário 237

CONTOS E HUMOR

Duplo amor

Na sala de reuniões da empresa Globotel, grande fabricante e distribuidor de produtos eletroeletrônicos, estavam todas as equipes de vendas das diversas regiões do país reunidas para a convenção anual.

A animação era geral, pois os negócios tinham sido bons e todos se beneficiavam dos resultados. O Diretor Comercial, na frente, ia mostrando nos diversos gráficos os resultados de cada região, uns melhores, outros piores, mas todos com resultados positivos.

Fernando, como chefe de uma equipe de doze vendedores na região de São Paulo, tinha os melhores resultados. Seus comandados estavam radiantes, pois ganhariam um prêmio extra, em dinheiro, proporcional às vendas de cada um. Fernando, na condição de chefe, também se beneficiaria.

Paulo, um dos vendedores, disse:
— Esta é uma boa. Agora posso trocar de carro, pois o meu está uma charanga velha.

Celso, outro vendedor, também se pronunciou:
— Fiz bem em forçar o negócio com a Contec, para obter aquele grande pedido que nos ajudou bastante nos resultados gerais. Não desprezando o apoio que o Fernando deu para fechar o negócio.

A reunião já estava se encerrando e teriam, depois, um coquetel de confraternização.

Vieira, o mais animado da turma, disse:
— Após o coquetel, que tal a nossa turma ir até a minha casa para festejar os bons resultados obtidos?

Todos concordaram com um encontro depois das vinte e uma horas na casa do Vieira. Levariam as esposas e namoradas.

Falou o José Antônio:
— É bom o Fernando ir.

Ao que respondeu Paulo:
— Para deixá-lo mais animado. O coitado só pensa no trabalho, desde a morte da esposa, há mais de dois anos. Eles se amavam muito.

Fernando foi para o seu apartamento, um apart-hotel, que comprou quando vendeu a bela casa, após a morte da esposa, para esquecer os bons momentos do passado. Tomou um banho para relaxar, pois a reunião de trabalho tinha sido muito desgastante, vestiu-se e, como ainda era cedo para sair, sentou na sala e ligou a televisão.

Uma chuva forte começou lá fora.

Na televisão estava passando um filme que Fernando não sabia o título e que já devia estar bem adiantado. No vídeo, uma bela moça chorava muito, pois um homem a ameaçava aos berros.

Gritava o homem:

— Já falei que não quero que você saia com ninguém. Te dou todo o conforto e você tem de ser somente minha.

E a moça dizia:

— Mas, Artur, eu só fui ao cinema com uma amiga no Shopping Morumbi...

— Glória... eu sei como são essas "saídas"; quando menos se espera se conhece alguém e aí tudo se complica.

Fernando estava com pena da moça. Mesmo sendo um filme, ele não tirava os olhos dela, apesar de sonolento. Lá fora, a chuva tinha diminuído e ele foi na garagem para pegar o carro. Saindo com o carro, notou que o tanque estava quase vazio. Parou no primeiro posto para abastecer. Ao lado, estava um belo carro, com o capô levantado e um frentista mexendo lá dentro. Na direção, uma bela moça aguardava impaciente. Ela dava partida e o carro não pegava.

O frentista estava dizendo:

— Moça, com a chuva forte, deve ter molhado alguma coisa e o carro não pega.

Fernando, ao lado, esperando para abastecer seu carro, observava o desespero da moça. Então disse:

— Você está com um problema. O carro parece que não vai pegar.

Ao que ela respondeu:

— É. E justo agora, com essa chuva, nem táxi eu vou conseguir.

— Se você quiser, posso lhe dar uma carona para um lugar de sua conveniência.

— Eu agradeço. Aqui não posso ficar, com o carro enguiçado.

A moça combinou com o empregado do posto que o carro ficaria no mesmo lugar até o dia seguinte. Ela entrou no carro e Fernando observou como era bela e tinha qualquer coisa de familiar. Ele pagou a conta e saíram com o carro.

Perguntou Fernando:

— Como é o seu nome?

Ao que ela responde:

— Glória. E o seu?

— Fernando Marques de Azevedo, às suas ordens.

— O meu é Glória Aparecida Nunes.

— Onde quer que eu a leve?

— Num lugar mais acessível para eu pegar um táxi e ir para casa.

— Absolutamente... Nunca iria deixá-la no meio do caminho. Onde você mora?

— No Jardim América, na rua Haddock Lobo... Mas, na certa vou fazer você desviar do seu caminho.

— Não tem importância, pois para onde eu vou não tenho horário para chegar.
— Agradeço a gentileza. Você está voltando para casa? Para junto da família?
— Família? Não. Vou à casa de um amigo para uma comemoração de trabalho. Moro sozinho em Moema.
— Uma pessoa tão atraente, sozinha...?
E Glória observava Fernando, um belo homem.
— O destino assim o quis.
— Por quê?
— Sou viúvo.
— Tão moço, que pena. Que aconteceu?
— Minha esposa morreu há mais de dois anos, de uma parada cardíaca. Eu a tinha deixado numa clínica para fazer uma pequena cirurgia para retirada de um quisto na perna. A intervenção era tão banal, confirmada pelo médico, que nem fiquei junto dela. Tinha urgentes compromissos de trabalho. Combinei que mais tarde passaria para apanhá-la. Uma hora depois me telefonaram da clínica, me chamando, urgente. A anestesia tinha provocado um choque anafilático e, em seguida, uma parada cardíaca. Caso raro, mas acontece.
— Sinto muito. Você era feliz no casamento?
— Nos dávamos maravilhosamente. Senti muito sua falta e agora, para esquecer, só me distraio com o meu trabalho.
— O que você faz?
— Sou chefe de vendas da Globotel, de aparelhos eletroeletrônicos.
— Conheço de nome. Tem filhos?
— Não. Minha esposa perdeu a criança quando tínhamos dois anos de casados. Depois, não tivemos mais filhos. Estávamos pensando em adotar um, quando aconteceu o pior. E você? Eu já contei parte de minha vida e não sei nada a seu respeito.
— Nem queira saber, pois não é nada agradável.
— Como assim?
— Tenho carro, tenho conforto, mas não sou feliz.
— Por quê?
— Gostaria de nem contar.
— Insisto. Conte-me.
— Sou divorciada já há cinco anos, de um casamento desastroso. De lembrança feliz, só ficou uma filha, que eu adoro. Ela agora está com oito anos, num colégio interno, porque não dá para morar comigo. O pai dela, depois que me abandonou por outra, não quis mais saber da menina. Eu digo para ela que o pai morreu.
— É uma pena. E agora, como está a sua vida?
— Sou publicitária, mas o meu conforto não se origina do meu trabalho.
— Por quê? Você é rica?

— Quem me dera. Nem gosto de contar como estou vivendo.
— Por que não? Não somos adultos? Nada mais me ofende.

Fernando pensou com os seus botões: "Será que ela é uma garota de programas caros?".

Aí ela contou sua desdita:

— Na empresa em que trabalho, como publicitária, tem um grande cliente que começou a me cortejar com flores, jóias e gentilezas. Tanto insistiu, que comecei a simpatizar com ele, pois há anos estava sozinha e me achava no direito de ter alguém. Isso já faz mais de um ano e agora sei tudo da vida dele. É casado, sem filhos, com uma mulher doidivana que só quer saber de luxo, jogo e futilidades. Eles vivem somente para a alta sociedade, pois o relacionamento é o pior possível. Ele também não é flor que se cheire. Ciumento, violento, autoritário. Hoje, eu vivo num inferno. Gostaria muito de voltar à minha vida anterior, mais simples, porém, mais feliz. Se eu falo em terminar, ele me ameaça, e já chegou a me agredir mais de uma vez. Eu tenho receio, pois ele é um homem muito poderoso. Sua fortuna não tem só origem na indústria de cosméticos que possui. Por baixo do pano, é um dos maiores contrabandistas do país. Mas, com o dinheiro ele compra todo mundo. Mas para a sociedade ele é um santo.

— É, eu acho que sua vida está bem pior que a minha. Como é o nome dele?

— Artur José Soares Neto.

— De fato, é um nome bem conhecido na alta sociedade.

O carro dele deslizava na chuva e se aproximava do endereço dela. Foi quando Fernando tornou a falar:

— Você vai ficar sozinha nesta noite de sexta-feira?

— Vou. Ele, nos fins de semana, costuma ir para sua casa de praia no Guarujá.

— Faço uma sugestão. Por que você não vem comigo até a casa do meu colega? A turma é muito divertida e você se distrairia bastante.

— Eu não conheço ninguém e seria muito desagradável.

— Não seja por isso. Eu te apresento como uma nova amiga. As esposas e namoradas dos meus colegas são todas muito simpáticas e vão gostar de você.

— É. Mas se o Artur me telefonar e não me encontrar, vai ser o diabo para mim. Já estava vindo da casa de uma amiga que está doente e me atrasei bastante com o problema do carro.

— Quer uma idéia? Sobe no teu apartamento, desliga o telefone da tomada. Para todos os efeitos, por causa do temporal que cai, você ficou sem telefone.

— Apesar de a idéia ser um tanto perigosa, vou arriscar.

Fernando esperou no carro, enquanto Glória subiu no apartamento para tomar as providências. Quando retornou, já tinha trocado de roupa e estava muito elegante. Fernando observou como ela era bonita.

Chegando à casa do Vieira, uma bela casa no Pacaembu, herança da família, Fernando estranhou, devia ter sido reformada e pintada. A reunião estava animada. Fernando apresentou Glória a todos como uma amiga. Todos se mostraram muito simpáticos. A boa música e os comes e bebes corriam à solta. Vieira, para Paulo e sua namorada:

— Que bela amiga. Tomara que não fique somente na amizade. O Fernando merece nova chance na vida. Ele está muito só.

Todos os que ouviram concordaram de imediato.

Como a música era agradável, Fernando convidou Glória para dançar, numa grande sala onde diversos casais dançavam.

Fernando enlaçou Glória pela cintura e saíram dançando. Ele notou como o corpo dela devia ser belo pela linha da cintura. Um agradável perfume emanava de seus cabelos claros e ondulados. Fitando-a nos olhos, reparando como eram azuis e belos, Fernando disse:

— Bendita chuva e falta de combustível no meu carro que me proporcionaram a oportunidade de conhecê-la.

— Eu também tive muito prazer em conhecê-lo.

Depois das horas agradáveis que viveram juntos, Fernando levou Glória de volta para casa. Na porta do prédio, na despedida, Fernando sugeriu que no dia seguinte, sábado, viria buscá-la para levá-la ao posto onde se achava o carro. Ela agradeceu, mas achou que seria muito incômodo para ele. Apesar disso, acabou concordando. Marcaram para as onze horas do sábado, quando ele a apanharia. Despediram-se com um prolongado aperto de mãos e, pelo olhar de ambos, notava-se um interesse mútuo.

A caminho de casa, Fernando ia pensando com alegria no fato de ter conhecido Glória. Mas, ao mesmo tempo, estava preocupado com o que podia surgir pela frente, pois sabia que Glória tinha compromissos sérios.

No dia seguinte, na hora combinada, Fernando chegou ao prédio e solicitou ao porteiro para avisar Glória, pelo interfone. Ela respondeu que desceria em seguida. Fernando estava trajando roupa esporte. Glória apareceu também bem vestida, com roupas de verão. Cumprimentaram-se com beijos no rosto e Fernando aspirou a fragrância de um delicado perfume que dela exalava. Entraram no carro e seguiram em direção ao posto. Disse Fernando:

— Você dormiu bem?

— Sim, só me preocupei com o telefone desligado. Tenho certeza de que ele tentou me ligar.

— Não pense nele. Vamos resolver o seu caso. Depois, você está convidada a almoçar comigo. Aceita?

— Gostaria bastante. Mas, não sei não. Ficar tanto tempo ausente do apartamento. Ao sair, liguei o telefone e a secretária eletrônica e tenho a impressão de que, quando voltar, terá recado dele.

— Eu me considero um bom vendedor de produtos, mas também posso vender boas idéias. Se tiver necessidade, por que você não alega que, com o

temporal de ontem, além de você ficar sem telefone, hoje você teve de sair para fazer compras.
　Glória riu da idéia de Fernando e disse:
　— Espero que dê certo. Mas gostaria de voltar cedo, pois ele é imprevisível, e pode até aparecer. Ele tem a chave do apartamento.
　— Não pense mais no pior e vamos aproveitar bem nossas horas juntos.
　Chegando no posto, o carro de Glória funcionou logo. O motor já tinha secado bem com o sol que fazia. Fernando deixou uma boa gorjeta para o empregado do posto, por ter cuidado do carro, e disse:
　— Você vem atrás de mim, que vamos almoçar num restaurante dos Jardins. Assim, fica próximo do seu apartamento.
　Fernando conhecia todos os melhores restaurantes da cidade e a levou num ótimo, pequeno, calmo e muito fino. Sentaram-se a uma mesa do canto, e Fernando disse:
　— O que você gostaria de comer? Carne, peixe, massas, escolha a seu gosto.
　— Não tenho preferência. Aceito a sua sugestão.
　— Aqui eles fazem um estrogonofe de camarão que é uma delícia. Quer experimentar?
　— Quero. Você também?
　— Sim. E para beber, aceita um vinho branco?
　— Sim, mas bebo pouco.
　Fernando fez o pedido ao garçom, com a recomendação de que o vinho fosse alemão e gelado. Glória sentiu que Fernando era uma pessoa gentil e com maneiras finas. Além disso, era bem apessoado. Ela se sentia cada vez mais atraída. Enquanto esperavam ser servidos, conversaram. Dizia Fernando:
　— Vou lhe fazer uma pergunta indiscreta. Qual a sua idade, se é que posso saber?
　— Vinte e oito anos. E você?
　— Trinta e cinco. Mas você aparenta ter menos.
　— Gentileza sua.
　— Onde você nasceu?
　— Em Ribeirão Preto. Minha família é de lá. Mas, eu vim para São Paulo estudar e morar com uma irmã casada. Quando me formei, acabei casando e trabalhando em publicidade, pois sou formada no ramo. E você?
　— Eu nasci aqui mesmo em São Paulo. Sou formado em economia. Mas, como sempre me dei bem em vendas, hoje sou chefe de vendas da Globotel. Família, tenho mãe, que mora com uma irmã casada no Rio de Janeiro. Pai, perdi há bastante tempo.
　Nesta altura, Fernando segurava as mãos de Glória e uma sensação gostosa atingia ambos. Fernando continuou falando:
　— Há bastante tempo eu não sentia tanta simpatia por uma moça, como por você agora.

— Obrigada, é recíproco.
Servido o almoço, ela elogiou a sugestão dele, pois o estrogonofe estava delicioso, acompanhado do vinho alemão. Após pagar a conta, logo depois de terem saboreado as sobremesas, saíram. Glória falou:
— Muito bom restaurante. Gostei bastante.
— É. Eles servem muito bem, gosto de vir aqui. E agora, quer dar um passeio?
— Gostaria. Mas prefiro ir para casa, para evitar complicações.
— Como complicações?
— Não é com você, e sim com o outro.
Como estavam próximos do endereço de Glória, Fernando a acompanhou até seu carro. Antes de se despedirem, Fernando quis saber como poderiam ter novos contatos. Ela queria, mas tinha receio. Fernando então disse:
— Eu dou o meu telefone e você me dá o seu.
— O meu, é perigoso. Você pode me telefonar numa hora em que ele esteja, aí vai sobrar feio para mim.
— Vamos usar um código. Quando eu telefonar, se você estiver sozinha, eu conheço a sua voz, então logo me identifico. Se ele estiver e você atender, como sou eu que estou ligando, você responde o seu número, como se estivesse falando com uma mulher. E repete o seu número. "A senhora está com o número errado". Aí eu desligo.
— E se ele atender?
— Faço voz de apressado e pergunto se é do pronto-socorro. Na certa, ele vai negar e eu desligo.
— Você pensa em tudo. Mas, numa outra vez, ele vai desconfiar.
— Para uma próxima vez, nós pensaremos em outro código.
Glória riu da presença de espírito de Fernando. Trocaram os números dos telefones. Na despedida, ele a beijou rapidamente na boca. Mas a vontade de Fernando era lhe dar um beijo apaixonado, por já estar muito enamorado. Glória não resistiria, pois já estava gostando dele. Ela saiu com o carro e Fernando se dirigiu para o dele. Ele estava feliz da vida.
No dia seguinte, era domingo, e lá pelas dez horas ele não resistiu e ligou para ela. Glória atendeu e logo reconheceu que era o Fernando. Ouviu-o dizer:
— Bom dia, você dormiu bem?
— Bem, e você?
— Também. Não houve complicações para você?
— Ontem, quando cheguei, tinha recado na secretária eletrônica. Ele informou que tinha tentado me telefonar na sexta à noite e não conseguiu. E ontem, às duas horas não me encontrou. Voltou a telefonar às cinco da tarde e eu dei aquelas desculpas que combinamos. Parece que ele se convenceu. Disse que só voltaria no fim da tarde de hoje.
Propôs, então, Fernando:
— Então poderemos almoçar juntos.

— Gostaria bastante, mas não dá. Ele é imprevisível. Pode voltar ainda hoje cedo. Ou então, com certeza vai me telefonar.

Fernando, já em pensamento, avaliava as dificuldades que ia encontrar pela frente, mas retrucou:

— Paciência, mas eu não vou me conformar em não vê-la com freqüência. Porque, te confesso, estou gostando muito de você.

— Sou sincera: eu também. Mas, infelizmente, não vai ser fácil o nosso relacionamento.

— Haveremos de dar um jeito. Pois você não é casada com ele. Ele, sim, é uma pessoa compromissada.

— Você não o conhece. Ele não tem escrúpulos e é capaz de tudo para conseguir o que quer.

— Não vamos mais falar dele. Vamos falar de nós e do nosso futuro.

— Será que Deus permitirá que tenhamos um? Não sei não.

— Nada de pessimismo. Deus é grande.

— Precisamos ser bastante discretos nos nossos encontros, para não despertar suspeitas.

— Eu sei que é impossível que eu vá ao seu apartamento. Mas, no meu não tem problema. Não tenho compromisso com ninguém e moro bem distante da sua casa.

— Já está me convidando para freqüentar o seu apartamento. Não acha que é cedo?

— Perdão. Não foi essa a minha intenção. Mas, como temos de ter discrição, é uma sugestão. Enfim, somos pessoas adultas.

— Tem razão. Confio em você.

— Obrigado, amor.

Fernando não resistiu em chamá-la assim. Glória sentiu um frenesi delicioso por conta das palavras dele, e disse:

— Não acha que ainda é cedo para palavras tão bonitas?

— Meu coração diz que você merece.

— Obrigada. A conversa está agradável. Mas precisamos terminá-la, pois o telefone está ocupado faz tempo e um certo alguém pode estar tentando ligar.

— Então, um bom dia para você. A propósito, me dê o número do telefone do seu trabalho, para marcarmos encontro, e eu te dou do meu.

Eles trocaram os números e os horários mais fáceis de ser encontrados. Glória disse:

— Bem, um bom dia para você, com um beijo.

— Também para você, meu amor.

Os telefones foram desligados.

Na segunda-feira, no trabalho, Fernando não parava de pensar em Glória e como já estava apaixonado, apesar de tê-la conhecido apenas no fim de semana.

Na sala, entrou o vendedor Vieira e comentou:

— Bom-dia Fernando, você está de parabéns. Que bela garota você arranjou! Todo mundo gostou dela na festa.
— Ainda não é minha namorada, mas pretendo que seja. O problema é que ela tem a vida bastante complicada.
— É casada ou vive com alguém?
— Não, mas é controlada por alguém que a domina.
— Isso é mau, mas espero que você se saia bem com ela.
— Bom, vamos deixar de lado meus problemas. Quais são os seus, de trabalho?
— Não é problema, quero pedir se você pode me acompanhar ao cliente Eletrônica Geral, pois estou em negociações para um bom pedido, mas o freguês é difícil e preciso de sua ajuda para poder fechar o negócio.
— Não há dúvida. Marque uma entrevista com o cliente e nós iremos lá e não sairemos sem o pedido.

Na sala, sozinho, após ditar umas cartas para sua secretária Olga, Fernando ficou com vontade de ligar para Glória.

Discou o número de seu trabalho. A telefonista atendeu e Fernando pediu para falar com Glória. Quando ela atendeu, ele se identificou e disse:
— Bom-dia, como vai?
— Bem e você?
— Melhor que nunca.
— Será que sou a causa desse entusiasmo?
— Não há dúvida. Mas o meu trabalho me anima também.
— Você queria alguma coisa em especial?
— Sim, ouvir a sua voz e saber que você não fugiu de mim.
— Deixe de brincadeira, quero te ver sempre que puder.
— Então, vamos almoçar juntos?
— Só se for almoço rápido. Tenho de voltar logo, pois tenho trabalho urgente.
— Eu também. Onde você quer ir?
— Tem uma lanchonete aqui perto do meu trabalho.
— A que horas?
— Às 12h30, está bem?
— Ok.

Glória deu o endereço da lanchonete.

Juntos, na lanchonete, pediram pratos rápidos.
— Como é, ele apareceu ontem?
— Sim, ele foi à noite, mas se demorou pouco. Fez uma série de perguntas e foi embora logo, alegando que tinha visitas importantes em sua casa. Para mim foi um alívio, pois agora que te conheço, sinto ainda mais desprezo por ele.
— Calma. Com tempo e paciência, vamos resolver tudo.
— Será? Você não conhece aquele homem e o que ele é capaz de fazer.
— Vamos esquecê-lo e falar de nós. Quer ouvir uma confissão sincera de minha parte?

— Quero.
— Estou apaixonado por você.
— Eu também, mas você não acha que ainda não devemos fazer essas confidências?
— Mas é o que estamos sentindo um pelo outro! Que podemos fazer... são coisas do destino.

Glória sorriu feliz.

Após o almoço, despediram-se com um beijo rápido e cada um foi para seu lado.

À noite, Fernando estava no seu apartamento quando tocou o telefone. Ao atender ouviu a voz de Glória, que dizia:

— Fernando, estou meio preocupada. O Artur me telefonou e acha que estou saindo muito. Se ele começar a desconfiar, vai ficar difícil o nosso relacionamento. Ele é um homem poderoso e pode descobrir tudo a nosso respeito.

— Fique sossegada, pois não temos feito nada de mal que ele possa alegar contra você. Não temos feito nada. Mas, você sabe, com o tempo, nossos encontros vão partir para sentimentos mais profundos. Aí, corremos o risco de sérios perigos. É de sua vontade continuar o nosso relacionamento?

— Claro que sim. Acho que agora não passaria mais sem te ver.

— Então, nós nos amamos e vamos enfrentar juntos as conseqüências. Você vai precisar de coragem e ter uma conversa franca com ele, dizendo que quer terminar tudo.

— O quê? Pensa que é fácil? Ele é um homem sem escrúpulos e as conseqüências para nós poderiam ser desastrosas, pois ele iria nos perseguir sem tréguas. Uma das primeiras coisas que ele vai fazer, se começar a desconfiar muito, é grampear meu telefone, para ter conhecimento de todas as conversas.

— E isso é possível. Eu vou ter de, mais dia menos dia, enfrentá-lo. E, se possível, ter uma conversa adulta.

— Já tremo de medo, prevendo as conseqüências.

— Quer saber de uma coisa? Vamos deixar de falar dele e vamos falar de nós. Eu estou num dos momentos mais felizes da minha vida por ter conhecido você.

— E eu não sei como fui me apaixonar tão depressa por você.

— São as delícias do destino, meu amor.

— Espero que sejam delícias e não tragédias. Bem, agora vou desligar.

— Mas precisamos marcar novo encontro para amanhã. Que tal?

— Gostaria, mas vamos deixar de nos ver por alguns dias, para não despertar suspeitas.

— Por mim, eu a veria sempre, mas concordo com você. Amanhã te telefono no trabalho, só para ouvir tua voz.

— Está bem, boa-noite.

— Boa-noite.

No dia seguinte, após um telefonema rápido para Glória, Fernando esteve o dia todo fora, resolvendo problemas profissionais.

À noite, em seu apartamento, ligou para Glória e, quando ela atendeu, respondeu duas vezes o número do telefone. Fernando soube que ele estava lá. Uma dose de ciúmes tomou conta dele.

No apartamento de Glória, Artur quis saber:
— Quem foi que telefonou?
— Era uma mulher, mas foi engano. Ela desligou assim que soube.

Glória ficou sem saber se ele desconfiara de alguma coisa, mas ficou apreensiva. Artur queria ir para a cama com Glória, mas ela alegou que estava com dor de cabeça, e não seria boa companhia para ele. Artur não gostou nada. E disse:
— Vê se amanhã fica boa. Porque eu venho te ver e não quero desculpas.

Ele foi embora e Glória ficou pensando, angustiada, que já não vinha tendo nenhum prazer em fazer amor com Artur. Imaginava agora, que tinha conhecido o Fernando, como é que ela iria fingir.

Fernando teve de ir ao Rio de Janeiro por dois dias para resolver negócios e visitar a mãe. Quando voltou, estava ansioso para se encontrar com Glória. Telefonou para ela no trabalho, e depois de cumprimentos apaixonados, combinaram um jantar para a noite. Glória disse que sabia que o Artur, naquela noite, estava preso por conta de interesses particulares. Eles não iam ter problemas no encontro.

À noite, Fernando apanhou Glória na frente do prédio, e quando ela entrou no carro beijaram-se apaixonadamente. Fernando, então, disse:
— Você está linda. Estava com saudades.
— Eu também.
— Está com fome?
— Não. Vale mais a tua companhia.
— Eu também não. Que tal se formos a um lugar para tomar um *drink*, comer alguns petiscos e ouvir boa música?
— Ótimo.

Fernando a levou num agradável barzinho nos Jardins, onde um organista tocava boas músicas. Ficaram a maior parte do tempo em colóquios amorosos. Ao sair, Fernando lhe fez um convite:
— Glória, vamos até o meu apartamento? Ainda é cedo.
— No seu apartamento? Será que devo?
— Por que não? Lá não temos nenhum problema. Eu moro só e ele fica em Moema, bem longe do teu.
— Está bem, mas não vamos nos demorar muito.

Quando Glória entrou no apartamento observou:
— Muito bom o seu *flat*, aconchegante e bem mobiliado.
— Quando vendi minha casa, no Brooklin, comprei este *flat*. Posso te servir outro *drink*?
— Sim, mas fraquinho.

Fernando, após servir os *drinks*, colocou uma boa música no aparelho de som e convidou Glória para dançar. Ficaram dançando por muito tempo, sempre com os corpos colados e se beijando apaixonadamente. Depois, Fernando lhe segurou pela mão e a conduziu para o seu quarto. Glória se deixou levar, pois nessa altura não tinha mais forças para resistir. Tiveram momentos inesquecíveis nessa primeira noite de amor. Glória nunca tinha sentido tanto prazer com um homem, pois agora estava apaixonada. Fernando também, há tempos não sentia nada igual. Agora sabiam que estavam irremediavelmente ligados um ao outro.

No dia seguinte, Fernando foi chamado ao telefone do escritório por Glória:

— Fernando querido, estou apavorada. O Artur me telefonou e quis saber quem era a pessoa que estava comigo ontem à noite, na frente do bar em que nós fomos. Um amigo dele, que me conhece, passou de carro por lá e nos viu juntos. Como são todos uma máfia, já contou para ele. Eu disse que era um amigo do trabalho, que estava também em companhia de outras colegas e que fomos festejar o aniversário de uma delas. Ele não se convenceu e disse que à noite vai ao meu apartamento esclarecer tudo.

— Fique calma. Quer que eu vá à noite para lhe dar apoio?

— Deus me livre. Esse encontro pode terminar em tragédia.

— Assim não é possível. Então esse homem pensa que você é propriedade dele?

— Infelizmente, é isso mesmo o que ele pensa.

— Você tem boas colegas no trabalho que saibam dos seus problemas com este homem?

— Sim, tenho.

— Então peça a elas para confirmarem ter estado com você naquele local ontem à noite.

— Vou fazer isso. E seja o que Deus quiser.

— Tenha fé que tudo vai dar certo. Conte-me amanhã o resultado da visita dele.

— Amanhã falarei com você. Até amanhã.

— Até logo. E um beijo para você.

— Outro para você.

Fernando ficou com pena de Glória, e já prevendo sérios problemas para os dois.

Fernando estava pensativo, quando entrou na sala sua secretária com documentos para assinar, dizendo:

— Fernando, estou estranhando você nestes últimos dias. Parece que você passa por momentos felizes e tristes. O motivo é essa moça que lhe tem telefonado?

— É sim. Estou numa feliz enrascada.

— Posso fazer alguma coisa por você?

— Não. Obrigado, eu resolvo os meus problemas. Vamos ao trabalho. O que você tem aí para mim?

No dia seguinte, Fernando, após ter ido com o vendedor Vieira ao cliente "Eletrônica Geral" e fechado um bom negócio, foi almoçar com o colega, em um restaurante. Falou Vieira:

— Aquele diretor da "Eletrônica Geral", Sr. Soares, é uma dureza para se fazer negócios. Mas você foi bastante habilidoso na escolha dos argumentos. E, com isso, saímos com o pedido.

— Este é o nosso trabalho. Quanto mais difícil é o negócio, mais satisfação temos na vitória.

— É isso mesmo. Esta venda vai nos dar uma boa comissão. A propósito, você se ajustou bem com aquela moça com quem tem saído? Como é o nome dela mesmo? Glória, não é?

— Eu e a Glória estamos nos entendendo maravilhosamente e tenho planos para o nosso futuro. Mas tem um fulano na vida dela, que vai nos aborrecer bastante.

— Por quê? Ele vive com ela?

— Não. Ele é casado. É um homem rico, e, pelo que ela diz, não tem escrúpulos. Judia muito dela e, por ela, já teriam terminado tudo há tempos. Principalmente agora, que eu entrei em sua vida. Mas ele não deixa o relacionamento acabar. E, se souber do nosso relacionamento, vai ser o diabo para nós.

— Que pena. Justo agora, que você encontrou alguém que te merece, existe esta dificuldade.

— Deixe para lá. Pague a conta e vamos para o escritório, porque há horas que estou ausente e deve ter muito trabalho me esperando. Além do que, tenho de telefonar para a Glória, pois já fomos vistos juntos e o fulano está sabendo. Quero saber o que aconteceu.

No escritório, Fernando telefonou para Glória.

— Boa-tarde, querida. Como foi o encontro com ele ontem à noite?

— Nem queira saber. Já te liguei na parte da manhã, mas não te encontrei.

— Eu precisei me ausentar, a serviço. Mas o que foi que aconteceu?

— Eu não gostaria de te contar pelo telefone. Você pode me esperar na saída do serviço?

— Claro que posso.

— Então, me espere no seu carro, às 18 horas. Mas longe da entrada do prédio. Estacione perto daquela lanchonete a que fomos outro dia, eu te encontro.

Na hora combinada, Fernando estava com o carro estacionado no local perto da lanchonete, quando Glória chegou. Beijaram-se, mas Fernando notou que ela estava abatida e com uma expressão preocupada. Glória logo disse:

— Vamos sair daqui. Vamos a um lugar calmo para conversar.

Fernando notou que ela estava silenciosa e triste. Parou o carro no Parque Ibirapuera, num local bem isolado, para conversarem à vontade. Fernando então falou:

— Bem, agora me conte tudo o que aconteceu.
— Tive uma noite horrível, com a visita daquela peste. Ele me pressionou. Disse ter meios de saber se a minha história de aniversário era mesmo verdadeira e quem era a pessoa com quem eu estava. Fiquei desesperada, e ainda tinha de fingir. Depois de toda essa discussão, ainda me forçou a ir para a cama com ele. Foi horrível, tenho nojo dele.
Fernando estava revoltado e com ódio de alguém que ele nem conhecia. Respondeu:
— Eu preciso encontrar esse homem e tirar tudo a limpo. Esta situação não pode continuar. Nós nos amamos, e temos o direito de ser felizes.
— Por favor, não faça isso. Tenho medo das conseqüências.
— Mas esta situação não pode continuar por muito tempo. Saiba que eu não a deixarei.
— Nem eu quero. Agora que encontrei alguém que amo de verdade, e sou correspondida.
Fernando puxou Glória para junto de si, deu-lhe um apaixonado e carinhoso beijo na boca, e continuou:
— Você está muito tensa. Quer ir ao meu apartamento para relaxar?
— Desculpe-me, Fernando, mas hoje eu não seria uma boa companhia.
Depois de deixar Glória em casa, no caminho do seu *flat*, Fernando ia pensativo: o que iria acontecer a ambos dali para a frente?
No dia seguinte, à tarde, Glória telefonou para o Fernando.
— Boa-tarde, querido. Eu estou apavorada. Posso conversar um pouco com você no telefone?
— Claro. Mas, que foi que aconteceu agora?
— O Artur acaba de me telefonar fazendo ameaças. Disse que já contratou pessoas para vigiar os meus passos. E que já sabe que ontem entrei no seu carro perto da lanchonete. Contou que tem o número da placa do seu carro e vai ser fácil saber com quem eu me encontrei, porque tem amigos no Detran que descobrirão quem é o proprietário do carro. E se souber alguma coisa de nós, vamos pagar caro.
— Bom, então vamos ter de enfrentar a fera. Pois eu não desisto de você, haja o que houver.
— Nem eu de você. Mas, querido, vamos ficar uns dias sem nos ver para não levantar mais suspeitas. Vamos nos comunicar somente pelo telefone do trabalho. Tenho certeza de que ele vai grampear o da minha casa.
— Mas não é justo querida. Nós somos adultos, livres e temos direito de nos encontrar.
— Você é livre, mas, com esse homem, eu não sou.
— Bem, eu vou concordar com você. Mas se ele judiar de você eu não vou agüentar.
— Obrigada, querido. Vou fazer minhas orações pedindo a Deus para que nada de mal aconteça.

— Faz bem. Coragem, e um grande beijo de quem te ama.
— Outro para você.
Depois de dois dias somente com telefonemas rápidos — em que Glória reportava as discussões violentas que Artur aprontava, afirmando que já sabia com quem ela vinha saindo —, Fernando não se intimidou e queria a todo custo ver Glória. Foi esperá-la na frente do prédio onde ela morava e aguardou sua chegada. Quando ela chegou e ia entrar na garagem, ele encostou na porta, cumprimentando-a:
— Boa-noite, Glória.
Glória se assustou com a presença de Fernando e disse:
— Você aqui, querido! É perigoso.
— Perigoso ou não, eu quero te ver. Vamos sair juntos.
Glória concordou, porém com receio.
— Está bem. Eu vou guardar meu carro e vou encontrar com você.
— Meu carro está lá na esquina. Fico esperando você.
Quando Glória entrou no carro, beijaram-se apaixonadamente. Fernando falou:
— Hoje vamos ao meu apartamento e você não vai se opor.
— Mas Fernando, ele já sabe até onde você mora.
— E daí? Então vamos viver só fugindo? Quem ele pensa que é? Teu marido? Teu dono ou o quê?
— Apesar do medo que estou sentindo, cada vez me apaixono mais por você, vendo essa segurança que você transmite.
Nessa altura, Artur telefonou para o apartamento de Glória e não a encontrou. Nervoso, telefonou para a portaria do prédio, dizendo:
— É o porteiro José?
— É sim.
— Aqui quem fala é o Sr. Artur, proprietário do apartamento 72.
— Ah! Sim, o que o senhor deseja?
— Eu não consigo falar com Dona Glória. Sabe se ela está no prédio?
— Não. Eu vi Dona Glória chegar de carro e um senhor conversar com ela na entrada. Em seguida, ela saiu sozinha, a pé.
— Obrigado.
Artur estava espumando de raiva, telefonou em seguida para um capanga dele ir imediatamente e ficar vigiando em frente do prédio do Fernando, para ficar sabendo se estavam juntos.
No apartamento, Fernando e Glória procuravam aproveitar da melhor maneira aquele momento, numa união com muito amor. Em seguida, ele levou Glória para casa.
No dia seguinte, Artur já sabia, pelo capanga, que Glória tinha estado com Fernando, pois os tinha visto saírem juntos de carro, da garagem do prédio. Foi para o escritório de onde ele dirigia o contrabando, e deu ordens a dois capangas para pegar Fernando e lhe dar uma surra e obrigá-lo a se desligar de Glória. E, caso não obedecesse, que acabassem com ele.

Fernando, tendo saído do escritório, ia para o seu apartamento. Estava dirigindo, quando observou um carro com dois homens que o seguia, pois nas ruas em que ele virava o outro também entrava. Não havia dúvida, aqueles homens queriam pegá-lo. Imprimiu mais velocidade, mas o outro também. Foi quando notou, na esquina próxima, uma carreta que estava lentamente entrando na avenida em sentido contrário. O certo era Fernando parar para a carreta entrar, mas percebendo o perigo que corria, acelerou o carro e passou rente à calçada na frente da carreta. Em seguida, olhou pelo espelho retrovisor e viu o carro que o seguia parar para deixar passar a carreta. Ele entrou rápido na primeira esquina, correu, entrou noutra e pelo retrovisor viu que o outro carro tinha perdido sua pista. Agora Fernando já sabia que uma guerra particular tinha sido declarada contra ele. Em vez de ir para casa, foi para um restaurante e jantou sozinho, pois sabia que estavam vigiando a entrada de seu prédio. Do restaurante, telefonou para Glória, mas quem atendeu foi o Artur. Fernando desligou. Não adiantava mais justificar que era um engano, porque Artur já sabia da relação dos dois.

Fernando estava preocupado e revoltado, pois sabia que Glória estava passando maus bocados nas mãos daquele canalha. Mas nada podia fazer no momento.

Bem tarde da noite, foi para casa, observando bem se não tinha alguém suspeito na entrada do prédio.

No dia seguinte, Artur ficou sabendo que Fernando tinha fugido da armadilha. Estava furioso, e combinou com os capangas que, na primeira oportunidade que soubesse que Glória e Fernando estavam juntos no apartamento, daria cabo dos dois, mas, procurando não deixar suspeitas sobre a pessoa dele. O prédio seria vigiado, discretamente, dia e noite.

Glória telefonou para Fernando e contou-lhe sobre a desesperadora situação em que ambos se encontravam. Disse:

— Fernando, querido, o que podemos fazer? Ele nos ameaçou até de morte! Eu implorei para ele nos deixar em paz. Eu não quero nada dele: apartamento, carro, jóias... Prometi devolver tudo, mas ele chegou a me agredir e não concordou com nada.

— Você está machucada?

— Não, foi só um tapa no rosto. Machucaram-me mais as agressões com palavras.

— Acha que devemos ir à polícia?

— Por favor, não. Ele é muito influente e conhece os figurões. Iria sobrar para nós.

— Ele também quis me pegar. Ontem tive de fugir de um carro que me seguia. Na certa, a mando dele.

— Querido. Veja, por minha causa, em que situação você está metido.

— Não faz mal. Vale tudo pelo nosso amor.

— E agora, o que podemos fazer?

— Fique calma, vou pensar num plano para nós. Mas, à noite, quero te ver. Quando você sair do trabalho, pegue o seu carro...
— Mas estou sem ele.
— Melhor. Pegue um táxi e vá para aquele posto onde a conheci. Eu vou esperá-la na frente. Observe se algum carro segue o táxi. Se perceber que sim, vá para o Shopping Ibirapuera, para despistar. Entre nele e saia pela outra porta. Apanhe outro táxi e venha para o ponto de encontro.
— Está bem. Mais ou menos às 18h30 vou procurar chegar lá.
— Ok.

Fernando mandou chamar o vendedor Vieira, que estava no escritório, e disse:
— Vieira, você está bem a par do meu relacionamento com a Glória. O caso está bastante complicado. O tal do Artur está nos ameaçando até de morte.
— Não diga. Que cara louco!
— É isso mesmo. Já fui seguido no meu carro por capangas dele que queriam me pegar, mas consegui despistá-los. Nem conheço pessoalmente esse fulano e já estamos em guerra aberta. A Glória tem sofrido o diabo nas mãos dele por causa do nosso relacionamento.
— Isso é incrível. O que você quer que eu faça?
— Se acontecer algo de grave comigo e com a Glória, você sabe quem é o culpado. Mas, por favor, não conte para ninguém esta nossa conversa. A propósito, o nome dele é Artur José Soares Neto.
— Conte comigo. Mas você não quer ir passar uns tempos na minha casa? A Neide também gosta muito de você. Ficaria bem escondido até passar a crise. Até a Glória poderia ir lá para casa. A casa é grande o bastante para todos.
— Obrigado, você é um bom amigo. Vamos ver se essa providência vai ser necessária para o futuro.

Na hora combinada, Glória desceu do táxi no posto e entrou no carro de Fernando, no outro lado da rua. Beijaram-se rapidamente.
Fernando disse:
— Querida, parece que você está muito nervosa. Relaxe, porque agora você está comigo. Não foi seguida?
— Não. Fernando, não entendo como em tão pouco tempo fomos nos apaixonar. Agora estamos nesta grande complicação em que eu te meti.
— Coisas do destino. Mas, apesar de tudo, gostei de te conhecer. Se sairmos bem dessa, tenho certeza de que vamos ser muito felizes.
— Assim espero. E rogo a todos os santos para nos ajudarem.
— Você vai comigo para o meu apartamento?
— Fernando, é uma grande loucura, com certeza o prédio está sendo vigiado.
— Não tem importância. Quando chegarmos perto, você se abaixa bem. E, para todos os efeitos, estou entrando sozinho. Ninguém vai ver você.

Quando estavam próximos do prédio, Glória se abaixou bem, para não ser vista. Quando Fernando ia manobrar à esquerda para entrar na garagem, apareceu um carro em alta velocidade, que o fez dar uma brecada brusca para não colidir. Neste momento, Glória se assustou e levantou rapidamente a cabeça para ver o que se passava. Nesse ínterim, entraram na garagem.

O capanga do Artur, que estava escondido, conseguiu ver Glória na hora em que ela levantou a cabeça. Telefonou para Artur, de um orelhão, informando que Glória e Fernando estavam juntos no apartamento.

Artur, espumando de raiva, pôs em marcha um plano diabólico. Deu ordens a outro capanga para acompanhá-lo e levar o revólver com silenciador. Mandou parar o carro uma quadra longe do prédio de Fernando e chamar o outro capanga que estava vigiando para entrar no carro, e deu as ordens do plano:

— Vejam bem, vou combinar com vocês como vamos eliminar esses dois. Tião, você pula a grade do prédio, sem deixar que o porteiro te veja. Vai à guarita e rende o porteiro, fazendo com que ele abra a porta. Aí, você, Neco, entra e faz sinal para mim que tudo está ok. Eu não quero ser visto pelo porteiro. Mande o porteiro ligar para o apartamento do crápula e dizer que tem um telegrama para ele, pedindo para subir, para entregá-lo. Ameace o porteiro, dizendo que se ele der com a língua nos dentes será, a qualquer momento, um homem morto. Quando tiver autorização para subir, eu entro sem ser visto. Você, Tião, fica no jardim, próximo à guarita para não despertar suspeitas. Mas vigiando o guarda, com a arma escondida, para ele não fazer nenhuma besteira. Você, Neco, vai comigo ao apartamento. Bate na porta, dizendo que é o mensageiro. Quando ele abrir, nós entraremos rápido. Você tira a arma e, quando eu der ordem, liquida os dois. Depois vamos pegar bebidas e copos que ele deve ter no apartamento. Jogue bebida na boca dele, limpe bem a arma e coloque na mão dele. Vamos dar a impressão de que ele bebeu muito, os dois discutiram, ele matou Glória e se matou. Devemos deixar o prédio sem sermos vistos. Entenderam bem o plano? Ambos responderam:

— Sim. Está bem claro.

Tião fez como o chefe mandou. Rendeu o porteiro, que ficou apavorado. Em seguida, Neco entrou e obrigaram o porteiro a ligar para o apartamento, dando as instruções que receberam.

No apartamento, Glória, abraçada em Fernando, conversava sobre o problema que estavam tendo quando o interfone tocou, na copa. Fernando foi atender. Era o porteiro que dizia:

— Sr. Fernando, está aqui embaixo um mensageiro com um telegrama para o senhor.

— Um telegrama?

— Sim. E está pedindo para subir, para entregar pessoalmente.

— Está bem, mande subir. Mas, avise o zelador para vir junto.

É certo que o porteiro não podia avisar ninguém na situação em que se achava.

Fernando estranhou. Seria um telegrama de sua mãe? Teria acontecido alguma coisa? Por que não lhe telefonaram? Ou seria pelo seu aniversário, que seria dali a dois dias? Mas mandar um telegrama antes da data? Ou seria uma ameaça por telegrama?
Quando voltou para a sala, informou a Glória o motivo da ligação. Nesse momento, tocaram a campainha e Fernando foi abrir. No instante em que ele abriu a porta, Glória teve um mau pressentimento e gritou:
— Fernando, não abra a porta.
Mas, já era tarde. A porta foi empurrada violentamente e entraram Artur e Neco. Este já com a arma apontada para Fernando, que correu para perto de Glória. Artur falou:
— Então é você, seu cachorro, que veio se meter no meu caminho? Agora você vai me pagar caro. E você, Glória, vai fazer companhia a ele.
Fernando estava mudo e surpreso com a cena, mas pôde perceber que já tinha visto o antipático rosto de Artur em algum lugar. Glória apelou:
— Artur, pelo amor de Deus, tenha pena de nós. Não faça isso.
Artur ainda sorriu sinistramente e ordenou ao Neco:
— Acabe com eles.
Fernando ainda viu a arma apontada para ele ser acionada...
Quando acordou no sofá, muito assustado, transpirando muito e deveras aterrorizado, Fernando falava alto:
— Mas como... É impossível. Foi tudo um sonho. Mas, foi tão real! Eu nem acredito, não estou morto, nem a Glória. Que Glória? Ela não existe. Foi tudo apenas um sonho muito real. Agora me lembro, estava vendo aquela cena do filme na televisão. A Glória era aquela moça que estava sendo ameaçada pelo Artur. Então adormeci e vivi um grande sonho, apaixonando-me por ela. É incrível, agora estar apaixonado por alguém que nem me conhece. Uma mulher de um sonho.
Olhou para o relógio, que marcava 3h40min da madrugada. A televisão ainda estava ligada, sem imagem. Ele tinha faltado à verdadeira festa da casa do Vieira. Foi para a cama ainda muito agitado pelo sonho que tivera, não podendo esquecer Glória, seu amor inexistente. Não conseguiu mais dormir, só pensando no sonho que viveu como real.
No dia seguinte, sábado, telefonou ao Vieira, desculpando-se por não ter ido à festa:
— Você me desculpe, Vieira. Mas ontem eu estava muito cansado. Já estava pronto para ir à sua casa, chovia muito... sentei no sofá e acabei adormecendo, só acordando depois das três horas.
— Que pena, a turma sentiu tua falta. A festa foi boa. Cheguei a ligar, mas você não atendeu. Devia estar dormindo profundamente.
— É verdade.
Mas Fernando não podia contar que esteve vivendo um estranho sonho. Vieira continuou a conversa:

— Agradeço suas desculpas. Vejo você na segunda-feira, no escritório.

Na segunda-feira, no escritório, Glória não lhe saía da cabeça. Chamou Olga e perguntou:

— Olga, você viu um filme que passou sexta à noite na TV? Era sobre uma moça muito bonita chamada Glória, que era muito judiada por um tal de Artur?

— Não. Sexta à noite eu saí. Não vi televisão. Mas, espera aí... Eu vi esse filme meses atrás no cinema. É um filme nacional. Por que você quer saber?

— É que eu vi uma cena e gostaria de saber se tem em vídeo para eu alugar. Lembra quem era a artista?

— Não me lembro. Mas, espera aí, a Lina, do Departamento de Cadastro, viu esse filme. Ela comentou comigo na ocasião, pois achou ter sido uma bela história. Aquela sabe tudo de cinema. Vou perguntar a ela.

Interfonou para Lina:

— Lina, é a Olga. Você se lembra daquele filme nacional em que a personagem principal se chamava Glória e era muito perseguida por aquele homem que no filme ainda a mata e vai preso?

— Lembro. Por que você quer saber?

— O Fernando quer alugar o vídeo. Como era o nome do filme?

— *Amor em crise.*

— E você lembra do nome da estrela?

— É Lílian Souto, por sinal muito bonita. Mas ela não tem trabalhado mais.

— Obrigada.

Olga reportou ao Fernando as informações dadas por Lina. Fernando ficou pensativo. "Então, Glória é Lílian Souto, a mulher que eu amo e não me conhece". Achava que ia amargar um amor impossível. Olga continuou a falar com Fernando:

— Agora você já tem o nome do filme. Pode procurar se tem em vídeo para alugar.

— É mesmo. Vou ver se consigo, obrigado.

Mas a intenção de Fernando não era ver o filme, e, sim, encontrar Lílian que, para ele, era Glória. Ele nem poderia supor como viveria essa Lílian. Seria casada? Com vida definida? Não moraria em São Paulo? Talvez, nem mesmo no Brasil? Para não ficar matutando, Fernando se aprofundou no trabalho que tinha em sua mesa. Mas, à noite, em seu apartamento, voltou a pensar em Glória e em como tinham se amado. Resmungou entredentes: "Vou mover céus e terras, mas vou encontrar essa Lílian".

No dia seguinte, foi à locadora onde costumava alugar filmes e perguntou ao rapaz que o atendeu:

— Vocês tem aí o filme nacional *Amor em Crise*?

— Temos, mas está alugado. Amanhã ou depois estará disponível. Quer que eu reserve para o senhor?

— Não. Eu vou viajar depois de amanhã e não dá para alugar. Eu queria a fita para hoje. Mas dá para você saber, na ficha, o nome da artista principal e da empresa produtora do filme?

— A artista é Lílian Souto e a produtora é a Orion Filmes, de São Paulo.
— Obrigado.
Ao sair, Fernando já tinha uma pista para chegar até Lílian. Mas, será que ia adiantar alguma coisa?
No escritório, procurou, na lista, o telefone da Orion Filmes e ligou para lá:
— É da Orion Filmes?
— Sim.
— Você pode, por obséquio, me informar se a artista Lílian Souto está fazendo algum filme?
— Por quê?
— Eu vou explicar.
E Fernando contou uma história.
— Meu nome é Fernando e tenho uma prima que mora em Curitiba. Ela vem a São Paulo e me pediu se posso localizar a Lílian. Há uns dois anos ela fez uma viagem de turismo para Maceió, conheceu a Lílian e fizeram boa amizade. Agora ela quer ver se a encontra, pois está com saudades.
— Olha, pelo que sei, a Lílian não está mais fazendo cinema. Ela tem uma butique na Rua Oscar Freire. Não sei o número, mas a loja tem o nome dela.
— Com suas informações, minha prima vai localizar a Lílian. Como é o seu nome?
— Vera.
— Muito obrigado, Vera. Você foi muito gentil. Até logo.
Fernando agora já podia localizar Lílian. Mas, a Lílian não era a Glória. Fernando amava uma mulher de sonho.
Tarde, no escritório, após despachar o expediente mais urgente, falou para Olga:
— Olga, eu vou sair e não voltarei mais hoje. Tenho de resolver um assunto particular.
Pegou seu carro e se dirigiu à Rua Oscar Freire. Desde seu início, foi guiando lentamente pela direita, procurando descobrir a loja "Lílian". Quando estava próximo à Rua Augusta, localizou a "Modas Lílian". Estacionou o carro nas proximidades e foi para a frente da loja. Era uma butique de roupas finas. Disfarçando que estava olhando a vitrine, procurou por Lílian lá dentro. Havia duas moças, mas não Lílian. Fernando não podia fazer pergunta alguma, por isso teve de ir embora. Ia conjecturando... "Será que ela não é mais a proprietária dessa loja? Mas amanhã voltarei. E, quem sabe, a encontrarei".
No dia seguinte, cedo, após visitar um cliente, Fernando se encaminhou novamente para a loja. Quando se aproximou da vitrine, qual não foi sua surpresa... Lá estava Lílian, a sua Glória. Seu coração pulsava acelerado. E agora? Fernando, como era um homem de decisões rápidas, já sabia o que fazer. Entrou na loja e se dirigiu a Lílian. Ela veio ao seu encontro e disse:
— Bom-dia, senhor. Em que posso servi-lo?
Fernando estava estático, olhando para ela. Vendo Glória na sua frente, linda como nunca, ele teve vontade de abraçá-la com amor. Mas tinha de se

conter. Lílian percebeu o embaraço de Fernando. Ele procurou se refazer, para não se denunciar, e respondeu:
— Por favor, eu quero ver uma blusa para moça.
— Pois não, senhor. Tenho uma boa variedade delas. O senhor prefere seda, algodão, crepe?
— Não sei. Você vai sugerir para mim.
Lílian foi colocando no balcão diversas blusas. Mas Fernando não tirava os olhos da moça. Dava até para ela perceber o interesse dele, e perguntou:
— Para quem o senhor vai dar a blusa? É uma moça nova?
— Vai fazer trinta e dois anos.
— Quer uma peça bem fina?
— Sim. Fica a seu gosto.
— Esta de seda lisa é muito bonita. O senhor vai dar um presente muito fino.
Fernando não estava interessado na compra da blusa. Tinha vontade, sim, de dizer "Glória, meu amor, sou eu, o seu Fernando". Mas tinha de se conter. Apenas agradeceu:
— Muito bem. Agradeço a sua escolha. Minha secretária vai gostar.
— Ela é uma pessoa muito especial para o senhor?
— Talvez, mas não é o que você está pensando. Ela é uma secretária muito eficiente e merece. Além do mais, é bem-casada.
— Perdão. Não foi essa minha intenção.
— Está perdoada, Glória.
— Glória? Meu nome é Lílian! Mas, interessante, eu fiz um filme em que o meu nome era Glória. Será que o senhor me reconheceu?
— Sim. Mas, por favor, não me chame mais de senhor. Faz-me sentir velho.
— Pelo contrário. É ainda moço, e muito charmoso. Está bem, eu vou tratá-lo por você.
Fernando estava satisfeito porque o diálogo estava mais descontraído. E continuou falando:
— Você trabalhou muito bem no papel de Glória. Não está mais trabalhando no cinema?
— Não. Recebi convites para trabalhar em outros filmes, mas não me interessei.
— Por que, não gostou?
— Foi muito desgastante, e eu tenho meus motivos. Não vou fazer mais cinema. Prefiro a minha loja. É mais tranqüilo e os resultados são bons. A vida já nos reserva muitos dissabores. Por isso, no trabalho, eu quero tranqüilidade.
— Você vai me perdoar... Mas não resisto a lhe fazer um galanteio. Glória, você é muito bonita!
— Obrigada. Mas Glória não, Lílian. Parece que Glória mexeu muito com você.
— Perdão. Estou vendo a personagem na minha frente.

— Estamos nos perdoando muito. Até parece que somos pecadores.
Fernando pensou rápido: "Se ela soubesse que pecados maravilhosos cometemos juntos, em sonho".
Nesse ínterim, entraram na loja duas senhoras. Como a outra moça já estava atendendo uma cliente, Lílian pediu licença e foi falar com as senhoras, pedindo para esperar, seriam atendidas em seguida. E voltou para junto de Fernando, que não tirava os olhos dela. Ela disse:
— Você vai levar, então, a blusa de seda que eu sugeri?
— Vou sim.
— Certo. Peço à mocinha para embalar para presente.
Fernando fez o cheque do valor da compra, pegou o pacote e se despediu de Lílian:
— Obrigado. Tive um imenso prazer em vê-la.
— Obrigada. Da mesma forma.
Fernando segurou a mão de Lílian, com vontade de puxá-la para si e lhe dar um apaixonado beijo. Ela também sentiu uma sensação gostosa pelo calor que transmitia a mão dele.
Ele se retirou da loja e Lílian, antes de atender às senhoras, ainda pensou "que belo homem". A visita dele tinha mexido com ela.
Fernando, no carro, estava satisfeito por ter encontrado a sua Glória. Mas, e daí? Ela não era Glória, e sim Lílian, que não tinha nada com ele. Mas como era uma pessoa de decisão, ele arranjaria uma maneira de vê-la novamente. Mas, se ela fosse casada, com filhos, ou amasse outra pessoa, o que poderia ele fazer? Nada. Teria de viver somente de seu sonho com Glória, com aquele final trágico.
Na loja, após as freguesas irem embora, Fátima, a sócia de Lílian, comentou com ela:
— Simpático aquele homem que você atendeu. Vocês ficaram num longo papo. Gostou dele?
— Ele mexeu comigo. Mas, quem sou eu... Você sabe dos meus problemas. Além do que, talvez nunca mais o veja. Sabe que ele me confundia com a Glória do filme? Umas duas vezes me chamou de Glória. Ela deve ter marcado muito para ele. Mas eu vou esquecer esta visita. Não sou você, que é bem casada e tem vida tranqüila.
— Pudera. Você não consegue se livrar do Mauro.
— Querer, eu quero, mas está difícil.
No dia seguinte, no escritório, Olga falava com Fernando:
— Chefe, parece que você viu o passarinho verde. Está tão alegre!
— É, fechei um bom negócio.
— Parabéns.
O bom negócio era ter encontrado a mulher dos seus sonhos. E Fernando continuou:
— Olga, me localiza o Vieira? Temos de ir a um cliente juntos.

— Pois não.

Enquanto Olga localizava Vieira, Fernando desceu até a rua e foi até uma floricultura fazer uma encomenda.

Um portador entrou na loja de Lílian e lhe entregou um lindo buquê de rosas vermelhas, com um cartão. Ela abriu o cartão e leu:

"Lílian, de alguém que se desculpa por tê-la confundido com a Glória. Com carinho, do Fernando."

Lílian ficou sensibilizada com a gentileza de Fernando e leu o nome: Fernando Marques de Azevedo, com telefone e endereço. Fátima se aproximou de Lílian e comentou:

— Que lindas rosas! Quem te mandou?

— O Fernando, o freguês de ontem.

— Puxa vida, que homem gentil. E agora, vai agradecer?

— No cartão tem o endereço dele. Sinto-me na obrigação.

— Como é o nome todo dele?

— Fernando Marques de Azevedo.

— O que será que ele faz? Será que é casado?

— Não sei, mas vou telefonar. Será que ele é casado? Vou arriscar.

Quando Fernando chegou à noite em casa, tinha recado na secretária eletrônica. Apertou o *play* e ouviu: "Aqui é a Lílian. Fernando, fiquei muito sensibilizada com a sua gentileza. As rosas são lindas! Estou encantada. Boa tarde".

Fernando ficou feliz da vida, pois agora poderia falar novamente com ela.

O presente que ele comprou na loja estava na estante, pois a compra fora só um pretexto para conversar com ela. No pacote da loja estava o telefone, e Fernando tomou nota.

No dia seguinte, do escritório, Fernando ligou para a loja. A mocinha atendeu, e ele perguntou por Lílian. Quando ela atendeu, ele se identificou, dizendo:

— Bom-dia, Lílian. É o Fernando. Estou contente de poder ouvir sua voz de novo.

— Bom-dia. Eu também fico feliz em te ouvir.

— Gostei de seu recado.

— Eu, mais ainda das rosas que você me mandou. A sua secretária gostou da blusa que você levou?

— Com certeza vai gostar, mas ainda não dei a ela. Seu aniversário é em outro dia. Posso ser franco com você?

— Pode.

— Qual é a sua situação? Casada, com filhos, solteira ou compromissada?

— A pergunta é direta e embaraçosa. Por quê?

— Curiosidade.

— Você me responderia a mesma pergunta?

— Por que não? Sou viúvo apaixonado.

— Como assim, pela falecida? Sinto muito.

— Por ela, eu fui. Agora a paixão é outra.
— E esta não te corresponde?
— Sou apaixonado por um sonho.
— Que estranho. Essa mulher é Rebeca, a mulher inesquecível?
— Não. Deixa pra lá. Você não respondeu à minha pergunta.
— Sou solteira, mas tenho alguém.

Fernando esfriou, mas só podia ser assim mesmo. Como é que ele poderia querer que ela fosse livre? E disse:
— Uma moça tão bonita. É óbvio. Você é feliz?
— Aí já é uma outra história.
— Você me deixa a impressão de que não é.
— Deixa pra lá, vamos mudar de assunto. Você trabalha?
— Sim. Que remédio?
— Em quê?
— Sou chefe de vendas da Globotel. Conhece?
— De nome. É difícil o seu trabalho?
— Para mim, não. Eu sou bom em vendas, por isso faço aquilo que gosto.
— E o ganho, é bom?
— Dá pra viver com bastante conforto.
— Desculpe, eu estou sendo muito curiosa.
— Não seja por isso, pergunte o que quiser. Não tenho segredos.
— A conversa está boa, mas você vai me dar licença, preciso atender um cliente.
— Então, até logo. Posso lhe telefonar outro dia?
— Pode. Até logo.

Fernando não podia prever qual seria o futuro com Lílian, pois ela não era Glória, e tinha alguém. Talvez tivesse de esquecê-la para sempre. Voltou a trabalhar com afinco durante dois dias. No terceiro, não agüentou. Ligou para a loja, e quem atendeu foi a mocinha. Fernando falou:
— Por favor, a Lílian está?
— Não. Ela não virá hoje. Teve de levar a filha ao médico. Quer deixar algum recado?
— Diga que o Fernando telefonou, obrigado.

Fernando desligou e ficou matutando. "Filha? Então ela tem uma filha. Ela deve viver maritalmente com alguém, pois é solteira". E ia perdendo as esperanças...

Fernando teve de ir, por dois dias, a algumas cidades do interior, com o vendedor Paulo, para fechar negócios. Quando chegou no *flat*, tinha alguns recados de amigos na secretária eletrônica, cumprimentando-o pelo seu aniversário. Mas tinha um que o deixou feliz. Era da Lílian e dizia: "Fernando, é Lílian. Sei que você me telefonou, mas eu estava ausente. Ligue para mim novamente".

No dia seguinte, no escritório, Fernando ligou para a loja e disse:
— Bom-dia. É você Lílian? Recebi o seu recado.
— Eu te liguei há três dias. Pensei que você não fosse mais me ligar.
— Nem por sonho. É que eu estive ausente de São Paulo por três dias, a serviço.
— Ah, bom! E fez boa viagem?
— Sim, fui de carro a diversas cidades do interior com um vendedor para fechar negócios.
— Você viaja muito?
— Não. Só quando precisa, uma média de três a quatro dias por mês. Posso lhe fazer um convite?
— Depende.
— Ontem foi o meu aniversário e eu estava ausente. Quer ir jantar comigo hoje?
— Um jantar... Mas você não vai com seus amigos e parentes?
— Não. O aniversário já passou. Este convite é somente para você.
— Não sei não. É meio difícil, apesar de que eu gostaria.
— Qual é o problema? Você mora com alguém e não pode sair?
— Não, eu moro sozinha. Mas sou muito controlada.
— Essa pessoa é tão exigente com você?
— Prefiro não falar nesse assunto. Mas, sabe de uma coisa? Minha vontade é aceitar, e eu aceito seu convite. Afinal, não tem nada de mal jantarmos juntos. Mas prefiro voltar cedo.
— Ótimo. Que horas apanho você e onde?

Lílian deu seu endereço, na Rua da Consolação, próximo à loja. Pediu que ele a pegasse às oito da noite.

Fernando ficou muito feliz, mas também cismado, porque Lílian, como Glória, tinha alguém para atrapalhar.

Na hora combinada, Fernando, na porta do prédio, esperava Lílian com um botão de rosa vermelha para lhe ofertar. Quando Lílian, linda e muito bem-vestida, entrou no carro, Fernando falou:
— Boa-noite, Glória, opa, desculpe, Lílian, como você está linda!
— Boa-noite! Se a Glória não fosse eu mesma, ia ficar com ciúmes e ofendida. Aquele filme deve tê-lo influenciado muito.
— É verdade. Mas prometo não mais cometer essa gafe. E me desculpo com este botão de rosa.

Entregou o botão a Lílian, que sorriu agradecida, mostrando uma carreira de dentes perfeitos. Disse então:
— Obrigada. Você é muito gentil.
— Você tem preferência por algum restaurante?
— Não. Sou sua convidada. Vou onde você me levar.

Fernando a levou a um dos melhores restaurantes dos Jardins. Não deviam ir longe, pois ela tinha de voltar cedo. No restaurante, ela lhe entregou

uma caixinha bem embrulhada, que ele abriu e continha uma linda gravata de seda. Lílian falou:
— Com votos de um feliz aniversário.
Fernando agradeceu comovido e beijou-lhe as mãos. Parecia que estava vivendo uma continuação de seu sonho.
Pediram para comer pratos a seus gostos e, para beber, Fernando pediu champagne francesa, dizendo:
— Pela companhia e pelo meu aniversário, tem de ser festejado com champagne. — Ambos riram e Fernando continuou:
— Agora, conte um pouco da sua vida, se não for indiscrição da minha parte.
— Minha vida não tem sido nenhum mar de rosas. Sou de Campinas, mas já há dez anos moro em São Paulo. Vim para estudar artes teatrais, por isso acabei fazendo um filme. Fui noiva de um moço da sociedade, que conseguiu me seduzir, e fiquei grávida. Ele queria que eu abortasse, e eu não concordei. Brigamos muito e eu achei melhor romper o noivado. Sofri muito. Tive a criança, uma menina, que hoje está com cinco anos e mora com uma tia minha, viúva, na Vila Mariana. Eu adoro essa menina, ela é a razão da minha vida. Chama-se Izabel, e estou sempre com ela. Acho que estou te cansando com a história da minha vida.
— Absolutamente. Conte tudo, sou todo ouvidos.
— Depois, quando apareceu a oportunidade de trabalhar no cinema, fiz alguns papéis secundários, até que surgiu a oportunidade de fazer um filme mais importante, como estrela principal: o filme *Amor em Crise*, em que eu sou Glória e que tanto mexe com você. Mas, para mim não traz boas recordações, pois o galã do filme, o tal de Artur, que na vida real é Mauro Maia, é a pessoa com quem eu me relaciono. Mas, confesso: estou cansada. Na ocasião da filmagem, ficávamos muito tempo juntos e ele foi se insinuando até conseguir me conquistar, e hoje estou arrependida, mas ele não me larga. Ele é mulherengo, jogador, gastador, bebe e já cheguei a cobrir dívidas de jogo dele. Está transformando minha vida num inferno. Já quis terminar diversas vezes, mas ele não me larga. Chega até a ameaçar que me mata e se suicida. Por isso, também, é que não quero mais fazer cinema, apesar das propostas. Porque ele só admite que eu trabalhe com ele. Estou mais satisfeita com a minha loja. Tenho uma sócia, que é muito minha amiga, e assim eu vou vivendo. Ainda bem que tenho muita fé religiosa e me penitencio do meu carma, pedindo a Deus que, se for do meu merecimento, um dia tudo haverá de melhorar.
Fernando pensava que a faria feliz, agora, se pudesse, e falou:
— É, sua vida é um romance triste. Acho que sua alegria é só sua filha.
— É sim. Mas eu, até agora, só falei da minha vida. Tenho direito de saber tudo da sua.
Fernando contou toda a história de sua vida, e pensava "parece que estou contando duas vezes para a mesma pessoa".

Saíram do restaurante e Fernando levou Lílian para casa. No carro, se despediram, e Fernando beijou no rosto, com uma vontade tremenda de lhe dar um apaixonado beijo na boca. Mas se conteve, porque Lílian não era Glória.

Foi para casa feliz, mas pensativo. Ela tinha simpatizado com ele, mas o namorado dela, Mauro, era o mesmo Artur do seu sonho. Caprichos do destino. Glória era Lílian e Artur era Mauro.

Em casa, Lílian recebeu um telefonema de Mauro, que dizia:

— Onde você esteve? Já telefonei duas vezes e não te encontrei.

— Por quê? Tenho de pedir permissão toda vez que preciso sair? Fui visitar minha filha.

— Mentira. Eu também liguei para lá e você não estava.

— Primeiro eu passei na casa da Fátima, para levar um pouco do nosso estoque, que está muito alto.

— A Fátima também tem carro. Por que ela não levou?

— Ela estava sem carro. Foi junto comigo.

— A tua história está muito esquisita. Ainda vou tirar tudo a limpo.

— Faça o que quiser.

Mas Lílian estava preocupada, pois estava mentindo e poderia dar complicações. Assim que o telefone fosse desligado, telefonaria para Fátima para preveni-la. Mauro continuou falando:

— Estou com vontade de dar um pulo até aí.

— Não venha, pois já é tarde. Estou cansada e vou me deitar.

Mauro não gostou muito, mas teve de concordar. Assim que desligou o telefone, Lílian ligou para Fátima para preveni-la. Ao que Fátima respondeu:

— Está bem, Lílian. Não tem problema. Se ele telefonar eu confirmo o que você falou. Mas esse teu namorado é um saco. Voce é uma santa em aturá-lo.

— Você sabe quantas vezes eu já quis me livrar dele. E agora mais que nunca, por ter conhecido o Fernando.

— É verdade. Você foi jantar com ele. E como foi?

— Maravilhoso! Amanhã te conto, na loja. Vamos desligar porque o Mauro é capaz de estar tentando ligar para você e, se ele notar que as duas linhas estão ocupadas, vai desconfiar que estou falando com você.

No dia seguinte, Fernando passou o dia todo com muito trabalho, teve reunião com vendedores, com o diretor comercial, à tarde saiu para visitar dois clientes, e durante o dia todo não pôde falar com Lílian.

À noite, em seu apartamento, teve vontade de falar com ela. E, como não tinha o número do telefone, procurou na lista, e ligou dizendo:

— Boa-noite, Lílian! Como passou desde ontem?

Lílian ficou surpresa, mas contente com o telefonema e respondeu:

— Boa-noite! Como conseguiu meu telefone se eu ainda não o dei?

— Para que existe a lista?

— É verdade. Confesso que já estava ficando com vontade de ouvi-lo.

Mas não tinha coragem de ligar.

— Ligue quando quiser, é um prazer para mim atendê-la. Como foi seu dia?

— Normal. Na loja fizemos boas vendas e agora estou vendo TV.

— Ninguém a importunou?

— Eu sei de quem você está falando. Ontem, quando cheguei, ele me aborreceu pelo telefone e tive de dar uma desculpa mentirosa. Ele ficou desconfiado, mas vamos ver o que vai acontecer. Fernando, sou sincera, pagaria todas as dívidas financeiras dele, que devem ser muitas, para ele sair da minha vida.

— E eu te ajudaria a pagar com todo o prazer.

— É, mas ele não concordaria, principalmente sabendo que existe outro homem.

— Lílian, me diga uma coisa. Você está gostando de mim?

— Pergunta direta. Sim, estou. É a primeira vez que conheço alguém que está mexendo tanto com o meu coração.

— Eu também estou duplamente apaixonado.

— Como assim? Existe outra em sua vida?

— Nada disso, é maneira de falar. Deixa pra lá. De agora em diante vamos enfrentar juntos os problemas que surgirem.

— Você não tem problemas. Quem os tem sou eu.

— Mas eu vou te apoiar. Conte comigo.

Nesse ínterim, tocou a campainha no apartamento de Lílian, que disse a Fernando:

— Fernando, estão tocando a campainha, deve ser o Mauro, pois ele disse que viria hoje à noite. Boa noite, meu amor. Sonhe comigo.

— Boa-noite, querida.

Fernando começou a "sonhar com ela" acordado. Se ela soubesse que sonho eu já tive... Um dedo de ciúmes e revolta tomou conta dele, sabendo que Mauro estava com ela, embora tivesse certeza de que cenas apaixonadas não ocorreriam. Pelo contrário, poderiam estar discutindo. Entretanto, estava feliz porque Lílian era o alvo de sua paixão, e não Glória, que fora apenas um sonho. E ela também estava correspondendo ao seu amor. A única preocupação era Mauro que, na certa, ia se interpor entre os dois. E, sabendo que Mauro fora o Artur e o sonho tivera aquele final trágico, Fernando ficou pensativo.

No dia seguinte, sábado, como Fernando não trabalhava, levantou mais tarde, tomou seu banho, pediu café para o serviço do flat e em seguida telefonou para a loja de Lílian, que devia estar trabalhando na parte da manhã. Quem atendeu foi a sócia, de nome Fátima. Fernando falou:

— Quem fala é a Fátima?

— Sim.

— Bom-dia, a Lílian está? É um amigo dela, Fernando.

— Está. Está terminando de atender uma freguesa. Você pode esperar um momento?

— Posso, mas diga a ela para não se apressar. Quando estiver livre, peça-lhe para ligar para mim. Estou no apartamento.
— Darei o recado, com muito prazer.
— Obrigado.
Assim que ficou livre, Fátima disse a Lílian:
— Teu querido te telefonou e disse para você ligar para ele.
— O Fernando? Vou ligar já.
Fátima viu a alegria estampada no rosto de Lílian. Assim que a ligação foi completada, falou:
— Bom-dia, Fernando, quer falar comigo?
— Bom-dia, meu amor. Eu quero sempre falar com você. Quer ir ao clube comigo hoje?
— Ao clube. Que clube?
— Pinheiros. Eu sou sócio e poderíamos almoçar e passear por lá.
— Gostaria bastante. Mas preciso visitar minha filha e levá-la para passear.
— E por que não apanhamos sua filha e a levamos junto? O clube tem *playground*, onde ela poderá brincar, e assim ficarei conhecendo a menina. Não tenho filhos, mas gosto muito de crianças.
— Está bem. Pode me apanhar às 11 horas, a Fátima tomará conta da loja até fechar.
— Mudando de conversa. Ontem você recebeu a visita do Mauro, como foi?
— Bastante desagradável, depois lhe conto.
Às 11 horas, Fernando apanhou Lílian na loja e foram buscar a menina. No carro, quando Lílian entrou, Fernando lhe deu um carinhoso beijo nos lábios. E, durante o trajeto, Fernando perguntou:
— Então, como foi a visita do Mauro?
— Está me pondo louca, principalmente agora que está percebendo que não quero mais nada com ele. Vai ser muito difícil me livrar dele. Quer saber tudo e daqui a pouco vai querer até me proibir de ver minha filha. Eu desconfio que, além de ele estar bebendo muito, está consumindo drogas. Suas atitudes são muito estranhas, e se ele descobrir a nosso respeito vai ser o caos. Ontem, depois de me aborrecer bastante, ainda queria fazer sexo. Eu não concordei de jeito nenhum e ele ficou uma fera.
— Lílian, você não pode mais ficar com esse homem, ele é perigoso. Temos de nos livrar dele.
— Deus do céu. Você está pensando em matá-lo?
— Nem pensei numa barbaridade dessa. Refiro-me a afastá-lo de nós.
— Não vai ser fácil.
— Devemos encontrar um meio.
O carro chegou no endereço que Lílian tinha dado a Fernando, na Vila Mariana. A casa era um belo sobrado. Lílian entrou e convidou Fernando para acompanhá-la. Lá dentro, a filha veio correndo e abraçou a mãe, que a ergueu

e beijou-a na face. Fernando notou que era uma criança muito graciosa. Lílian falou:
— Filhinha, cumprimenta o moço. Ele veio te buscar para passear.

Prontamente ela quis beijar o rosto de Fernando, que sensibilizado a beijou com carinho. Izabel, a menina, disse:
— Obrigada, moço. Eu vou passear com você e a mamãe. Vou gostar muito.

Lílian disse:
— O nome dele é Fernando.

E ele se dirigiu à menina:
— E o teu é Izabel, não é? Um nome bonito, para uma linda menina.

A menina sorriu agradecida. Lílian apresentou-o à tia, uma senhora simpática, chamada Lurdes.

Voltaram para o carro com a menina e foram para o clube.

Nesse ínterim, Mauro tinha ligado para a loja. Quem atendeu foi a mocinha, empregada, que ouviu Mauro dizer:
— Quero falar com a Lílian.
— Ela não está. Foi visitar a filha.

Mauro desligou, não gostou, e pensou: "Quero ver se é verdade, vou até a casa da tia". Pegou o carro e rumou para o endereço, pois já conhecia por ter estado lá uma vez. Quando estava estacionando, viu Lílian sair com um estranho e a menina, entrarem num carro e partir. Ficou louco de raiva e partiu no seu encalço. Queria tirar tudo a limpo. Guiava furioso. O carro de Fernando atravessou um cruzamento com sinal verde e, quando Mauro chegou, ficou vermelho e ele não pôde seguir, porque era um cruzamento de grande movimento. Ficou desesperado, perdera de vista o outro carro, que tinha entrado numa curva, depois numa travessa.

No carro, Fernando ia conversando alegremente com as duas, mal sabendo o que tinha ocorrido atrás de si.

No clube, os três passaram horas felizes. Enquanto a filha se divertia nos brinquedos, Fernando e Lílian passeavam pelos jardins, abraçados e trocando juras de amor, àquela altura completamente apaixonados. Almoçaram no clube e fizeram todas as vontades da menina, que estava radiante.

À tarde, levaram a menina de volta. E, no carro, Izabel falou:
— Fernando, muito obrigada, me diverti bastante e gostei muito de você. Você me levará outro dia ao clube?
— Levarei. Eu também gostei muito de você. Gostaria de ter uma filha como você.
— Você não tem filhos?
— Não.

Lílian, que prestava atenção à conversa, sorria feliz. Após deixarem a menina, Fernando disse:
— Ainda é cedo. Quer ir até o meu apartamento?

Lílian, um tanto surpresa, respondeu:
— Mas você pode levar uma moça ao seu apartamento?
— Como não. É meu apartamento e eu levo quem quiser. Vamos tomar um *drink*, ouvir música e conversar à vontade.
Lílian concordou.
Chegando ao apartamento, ela comentou:
— Bonito *flat* você tem.
— É, eu gosto dele.
Lílian andava pelo apartamento para conhecê-lo, quando viu na estante o pacote de presente com a camisa, comprada na loja, e disse:
— Fernando, você não deu o presente para a sua secretária. Será que não gostou da minha escolha?
Fernando ficou sem jeito e respondeu:
— Não foi nada disso. Vou confessar a verdade. Fiz a compra do presente só para te conhecer. Você escolheu a blusa e agora ela é sua. Ela foi a causa de nossa ligação.
— Você é incrível. Acho que foi por isso que me apaixonei tão depressa.
Fernando a enlaçou pela cintura e se beijaram longamente. Depois Fernando ligou o som, com música gostosa, e preparou duas bebidas. Sentaram no sofá e ficaram num diálogo amoroso. Nessa hora não podiam pensar nas dificuldades que poderiam surgir pela frente. Ele a beijava nos cabelos, no rosto, no colo, e, finalmente, nos lábios, um longo e apaixonado beijo. Lílian estava completamente entregue aos seus carinhos. E foram para o quarto. Quando Lílian se despiu, Fernando observou que corpo lindo ela tinha. Amaram-se apaixonadamente. Lílian nunca tinha sentido tanto prazer com um homem. Depois da cena de amor, Fernando pensava: "a história se repete, antes foi Glória, agora é Lílian, só que esta é verdadeira".
No dia seguinte, domingo, Fernando queria ver Lílian. Ligou para combinar um encontro. Ela atendeu toda aborrecida. Fernando perguntou:
— Que houve? Você não está passando bem?
— Não é isso. Ontem, tarde da noite, Mauro me ligou a fez o maior escândalo. Queria saber quem era o homem que saiu da casa da minha tia comigo e Izabel. Ele estava lá e viu tudo. Mas não conseguiu nos seguir, porque perdeu a pista. Eu disse que era um primo que nos levou para dar uma volta. Menti até o seu nome. Disse que se chamava Oswaldo. Ele não acreditou, pois não me encontrou o dia inteiro. Quer tirar tudo a limpo e disse que vem hoje aqui.
— Esse cara é um louco. Você não pode ficar aí. Eu vou te apanhar e vamos ficar longe dele.
— Não adianta. Vai ser pior se ele não me encontrar aqui. Depois, nem sei o que pode acontecer. Eu tenho uma boa amiga no prédio e vou pedir para ela ficar comigo, justificando uma visita, assim ele tem de se conter.
— Se você acha que assim é melhor, concordo. Mas estou vendo que ainda terei de enfrentar esse cara.

— Não desejo que aconteça, pois ele não tem educação para diálogo e só pode terminar em briga.
— Medo ele não me mete. Sou bastante homem para enfrentá-lo. Além do que, estou defendendo a mulher que amo, e não vou desistir de você.

Lílian gostou de ouvir essas palavras, mas estava preocupada e disse:
— Eu te telefono assim que puder, contando tudo.
— Está bem, eu aguardo. Não vou sair.

Lílian telefonou para sua amiga Cida e contou rapidamente seu problema, ela prometeu que iria imediatamente ao seu apartamento. As duas conversavam na sala e Lílian a punha a par da situação, quando a campainha tocou. Era Mauro, que entrou carrancudo e não gostando nada de encontrar visita. Lílian a apresentou:
— Esta é minha amiga Cida, que veio me visitar, e este é um amigo, Mauro.

Mauro mal a cumprimentou. Estava ansioso, queria ficar a sós com Lílian. Mas a amiga, sabendo de tudo, não se retiraria.

As duas conversavam generalidades e Mauro estava mudo, com cara de poucos amigos. Percebendo que a amiga não ia embora, deu uma desculpa e se retirou.

Na rua, Mauro postou-se próximo à entrada do prédio, esperando a amiga sair para voltar. Mas, por entre as cortinas, as duas o viram de prontidão. Ia esperar muito, pois Cida morava no prédio e não ia sair. Depois de mais de uma hora, ele desistiu de esperar e foi embora. Lílian agradeceu o favor que a amiga lhe prestara e, quando ela saiu, ligou para Fernando:
— Fernando, o Mauro esteve aqui e não pôde falar nada, porque a minha amiga não saiu e ele não teve jeito de discutir e acabou indo embora. Ele ficou de prontidão na calçada, próximo do prédio, esperando ela se retirar. Nós vimos tudo por trás das cortinas. Mas, ele acabou desistindo.
— Ótima a sua idéia de chamar a amiga. Agora eu quero passar aí em frente para te apanhar e almoçarmos juntos.
— Está bem, avise na portaria quando chegar, eu descerei.

Quando Lílian chegou, linda como sempre, Fernando a beijou, dizendo:
— Você gostou do restaurante do clube?
— Muito.
— Então vamos almoçar lá outra vez, assim poderemos conversar a vontade.

Depois do almoço, foram procurar um banco no jardim, num lugar tranqüilo. Fernando falou:
— Lílian, querida. Quero lhe fazer uma proposta que, se você aceitar, vai mudar a nossa vida.
— Qual?
— Quer casar comigo?

Lílian, entre surpresa e feliz, respondeu:
— Seria maravilhoso, mas como posso? Você conhece o meu problema.
— Primeiro, me dá um beijo como aprovação, estou contente. Depois vamos conversar.

Beijaram-se com muito amor e Fernando prosseguiu:
— Se for preciso, para nos livrarmos do Mauro, você mudaria de São Paulo?
— Com você eu vou até o fim do mundo. Mas não é fácil, pois além do Mauro, tem minha filha, a loja. E seu emprego?
— Tudo pode se arranjar, e sua filha iria conosco. Fiquei gostando dela. Formaremos uma nova família.
— Por favor, não me deixe ficar alimentando um belo sonho.
— Não estou brincando. Tenho bons amigos e tudo poderá se arranjar.
— Para onde iríamos sem que o Mauro descobrisse?
— Porto Alegre. É uma boa cidade e lá tenho amigos que iriam nos ajudar. Até um bom emprego posso arrumar. Deixaríamos uma pista falsa. Por exemplo, que fomos para Salvador, na Bahia, e caso ele quisesse nos procurar lá, nunca nos encontraria.
— Você pensa em tudo. Bendita hora em que te conheci. Mas você tem um bom emprego, e vai deixá-lo?
— Para nossa felicidade, vale tudo.
— E a minha loja?
— Você continua sócia. E, assim que a Fátima puder pagar a tua parte, você vende ou arranja outra sócia que compre.
— É, para tudo tem uma solução. É apenas o Mauro que é um empecilho.
— Confie em Deus, tudo dará certo.
No dia seguinte, Fernando trabalhava normalmente, mas seus pensamentos estavam nos planos que fizera com Lílian, quando seu telefone tocou. Era ela:
— Fernando, não sei o que fazer. Ontem à noite o Mauro foi me procurar e chegou quase a me agredir. Sabia que passei quase todo o dia fora. E ameaçou: "Se você estiver me traindo, eu vou descobrir e mato você e o teu amante". Estou desesperada, ele está louco, é capaz de tudo.
— Fique calma, meu amor. Procure evitar discussões com ele até concretizarmos nosso plano.
— Oxalá, seja logo. Quero fugir para longe dele, senão pode acontecer uma desgraça.
— Você já conversou com a Fátima a respeito de nosso plano?
— Sim. A Fátima é muito minha amiga e disse que, apesar de sentir muito em me perder como sócia, quer ver a minha felicidade. Ela sabe de todos os meus problemas e a nosso respeito. Ela gosta de você, mesmo sem ter sido apresentada.
— Pode lhe dizer que também gosto dela. Bem, agora eu vou me apressar para pôr em prática nosso plano. Dentro de alguns dias, vamos ver se já estamos a caminho de Porto Alegre.
— Que assim seja, com a graça de Deus.
— Deixa comigo. Um beijo para você.

Desligaram o telefone.

Fernando procurou saber se o Vieira e o Celso estavam no escritório, e mandou chamá-los:

— Vocês têm compromisso no final da tarde?

Ambos responderam:

— Não, por quê?

— Então, convido-os para um chopinho na saída, no bar lá embaixo, na avenida. Tenho um assunto para discutir com vocês, é particular.

No bar, Fernando contou que conheceu Lílian e todo o drama que estava vivendo com a interferência de Mauro. Mas não contou nada do sonho. Falou da intenção de pedir demissão da firma e se mudar para Porto Alegre para se casar com Lílian. Os amigos sentiram que ele tivesse de ir embora. Porém, se era para sua felicidade, tudo bem. Deixou com os amigos a pista falsa. Disse que, para todos os efeitos, ele tinha recebido uma proposta tentadora de trabalho na Bahia.

No dia seguinte, Fernando se comunicou com o Diretor Comercial e pediu uma audiência para tratar de um assunto particular. O Diretor mandou-o vir à sua sala, pois estaria à sua disposição. Quando Fernando entrou na sala, cumprimentaram-se e, após se sentarem, Fernando falou:

— Dr. Oliveira, o senhor sabe quanto eu gosto de trabalhar na Globotel.

— Certo, Fernando. A Diretoria toda também gosta muito do seu trabalho e da sua pessoa. Não é à toa que você está conosco já há 12 anos. E temos planos de maior progresso para você na empresa.

— Muito obrigado, mas sou forçado a declinar desses planos.

— Por quê? Vai nos deixar? Fizeram-lhe alguma boa proposta?

— Não é isso. Não deixaria a Globotel por outra proposta.

— Então, qual é o seu problema?

— Vou lhe contar tudo. Conheci uma boa moça e acabamos nos gostando muito. Acontece que ela tem um caso com outro homem, que ela há bastante tempo já queria romper, porque ele não presta. E agora queremos nos casar, mas temos de ir para longe, porque ele não vai permitir e pode terminar em tragédia, porque ele vive ameaçando-a.

— Então o caso parece grave, o que você pretende fazer?

— Contra minha vontade, vou pedir demissão e vamos nos mudar para Porto Alegre. Lá tenho amigos e posso reconstruir a minha vida com a Lílian. Este é o nome dela. Mas, para todos os efeitos, eu vou fingir que me mudei para a Bahia, deixando uma pista falsa.

— Você falou Porto Alegre? Espere aí. O Mendes, nosso gerente da filial vive se queixando comigo que está cansado, quer se aposentar e ir morar na sua casa de praia em Capão da Canoa. Estou sempre protelando em atender a vontade do Mendes, por não ter alguém para substituí-lo. Agora, podemos unir o útil ao agradável. Você vai ser o novo gerente da filial. Conheço o seu trabalho e tenho certeza de que vamos ter melhores resultados.

— Obrigado. É uma solução ideal, assim não precisarei deixar a firma de que tanto gosto.

— O cargo é seu. Deixe por minha conta, eu tratarei de tudo. Tire umas férias e vá ser feliz. A propósito, temos de arranjar alguém para te substituir. Você tem alguma sugestão?

— Eu acho que o Vieira, o Celso e o Rodrigues estão à altura de me substituir. Por antigüidade, seria o Vieira. Mas não quero me envolver.

— Concordo com a sua sugestão, deixa que resolverei.

Fernando agradeceu novamente a solução dada pelo Dr. Oliveira, e quando se retirou da sala estava eufórico e ansioso para contar a Lílian a novidade. Ligou para ela na loja e transmitiu a boa notícia. Ela ficou radiante, mas pediu que se apressassem nas providências da mudança, porque o Mauro estava impossível e iria, a todo custo, impedir seus planos.

Mauro estava agora convencido de que Lílian devia ter um amante, eram muitas as evidências. Queria descobrir tudo. Em vez de ficar pressionando Lílian e ela negando sempre que tinha outro amante, ele resolveu ficar vigiando, escondido, os passos dela, para descobrir o que queria.

Durante dois dias Mauro não deu notícias e Lílian chegou a pensar que ele tinha desistido de pressioná-la. Mas, Fernando, homem experiente, não acreditava. Ele deveria estar preparando alguma emboscada. E era verdade, pois ele vira Lílian entrar no carro de Fernando, em frente ao prédio. Mas, como era noite, não conseguiu ver o rosto dele. Estava possesso e arquitetava os mais sinistros planos. Pegou seu carro e seguiu atrás do outro.

Fernando levou Lílian para jantar e estavam acertando os detalhes da mudança:

— Meu apartamento vai ficar fechado e, mais tarde, vou vendê-lo mobiliado para comprarmos uma casa em Porto Alegre. Você vai escolher, a seu gosto, o bairro e se quer apartamento ou casa. Porto Alegre tem bons bairros para se morar e sua filha vai conosco. Vamos casar lá, numa cerimônia simples. Tenho bons amigos e eles vão nos receber bem.

Lílian, encantada, concordava com tudo. Mauro, que tinha seguido o carro até o restaurante, entrou, sem ser visto pelos dois, e foi se sentar no bar, num local meio escondido. De lá poderia observá-los. Pediu um conhaque estrangeiro, que tomou de um trago, e pediu outro. Com ódio, fitava os dois e observava bem o rosto de Fernando para não se esquecer.

Fernando e Lílian conversavam animadamente, trocando juras de amor, mal sabendo que estavam sendo observados por Mauro. Quando terminaram de jantar, Fernando pediu a conta, fez um cheque da despesa, deixou no pratinho com a nota, e saíram do restaurante.

Mauro os seguia com os olhos, com ódio, quando teve um pensamento rápido. Como o garçom não tinha ainda ido buscar o cheque, foi rapidamente à mesa, apanhou o cheque, enfiou-o no bolso e saiu do restaurante. Quando o garçom foi buscar o cheque, viu que não tinha nada no pratinho e pensou logo que aquele senhor distinto tinha dado o cano. Mas um freguês de uma mesa ao lado, que tinha visto tudo, contou que outra pessoa tinha tirado o cheque, identificando-a como o homem que estava bebendo no balcão. Mauro logo foi taxado de ladrão.

Ao sair do restaurante, Mauro não mais conseguiu ver os dois, mas agora já tinha o que queria para saber de tudo, pois o cheque tinha o nome do Fernando e, atrás, o seu telefone.

Tarde da noite, o telefone de Fernando tocou, acordando-o:
— Alô.
Do outro lado, a voz de Mauro, desconhecida para Fernando:
— É o Fernando?
— Sim.
— Ô seu crápula, aqui é o Mauro. Você e aquela cadela da Lílian não me escapam. Vê se deixa dela, porque ela me pertence, senão eu ainda te mato.
— Se você não morrer primeiro.

Mauro percebeu na hora que Fernando também era uma parada dura, que não se intimidava com a sua ameaça. Como Mauro tinha conseguido o telefone é o que Fernando não compreendia. O diálogo áspero continuava entre os dois.

— Que história é essa de dizer que Lílian lhe pertence? Muito tempo antes de eu conhecê-la, ela já não queria nada com você. Você é que não a deixa em paz. Por que não sai de seu caminho e parte pra outra?

— Quem vai partir para outra vida no inferno é você, e quem vai lhe mandar sou eu. Estou te avisando. Desapareça.

— Sim, eu e a Lílian vamos mesmo desaparecer juntos para bem longe de você.

Mauro, do outro lado da linha, estava espumando de raiva, e continuava ameaçando:

— Dou-lhe vinte e quatro horas para você desistir de uma vez da Lílian. Você não me escapa, eu já sei onde você mora e vai ser fácil te pegar.

— Suas ameaças não me intimidam. Eu sei que você é um homem endividado. Quem sabe se te ajudo financeiramente e você desiste da Lílian e nos deixa em paz?

— Oh, seu canalha, você está querendo me comprar? Você vai usar esse dinheiro para comprar dois belos caixões. Um para você, outro para Lílian.

— Você é muito ignorante. Com você não se pode ter um diálogo adulto.

Nesse instante, desligou o telefone e o deixou fora do gancho, para não dar oportunidade ao Mauro de ligar novamente. Ele, do outro lado da linha, estava furioso e tentava, inutilmente, fazer nova ligação.

Fernando, agora, tinha certeza de estar lidando com uma pessoa irresponsável e muito perigosa. Ia apressar as providências para se mudar para Porto Alegre. Lembrando como terminou seu sonho com Glória, tragicamente, ficou preocupado. Será que a história ia se repetir?

No dia seguinte, logo cedo, telefonou para Lílian, no apartamento, e contou-lhe o telefonema de Mauro. Ela ficou apavorada e não compreendia como ele conseguira o telefone e o nome de Fernando. Fernando disse:

— Lílian, a primeira providência que você vai tomar é proibir a entrada dele no prédio. Dê ordens ao porteiro e ao zelador para barrarem sua entrada. E, se ele insistir, chame a polícia, porque sua vida corre perigo.

— Está bem. Vou logo tomar essa providência, porque estou com muito medo.

— Não saia hoje do apartamento, faça as malas. Telefone para sua tia, peça a ela para aprontar Izabel e a mala. Diga a sua tia que vamos para Porto Alegre, mas, para quem perguntar, que ela diga que vamos para Salvador, na Bahia. Depois telefone para a Fátima, conte tudo e peça para ela tomar as providências quanto à entrega das chaves do seu apartamento, a venda do mobiliário e a remessa do seu carro para Porto Alegre. Você acha que a Fátima pode tomar todas essas providências?

— A Fátima é muito minha amiga e é uma pessoa formidável. Pela nossa felicidade ela faz qualquer sacrifício.

— Ótimo. Quando pudermos vir a São Paulo, vou ter o prazer de conhecê-la. Se o Mauro telefonar, desligue o telefone, não atenda, e fique aguardando minhas instruções.

— Está bem, querido. Vou fazer tudo como você recomendou, mas estou com muito medo. O Mauro é um louco e pode até nos matar, mas vou pedir muito a Deus pra nos ajudar nesta hora difícil.

— É isso mesmo, reze bastante por nós. Um beijo, meu amor.

— Outro para você.

Mauro, alucinado, queria pegar Fernando, e já tinha um revólver pronto para executar seu plano. Já sabia onde ele morava, pois, pelo cheque que tinha roubado, com o nome todo, foi fácil descobrir na lista. Pegou seu carro e rumou para Moema. Guiava possesso, um tanto alcoolizado e muito nervoso. No meio do caminho, seu carro, que era meio velho, apresentou defeito e parou. Ele ficou desesperado, pois precisava do carro para os seus planos, não podia depender de táxi. Foi obrigado a procurar um mecânico nas redondezas para consertar o carro.

No apartamento, Fernando tomava as providências para a urgente viagem. Aprontou as malas, chamou o zelador e comunicou:

— Antônio, eu vou fazer uma viagem demorada para a Bahia e o meu apartamento vai ficar fechado. Agora, irei ao escritório da firma e não voltarei mais.

— Pode deixar, Sr. Fernando. Eu tomarei conta de tudo.

Fernando se dirigiu para o escritório e tomou as últimas providências para viajar ainda naquele dia. Despediu-se dos colegas, e só os diretores e amigos íntimos sabiam que ele ia para Porto Alegre. Todos os demais estavam crentes que seu destino era Salvador, a negócios. Telefonou para Lílian e confirmou que tudo já estava pronto.

Quando o carro de Mauro ficou em ordem, depois de mais de uma hora, ele foi rápido até o prédio onde Fernando residia, mas com poucas esperanças de encontrá-lo. Chegando, dirigiu-se à portaria e perguntou:
— O Fernando Marques de Azevedo está?
— Não. Eu o vi sair com o carro há mais de uma hora.
— Sabe para onde ele foi? Sou seu amigo e preciso urgente lhe falar.
— Não sei, mas vou perguntar ao zelador. Talvez ele possa dar alguma informação.

O porteiro ligou pelo interfone para o zelador, que o informou que Fernando tinha ido para o escritório, mas com malas prontas para viajar para a Bahia. Mauro perguntou onde era o escritório. O zelador disse que era na Av. Faria Lima, e o nome era Globotel. Mauro agradeceu secamente e correu para o carro. Estava possesso. "Então eles vão para a Bahia... eu os mato antes".

Mauro foi à portaria da Globotel e perguntou por Fernando.
— O Fernando Marques de Azevedo está?
A recepcionista respondeu:
— Sim. O senhor quer falar com ele?
— Agora não. Sou seu conhecido. Preciso ir aqui perto e voltarei em seguida.

Mauro queria esperar Fernando na rua, pois assim poderia fugir depois de praticar o crime. Em seguida, seria a vez de Lílian. Ficou de prontidão na entrada do prédio. Se ele saísse com o carro pela garagem, ele atiraria rápido em Fernando. E, se ele aparecesse na entrada, ele atiraria à queima-roupa.

Fernando, depois de se despedir de todos, convidou Vieira e Celso para um *drink* rápido de despedida. Quando chegou na calçada, Mauro o viu e correu rápido na sua direção, já com o revólver apontado. Fernando viu, na sua frente, o Artur do sonho. Ouviu Mauro dizer:
— Agora eu te mato, seu cachorro.

Mas, antes que ele acionasse o gatilho, Fernando deu-lhe um tremendo soco na cara. Mauro caiu no chão e a arma foi parar longe. Levantou-se cambaleando, e vendo-se em desvantagem diante de Fernando e seus amigos, saiu correndo em desabalada carreira.

A cena foi tão rápida, que todos ficaram surpresos, e recolheram a arma para ser entregue a um policial. Os amigos viram o perigo que Fernando estava correndo e acharam que ele deveria ir imediatamente embora, para se encontrar com Lílian e viajarem com urgência.

Mauro correu para seu carro. Estava uma fera, pois além de não conseguir alvejar Fernando, ainda levara um tremendo soco e perdera a arma. Mas, ele tinha uma Mauser em casa e ia correr para buscá-la. Mataria os dois na frente do prédio da Lílian. Sabia que eles iriam fugir para a Bahia. Guiava rápido para buscar a arma, pois não havia tempo a perder. Tinha de completar seu plano.

Fernando se dirigiu rápido ao apartamento de Lílian, pois tinha certeza de que o Mauro se dirigia para lá.

Mauro pegou a outra arma e ainda bebeu meio copo de conhaque e saiu rápido de seu apartamento em direção ao de Lílian. Guiava alucinadamente, para chegar logo. Quando virou numa esquina, em alta velocidade, entrou na mão esquerda. Contra ele vinha um pesado caminhão e se chocaram de frente. Todos que estavam nas proximidades viram o acidente e correram para acudir. O motorista do caminhão desceu meio tonto e surpreso, dizendo:
– Eu não tenho culpa. Ele veio em cima de mim.
Na direção do carro, com a cabeça pendida, Mauro estava morto. Rapidamente uma multidão se aglomerou no local. Um curioso falou:
– Este cara devia estar bêbado, ou louco, para guiar desse jeito, ele se suicidou.
Disse outro curioso:
– Acho que ele ia matar alguém. Olha, uma arma no banco.
No apartamento de Lílian, os dois rapidamente colocaram a bagagem no carro e partiram para buscar a menina na casa da tia.
No caminho, a menina adormeceu no banco de trás, e eles seguiam felizes. Na estrada, com o carro correndo, Lílian falou:
– Fernando querido. Sempre fiquei curiosa em saber por que você me confundia tanto com a Glória.
Fernando explicou:
– Agora vou lhe contar tudo. Numa noite estava no meu apartamento, sozinho, esperando a uma chuva passar, pois ia à casa do meu colega Vieira, para uma festinha. Sentei na sala, liguei a televisão e estava passando um filme.
A cena era de uma moça chamada Glória, que estava sendo maltratada por um homem chamado Artur. Era o seu filme *Amor em Crise*. Fiquei tão condoído e simpatizei tanto com a moça que, quando adormeci, sonhei que pegava meu carro, para ir à casa do amigo, quando vi que estava com pouco combustível. Parei num posto próximo para abastecer. Ainda chovia, quando encostei no posto.
Ao lado, num belo carro, uma linda moça, impaciente, tentava dar a partida. Um frentista olhava o motor e dizia: "Moça, com esta chuva forte deve ter molhado alguma coisa e o carro não pega".
Eu, vendo o desespero da moça, dirigi-me a ela e percebi que tinha um rosto lindo e familiar. Ofereci-me para ajudá-la, aceitou de boa vontade. Quando perguntei seu nome, ela disse "GLÓRIA".
Ao longe, o carro na estrada seguia o seu destino.

Reportagem perigosa

César, redator-chefe do jornal *Espelho Diário*, chamou à sua sala a repórter Elda.
– Elda, gostei da entrevista que você fez com os deputados americanos. Vai ser uma boa matéria no jornal.

A repórter havia estado em Brasília e entrevistado deputados americanos e ecologistas que estavam no Brasil se inteirando das providências do governo brasileiro sobre ecologia, assunto do momento, de interesse geral da humanidade.

– Agora, tenho outro trabalho para você: Hoje chega a São Paulo a Orquestra Filarmônica de Viena. Quero que você faça uma entrevista com o diretor e com o maestro da orquestra. Eles devem ensaiar amanhã à tarde no Municipal. A pauta fica a seu critério. Por favor, vá lá e faça o seu trabalho.

– Ok. Amanhã irei procurá-los.

Elda Schneider, uma bela moça, inteligente, de descendência alemã, nascida em Blumenau, onde a família é comerciante. Veio há alguns anos para São Paulo e foi morar com uma irmã casada, passando a estudar jornalismo e línguas. Como domina bem o inglês, o francês e o alemão, o redator-chefe sempre a mobiliza para reportagens com estrangeiros. Mas, ela sonha mesmo é com um furo jornalístico. Ela considera seu trabalho bastante rotineiro.

Agora estava morando sozinha, no apartamento da irmã, depois que seu cunhado foi transferido para Salvador.

Com o antigo namorado Ronaldo, por incompatibilidade de gênios, ela rompera há três meses.

À noite, em seu apartamento, só, ligou para a família em Blumenau, em busca de notícias.

Ao discar, notou uma conversa em linhas cruzadas. Ficou ouvindo um diálogo interessante entre um homem e uma mulher:

– Curioso, disquei o número e caiu no seu! – Falava o homem.

– Isso acontece! – respondia a mulher.

– Ia falar com um amigo, mas é bem mais interessante ouvir a voz de uma bela moça!

– Como você sabe que sou bela e moça? Você tem um videofone? Não me consta que já tenha sido inventado. Posso ser velha e feia.

– Não acredito. Pela voz deve ser moça e bonita!

– Gentileza sua!

– Tenho certeza que é!

– Acho que você fala assim para todas!

– Não! Só para quem merece!

– Como sabe que eu mereço?

– Conhecendo você pessoalmente!

– Já está querendo me passar uma cantada?

– Absolutamente! Tenho vontade de conhecê-la, com todo o respeito!

– Vou acreditar nisso!

– Pode crer!

– E você também é moço? Vai ver que é casado com filhos e está se divertindo à minha custa...

– Casado, eu? E com família? Até agora estou muito bem solteiro!

— Que idade você tem? Se posso saber.
— Por quê não? Trinta e cinco anos. E eu posso saber a sua?
— Sou bem mais moça, mas como mulher me nego a dizer.
— Tem razão! Não devia nem perguntar. Mas o seu nome, posso saber?
— Por quê?
— Não quero tratá-la no telefone só por você, você, você...
— Você me diria o seu?
— Por que não? Waldo, às suas ordens.
— É o seu nome verdadeiro ou o seu nome de guerra?
— Por que, você costuma dar nome falso? O meu é esse mesmo.
— Você pode me chamar de Leila.
— "Pode chamar?" Eu acho que não é o seu nome verdadeiro.
— Isso não vou garantir!
— Está bem, para mim você é Leila, a minha musa do telefone.
— Você sabe fazer galanteios! Acho que tem uma escola!...
— Nada disso, é porque estou me interessando por você.
— Mas precisa ver se eu estou.
— Por quê? Você é casada ou comprometida?
— No momento não!
— Então por que não podemos nos conhecer sem compromisso nenhum? Na pior das hipóteses, podemos ficar amigos.
— Não sei não. Você pode se decepcionar comigo.
— Você também pode comigo. Mas tenho certeza de que isso não vai acontecer!
— Qual é a sua idéia?
— Vamos nos encontrar e nos conhecer sem compromisso. Podemos ir jantar ou ir a um barzinho para conversarmos à vontade.
— Quando?
— Amanhã à noite.
— Amanhã eu não posso. Tenho um compromisso!
— Então, depois de amanhã, no sábado. Está bem?
— É possível! Mas onde e como vamos nos identificar?
— Onde você mora?
— Não! O meu endereço e o meu telefone eu não dou!
— Está bem! O Shopping Iguatemi fica difícil pra você?
— Não!
— Então, eu encontro você depois de amanhã à noite, às nove horas, na porta principal da Av. Faria Lima. Eu vou com um lenço branco no bolsinho do paletó. E você?
— Eu vou pôr uma rosa vermelha no vestido.
— Ótimo, assim é fácil um identificar o outro.
— A propósito, você pode me dar o seu telefone? Caso eu tenha algum contratempo, posso te avisar.

— Não tem problema, mas não me telefone cancelando o encontro.
— Absolutamente!

Aí Waldo deu o número do seu telefone para Leila, e a Elda acompanhou todo o diálogo, curiosa, com bastante interesse. Ela ainda ouviu quando Waldo se despediu de Leila, dizendo:
— Um beijo pra minha musa do telefone!
— Obrigada!

Os telefones foram desligados e Elda ficou pensando: "O que será que vai resultar desse encontro?".

De repente, como era repórter e curiosa, tomou uma decisão. Como sabia o número do telefone do Waldo, ligou para ele. Pela voz, o reconheceu.
— É o Waldo?
— Sim!
— É a Leila!
— Será que você já vai cancelar o compromisso?
— Não! Mas é que eu me confundi. O meu compromisso é depois de amanhã, então, eu posso me encontrar com você amanhã mesmo.
— Ótimo! Mas sua voz está um pouco diferente, mais bonita!
— É que eu estou falando do telefone do quarto, antes estava na sala. Aquele não é muito bom!
— Ah! Sim! Então estamos combinados, amanhã, às nove horas.
— Sim!
— Outro beijo pra minha musa do telefone!
— Obrigada!

Quando desligaram o telefone, Elda arquitetou seu plano: "Não tenho nada a perder, vou conhecer esse homem, se não me agradar, não combino mais nada, e pronto. Quem não gostará é a verdadeira Leila, se é que é esse o nome dela! Se ela for ao encontro depois de amanhã, na certa ficará revoltada com a ausência dele. E não vai mais querer saber do tal de Waldo".

No dia seguinte, Elda foi ao ensaio da orquestra de Viena, se deliciou com as músicas e entrevistou o maestro e o diretor. Voltou para o jornal, traduziu, escreveu a matéria e entregou-a ao redator-chefe. Depois foi para casa, a fim de se aprontar para o encontro surpresa.

Toda bonita, no horário combinado, dirigiu seu carro até o Shopping Iguatemi, estacionou no pátio e foi para a entrada. Parou a alguma distância para não ser notada. Ficou observando para ver se não se decepcionaria. De fato, lá estava um homem alto, bem apessoado, com um lenço branco no bolsinho do paletó. Ela se animou e se dirigiu ao encontro dele.
— É o Waldo?
— Sim! Você é a Leila, a musa do telefone? Que surpresa agradável! Waldo Campos de Freitas, às suas ordens! Que sorte a minha com o cruzamento das linhas telefônicas! Você é ainda mais bonita do que eu sonhava!
— Gentileza sua! Você é também bastante simpático.

— Vou me esforçar para oferecer-lhe uma noite bem agradável, para que nos conheçamos melhor.
— Assim espero!
— Posso convidá-la para um jantar?
— Aceito, com prazer!
— Então, vamos no meu carro? Você veio de carro?
— Sim! Mas, o meu ficará no estacionamento.
Enquanto se encaminhavam para o carro, conversavam.
— Você trabalha, estuda ou só goza a vida? — perguntou Waldo.
— Já estudei, mas agora trabalho.
— O que você faz?
— Sou representante de produtos de beleza.
Ela mentiu pois não queria mencionar seu verdadeiro trabalho.
— E dá bom resultado?
— Dá para viver com relativo conforto. E você?
— Tenho uma pequena loja de presentes, aqui mesmo no Shopping.
Quando chegaram ao carro dele, ela notou que era um modelo de luxo. Waldo devia ser uma pessoa de posses. No carro, seguiram para o restaurante; um dos melhores dos Jardins. Depois dos aperitivos, pediram pratos de acordo com seus respectivos gostos.
— O seu trabalho é muito intenso? — perguntou Waldo.
— Não, eu programo as minhas visitas ou atendo aos chamados de minhas clientes.
— Sua clientela é da classe A ou B?
— A maioria é da classe A.
— Então você vende para diversas senhoras da sociedade?
— É verdade!
— Mora sozinha?
— Não. Moro com uma irmã casada, que no momento está viajando.
— Onde?
— Num apartamento no Brooklin. E você?
— Tenho um apartamento ao lado do Clube Pinheiros.
Nesse ínterim, Waldo segurava a mão dela, que aceitava a sua atitude.
— Você é muito bonita, loira, parece que descende de estrangeiros.
— Sim, sou neta de alemães.
— Como é o seu nome todo?
— Leila Schmidt.
Mentiu novamente, pois por enquanto queria continuar incógnita.
Depois do finíssimo jantar ele sugeriu:
— Que tal irmos a uma boate, ouvir um pouco de música? Amanhã é sábado e eu acredito que você não trabalhe.
— E você, não vai à sua loja?
— Não, eu tenho uma gerente e ela cuida de tudo.

— Então podemos ir, mas só por pouco tempo, não quero demorar.

Na boate, numa mesa de canto, eles tomavam um *drink* quando tocou uma música suave. Ele a convidou para dançar. Enlaçou-a e a apertava contra seu corpo, beijando-a no rosto. Ela já pressentia que ele avançaria o sinal, talvez com uma proposta ousada. Ela não concordaria. Com muito jeito afastou-se; ele notou e se conteve. Voltaram para a mesa. Logo em seguida apareceu um moço que deu um recado ao ouvido de Waldo.

Ele lhe pediu licença e disse que tinha de dar um telefonema. Quando ele voltou, pediu desculpas a Elda, dizendo que tinha de cuidar de um assunto particular urgente. Precisavam então, ir embora. Elda estranhou, mas atendeu prontamente.

Ele a levou de volta ao estacionamento do Shopping e a fez prometer que lhe telefonaria no dia seguinte, lá pelas onze horas da manhã. Elda não deu seu número de telefone a ele.

Ele se despediu da Elda, beijando-lhe o rosto e insinuando palavras de amor.

Quando ela se dirigia para casa, ia rememorando esse primeiro encontro. Não negava que havia simpatizado com ele, mas notava algo estranho. Como repórter que era, deduziu que ele estava obedecendo a alguém, por causa daquele telefonema. Em todo caso, ela telefonaria no dia seguinte para ver no que daria essa nova amizade.

No dia seguinte, sábado, depois das onze horas, ela ligou para Waldo.

— Bom-dia, Waldo! Te acordei?

— Bom-dia. Já estava acordado, mas ainda na cama, pena que não com você!

— Vamos com calma, não estou acostumada a ir para a cama com homens que acabo de conhecer.

— Acredito. Mas que eu gostaria disso, não nego, porque você mexeu comigo.

— Também simpatizei com você, mas não para tanto! Não digo que nunca irei para a cama com você, mas antes você tem de me conquistar. E não é só com um belo jantar e uma boate que isso acontecerá.

— Tudo bem, eu sou paciente, chegarei lá.

— Veremos! A propósito, resolveu bem o seu assunto particular de ontem?

— Ah, sim! São negócios urgentes, que aparecem fora de hora. Mas, trocando de conversa, quer sair hoje comigo? Prometo que não vou levá-la para a cama.

— Nem ia conseguir, talvez até nunca!

— Você é uma mulher de opinião, assim é que eu gosto; a conquista terá sabor de vitória.

— Até parece que se você me conquistar vai ganhar um troféu.

— O troféu é você! Minha musa do telefone. Então, vamos sair?

— Onde você pretende me levar?

— No jóquei. Você gosta de cavalos?
— Há muito tempo que não vou lá, aceito seu convite.
— Quem sabe você me dá sorte e eu acerto uma bolada!
— Por que, você freqüenta o jóquei para apostar?
— Se eu não aposto, não tem graça!
— O dinheiro é seu e você faz o que quiser.
— Está bem! Onde apanho você?
— O jóquei é perto do Shopping Iguatemi, nos encontraremos no mesmo lugar de ontem. Às duas da tarde, está bem?
— Ótimo, depois almoçaremos ou lancharemos no jóquei.
— Está bem, até logo!
— Até logo! Com um beijo bem gostoso nos seus lindos lábios!

Quando desligou o telefone, Elda pensou: "O Waldo deve estar acostumado a conquistas fáceis, mas comigo não vai ser fácil".

Às duas da tarde eles se encontraram no lugar combinado. Os dois muito bem-vestidos, trajando roupas esporte. Até que formavam um bonito casal.

Ele tentou beijá-la nos lábios, mas ela desviou o rosto com muita sutileza e ele acabou beijando seu rosto.

Elda percebeu que Waldo ficara meio desconcertado. E, conversando futilidades, foram no carro dele para o jóquei.

Lá ela viu como ele devia ser viciado, porque foi logo apostar nos cavalos. Depois, enquanto esperavam o páreo, foram tomar um lanche.

Passaram uma tarde agradável; ele perdeu um bocado de dinheiro em apostas, mas nem se abalou.

Elda pensava: "De onde será que vem tanto dinheiro, porque ele perdeu quase três mil reais e nem se importou. Só da loja de presentes, eu duvido! Este homem é um mistério, ou ele é de família rica ou sua fonte de renda é bem outra. Eu quero descobrir!"

Ela o deixava abraçá-la, beijá-la no rosto a todo instante, e ele sempre falando palavras de amor.

Após o jóquei, levou-a para jantar em outro restaurante de classe.

Com dinheiro para oferecer o melhor, gentilezas e galanteios, ele era um grande conquistador.

Pensava Elda: "Quantas ele já deve ter conquistado, e posto de lado?"

Até tarde da noite ele, conforme prometera, não a convidou para ir ao seu apartamento, mas Elda sabia que ele estava preparando o bote. Despediram-se. Waldo querendo um novo encontro!

Elda não teve como escapar, pois ele a enlaçou e a beijou nos lábios. Elda não pôde resistir, era um beijo muito ardente, com gosto de sexo. Ele procurando conquistá-la e ela querendo desvendar a vida dele.

No dia seguinte, domingo, Elda não telefonou para Waldo, para não parecer que estava muito interessada nele.

Na segunda-feira, na redação, estava lendo a matéria que escrevera sobre a orquestra de Viena quando houve um pequeno tumulto. O Joel, um colega da redação, tinha subido em uma escada para pegar uma pasta, que estava numa prateleira no alto, quando caiu e se machucou. Todo mundo foi socorrê-lo; tinha pequenos ferimentos, mas o braço esquerdo doía muito e estava inchado, devia ter fraturado.

César, o redator-chefe, solicitou para que alguém levasse o rapaz a uma clínica especializada, com a qual o jornal mantinha convênio. Elda se prontificou a levar o colega. Quando chegaram à clínica ortopédica, o rapaz foi logo atendido pelo médico de plantão, jovem e simpático, Dr. Henrique, por sinal filho de um dos diretores da clínica.

A fratura foi constatada e foram tomadas as providências, com o engessamento do braço.

Enquanto Joel era atendido, o Dr. Henrique conversava com Elda. Ele se mostrava educado e atencioso. Um belo e inteligente homem! E Elda estava apreciando aquela conversa. Ao terminar o atendimento, aviou a receita e recomendou que Joel voltasse depois de oito dias, para examiná-lo.

Nas despedidas, ao apertar a mão de Elda, olhando bem dentro de seus lindos olhos, Henrique falou:

— Elda, amanhã telefonarei para você na redação para ter notícias sobre a recuperação do Joel; entretanto, o mais importante será ouvir sua linda voz, tão linda quanto você!

Ela deu um belo sorriso, agradeceu e disse que estaria esperando.

À noite em casa, ligou para Waldo, mas ele não estava.

Elda deixou recado, na secretária eletrônica, dizendo que ligaria outra hora. Depois ligou para sua amiga Liana, para contar e saber das novidades; e combinar uma ida ao cinema noutro dia.

No dia seguinte, César mandou Elda entrevistar um cientista sueco, que estava no Brasil a serviço do Congo, para se inteirar de como o Instituto Butantã fabricava o soro antiofídico. O cientista, Dr. Rholf, ficou tão entusiasmado que a convidou para almoçarem juntos. O almoço foi tão agradável que fizeram uma boa amizade.

Quando voltou para a redação, recebeu o recado que o Dr. Henrique havia telefonado e ligaria novamente. Elda gostou do recado. À tarde, enquanto ela escrevia a matéria sobre a entrevista, Dr. Henrique telefonou:

— Boa-tarde Elda, como vai?

— Bem, e você? Recebi o seu recado. Conforme você prometeu, me ligou mesmo!

— Você gostou?

— Sim! Muito!

— Tem notícias do Joel?

— Deve estar bem!

— Posso te fazer uma pergunta mais ousada?

— Depende de que pergunta, mas faça.

— Qual é a sua condição pessoal: casada, solteira ou o quê?

— Solteira! Por quê?
— Melhor para mim, porque assim tenho mais liberdade de conversar com você.
— Por que, se eu fosse casada seria proibido conversarmos?
— Não é isso! É que, na verdade, você mexeu comigo. Como estou sozinho na vida, simpatizei com você. E da sua parte, posso ter esperanças?
— Não sei! Mas acho que ainda é cedo para esta resposta. Você disse que está sozinho na vida, isto é, não tem namorada?
— No momento, não!
— Henrique, podemos ser bons amigos. Do futuro, Deus é quem sabe!
— Ótimo! Bons amigos, mas com encontros constantes, concorda?
— É um prazer para mim. Quando vamos nos encontrar?
— E que tal logo hoje?
— Hoje não dá, vou ao cinema com uma amiga, e também nesta semana estou dando aulas de inglês para um colega e estarei ocupada. Mas, você pode me telefonar, quando quiser, que eu atenderei com prazer.
— Vou ficar impaciente até me encontrar com você.
— Não há dúvida de que teremos essa oportunidade.
— Então, até breve, com um beijo carinhoso de seu mais novo admirador.
— Obrigada, até logo.

Elda ficou pensativa: "De repente, há dois homens interessados em mim, mas darei preferência ao coração, escolhendo o Henrique; entretanto, continuarei saindo com o Waldo para descobrir o que ele faz de verdade".

À noite, ligou para Waldo, e ele atendeu.
— Boa-noite, Waldo é a Leila.
— Boa-noite, recebi o seu recado e estava aguardando ansioso novo telefonema. Quer sair comigo hoje?
— Hoje eu vou ao cinema com uma amiga, mas amanhã é possível.
— Está bem, então amanhã.
— O que você tem feito? Trabalhado muito em sua loja ou namorado outras mulheres?
— Não. O meu coração está voltado somente para a minha musa do telefone.
— Vai contar essa história para outra!
— Verdade! Estou impaciente para ter você bem junto de mim.
— Vamos com calma que "o santo é de barro".
— A calma tem limite! Mas e o seu trabalho, tem sido bom?
— Sim! Visito as clientes periodicamente e também recebo muitos chamados para encomendas.
— Muito bem, Leila, então vamos sair amanhã! Onde apanho você?
— Eu tenho de dar aula de inglês para um colega e então encontrarei você no lugar de costume, na hora combinada.
— Então está combinado, minha musa, sonharei com você!

— Não tenha um pesadelo!

Após o telefonema a Elda ficou pensando: "Serei obrigada a me render ao Waldo se eu quiser saber algo de concreto sobre a vida dele. Entretanto, ficarei atenta para não perder o Henrique".

Depois foi ao encontro de Liana para irem ao cinema e trocarem as novas.

No dia seguinte, recebeu outro telefonema do Henrique.

Foi almoçar com os colegas, para trocarem impressões de trabalho.

À noite, se aprontou toda bonita, e foi ao encontro de Waldo.

Ele a estava aguardando no lugar de costume, e já foi abraçando e lhe dando um beijo na boca.

— Leila, vamos jantar?
— Como queira!
— Vou levá-la a um restaurante francês, onde se come divinamente!
— Obrigada, mas não precisa tanto!
— Você merece muito mais.
— Vejo que você está gastando muito dinheiro comigo.
— Dinheiro não é problema, o que importa é o programa.
— Mas não vá, por minha causa, dar uma de rico e contrair dívidas.
— Nada disso! Sei como ganhar dinheiro.

Elda pensava: "Devagar ele está se abrindo...".

Depois, ele sempre confessando amor, levou-a a um restaurante, por sinal, finíssimo. O jantar estava delicioso e Waldo se esforçava para seduzi-la. Findo o jantar, foram dar um passeio de carro e, conversando ele acabou convidando-a para conhecer o seu apartamento. Ela não teve como recusar, mesmo porque gostaria de saber mais da vida dele.

O apartamento era num prédio de luxo, perto do Clube Pinheiros. Entraram, e Elda viu que era muito bem mobiliado, mas com decoração nitidamente erótica, próprio de um conquistador de mulheres.

Logo que entraram na sala, o interfone tocou e Waldo atendeu. Era o porteiro que pedia para ele ir retirar o carro, pois, por engano, ele o estacionara no *box* de um vizinho, que podia chegar a qualquer momento. Ele pediu licença a Elda e disse que voltaria num instante. Assim que ele saiu, Elda começou a andar pela sala e viu que na secretária eletrônica havia uma chamada gravada.

Com seu instinto de repórter funcionando, quis saber qual era a mensagem.

Apertou o *play* e ouviu: "Vavá, aqui é o Toni; o chefe mandou te avisar que chegou outra encomenda da 'pura'; ele quer o serviço rápido. Venha buscar".

Elda ligou imediatamente o retrocesso da fita e foi sentar-se no sofá, pegou uma revista, começou a folheá-la e raciocinou: "Agora já sei de onde vem tanto dinheiro: tráfico de drogas".

Nesse ínterim, Waldo voltou e logo foi preparar um *drink*, pôs música, sentou-se no sofá ao lado dela e, com palavras bonitas, tratou de seduzi-la. Elda, apesar de um tanto relutante, precisou aderir às carícias dele, já sabendo quais seriam suas intenções. Ela pensava: "Se eu me negar a ir para a cama com ele, talvez ele não queira ter mais nada comigo, e eu perderei a chance de, possivelmente, fazer uma grande reportagem. Já que entrei na chuva, agora preciso me molhar".

Assim, depois de muitas carícias, ele a levou para o quarto, que, com uma cama redonda, luzes coloridas e quadros eróticos, mais parecia um quarto de motel de luxo.

Fizeram amor e Elda fingia sentir um grande prazer, enquanto ele se mostrava um catedrático em matéria de amor, elogiando seu lindo corpo em todos os seus detalhes.

Depois de muito sexo, ficaram conversando. Aí Waldo começou a se abrir.

— Leila, você gosta de dinheiro?
— Quem não gosta!
— Eu estou gostando de você e poderia te arranjar um meio de ganhar muito dinheiro.
— Como?
— Com as suas clientes ricas.
— De que jeito? Roubando-as?
— Nada disso. Eu sei que muitas dessas mulheres são viciadas em produtos que as deixam eufóricas.
— Você quer dizer narcóticos?
— É isso mesmo!!
— E o que posso fazer?
— Eu não tenho nada com isso, mas um amigo meu pode lhe proporcionar muito dinheiro. Meu interesse é somente lhe ajudar; para mim basta o seu amor.
— Será que dá certo? Não é perigoso?
— Nada disso, você nem fica conhecendo esse amigo; eu mesmo me encarrego de arranjar a droga para as suas encomendas. Ele lhe dará vinte por cento do valor da droga fornecida e você ainda poderá vender bem mais cara, e o resultado será todo seu.
— Mas como é que vou oferecer para as minhas clientes, posso até me complicar!
— Você nunca vai oferecer, elas é que vão te pedir!
— Como?
— Você tem bom diálogo com elas?
— Com a maioria tenho.
— Então, na conversa com elas, você se queixa da vida difícil, atribulada e cansativa que você leva, e que para relaxar, ficar eufórica e ter maior prazer precisa sempre consumir alguma droga. Aquela que já é viciada ou está querendo experimentar, começará a te especular para conseguir a droga. Você finge um pouco de dificuldades e acaba concordando em arranjar para a interessada, que pagará um bom dinheiro, até em dólares, para obter a droga.

Quando ela perceber facilidade em conseguir por seu intermédio, ela mesma irá encomendar sempre e você só fará a distribuição, e ganhará muito dinheiro.
— Você acha que dará certo?
— Não tenha dúvida!
— Com jeito eu vou tentar, para ver se dá resultado, mas se alguma encomendar, como é que eu faço?
— Me telefona, ou deixa o recado na secretária eletrônica, que eu entrego pra você e você passa para a cliente.
— Mas você vai ter todo esse trabalho só para servir a mim e ao seu amigo?
— Não tem importância, eu gosto de você e quero te ajudar a ganhar dinheiro. A propósito, eu tenho um pouco de droga aqui. Você não quer tomar comigo para ficarmos "altos"?
— Não, muito obrigada! Uma vez experimentei e me dei mal! Me deu uma violenta reação alérgica, para mim nunca mais! Mentiu Elda.
— Está bem. Mas então, vamos fazer mais um pouco de amor?
— Não. Agora já é muito tarde e amanhã cedo eu tenho compromisso.
— Eu vou levá-la até seu carro. A propósito, eu acho que já é hora de me dar o número do seu telefone.
— Não! O meu telefone eu não dou. Minha irmã e meu cunhado já voltaram e não quero misturar as coisas, principalmente agora que pode "pintar" conversa de droga.

Waldo se convenceu e o assunto ficou encerrado.

Em casa, permaneceu de olhos abertos até tarde, pensando em tudo que se passara naquela noite. Ela já tinha descoberto o trabalho de Waldo, mas ainda faltava muito para completar a reportagem, que agora, mais do que nunca, ela queria fazer. Apesar de perigosa, Elda estava decidida a ir até o fim para tentar descobrir toda a quadrilha.

No dia seguinte, na redação, procurou o redator-chefe.
— César, quero ter uma conversa sigilosa sobre um trabalho que pretendo fazer.
— Um momento — ele fechou a porta e avisou Silvia que não atenderia ninguém, e colocou-se à disposição dela.

Elda contou tudo ao chefe, até sobre a noite anterior, dizendo que iria continuar na trama para descobrir tudo.

César concordou que seria um grande furo para o jornal, mas um serviço muito perigoso para ela, chegando a pensar se não deveriam entregar o caso à polícia. Elda não concordou, pois sabia que se a polícia apanhasse o Waldo, o caso nunca iria ficar totalmente resolvido, porque a quadrilha desapareceria e o negócio voltaria. Na certa, pagariam bons advogados para soltar Waldo, e se descobrissem que foi ela quem o "dedou" para a polícia, seria o fim. Ela estaria perdida! César acabou concordando e perguntou quais seriam os próximos passos de Elda.

Vou continuar a me relacionar com o Waldo, que não deve ser nome verdadeiro, mas ele também não sabe o meu. Eu vou fingir que estou arranjando clientes e ele vai me entregar a droga das pretensas encomendas. Só peço que você me arranje o dinheiro para pagá-lo e que guarde a droga para no fim entregá-la à polícia. Assim ele pensará que eu me integrei no tráfico e vai cada vez mais confiar em mim e dar informações que nos levarão ao chefe, possibilitando-nos, talvez, acabar com toda a quadrilha. Aí, sim, a polícia precisará fazer a sua parte.

— Seu plano é bom, mas tenho receio, por você!

— Eu preciso me arriscar, mas vou tomar todo o cuidado. O problema será se ele descobrir que não me chamo Leila Schmidt, e sim Elda Schneider, e que sou repórter. Aí, claro, estou perdida!

— Bem, eu tenho um amigo delegado, chefe de polícia, que pode te arranjar, provisoriamente para esse trabalho, carteira de identidade e de motorista falsas. Mas o Dr. Romão tem de tomar conhecimento de tudo!

— Ótimo! Desde que me deixe fazer o trabalho!

— Estou admirando sua coragem. Sempre soube das suas boas qualidades como repórter, mas desse jeito não!

— Sempre sonhei em fazer uma grande reportagem, quem sabe agora chegou a hora!

— Mas, o seu nome não pode aparecer na reportagem, pois esses traficantes têm conexão internacional, e em pouco tempo eles liquidariam você! Seu trabalho só terá o reconhecimento de poucas pessoas de toda a confiança, mas o seu prêmio será a promoção para uma chefia de setor com um aumento de salário. Eu lhe darei tudo como recompensa. Tome muito cuidado, porque eu também sou responsável pela sua segurança! Marcarei uma reunião com meu amigo policial, somente nós três. Agora vá, que eu tomarei as minhas providências e você as suas. Peço-lhe novamente, tenha muito cuidado; se encontrar alguma dificuldade, saia do caso!

Quando Elda voltou para sua mesa, recebeu um recado de Henrique, para ela ligar para a casa dele, pois só iria para a clínica à tarde, e deixou o seu número do telefone. Ela ligou, e quando ele atendeu, disse que estava contente em ouvi-la, apesar de preferir estar com ela pessoalmente.

— Elda, eu sei que você tem compromisso ainda por diversas noites, mas eu a estou convidando para almoçar comigo hoje. Depois a levarei de volta ao trabalho. Posso ter o prazer da sua companhia?

— Pode! O prazer também é meu.

De fato, ela já estava gostando dele, apesar de só terem estado uma vez juntos.

— Então, eu passo na redação às doze horas, iremos almoçar, te levarei de volta e irei para a clínica, está bem?

Às doze horas, ele passou para apanhá-la, num belo carro do ano. Quando ela entrou, ele beijou-lhe no rosto com muito carinho. Ela gostou.

— Elda, já estava com saudades! Que bom vê-la.

— Nossa, só nos vimos uma vez e você já está assim! Mas confesso, eu também!

– Que bom, isso me deixa muito feliz! Nunca senti tão rapidamente interesse por uma moça!
– Então, sorte minha!
E os dois riram da conversa. Mas, de fato, estava havendo uma atração mútua.
Ele a levou a um restaurante calmo e ficaram conversando. Ele contou sobre sua vida e ela resumiu a dela, da infância em Blumenau até os dias atuais. Agora os dois se conheciam muito bem. Ela só não fez nenhuma referência ao trabalho em que estava empenhada agora. Henrique não sabia o porquê de ela ter as noites ocupadas, as aulas de inglês eram simplesmente um pretexto.
Ao deixar Elda na redação, ele beijou suas mãos e seu rosto e perguntou se ela queria namorar com ele. Ela respondeu que com certeza iriam se encontrar outras vezes, e o tempo diria. Assim combinado, ele foi embora. Apesar da vontade, ela se conteve e não confessou seu amor por ele, por causa do compromisso com Waldo.
Quando ela voltou para a redação, César a chamou na sala e disse:
– Elda, eu já conversei sigilosamente com o Dr. Romão, chefe de polícia, ele ficou interessado no assunto e quer uma reunião com nós dois. Eu combinei hoje à noite, às nove horas, na minha casa, porque ele não quer na delegacia central, nem aqui no escritório, pois pode vazar e chegar ao conhecimento da quadrilha, e aí tudo será perdido. Conto com você, em minha casa, para a reunião. Você sabe onde eu moro, no Pacaembu, já esteve lá no aniversário da minha filha.
– Estarei lá, sem falta!
À noite, na casa de César, Elda foi apresentada ao Dr. Romão, um senhor simpático, com cabelos grisalhos.
– Então, Elda, me conte tudo que você sabe a respeito do caso até agora!
Elda contou tudo que ela sabia.
Muito bem! Sei que essa gente é perigosa e me preocupo por você – falou o Dr. Romão.
– Mas eu quero levar essa investigação até o fim, mesmo com o risco que corro – respondeu a Elda.
– Você é uma moça corajosa! Vamos tomar as providências necessárias! Primeiro, vou lhe arranjar documentação falsa, carteira de identidade e de motorista. Em nome de quem?
– Leila Schmidt.
– Certo! Amanhã mandarei para o César as carteiras, mas assim que o caso estiver resolvido, as carteiras voltam para mim para que eu mesmo as destrua. Sua verdadeira identidade e talão de cheques com o seu nome não podem de maneira nenhuma ficar com você. Deixe-os em casa, principalmente quando for se encontrar com o tal de Waldo. Essa gente sempre procura saber com quem está lidando, e se descobrirem sua real identidade sua vida não vale nada!

— Vou tomar toda a cautela, pois é do meu interesse.

— Eu vou telefonar para você ir me procurar. Nós temos agora um relógio de pulso, que emite sinais que são captados por um receptor com vídeo, onde aparecem as ruas da cidade. Esse aparelho fica alojado em uma unidade móvel. A pessoa que está com o relógio é localizada até uma distância de quinhentos metros. Voce usará o relógio e será, de agora em diante, seguida por um agente de segurança da minha inteira confiança. Anote tudo que você souber e ouvir de interessante, e comunique ao César ou a mim. Vou dar os números dos meus telefones na delegacia e particular.

Então, César falou:

— Romão! A Elda vai adquirir, por minha conta, alguma quantidade da droga para justificar que ela está passando para as clientes viciadas. Quando o caso estiver resolvido, eu te entrego a droga para você destruí-la. Eu também quero que somente o nosso jornal noticie o caso com exclusividade, pois é a Elda que está se arriscando, e eu cooperando.

— Não tenha dúvida, o caso será tratado com sigilo e só o seu jornal noticiará em primeira mão! Agora devo ir e cumprimento-a, Elda. Caso tenhamos êxito na empreitada, você prestará um grande serviço à sociedade!

E falou ainda, em tom de brincadeira:

— Se o César te demitir do jornal, me procure que eu te admito na hora, como investigadora.

Os três riram e depois cada um tomou seu rumo.

No dia seguinte, na redação, foi Elda quem telefonou para a clínica. Queria cumprimentar Henrique, mas a enfermeira-chefe comunicou que ele não trabalharia naquele dia, porque, um dia por semana, dava plantão gratuitamente numa pequena clínica na zona leste para pessoas humildes. Elda pensou: "Que belo gesto esse do Henrique, tenho certeza de que acabarei me apaixonando por ele".

No fim da tarde, César chamou Elda e lhe entregou as duas carteiras falsas. Agora ela seria provisoriamente Leila Schmidt. À noite, ligou para Waldo, que estava no apartamento.

— Waldo, é a Leila, estou com saudades!

— Ótimo! Quer se encontrar comigo?

— Sim! Tenho novidades boas a respeito daquele assunto que falamos.

— Então venha ao meu apartamento. Ao chegar, mande me avisar e descerei para você estacionar o seu carro no meu *box*, que possui duas vagas.

Quando Elda entrou no apartamento, ele já havia posto música e preparado *drinks*, ambiente propício para outra noite de amor. Mas ela não tinha nenhuma vontade de fazer sexo com ele. O interesse era outro.

— Querida, estou louco para possuí-la outra vez.

— Infelizmente hoje não dá, estou naqueles dias – mentiu Elda.

— Que pena, eu estava muito animado.

— Fica pra outro dia, prometo.

— Está bem! O que você quis dizer ao telefone com novidades boas?

— Conversei com duas mulheres do jeito que você me instruiu e elas ficaram animadas, pedindo para que eu consiga a droga para elas, que dinheiro não é problema, só pediram completo sigilo. Eu disse que ia ver o que era possível fazer. Hoje uma delas já telefonou, querendo saber se eu já tinha conseguido a droga.

— Você viu como é fácil? Você vai ganhar muita gaita!

— E agora, como é que eu faço?

— Amanhã, depois das quatro da tarde, você vai ao Shopping, neste papel está o número e o nome da minha loja. Quando chegar, diga para a gerente: "O Vavá mandou me chamar", este é o código. Ela fará você entrar numa sala reservada, onde eu a estarei esperando com a droga. Leve dinheiro para dez pacotinhos; o valor está nesse papel. Vinte por cento disso são seus; se você vender mais do que isso, o resto é seu.

Depois ele começou a beijá-la com ardor, e ela fingia corresponder, estava fazendo o seu papel; mas com jeito se desvencilhou e foi embora.

No dia seguinte, Elda informou a César que ia apanhar dez pacotinhos da droga e precisava levar o dinheiro, e a importância era alta. Ele lhe deu o dinheiro, mas recomendou que ela trouxesse a droga imediatamente até ele, pois era perigoso que ela ficasse com aquilo, já que, se fosse pega, não teria como se justificar.

À tarde, esteve na loja e fez tudo conforme o combinado. Depois, voltou para a redação e entregou a droga para César, que a guardou bem escondida. Em seguida, telefonou para o Dr. Romão a fim de informá-lo como iam as coisas. O chefe de polícia pediu para que César, na segunda-feira, levasse Elda para receber o relógio especial e saber como funcionava.

Entrementes, Elda recebeu um telefonema de Henrique, convidando-a para ir ao Guarujá, no fim da semana. Ela adorou o convite, mas disse que no dia seguinte, sexta-feira, confirmaria se poderia ir ou não. Ela teria primeiro de se livrar de Waldo, no fim de semana, com uma boa desculpa.

Na sexta-feira, foi entrevistar empresários japoneses que estavam a negócio em São Paulo.

À tarde, telefonou para Waldo, sabendo que dificilmente iria encontrá-lo, e deixou recado na secretária eletrônica: "Waldo, é a Leila. Meus pais chegaram de Santa Catarina e vão passar o final de semana comigo. Pena que não posso te ver. Telefono na segunda-feira para novo encontro! Um beijo, para você! A propósito, naquele serviço deu tudo certo. Estou satisfeita! Outro beijo!".

Com essa desculpa ela poderia aceitar o convite de Henrique. Pelo telefone combinaram o passeio, para a alegria de ambos.

No sábado, às oito horas, Henrique estava na entrada do prédio onde Elda residia. Ela veio ao seu encontro toda sorridente e bem-vestida, com roupas esportivas. Beijaram-se com muito carinho e foram para o Guarujá. Ficaram hospedados no apartamento da família dele. Por sinal, um belo apartamento na orla marítima. Ficaram sozinhos, pois a família não iria naquele fim de semana.

Amaram-se apaixonadamente. Os dois nunca tinham sentido coisa igual. Agora estavam irremediavelmente ligados um ao outro. Elda só se preocupava com o assunto Waldo, que tinha de esconder de Henrique. O fim de semana tinha sido muito feliz para ambos.

Na segunda-feira, César levou Elda para receber o relógio com bip e saber como funcionava. Foi instruída que o botão da esquerda, pressionado, interrompia o contato com o aparelho de recepção, que tinha o alcance de quinhentos metros. Ela deveria pressioná-lo três vezes, interrompendo o sinal, que era o código para a polícia atacar. O relógio, para marcar as horas, funcionava com corda. Pilha era só para acionar o mecanismo eletrônico do bip. Era tão perfeito, como relógio, que ninguém desconfiaria. Fora invenção da polícia americana e fornecido somente para policiais de elite. Elda estava com o equipamento completo para desempenhar o trabalho para o qual se tinha comprometido.

À noite, ela telefonou para Waldo:

— Boa-noite Waldo, recebeu o meu recado?

— Sim! Fiquei chateado, pois queria amá-la neste fim de semana, mas não foi possível.

— É! Com meus pais aqui, não dava! Mas hoje eu posso.

— Ótimo! Então venha para cá, eu te espero! Proceda da mesma maneira com o seu carro.

Elda sabia que teria uma noite desagradável, mas tinha de se sujeitar para ver o que apurava.

No apartamento, ele estava sedento para fazer amor, e ela não tinha como escapar.

Ele bebia e cheirava droga, parecia um tarado. Exigiu que ela dormisse a noite toda com ele.

No meio da noite ele se levantou para ir ao banheiro. Ela fingia dormir, mas viu quando ele pegou sua bolsa.

Na certa iria verificar o seu conteúdo, mas não encontraria nada de suspeito. Pelo contrário, verificaria que ela se chamava realmente Leila Schmidt. Que sorte ela já possuir os documentos falsos! Passado um tempo, ele voltou silenciosamente para o quarto, colocou a bolsa no lugar e se deitou. Dali a pouco estava dormindo profundamente, com tanta bebida e droga no corpo.

Depois das duas horas da madrugada, o telefone tocou. Elda acordou, mas ele dormia profundamente. Ela ouviu que havia sido deixado um recado na secretária eletrônica. Levantou-se silenciosamente, foi à sala e apertou o *play* para ouvir o que estava gravado: "Vavá, aqui é o Toni, o chefe mandou te avisar que o 'Beleza' fugiu com um quilo da 'pura', ele quer que o encontremos para liquidá-lo; além do roubo, ele sabe muito a nosso respeito. Temos de fazer o serviço urgente, o chefe tem pressa". Elda retrocedeu a fita e voltou, sem fazer ruído, para a cama.

Ela pensou: "Então esse tal de 'Beleza' passou a perna neles". Contaria o fato para César e Dr. Romão.

No dia seguinte, cedo, ela foi embora, mas disse antes para Waldo que iria querer mais droga, pois as viciadas tinham pedido mais. Ele, sonolento, concordou e voltou a dormir.

Ela foi ao seu apartamento para se aprontar e seguir para o trabalho.

Agora, já estava com nojo daquele homem, mas tinha de fazer o seu trabalho bem-feito. Que diferença do Henrique, por quem ela já estava apaixonada.

No escritório, levou logo ao conhecimento de César o que ela ouvira na gravação, e em seguida César pôs o Dr. Romão a par.

Henrique a convidou para irem almoçar juntos, e ela aceitou com prazer. Combinaram um cinema para a noite, para assistirem a um filme que estava muito cotado.

Era uma alegria agora para Elda estar ao lado do homem que amava.

À tarde, depois das quatro horas, foi novamente à loja de Waldo e retirou mais dez pacotinhos da droga. Ele estava exultante com a eficiência de Elda em passar a droga. Ela fazia tudo para impressionar e colher resultados. Acertaram para a noite seguinte outro encontro.

À noite, foi com Henrique ao cinema, depois foram lanchar. Passaram horas agradáveis juntos.

Na noite seguinte, dirigiu-se de novo ao apartamento de Waldo e conheceu o tal de Toni, um homem um tanto antipático, que Waldo apresentou como sendo a pessoa que arranjava a droga. Ele elogiou o que ela estava fazendo. Quando se retirou, ainda disse para Waldo:

— Precisamos encontrar logo o "Beleza" e resolver o caso.

Waldo, depois, falou para a Elda:

— Leila, sábado à noite a levarei a uma festa especial, você vai conhecer um homem muito importante. É a despedida de algumas moças que irão para o exterior, pois arranjamos ótimos empregos para elas. São moças que serão contratadas por importantes empresas para recepcionar grandes clientes estrangeiros, atuando como tradutoras. Além de ganharem muito bem em dólar, os clientes, que ficam satisfeitos com a eficiência delas, dão grandes propinas. No prazo de dois anos elas voltam e já serão mulheres ricas. Mas as moças têm de ser bonitas, para impressionar bem. Se você quisesse fazer um trabalho desses, ganharia muito dinheiro. Além de conhecer outros países, viajar muito, iria levar um vidão. Você, que fala quatro línguas, seria paga a peso de ouro.

— Pode ser, mas prefiro ficar por aqui, principalmente agora que estou ganhando em passar a droga.

— Tudo bem, mas sábado venha toda bonita, porque eu desejo fazer sucesso exibindo você!

— Vou me esforçar bastante!

— Leila, hoje sou eu quem não pode ir para a cama com você, porque estou com um pouco de dor de cabeça.

— Não tem importância, eu mesma estou muito cansada, fica para outro dia.

Elda pensou: "Que bom, foi ele mesmo que desistiu; eu não agüento mais fingir".

— Waldo, tome um comprimido, vá deitar e descanse.

— É isso mesmo que vou fazer.

E assim Elda foi embora, satisfeita por não ter de se sujeitar outra vez aos caprichos de Waldo, e com uma grande notícia para César e Dr. Romão.

Elda refletia: "Além deles serem traficantes, ainda exploram o comércio de escravas brancas. Isso de recepcionistas contratadas é tudo balela".

No dia seguinte, conversou com César, e este combinou com Dr. Romão para irem outra vez, à noite, à sua casa, porque havia assunto importante.

À noite, os três juntos, mais o chefe dos investigadores Arnaldo, na casa de César, tomaram conhecimento das informações obtidas por Elda.

Dr. Romão falou:

— Então, será sábado que a quadrilha estará reunida. Vamos fazer uma grande operação, para ver se pegamos o chefe e todo o bando. Os miseráveis, além do tráfico de drogas, ainda fazem comércio de escravas brancas! Você, Elda, estará com o relógio. Quando for se encontrar com Waldo no apartamento dele, o carro com o Arnaldo e o César estará de prontidão lá embaixo, com o aparelho receptor ligado ao bip do relógio. Eles estarão em contato comigo pelo rádio do carro. Eu vou ficar em estado de alerta, com uma força policial de mais de trinta homens bem armados, prontos para agir. Quando você chegar ao endereço da festa, o Arnaldo me avisará e iremos todos para lá. Ficaremos a uns duzentos metros do local, para não despertar suspeitas nos bandidos. Assim que a festa estiver no auge, todos descontraídos, se divertindo, e o chefe estiver presente, você, cuidando para não ser notada, deve acionar o relógio para dar o sinal do nosso ataque. Aperte o botão três vezes, como eu lhe ensinei. Quando invadirmos a casa, procure se proteger, pois pode haver tiroteio. Para sua proteção, você será detida normalmente como traficante, para eles não desconfiarem de você. Eu vou dizer lá que quem nos deu a ficha foi um telefonema do "Beleza", assim a culpa da denúncia cairá sobre ele. Minha turma só irá tomar conhecimento da operação quando nos dirigirmos para lá, pois é possível que haja algum espião na polícia e a operação estaria perdida. Você também, César, dê conhecimento a seu pessoal somente quando a operação estiver em andamento, e só mande gente de confiança, e o mínimo possível. Vocês terão a exclusividade da reportagem. Os outros jornais irão estrilar, mas deixa comigo, eu saberei o que dizer. Elda não aparecerá no caso. Acho que está tudo claro. Alguém ainda quer fazer alguma pergunta?

Todos concordaram que estava bem armada a operação e dependia, agora, somente de Elda.

No sábado, Henrique queria sair com Elda, mas ela precisou mentir, dizendo que iria fazer companhia a uma amiga que tinha sido operada. Ele compreendeu e prometeu telefonar na segunda-feira. Ela foi para o apartamento de Waldo. O relógio, junto com outra bela jóia, ornamentava a moça.

César e Arnaldo a levaram ao apartamento de Waldo no carro que iria dirigir a operação. O bip tocava forte e na tela iam sendo identificadas as ruas. Eles estacionaram próximo do prédio de Waldo. Ela diria que chegou de táxi, e que não quis usar o carro porque estava com problema e poderia deixá-la na rua.

Quando Waldo viu Elda, ficou entusiasmado. Realmente, ela estava linda, muito bem vestida e enfeitada, exalando um perfume delicioso.

– Se não tivéssemos de ir a essa festa, faria hoje muito amor com você. Mas, tudo bem. Haverá compensações, pois você fará bastante sucesso na festa.

Ela deu um lindo sorriso:
– Então, você gostou?
– Muito! Está de parabéns!
– Você também está muito elegante!
– Bem, vamos para a festa que é um pouco longe.
E assim foram de carro em direção a Santana.

Elda estava tranqüila, pois sabia que, a uma pequena distância, César a seguia.

No alto de Santana o carro parou em frente de um belo palacete. O Waldo deu duas buzinadas e abriu-se uma pequena janela no portão, uma pessoa olhou e em seguida escancarou as duas folhas, permitindo a entrada. O carro estacionou ao lado de vários outros modelos de luxo. O palacete estava todo iluminado. Quando entraram, Elda viu que era ricamente mobiliado.

Diversas moças e homens já estavam no recinto e conversavam animadamente. Era um desfile de moças bonitas, mas Elda se destacava, e Waldo mostrava-se orgulhoso por ser ele o seu amante. Foram feitas algumas apresentações para o ambiente ficar mais descontraído.

Uma mesa grande em outra sala estava arrumada com uma variedade de iguarias e bebidas finas. Havia também um garçom que servia a todos. Toni, que estava presente com a sua companheira, cumprimentou Elda, e disse para Waldo:

– Ainda não conseguimos pôr a mão no "Beleza". Ele deve ter fugido para longe. – Waldo concordou.

Outros casais foram chegando e a festa ia se animando, com música para dançar.

Em determinado momento, Elda ficou frente a frente com um senhor gordo. Sentiu um calafrio, mas procurou disfarçar.

Ele falou:
– Parece que a conheço de algum lugar?
– Eu não me lembro.

Por cúmulo do azar, esse homem era justamente o dono de uma galeria de quadros, onde Elda, uns seis meses atrás, fez uma reportagem. Ele estava expondo quadros de pintores famosos, mas como tinha de se desdobrar para atender as pessoas importantes que o rodeavam, só disse umas poucas palavras para Elda e foi fotografado. A entrevista completa ela fez com a gerente que, por sorte, não estava presente na festa, mas se também ela aparecesse, aí seria o caos, e pobre da Elda. O diálogo com o homem continuou:

— Acho que foi na minha exposição de quadros.
— Que exposição?
— "La Bella Tela"!
— Não! Nunca estive lá, aliás, não sou muito dada a quadros, mas tenho uma irmã que se parece muito comigo e gosta de arte.
— Ah! Vai ver que foi a sua irmã que esteve na minha loja e eu confundi com você.
— É. Pode ser.
— Bom, vamos esquecer. Mas, como é bonita a sua garota, Waldo. — Ele ficou todo orgulhoso.

Elda pensou: "Ainda bem que desta eu me safei"!

Dali a pouco, alguns casais subiam e entravam nos quartos. Na certa iriam fazer verdadeiros bacanais, porque, além das bebidas, devia rolar droga à vontade. Já tinham oferecido para Elda, mas ela declinou. Neste momento, lembrou-se da linha cruzada, na qual assumiu o lugar de Leila, talvez tendo-a livrado desta arapuca.

Elda olhou por uma janela lateral da casa e viu no palacete ao lado, num jardim bem iluminado, um nível mais baixo, que saíra na porta uma moça bem vestida, de longo, que foi pegar um cachorrinho no colo e depois entrou.

Depois de uns dez minutos, apareceu na sala um senhor magro, pálido, com cabelos pretos colados na cabeça e fumando com uma piteira; ao seu lado, uma moça bonita e muito sofisticada, bem-vestida, com muitas jóias caras e um cachorrinho no colo. Elda logo viu que era a moça que ela vira no jardim da casa ao lado. E pensou: "A casa ao lado é onde mora este casal, mas eles não entraram pela porta, deve haver alguma passagem secreta entre as duas casas". O casal foi logo cercado por pessoas que os cumprimentavam, com todo o respeito, e chamavam o homem de senhor "King".

"Então este é o chefe", raciocinou Elda.

Ele ia andando pelo salão e cumprimentando as pessoas com um sorriso quase sinistro. Quando chegou na frente de Elda, Waldo o cumprimentou com todo o respeito apresentou Elda.

— Esta é Leila, nossa nova aquisição.
— Muito bonita! Vale uma fortuna! — E sempre com o seu sorriso sinistro a cumprimentou. Em seguida, a companheira a cumprimentou só com a cabeça, porque nos braços ela segurava o cachorrinho *poodle* branco que ostentava uma jóia cara na coleira.

Elda pensou: "Enquanto muita gente miserável morre de fome, essa aí põe jóia em coleira de cachorro".

Depois de dançar uma música com Waldo, que a apertava contra o seu corpo, Elda pediu licença para ir ao banheiro. Ali, se fechou no reservado, tirou da bolsa uma folha de seu caderno de anotações e escreveu:

"César, o chefe se chama 'King', ele mora na casa ao lado, eu vi a companheira dele no jardim; deve haver alguma passagem secreta, pois eles não entraram pela porta."

Depois, guardou a mensagem no sutiã. Voltou para o salão, junto de Waldo, que já estava ficando um pouco alcoolizado e drogado.

Cenas escandalosas já se viam nos sofás e poltronas. Nesse momento Elda acionou o botão do relógio três vezes, conforme o combinado.

Cinco minutos depois ouviu-se um vozerio lá fora; a porta foi arrombada e começou uma gritaria e um corre-corre, sem ninguém entender nada.

Diversos homens armados vinham entrando e gritavam:

– É a polícia! Todo mundo deitado no chão, senão leva bala!

Todos, amedrontados, iam se jogando no chão. Entrou uma porção de homens, todos com armas, que corriam pela casa toda. Entravam nos quartos, deparando-se com casais totalmente despidos que mandavam descer, elas só de calcinhas e sutiãs e eles de cuecas. Elda também, deitada no chão, procurava ver César ou Dr. Romão. Eles entraram na sala e o Dr. Romão dava as ordens.

– Separem as mulheres em uma sala e os homens em outra, algemem todos os homens.

Waldo estava pálido de medo. Muitas mulheres choravam. Dr. Romão falou alto para o Arnaldo, para os homens ouvirem:

– Então estava certo o telefonema do "Beleza", acho que pegamos toda a quadrilha.

Os traficantes que conheciam o "Beleza" ficaram sabendo, assim, quem foi que dera o serviço.

Quando foram levando as mulheres para a outra sala, César ficou perto de Elda, e esta passou discretamente às mãos dele o bilhete com o recado. Ele foi para um canto e leu. César chamou o Dr. Romão para um canto escondido e mostrou o bilhete de Elda.

O tal de "King" não foi achado, assim como sua companheira.

Imediatamente Dr. Romão tomou providências. Foi com diversos policiais à casa ao lado, arrombou o portão, bateu na porta e deu voz de prisão para quem estivesse na casa. Quando a porta se abriu, um criado, com muito medo, por sinal gay, disse:

– Que é isso? Meus patrões foram ao teatro, não há ninguém em casa.

– Prendam essa bicha! E revistem a casa toda.

Encontraram outro criado, também gay, que tremia de medo, e foi igualmente preso.

Na casa, não encontraram ninguém.

Dr. Romão raciocinou rápido: "Deve haver uma passagem secreta e o chefe deve estar nela".

Pegou a bicha mais amedrontada e disse para um policial:
— Se não me contar onde é o túnel em um minuto, mate-o.
Sabia que o policial não faria isso, mas foi o bastante para ele disparar a gritar e dizer que não sabia, mas que o patrão às vezes entrava no escritório e desaparecia.
Foi o suficiente para o Dr. Romão. No escritório, nada se notava. Começaram a bater nas paredes e notaram que em uma delas o som era diferente.
— Peguem a metralhadora e metam bala nela.
Após a primeira rajada, uma parte começou a se mover e apareceu um túnel. "King", sua companheira com o cachorrinho no colo e dois guarda-costas com metralhadoras saíram com as mãos para o alto.
Não adiantava a resistência, pois seriam mortos.
Quando o chefe ficou na frente do Dr. Romão, ele disse:
— Então você é que é o chefe "King"? O telefonema do "Beleza" estava certo! Mas também vamos pegá-lo.
Assim, até "King" ficara sabendo que tinha sido o "Beleza", quem avisara a polícia.
— Revistem toda a casa e ponham as algemas no "King", nos comparsas e na mulher dele. Tirem a jóia da coleira do cãozinho e soltem-no. Eu vou à casa ao lado para as providências.
Entrou no túnel com o Arnaldo e viram que era bem construído, iluminado, com uns trinta metros de comprimento. Na outra ponta subiram uma escada com alguns degraus, encontraram um botão, que apertaram, e logo se fez uma abertura na parede, no escritório da casa vizinha.
Dr. Romão comentou com Arnaldo:
— Muito bem-feito esse trabalho. As duas casas têm comunicação, completamente disfarçada. Se Elda não tivesse descoberto, dificilmente teríamos pego o "King"!
Depois, deu todas as ordens que deviam ser tomadas.
Elda estava entre as mulheres deitadas. Quando Dr. Romão passou por ela, discretamente deu-lhe uma piscada. Elda entendeu tudo, e estava feliz por dentro.
Agora, queriam descobrir o cofre que, com certeza, deveria existir na casa. No escritório bem amplo, onde havia a passagem, noutra parede, quando batida também se notava um som diferente. Chegaram à conclusão de que ali estaria o cofre. O sistema deveria ser o mesmo do túnel, com segredo para deixar o cofre à vista.
Dr. Romão mandou buscar "King". Quando ele chegou, escoltado, Dr. Romão disse:
— Não adianta mentir, o cofre está aqui atrás. Trate de abri-lo antes de começar a apanhar, e se não fizer, depois mando explodir essa parede e o cofre.
"King" não tinha outra saída, e apanhar da polícia não queria.

Com cara enraivecida, apertou um enfeite na parede e apareceu uma abertura, por onde se via o cofre, que era bem grande e de alta resistência.
— Agora, abra o cofre!
"King", bastante nervoso, girou o segredo e abriu o cofre. Lá dentro, bem acondicionada havia bastante coca, talvez mais de cinqüenta quilos, além de algumas armas automáticas. Dinheiro e valores não havia. Dr. Romão pôs um policial para tomar conta do cofre e disse para "King":
— Agora vamos para a outra casa, pois lá também há um cofre e eu quero ele aberto, senão você se arrependerá.
Levou "King" para o escritório da outra casa.
— O cofre deve estar na sala, trate de abri-lo.
"King", sempre amedrontado e nervoso, acionou outro dispositivo disfarçado na parede, e parte dela se abriu, deixando ver um cofre igual ao primeiro.
— Agora, abra-o.
"King" rodou o segredo e abriu o cofre. Lá dentro havia uma grande quantidade de dólares, reais, jóias de alto valor, escrituras e uma arma automática.
Dr. Romão deu as ordens para Arnaldo.
— Mande contar este dinheiro, junte as jóias a esses documentos; quero tudo arrolado, certo. E tome conta do "King".
Os repórteres do jornal *Espelho Diário* fotografavam tudo, inclusive, "King", comparsas e mulheres, até as seminuas. Iriam fazer uma grande reportagem, com exclusividade.
Depois, todos os presos foram conduzidos à polícia, para triagem e indiciamento.
Elda foi solta só no dia seguinte, para deixar firme a impressão de que ela também fazia parte do grupo de transgressores. O próprio Dr. Romão a levou para casa e a cumprimentou:
— Elda, eu, a polícia e a sociedade estamos eternamente gratos pelo grande trabalho que você prestou! Você é uma menina de ouro!
Ele lhe deu um carinhoso beijo no rosto. Elda estava feliz.
Na segunda-feira, na redação, todos liam e comentavam a grande reportagem do jornal.
César estava eufórico, chamou Elda e disse:
— Você foi a grande vitoriosa dessa nossa reportagem. Parabéns! Como prometi, você vai receber a promoção como recompensa do seu brilhante esforço.
Ela agradeceu, comovida e feliz.
Tinha feito a grande reportagem com que sempre sonhara.
Mais tarde, Henrique telefonou para Elda:
— Querida, não pude vê-la no fim de semana, quer sair comigo hoje?
— Meu amor, com o maior prazer, com você eu irei até o fim do mundo!

O casamento chique

Olavo chegou em casa cansado e de mau humor, não tanto pelo trabalho, mas sim pela dificuldade do trânsito. Era todo o dia assim: demorava até uma hora de carro para voltar para casa.

A esposa, Márcia, depois do beijo de cumprimento, falou:

— Olavo, temos uma novidade! Recebemos um convite de casamento de minha prima Helena. Sua filha Raquel vai se casar daqui a vinte dias!

Olavo, sem muito entusiasmo, pegou o convite na mão.

— Sua prima esteve aqui hoje, entregando o convite?

— Não! O porteiro disse que foi deixado na portaria por um rapaz de moto. Desses que fazem entregas rápidas.

— Agora se entrega convite de casamento desse jeito? Antes era sempre feita com uma visita.

— Hoje em dia as providências são muitas e não dá para entregar convite pessoalmente.

— Será que temos que ir a esse casamento? Nós não vemos essa gente há muito tempo! Se não me engano, a última vez que estivemos com a Helena foi no enterro do tio Arquimedes, há anos... Praticamente nunca temos contato com eles.

— Mas, Olavo, eles foram muito gentis em nos convidar. A Raquel vai se casar com o filho de um secretário de Estado e, na certa, vai ser um casamento muito chique. No convite diz que, após a cerimônia na igreja, vai haver recepção no Buffet Los Angeles, um dos mais famosos da cidade. Eu acho que seria uma desfeita não irmos ao casamento! Além do que, nossas filhas estão entusiasmadas!

— Tudo bem, a maioria vence... Se é da vontade de vocês, vamos ao casamento!

— Querido, temos de providenciar um bonito presente e comprar roupas novas e ir ao cabeleireiro, não queremos fazer papelão.

— Já vi que esse casamento vai me custar uma nota preta! Mas, se for para a alegria de vocês, tudo bem! Agora podemos jantar, que estou com fome?

— Sim, querido, vou te servir com todo amor!

Daí em diante começaram os preparativos para o casamento: figurinos e revistas especializadas eram devorados pela esposa e as duas filhas: Norma, de dezoito anos e Claudete, de quinze. O filho Augusto, de vinte anos, já tinha dito que não iria ao casamento. Norma ia então com o namorado, no lugar do irmão.

O presente de casamento, a esposa e as filhas escolheram juntas: uma bela peça de cristal da Boêmia, que compraram numa loja fina e custou um bom dinheiro. A costureira da família disse que tinha muito serviço e não poderia aprontar os vestidos para o casamento. Então elas começaram a correr as lojas especializadas. Experimentaram dezenas de vestidos, visitaram diversas lojas, até que decidiram. Agora eram os sapatos e bolsas que davam trabalho. Até que, por fim, ficaram satisfeitas.

Olavo gastou um bom dinheiro com a vaidade das mulheres. Teve de até dispor de uma parte considerável da poupança, ajuntada com sacrifício. Ele também teve de comprar uma camisa fina, gravata de seda e novos sapatos; terno ele ia usar o seu escuro. Também o carro, por estar com a pintura queimada e ter pequenos danos, teve de passar por uma "garibada" geral, que custou bem caro. É que, na certa, no casamento ia se ver um desfile de carros, e Olavo não queria ficar por baixo.

No dia do casamento, foi um corre-corre das mulheres nos salões de beleza, penteados na última moda e unhas bem pintadas. Depois de demorada maquiagem, todas estavam prontas para o grande acontecimento.

Junto com o namorado da Norma, foram para a igreja.

O casamento estava marcado para as dezenove horas. Chegaram às dezoito e trinta e Olavo já teve dificuldade para estacionar. Foi parar longe, deixando antes os familiares na porta. A igreja já estava quase lotada, mas conseguiram, por sorte, sentar bem lá atrás. Correndo os olhos pela requintada decoração e vendo os participantes tão elegantes e charmosos, tinha-se a impressão de um desfile de moda. Às dezenove horas, a igreja estava repleta, com gente de pé por todos os lados.

Olavo pensou: "As famílias dos noivos pegaram a lista telefônica e enviaram convites para a maioria dos assinantes. Se todos mandaram presentes, os noivos podem até abrir uma loja, que vão ter estoque por bastante tempo".

O calor incomodava e a noiva não aparecia!

Somente às dezenove e quarenta e cinco teve início a música vibrante e a noiva entrou na igreja, levada pelo pai, Dr. Alencar. Era tanta gente de pé, que a família do Olavo não pôde ver a noiva passar! A cerimônia começou, e na frente do altar o padre falava; não se ouvia direito e não se via nada! Depois de quase uma hora de um ato enfadonho, a cerimônia estava terminada. Os noivos saíram com a comitiva de damas de honra, familiares e padrinhos na retaguarda.

Agora todos tinham de se deslocar para o *buffet,* onde os noivos receberiam os cumprimentos e haveria a recepção. Quando Olavo chegou com o carro, teve outra vez de estacionar longe.

A fila para os cumprimentos era imensa e ia demorar uma eternidade. Ao chegar a vez de Olavo e família, os noivos já estavam tão cansados de cumprimentos, que apenas sorriam amarelo e agradeciam mecanicamente. Os familiares também.

A prima Helena viu Olavo e disse:

— Você também veio, Oswaldo! Muito obrigada!

Olavo pensou: "Essa aí não sabe nem o meu nome!".

O salão do *buffet* era bem grande, mas com tanta gente entrando, ia ficando lotado. Quase todos de pé, cadeiras só havia em volta do salão, todas ocupadas.

Quando terminaram os cumprimentos, o salão estava cheio e o calor ficando insuportável. Todos tinham de ficar em seus lugares, pois locomover-se estava impossível.

Depois de algum tempo, começaram a aparecer garçons com salgadinhos, que sumiam rapidamente das bandejas, tantas as mãos ávidas por uma conquista.

Um organista tocava música de fundo.

Naquela altura, já eram quase dez horas e Olavo e família não tinham sido agraciados com um único salgadinho, refrigerante ou aperitivo... E a fome já batia violentamente!

Olavo estava à espreita de um garçom que vinha se aproximando, com uma bandeja de croquetes, e se apressou para pegar um, mas outros esfomeados foram mais rápidos e não sobrou nenhum.

A filha mais nova se queixava de sede, mas nada podia ser feito. Agora sim, um garçom estava próximo e Olavo, triunfalmente, conseguiu pegar um pastelzinho. Quando ia levá-lo à boca, sua filha Norma pediu para oferecê-lo a Régis, que ainda não tinha comido nada! E lá se foi o troféu de Olavo para a boca do outro.

Márcia se queixava dos pés cansados dentro daqueles sapatos altíssimos!

O calor era terrível, todo mundo suava, bufava e resmungava. A maquiagem de diversas mulheres estava escorrendo, para desespero delas, pois o banheiro deveria estar lotado para outras se recomporem, e o cheiro insuportável.

Olavo ouviu claramente um senhor gordo, ao lado, sussurrar para a esposa:

— Maria, ainda tem peixe do almoço em casa? Aqui, se morre de inanição!

Olavo invejou: "Como deve estar gostoso aquele peixe!".

Depois de muito custo conseguiram um copinho de refrigerante para Claudete, que teve de dividi-lo com a irmã e a mãe, que também estavam sedentas. Noutro ataque a uma bandeja, Olavo conseguiu uma bolinha de queijo, que devorou numa bocada e, por sinal, estava uma salmoura!

Num lado do salão, sobre uma mesa ricamente arrumada, estava o bolo dos noivos, que até era bem grande, mas que para servir aquela multidão estava sendo cortado em fatias transparentes, distribuídos para uma extensa fila que se formara. Olavo e família nunca iriam entrar nessa fila.

Ele também ouviu quando um senhor de cabelos grisalhos falou para o outro:

— Caímos no conto do casamento "chique"! A sopa do albergue noturno deve alimentar mais do que isso aqui!

Olavo concordou em gênero, número e grau. Aí, ele sussurrou para a esposa:

— Márcia, vamos embora que desse mato não sai coelho. Vamos comer uma pizza, porque nós todos estamos com fome.

Retiraram-se do salão com grande dificuldade e se dirigiram para o carro. Lá, Olavo teve outro aborrecimento: o veículo estava com um farol quebrado e a grade um pouco amassada. Na certa, dano ocasionado pelo carro da frente ao fazer a manobra para sair.

Assim, quase à meia-noite, vestidos de gala, foram comer pizza!!
Olavo confirmava para a família o comentário daquele senhor: "Caímos no conto do casamento 'chique'."

O nome

A cena se passou numa fila do INSS para recebimento do auxílio-doença, igual a muitas que se vêem por este Brasil afora.
— Nome?
— Colosflónio Único da Silva.
— Cavalheiro, não estou aqui pra brincadeira! O nome certo? — falou, já meio bravo, o atendente do outro lado do guichê.
— Colosflónio Único da Silva.
E o gajo já foi metendo quase nas fuças do funcionário sua carteira de identidade, para comprovar o seu nome verdadeiro.
— Mas, isso é nome que alguém tenha?
— Mas eu tenho, infelizmente!
— E como é que você se arranja com um nome desses?
— E o que é que eu posso fazer? Matar o meu pai? Ele já está morto há muito tempo! Foi ele quem botou esse nome em mim, e eu, recém-nascido não podia protestar! Meu pai quis que seu filho tivesse um nome inédito no Brasil! E me arranjou esse que só me dá encrenca. Já fui até parar na delegacia por ter esbofeteado uma moça que fez chacota do meu nome. Já apanhei e bati por causa do nome. Não passa um só dia em que não tenha de explicar essa maldita herança que meu pai me deixou. Mas também é tanta praga que eu rogo pra ele, que até o seu esqueleto deve dançar no caixão!
Logo atrás do infortunado, um homem "gordo às pampas" ria e falava:
— Isso não é nada! Podia ser pior!
Mas foi logo fulminado com o olhar de "poucos amigos" do proprietário do nome e até a "autoridade" do guichê se pronunciou:
— Cavalheiro, o assunto não lhe diz respeito. Cale-se!
Depois do atendimento ao único dono de tal nome no Brasil, que por sinal tinha de voltar, pois, como sempre, faltava um documento para satisfazer o Instituto, lá se foi ele embora todo chateado.
Murmurou entredentes o funcionário: "Cada nome que me aparece neste guichê!"
— O próximo. Nome?
— Paquiderme Junqueira.

Vidas em contraste

No quarto amplo e confortável, o despertador tocou às sete horas. Renato acordou e levantou-se da cama, espreguiçando-se; sua esposa, Maria, continuava dormindo. Ele foi para o banheiro para tomar banho e barbear-se. Enquanto isso, a esposa entrou no banheiro:

— Bom-dia, querido!

— Bom-dia!

— Você chegou tarde ontem à noite, e eu já estava dormindo, nem vi você se deitar. Outra vez aqueles serões de trabalho?

— Sim, o nosso expediente no banco está atrasado e temos trabalho extra.

— Mas, você, como gerente, não pode arranjar outro para ficar à noite no seu lugar? Agora constantemente você fica trabalhando até tarde, e não janta com seus filhos.

— O que você quer que eu faça? Eu sou o gerente e tenho responsabilidades. Mas um dia eu acerto uma bolada e posso ficar de papo pro ar.

— De que jeito? Só se for sozinho, na loto.

Logo após, na mesa da copa reunidos, Renato, Maria e os filhos, José Paulo e Catarina, tomavam o café.

— Kati (apelido da filha), você vai para o cursinho agora? – perguntou Renato.

— Vou sim, me dá uma carona?

— Dou, mas não demora nos arranjos, porque tenho de sair logo. E você, José Paulo, vai para a faculdade na sua moto?

— Vou, mas antes tenho de passar numa livraria, pois tenho de encontrar um livro que está faltando. Mas pai, eu preciso de dinheiro.

— Mas a mesada que te dei já acabou?

— É, tudo sobe e a minha gaita já está no fim.

— Pede para a sua mãe, porque agora estou desfalcado, mas vê se controla bem a sua mesada. Maria, você precisa marcar uma consulta com o Dr. Américo, porque vem se queixando muito de cansaço, e isso não é normal.

— Sim, eu vou marcar, porque de vez em quando tenho tido até palpitações.

No carro com a filha, no caminho da escola:

— Kati, esse seu namoro com o Armando, será que tem futuro?

— Não sei pai. Nós brigamos muito.

— Então veja bem se não é melhor acabar de uma vez.

— Deixa pra lá, eu resolvo. Já cheguei, tchau, pai.

— Até logo.

Na agência do Banco Mundo, onde Renato é gerente, ele chama sua secretária:

— Norma, me traga a correspondência da matriz e pede para o Cláudio trazer os depósitos de ontem.

Enquanto Renato apunha vistos nos documentos e aguardava as providências, tocou seu telefone. Era seu amigo Durval.
— Renato, você não foi nada feliz no jogo de ontem à noite.
— Eu preciso ver se paro, porque tenho perdido um bom dinheiro, e ainda estou mentindo para a Maria, dizendo que estou fazendo serão.
— Mas outro dia você acerta e fica por cima outra vez.
— Não sei não, estou acabando com as minhas reservas, e isto é ruim. Não sou você. Sua indústria é uma mina de ouro, e não lhe falta dinheiro.
— Quer dizer que por esses dias você não quer jogar?
— Vou dar uma folga. Mas eu aviso se vou querer encontrar com a turma novamente. Agora vou desligar porque tenho trabalho. Até logo.

Renato ficou pensativo, estava se viciando no jogo de pôquer alto e vinha perdendo muito dinheiro, precisava parar de uma vez.

Estava dando expediente quando sua secretária avisou:
— Sr. Renato, tem dois senhores que querem falar com o senhor.
— Mande entrar.

Entraram na sala dois senhores bem-vestidos, um mais alto e calvo, e outro com cabelos grisalhos. Renato os convidou para sentar, e eles se apresentaram.
— Eu sou Aristides de Souza – disse o mais alto. — Este é meu sócio José Eduardo de Alcântara.

E os dois deram seus cartões pessoais, onde se lia: "Aristides de Souza – Cia. Importadora e Exportadora de Máquinas Juma S/A, Diretor", no outro: "José Eduardo de Alcântara, Diretor".
— Muito bem senhores, em que posso servi-los?
— Nossa empresa felizmente tem feito bons negócios, e queremos abrir uma conta na sua agência – disse Aristides.
— Muito bem, estamos às suas ordens, é um prazer fazermos novos clientes.
— Temos interesse em abrir uma conta corrente e fazer uma aplicação a prazo curto.
— Os senhores já têm uma idéia de com quanto vão abrir a conta?
— Pretendemos que seja vinte mil reais na conta corrente e trinta mil na aplicação a curto prazo.

Renato, satisfeito com a negociação:
— Muito bem, vamos apressar todas as providências. Os senhores vão ficar satisfeitos com o nosso atendimento e com os resultados.
— Esperamos que sim, pois temos interesse em movimentar bastante com sua agência – falou José Eduardo.
— No que depender de nós, os senhores não vão se arrepender! Os senhores têm toda a documentação para abrirmos a conta?
— Sim, acho que temos tudo aqui! – respondeu Aristides.

Ele abriu uma pasta e retirou diversos documentos, contrato social, ficha cadastral, etc. – documentos necessários para abrir a conta. Renato passou os olhos nos documentos, que pareciam em ordem e que seriam encaminhados à seção de cadastro para as providências normais. Quanto ao depósito, poderia ser feito logo, com os documentos pessoais dos dois.

— Os senhores vão fazer os depósitos em cheque?

— Não, em dinheiro! — respondeu Aristides.

— Em dinheiro?

— Sim, temos aqui conosco!

E José Eduardo apanhou uma pasta que estava no chão a seu lado e pôs na mesa de Renato, que a abriu. Lá dentro estava o dinheiro, em notas de 50 e 100 reais

— Não é perigoso os senhores andarem com todo esse dinheiro?

— Tomamos bastante cuidado, não há perigo! Aí na pasta tem os 50 mil, pode contar!

— Muito bem, vou chamar meu assistente e ele vai cuidar de tudo para os senhores saírem daqui com todas as providências acertadas!

Chamou Oswaldo, seu funcionário, e deu todas as ordens. O dinheiro foi contado na presença de todos e, como estava certo, Oswaldo o levou para depositar. A documentação referente ao depósito seria posteriormente preparada para as assinaturas, mediante os documentos pessoais de ambos. Enquanto aguardavam, Renato ofereceu-lhes um café e ficaram conversando.

— Os senhores fazem grandes negócios no seu ramo? — perguntou Renato.

— Sim, temos grandes transações com máquinas para indústria e vamos trabalhar bastante com o seu Banco! — respondeu Aristides.

— Ótimo, vamos cooperar no que for possível!

Depois de tudo resolvido, despediram-se e foram embora. Renato estava satisfeito, pois esse negócio ajudaria a agência junto à matriz.

Durante mais de um mês, os dois sócios movimentaram suas contas diversas vezes, com retiradas e depósitos, chegando a ter em conta corrente mais de 60 mil. Renato mostrava-se satisfeito com as transações e os recebia sempre pessoalmente. Estavam bem íntimos com Renato, e um dia fizeram uma visita especial:

— Renato, temos de conseguir um empréstimo no seu Banco, pois vamos fazer um grande negócio e precisamos de dinheiro! — falou Aristides.

— Depende de quanto precisam.

— 250 mil reais.

— Mas é muito dinheiro!

— Mas damos todas as garantias, inclusive temos um grande terreno, no começo da Castelo Branco, com o qual podemos fazer uma hipoteca para garantia do empréstimo – e tirou da pasta a escritura de uma grande área de um terreno no município de Jandira, que parecia em ordem.

— Esta área vale, por baixo, 300 mil, mas não queremos vender, pois o lugar está progredindo muito e a valorização vai ser grande. Quanto ao empréstimo, pagamos até juros mais altos que o normal. Desde que não sejam exagerados.

— Por quanto tempo os senhores precisam do empréstimo?

— No máximo sessenta dias! Se você conseguir esse empréstimo, não vai se arrepender!
— Estão pensando em me dar uma propina? Esqueçam!
— Não é isso. Mas podemos lhe dar um bonito presente?
— Um presente tudo bem! Mas devo consultar a matriz para darmos este empréstimo!
— Demora muito esta resposta?
— Não, eu vou apressar! Mas, de todo jeito, os senhores precisam deixar um bom depósito em conta corrente!
— Não há dúvida, no nosso saldo atual não vamos mexer, só usaremos o empréstimo para a nossa necessidade!
— Se possível, ainda vamos aumentar nossa conta corrente! — falou o outro.
— Tudo bem, eu vou me empenhar para fazermos este negócio! Telefonem daqui a alguns dias para saber se já tenho uma resposta!
Despediram-se, e os dois se retiraram.
À noite, Renato, como já fazia algumas semanas que não ia ao jogo, ficou com vontade e foi para lá. Encontrou a viciada turma de sempre. Entrou no jogo, estava perdendo e as paradas estavam altas, quando, numa rodada, veio na mão uma trinca de damas. Todos os quatro foram no jogo, e as apostas foram altas. Quando pediram cartas, Renato pediu duas, outro pediu uma, outro não pediu, e o último pediu duas. Quando Renato viu as outras duas cartas, uma era dama e a outra um ás. Ficou tenso, ele tinha uma quadra de damas na mão, agora seria a sua grande chance. Todos em silêncio esperavam as apostas. Quem tinha de falar primeiro era Renato. Ele pensou: "se eu apostar alto, pode ser que ninguém tenha jogo bom, vão fugir da mesa e eu não terei bom proveito". Apostou só cinqüenta reais, o seguinte parceiro pagou, o terceiro pagou e repicou mais duzentos, e o quarto fugiu do jogo. Renato viu a chance de recuperar bem os prejuízos que vinha tendo no jogo, pagou e repicou mais trezentos reais. O seguinte fugiu do jogo e o outro, que tinha repicado a aposta, um jogador inveterado, pessoa pouco sociável e com posses, pagou os trezentos e voltou a apostar em cima mais dois mil reais.
Renato pensou: "Esse cara quer que eu fuja da parada, pois sabe que eu estou perdendo bastante e não vou ter condições de pagar a aposta, mas com o jogo que eu tenho, eu é que não vou fugir, esse cara deve estar blefando".
Renato, como não tinha mais dinheiro, foi autorizado a fazer um cheque no valor da aposta. Quando foram mostrados os jogos, Renato esfriou, o outro tinha uma quadra de reis e ganhou a parada. Como ele sabia que não tinha cobertura no banco para o cheque, Renato combinou que deixaria os documentos do carro como garantia por três dias para cobrir o cheque.
Renato foi para casa completamente arrasado e preocupado, pois tinha de cobrir o cheque, senão perderia o carro, e prometendo a si próprio que nunca mais sentaria numa mesa de jogo.
Em casa, a esposa notou o estado em que Renato estava.

— Renato, você chega às duas da madrugada e ainda todo nervoso, o que foi, trabalho outra vez? — já desconfiada dos atrasos do marido.

— Sim, trabalho e outros aborrecimentos!

— Que aborrecimentos?

— Querida, não se preocupe, eu resolvo os meus problemas! Você foi ao Dr. Américo, o que ele achou?

— Minha pressão está alterada e tenho de fazer alguns exames. Ele disse para não me preocupar, conforme o resultado dos exames vai dar a medicação.

— Então, siga direito as medicações do médico!

No dia seguinte, no banco, dava o expediente, mas estava preocupado com o cheque nas mãos do Ozório, que não era pessoa muito confiável.

À tarde, Renato foi chamado no telefone, era Ozório.

— Renato, estou te lembrando que eu quero receber este cheque, senão você vai me entregar o seu carro!

— Fique descansado, eu vou cumprir o prometido até depois de amanhã!

— Comigo não tem essa de dívida de jogo não ser paga, porque eu engrosso e vai ser pior para você!

— Está bem, eu te aviso para depositar o cheque!

Depois do telefonema, Renato estava realmente preocupado, tinha de cobrir o cheque de R$ 2.300,00, ainda não sabia como, ou então perderia o carro, o que seria o caos. Na mesa estava a resposta da matriz para o empréstimo à Importadora e Exportadora Juma S/A. As informações do cliente eram normais, mas a matriz informava que o gerente tinha uma verba para empréstimos, e que deveria resolver a operação dentro das normas do Banco.

Mais tarde, Aristides e José Eduardo apareceram para saber do resultado e Renato informou:

— O empréstimo talvez seja possível, mas temos de discutir melhor as condições.

— Que condições? — perguntou José Eduardo.

— Pelo valor, temos de cobrar um adicional de dois por cento na taxa de juros, e só assim poderemos fazer o negócio, por trinta dias!

— Somente por trinta dias?

— Sim, não dá por mais prazo! — confirmou Renato.

Os sócios confabularam entre si e responderam:

— Está bem, como o negócio que vamos fazer com o empréstimo vai nos dar um bom resultado em poucos dias, podemos aceitá-lo por trinta dias, não vamos ter problemas para saldar! — falou o Aristides.

— Os senhores têm de nos dar todas as garantias, inclusive a escritura do terreno vai ser vinculada à dívida!

— Não há dúvida, cumpriremos todas as exigências!

Renato pensou rápido: "Se fosse dado o empréstimo, como eles prometeram um presente, e tinham insinuado em dinheiro, talvez ele pudesse conseguir uma importância para cumprir o compromisso do cheque com Ozório".

– A propósito, os senhores prometeram me presentear caso eu conseguisse o empréstimo. Poderia ser em espécie, para eu mesmo comprar meu presente?

– Como não? Qual é a sua pretensão? – perguntou Aristides.

– Nada além de três mil reais, mas que seja mantido todo o sigilo.

– Mas é certo, nós temos todo interesse. Pode contar com os 3.000.

– Muito bem, eu vou apressar as providências para a transação!

– Quando podemos contar com o dinheiro?

– Amanhã à tarde os senhores podem vir ao banco, para assinar todos os documentos, e depois de amanhã, os R$ 250.000,00, deduzidos os juros, taxas e despesas que serão cobradas, estarão creditados na conta dos senhores.

– Ótimo, ainda vamos fazer outros grandes negócios com o banco, por seu intermédio, pois estamos gostando muito do atendimento! – falou Aristides.

– Obrigado, cumpro com minha obrigação! – respondeu Renato.

Despediram-se e foram embora. Renato pensou: "Arranjei uma maneira de me livrar do pagamento para o Ozório".

Quando se retiraram, os dois sócios, hábeis estelionatários e falsários conversavam no automóvel.

– Vai dar tudo certo. Nosso golpe no banco, com a ajuda do Renato, vai nos render uma grande bolada! – falou Aristides.

– E ainda nós vamos incriminar o Renato com a gaita que vamos dar pra ele! – respondeu o outro.

– Certo, vamos armar um plano. Se nos acontecer algo, ele também vai se ferrar.

– Valeu deixarmos nosso dinheiro todo este tempo no banco para agora darmos o golpe, mas quando formos pôr a mão na gaita, retiramos também o nosso. E para não despertar suspeitas imediatas, vamos deixar uns dois mil reais na conta para ela continuar em aberto.

– Desta vez fizemos todas as falsificações com bastante perfeição, não desconfiaram de nada. Até os nossos nomes trocados funcionaram bem.

Renato nunca poderia supor que estavam armando um grande golpe contra o banco, e que ele seria conivente.

No dia seguinte, Renato estava trabalhando quando recebeu a visita inoportuna de Ozório, que falou:

– Eu vim até aqui para confirmar o compromisso de me pagar a dívida até amanhã à tarde, se não você se arrependerá.

– Fique sossegado, eu vou te pagar conforme o combinado.

– Pelo jeito, você não tem no momento esse dinheiro, e comigo dívida de jogo é sagrada, se eu perdesse a parada você receberia na hora.

– Vamos encerrar o assunto, porque aqui não é lugar para discutirmos sobre isso, pode ir que amanhã eu acerto tudo com você!

Ozório se retirou da sala, e como falava alto, a secretária Norma ouviu parte da conversa.

À tarde foram os dois sócios para assinar todos os documentos referentes ao empréstimo e acertar todos os detalhes da transação, sempre na sala do gerente.

– Agora que está tudo em ordem, amanhã o crédito estará na conta à disposição dos senhores – falou o Renato.

– Ótimo, e como vamos lhe dar seu presente? – respondeu Aristides.

– Por favor, aqui não! Eu encontro com os senhores amanhã, na hora do almoço, no café que fica na segunda esquina à direita, às doze horas. Está bem? Precisa ser em dinheiro, não em cheque!

– Nós estaremos lá e daremos os três mil reais prometidos em dinheiro!

Assim combinados, agradeceram e voltaram a prometer transacionar bastante com o banco, e foram embora.

Renato pensou: "Faço um bom negócio para o banco, me livro da dívida com o Ozório e ainda me sobra algum dinheiro".

À noite, em casa, vendo televisão com a esposa, ela falou:

– Renato, amanhã vou buscar os meus exames para levar ao Dr. Américo. Posso pagar com cheque?

– Espere até depois de amanhã, porque o saldo está baixo e amanhã à noite eu te dou em dinheiro!

– Mas como, se não tem saldo, você vai me dar em dinheiro? Como vai conseguir?

– Tenho um amigo que me deve um dinheiro e prometeu pagar amanhã! E como você está se sentindo?

– Infelizmente, não tenho passado bem, o cansaço e as palpitações continuam.

– É, o Dr. Américo tem de acertar um bom tratamento com você para ficar boa logo, nós precisamos muito um do outro.

E Renato lhe deu um beijo carinhoso, porque gostava muito da esposa. Ela também amava o marido, mas estava um tanto ressentida com as freqüentes ausências dele à noite. Os serões de trabalho estavam sendo muito freqüentes. Seria só trabalho?

No dia seguinte, conforme combinado, às doze horas Renato foi para o café e encontrou os dois sócios esperando por ele. Cumprimentaram-se e ele recebeu os três mil reais.

– Conforme prometemos, está aqui o seu presente – falou Aristides.

– Obrigado, mas peço o maior sigilo!

– Conte conosco!

Despediram-se e foram embora. Renato, de posse do dinheiro, rumou imediatamente para o endereço de Ozório, um grande depósito de bebidas, onde atuava também como agiota.

– Ozório, conforme prometi, está aqui o dinheiro que te devia, 2.300 reais. Agora eu quero de volta o meu cheque e os documentos do carro.

– Está bem, estão aqui o cheque e os documentos. Agora podemos até jogar novamente, quem sabe você recupera.

– Você não vai nunca mais me encontrar numa mesa de jogo, para mim chega!

Renato foi embora e voltou para o banco.

Ele foi procurado por Ricardo, tesoureiro da agência, que falou:

– Renato, aqueles dois senhores que conseguiram o empréstimo estiveram hoje na Tesouraria e retiraram todo o dinheiro, deixando, somente R$ 2.000,00 na conta. Levaram R$ 306.000,00. Eu quis dar um cheque administrativo, eles não aceitaram, alegando que precisavam do dinheiro.

– Quando foi isso?

– Logo que abrimos o banco, às dez horas, nós tinhamos no cofre o dinheiro.

Renato estranhou, pois eles tinham garantido que no saldo em conta corrente eles não iam mexer. E, também, por que tirar todo esse dinheiro de uma vez?

Um mau pressentimento passou-lhe pela cabeça. Pediu o endereço da empresa e se dirigiu para lá. Chegando, procurou os sócios. Só estava o Sr. José Eduardo. Qual não foi a surpresa de Renato, quando viu que a pessoa era outra. Quando perguntou pelo Sr. Aristides, foi informado que ele estava viajando no exterior há mais de quinze dias. O verdadeiro José Eduardo quis saber qual o motivo da visita. Renato teve de dizer que dois senhores se apresentaram na agência do Banco Mundo, onde ele era gerente, e tentaram dar um golpe com os nomes dos dois sócios. O verdadeiro José Eduardo disse não conhecer aquelas duas pessoas vigaristas e queria uma apuração rigorosa do fato, porque os nomes deles estavam ligados ao caso. Renato prometeu apurar tudo e se retirou. Tinham dado um golpe e ele estava bastante implicado. A importância era alta e ia ter uma grande repercussão.

Voltou ao Banco muito nervoso, chamou o subgerente e o tesoureiro e precisou contar tudo. Foi uma bomba.

A matriz foi logo posta a par do caso, e dois auditores se dirigiram imediatamente para a filial para averiguações.

Renato foi crivado de perguntas pelos auditores e chegaram à conclusão, em princípio, que Renato havia sido negligente e incompetente por aprovar o empréstimo sem maiores sindicâncias. A partir daquele momento, ele estava afastado do cargo até tudo ser esclarecido devidamente.

A polícia seria acionada em seguida. Renato estava arrasado. Como tinha entrado em uma arapuca daquela? Que iria acontecer? E os amigos? E a família?

Renato foi autorizado a ir para casa, mas não viajar e aguardar as sindicâncias. Em casa, a esposa notou logo que algo anormal estava acontecendo. Renato chegou cedo e muito preocupado, recolheu-se logo ao quarto. Ela foi para junto dele e perguntou:

– Renato, o que houve? Estou estranhando, você chegou cedo e veio para o quarto!

– Aconteceu o pior que poderia acontecer no banco.

— O que foi?

— Houve um golpe contra o banco e eu sou bastante responsável, fui afastado do cargo até se apurar tudo.

— Deus do céu! Como foi acontecer isso?

Renato relatou para a esposa o sucedido, mas encobrindo o fato de ter recebido dinheiro dos estelionatários.

A esposa também ficou desesperada com o que poderia acontecer com Renato, e, em conseqüência, com a família. Na certa, Renato perderia o emprego e a situação deles ia se complicar muito.

Na chegada dos filhos, notaram a situação, e acabaram tomando conhecimento do caso, que teve um reflexo péssimo.

Enquanto isso, no banco, todos os funcionários tomaram conhecimento do caso e faziam os mais desencontrados comentários, mas a maioria com pena de Renato, pois ele era querido por todos.

A Diretoria deu queixa à polícia, que começou as investigações. Dois investigadores colhiam os depoimentos dos funcionários que tinham tido algum contato com a dupla de golpistas. Entre os funcionários, a própria Norma foi uma das que os policiais quiseram interrogar. Acontece que Norma, sem o conhecimento de ninguém, mantinha um romance com o subgerente Otávio, que por sinal era casado. Não havia dúvida de que ela via uma oportunidade para ver seu amante promovido a gerente no lugar de Renato já que ele já havia prometido a ela que pretendia se divorciar da esposa para ficarem juntos. Na ocasião de ser interrogada pelos policiais, ajudou a incriminar Renato. Peguntou o policial:

— Você chegou a notar alguma anormalidade nessas pessoas?

— Bem, essas duas pessoas se reuniam sempre com o Sr. Renato de portas fechadas, mas a última vez que eles estiveram aqui, eu tinha de pegar uma assinatura do Sr. Renato, ia abrindo a porta da sala quando ouvi uma conversa estranha, tanto é que fechei logo a porta.

— O que você ouviu?

— O Sr. Renato pedia que eles se encontrassem com ele num café no dia seguinte, que lá ele receberia o presente.

— Foi só o que você ouviu?

— Foi!

— Não tinha notado nada de estranho no Renato?

— Bom, esteve também aqui um senhor, com cara de poucos amigos, que falava alto, dava para ouvir lá fora.

— O que você ouviu?

— Devia ser dívida de jogo, pois ele ameaçava o Sr. Renato e dizia, "dívida de jogo é sagrada", e o Sr. Renato prometia saldar no dia seguinte.

— Muito bem!

Os policiais chegaram à conclusão de que Renato devia estar implicado no golpe, após as declarações da Norma. Neste ínterim chegou um envelope, endereçado a Renato, que os policiais abriram. Em um papel estava escrito à máquina: "Renato, a sua parte está bem guardada no lugar combinado, pode ir buscá-la". Este recado sem assinatura era para incriminar Renato, obra dos dois estelionatários. Os policiais não tinham mais dúvidas. Renato era cúmplice do desfalque. A diretoria do Banco foi informada dos resultados das investigações e deu ordem para que se cumprisse a lei com todo o rigor.

Na agência, o caso estourou como uma bomba.

No dia seguinte, os policiais estiveram na casa de Renato e o levaram para a delegacia. Ele estava arrasado, parecia um homem doente.

A esposa, com a saúde abalada, sentiu-se mal, e precisou ser socorrida pelos filhos, que a levaram a um pronto-socorro. Não se conformavam com o acontecido.

Na delegacia, os policiais interrogaram Renato, para que ele contasse a sua participação no desfalque, mas ele, depois de pressionado, confessou que recebeu como presente três mil reais por ter conseguido o empréstimo. Os policiais não se convenceram, pois tudo indicava que ele tinha participado do golpe. Mostraram o recado que os vigaristas mandaram para ele, indicando que havia uma parte do dinheiro à disposição dele. Renato negava, pois realmente não havia dinheiro nenhum à sua disposição. Agora ele sabia que os dois queriam implicá-lo como cúmplice.

Os policiais, sabendo que ele tinha dívidas de jogo, mais se convenceram da cumplicidade. Renato foi indiciado como cúmplice e ficaria em liberdade vigiada até o julgamento.

A repercussão foi a pior possível, para Renato e sua família, saiu até no noticiário dos jornais.

As discussões na família eram freqüentes, os filhos acusavam o pai, que se defendia, sempre negando que tivesse participado do desfalque. A esposa, envergonhada, não saía mais de casa, não queria mais se relacionar com o marido e, doente, definhava. Renato, muito triste, não compreendia como lhe tinha acontecido um desastre desses.

Por pressão do banco, que queria encobrir o caso, o julgamento aconteceu logo. Como Renato já tinha um processo em que fora julgado culpado de um acidente de trânsito com vítimas, ele não pôde se beneficiar como primário, e foi condenado a dois anos de prisão e recolhido à penitenciária.

O homem estava arrasado, parecia que estava tendo um pesadelo. "Como uma pessoa respeitável, bom pai de família, gerente de banco, podia ser um presidiário?" Ele sofria muito e envelhecia dia a dia. Na cela foi colocado com mais três presidiários. Sempre calado e triste, chorava escondido pelo seu drama.

No pátio, um dos presos, de apelido Filó, começou a importuná-lo e fazia ameaças gratuitas só porque não simpatizava com ele. Mas, entre eles havia um moreno grandalhão chamado Zeca, que tomou as dores de Renato. E era metido a chefão e respeitado por todos, e foi se entender com aquele que ameaçava o Renato.

— Olha, Filó, você pára de atormentar esse pobre homem. Ele é um cara quieto e não incomoda ninguém. Senão qualquer dia destes te mando pra outra melhor.

Filó se acovardou logo, com medo do Zeca, e parou de ameaçar Renato. Ele, que assistiu à cena, depois agradeceu Zeca pela proteção que recebeu.

— Você não incomoda ninguém e eu não vou deixar de te proteger, vejo que é um cara legal, mas deve ter muitos problemas na cabeça!

— Minha vida tem sido um tormento, mas seja lá o que Deus quiser.

E assim Renato ia cumprindo sua pena.

O Diretor da penitenciária, Dr. Gastão, passou a ter alguma consideração por ele. Sabendo que era uma pessoa com bom preparo e bons antecedentes, chamou-o para trabalhar na sua secretaria. Nas horas de folga, ele cuidava do jardim da penitenciária, pois tinha algum conhecimento de jardinagem, porque cuidava do jardim de sua casa, como lazer, tarefa que fazia com muito prazer antes de tudo acontecer. Visitas, só recebia do amigo Gilberto, uma vez por mês. Um bom amigo, ainda do tempo de solteiro, e talvez o único que acreditava na sua inocência. Era Gilberto que lhe trazia notícias da família, porque nenhum deles aparecia para visitá-lo. Renato sofria muito pelo desprezo que recebia.

Após três meses o amigo lhe informou, para sua tristeza, que a esposa, muito doente, tinha ido para a casa de um irmão; o filho tinha deixado a universidade, onde já cursava o segundo ano de engenharia, e foi embora para os Estados Unidos, como clandestino, e lá trabalhava de empregado numa lanchonete. A filha deixou o cursinho, pois não tinha mais recursos para continuar, e pelo que o amigo sabia, ela não andava em boas companhias. A sua bela casa, que comprara com um empréstimo do banco em que trabalhava, havia sido tomada, já que ainda tinha dois anos de prestações a vencer. E que, para diminuir mais o prejuízo pelo desfalque, o banco ainda lhe levara o carro.

Renato chorou muito, além do seu drama ele ainda havia arruinado a família.

Os meses foram se passando e ele envelhecendo rapidamente com seu sofrimento, apesar de ter somente quarenta e cinco anos. Não saía do seu pensamento seu drama, a saudade da esposa e filhos e também o ódio que nutria pelos dois vigaristas que ocasionaram toda sua desgraça.

Após oito meses, numa visita do amigo, Renato ficou sabendo que a esposa tinha falecido, ela não suportara tanto sofrimento. Renato chorou demais a perda da esposa, nem pôde vê-la ou confortá-la nos últimos momentos de vida.

Depois de um ano, por bom comportamento, Renato foi solto, ficando em uma condicional até completar a pena.

O Diretor lhe avisou:

— Renato, você vai sair pelo bom comportamento, mas uma vez por semana tem de se apresentar aqui até o cumprimento da pena. Você não pode, durante esse período, se meter em encrenca, senão volta para a penitenciária.

Ele prometeu seguir rigorosamente as instruções.

O amigo, que havia sido avisado da soltura, foi buscá-lo e o levou para sua casa. Gilberto morava com a esposa Dulce e um filho de catorze anos, num bom apartamento na Aclimação. A esposa Dulce o recebeu bem e ficou penalizada com a sua aparência, porque tinha envelhecido muito. Os cabelos estavam grisalhos e ele estava bem mais magro. Renato estava agradecido ao amigo, mas achou que não podia ficar lá.

– Você vai ficar aqui até arranjarmos um lugar para você ficar – falou Gilberto.

Renato agradeceu, mas disse que no dia seguinte ia procurar um lugar para ficar. Mas o problema seria dinheiro, pois ele não tinha nenhum. O amigo fez questão de ajudá-lo, até que conseguisse se arrumar. Renato não sabia como agradecer ao amigo. Por sinal, o único que ele tinha.

No dia seguinte, com algum dinheiro que o amigo lhe deu, foi procurar uma pensão, bem modesta, para ficar. Conseguiu uma vaga, um quarto de uma casa de cômodos, com mais três outros homens, na Bela Vista. Pagou um mês adiantado e se mudou.

Renato chorava sua desdita – de gerente de banco, de vida estável, reduzido a ex-presidiário, sem família e sem recurso.

A primeira vontade dele foi ir ao cemitério onde a esposa estava no jazigo da família para fazer uma visita. Levou um humilde buquê de flores, orou e chorou muito na frente da campa. Em silêncio, pedia perdão à esposa.

À noite, conheceu os outros companheiros de quarto, cumprimentou-os, mas pouco conversou, pois cada um devia ter os seus problemas, e Renato não queria contar o dele.

No dia seguinte, comprou óculos de lentes escuras, numa banca de rua, pois não queria ser reconhecido. Estava deixando crescer a barba, para mudar bem o visual.

Começou a procurar trabalho, pois tinha de garantir sua subsistência. Não desejava depender do amigo por muito tempo. Estava difícil arranjar emprego com os antecedentes dele. Não possuía nenhum documento de trabalho. Cansado de ouvir não, apelou para fazer pequenos biscates, como de limpeza e carregador. Mas o ganho era tão pouco, não daria nem para pagar a pensão, e não sabia como iria comer.

À noite, na humilde cama, chorava em silêncio.

Diversas vezes Renato entrava numa igreja e nela, meio vazia, orava pela alma da esposa, pela filha, pelo filho e, principalmente, por ele, para ter forças para superar o sofrimento. A única visita que fazia era ao amigo Gilberto, que sempre o recebia bem.

Como tinha conhecimento de jardinagem, começou a procurar biscates de jardinagem. Comprou o material necessário e conseguiu alguns serviços seguidos, e já estava melhorando um pouco.

Renato tinha saudades da filha Kati e queria encontrá-la, mas não sabia onde.

Numa das visitas, o amigo, muito a contragosto, informou a Renato que sua filha não vinha levando uma vida decente, pois sabia que ela havia se tornado uma moça de vida irregular. Renato sofreu muito, a sua filha, tão nova, tão bonita, com boa cultura, nessa vida.

O ódio aflorava por aqueles dois homens que eram a causa de todo esse infortúnio.

Informando-se, descobriu onde a filha morava. Um pequeno apartamento, onde ela recebia os fregueses. Um dia, muniu-se de coragem e foi até o endereço dela. No andar, um corredor com diversos apartamentos, parou na porta, indeciso. Ouvia vozes lá dentro, uma era de sua querida filha e a outra de um homem que se despedia. Afastou-se rápido da porta e guardou distância. A porta se abriu, um homem se retirou e lá estava sua filha, muito maquiada e vestida com um robe estampado. Ela fechou a porta. Renato levou um choque ao vê-la naquele estado. Quando se refez do susto, tocou a campainha e, quando a porta se abriu os dois ficaram surpresos e em silêncio. Então, Renato falou:

— Filha, sou eu, teu pai, estava com muitas saudades, me perdoa se vim te procurar.

— Agora você vem falar assim, depois de tudo que nos fez passar. Mas entre, não fique aí na porta, não quero ser vista com você!

Renato entrou amargurado no pequeno apartamento, que tinha o mobiliário próprio para o que se destinava.

— Você está como sempre, bonita, apesar do sofrimento que lhe causei.

— É, voce nem sabe como! Olha a vida que eu levo por ter perdido todos os meus valores, até as antigas amigas eu perdi! E a mamãe, que por desgosto morreu! E o José Paulo, que por vergonha foi embora do Brasil! Perdemos tudo, até a casa, e ficamos na miséria.

O pai começou a chorar e a filha notava como ele estava envelhecido, teve pena, mas, ao mesmo tempo, ódio.

— Filha querida, eu nunca ia desejar para minha família uma situação dessas. Aqueles dois canalhas é que foram os culpados de tudo e fizeram com que eu fosse cúmplice de um golpe que eu ignorava completamente. Eles sempre foram estelionatários e falsários.

— Não sei não, você nunca conseguiu provar nada a seu favor.

— Infelizmente estava tudo contra mim. Mas agora não adianta mais. Peço o seu perdão, pois é o único ente querido que ainda tenho, porque o seu irmão, talvez nunca mais o veja.

— Você sabe agora a vida que eu tenho, é melhor nós não nos encontrarmos mais, pois um só pode prejudicar o outro.

— Mas não é possível, você lembra como éramos felizes?

— Infelizmente aquela época passou, agora a realidade é outra.

— Então, não devo mais procurá-la? Vai ser muito duro para mim.

— É melhor assim!

— Então, pelo menos me dá um abraço e um beijo de despedida, e diz que me perdoa.

A filha não resistiu, abraçou o pai e os dois choraram. Depois ele se retirou cabisbaixo e triste.

No trabalho como jardineiro fez algum progresso e já não ficava sem serviço, pois trabalhava com amor. Num prédio de apartamentos, no Jardim Paulista, dois dias por semana cuidava do jardim. Todos gostavam dele, por ser muito educado e atencioso. Pudera, ninguém sabia dos antecedentes dele, que havia sido gerente de banco, hoje bem camuflado, com uma barba curta, cabelos grisalhos, bastante envelhecido e com óculos escuros. Ele não queria de jeito nenhum ser reconhecido. Entre o pessoal que trabalhava no prédio, havia uma empregada que simpatizava muito com ele, de nome Aurora. Sempre tinha uma palavra gentil para Renato e ele também para ela. Era ainda bonita nos seus trinta e oito anos. As gentilezas entre ambos foram se tornando afeto. Renato, que há tanto tempo não tinha mais nenhuma experiência desse gênero, estava começando a se entusiasmar. Um dia criou coragem e iniciou conversa mais direta com ela.

— Aurora, me desculpe a curiosidade, mas você é casada, ou vive com alguém?

— Não, já sou viúva há cinco anos, por quê?

— Porque sinceramente estou simpatizando muito com você!

— Eu também, mas com calma! E você, não é casado, com família?

— Não, também sou viúvo e sem família!

— Puxa, parece que estamos iguais!

— Vejo que você vem todos os dias trabalhar aqui. Mora longe?

— Tenho uma pequena casa perto da represa Guarapiranga. Mas sabe, eu preciso subir, porque tenho responsabilidades de trabalho, meus patrões são muito bons, mas eu não posso abusar.

— Se você não se incomoda, posso esperá-la na saída e acompanhá-la?

— Pode, eu saio às cinco horas, me espere no portão.

Renato ficou satisfeito e na hora combinada lá estava ele, esperando. Foram conversando até o ponto do ônibus, na Av. Nove de Julho:

Você me disse que é viúva. Como foi?

— Meu marido era caminhoneiro e teve um acidente grave na estrada e veio a falecer.

— Sinto muito. Você tem filhos?

— Não, nunca tivemos.

— Mora sozinha?

— Sim, a casa é modesta, mas minha. Bem antes dele morrer, nós tínhamos construído.

— Ficou casada muito tempo?

— Doze anos, sofri muito depois que ele morreu, ele era muito bom para mim, eu não trabalhava fora, só costurava algumas encomendas, mas depois fiquei com a aposentadoria muito reduzida e tive de trabalhar fora. Bem, agora já resumi a minha vida! E a sua? Vejo pela sua educação, você nem parece um jardineiro!

Renato não podia contar seu drama, por isso tinha de mentir.

– É, minha vida é uma novela, já tive bom emprego, mas devido a uma falência, perdi tudo! Minha esposa sofreu muito, e como era doente do coração, faleceu há quase dois anos. Tenho uma filha que mora com uma tia no interior, e um filho que vive nos Estados Unidos. Como gosto de jardinagem, trabalho com as flores.

– Mas você não estranha um trabalho tão simples? Deve ganhar pouco!

– É, mas por ter havido um processo contra mim, eu tenho de trabalhar como jardineiro.

Renato, conversando, acompanhou Aurora até sua casa perto da represa. Uma casinha simples, mas simpática. Ela o convidou para entrar, queria lhe oferecer um café. Ele notou que tinha mobiliário simples, mas tudo bem arrumado e com gosto. Ela serviu café com biscoitos, e na saída Renato beijou-lhe as mãos, que ela demonstrou ter gostado, porque mostrou um belo sorriso. Ele foi embora feliz, prometendo vê-la outro dia. Naquele momento já havia uma atração mútua.

No dia seguinte, Renato acompanhou novamente Aurora até sua casa, conversaram bastante e na saída ele não resistiu. Enlaçou-a pela cintura – ela, por sinal, tinha um belo corpo – e deu-lhe um carinhoso beijo nos lábios. Ela, correspondeu, pois já estava enamorada dele. Ele a respeitou nesse primeiro encontro mais íntimo e foi embora, mas com vontade de ficar.

Como o dia seguinte era sábado e ela não trabalhava, ele tinha combinado de visitá-la. Vestiu a sua melhor roupa, aparou a barba e foi para a casa dela. Encontrou-a bem arrumada, e observou como ela era uma mulher bonita, com os seus cabelos pretos bem penteados, olhos grandes e castanhos, e um sorriso atraente. Beijou-lhe os lábios com muito amor. Ficaram em colóquios amorosos, pois nenhum dos dois resistia mais. Aurora, um tanto sem jeito, convidou Renato para ir para o seu quarto. Ele a ajudou a se despir, pois ela estava um pouco acanhada. Foram para a cama, que por sinal era uma cama de solteiro, e se amaram loucamente, pois não faziam amor há muito tempo e estavam apaixonados. Depois Renato a convidou para almoçar num restaurante na Avenida ao lado da represa, ele queria lhe dar o melhor que pudesse, mesmo possuindo pouco dinheiro. Ela ficou radiante, pois nunca tinha recebido um convite tão encantador. Passaram um fim de semana muito feliz, e dormiram juntos na mesma cama. Agora eles estavam resolvidos a levar adiante a vida juntos, pois nenhum deles tinha qualquer compromisso. Renato sabia agora que não podia mais mentir para Aurora e contou todo o drama de sua vida. Ela acreditou cegamente nas palavras dele, sentiu que ele estava falando a verdade, ficou com muita pena, e queria apoiá-lo mais que nunca, para que esquecesse tudo. Além de estar apaixonada, estava ao lado de um homem de bom caráter e carinhoso. Eles combinaram que iriam comprar uma cama nova de casal, trabalhariam para o conforto de ambos e quando ele ficasse livre da pena, se casariam.

Renato trabalhava feliz, agora tinha novamente o amor de uma mulher.

Passados dois meses, numa tarde ele estava tratando do jardim do prédio, perto da entrada, quando viu passar na calçada um homem, que lhe reconheceu na hora. Era ninguém menos que "Aristides", o vigarista que havia arruinado a vida dele e de sua família. Teve vontade de pegá-lo e estrangulá-lo, mas como era uma pessoa de bons princípios e inteligente, deixou as ferramentas e rapidamente o seguiu para descobrir onde ele iria. Seguiu o homem até um ponto de ônibus e ficou um pouco afastado. Quando "Aristides" tomou o ônibus, ele correu e entrou também. O vigarista nem percebeu que estava sendo seguido, mesmo porque ele dificilmente reconheceria Renato naquele estado. Quando o ônibus chegou ao Centro, "Aristides" desceu, e Renato o seguiu, até ele entrar num prédio comercial velho. Renato entrou atrás e viu que no primeiro andar "Aristides" entrou numa sala. Renato se aproximou da porta e ouviu que ele conversava com o "José Eduardo".

"Então eles ainda estão juntos, praticando outros golpes", pensou Renato.

Agora sabia onde encontrá-los.

Na porta da sala lia-se "Compra-se ouro".

Como eles deviam ter diversas identidades, por serem falsários e estelionatários, deviam ter outros nomes, pois Aristides e José Eduardo não eram os nomes deles.

Renato se retirou do prédio, e na saída viu uma placa com os dizeres "Precisa-se de faxineiro". Rapidamente arquitetou um plano. Procurou o zelador e se interessou pela vaga.

O zelador fez diversas perguntas de praxe e, em princípio, ficou satisfeito com as respostas, dizendo que poderia fazer uma experiência com ele por trinta dias, mas sem ser registrado. O salário era de um salário mínimo e meio. Renato concordou, apesar de que ganharia bem menos do que como jardineiro, mas queria ficar perto dos dois e executar um plano de vingança.

Contou para Aurora parte de seu plano. Ela se preocupou com ele, perguntando se não ia se dar mal ao enfrentar os dois vigaristas. Foi tranqüilizada, pois eles não o reconheceriam.

Nos prédios onde era jardineiro deu desculpa de que precisava fazer uma viagem e ia se ausentar por uns tempos. E foi iniciar o novo trabalho como faxineiro. Tinha alguma experiência no trabalho por ter feito muita faxina na penitenciária.

Os dias foram passando e ele acompanhava os passos dos dois, que de nada desconfiavam. Renato estava diferente, e eles não iam dar confiança para um faxineiro. Ele chegava até a entrar na sala para faxinar e tomar conhecimento de tudo, inclusive as poucas conversas, que eram golpes.

Aceitou de bom grado o pedido do zelador para, dois dias por semana, para trabalhar durante a noite, para lavar as escadas e os corredores, que eram longos. À noite, ele podia, com jeito, entrar na sala dos dois e pôr em execução o seu plano.

O zelador morava com a esposa, numa pequena casa acima do quarto andar. Renato trabalhava sozinho, assim estava livre para agir.

Na primeira noite não conseguiu nada, mas na outra viu que eles tinham deixado uma chave por dentro, na fechadura bem antiga, e com jeito e um grampo foi deslocando a chave. Antes havia colocado uma folha de jornal por baixo da porta e quando a chave caiu, ele a retirou. Abriu a porta, acendeu a luz, e começou a examinar a sala, com muito cuidado para não deixar nenhum vestígio. Abriu as gavetas e encontrou diversas escrituras de terrenos, todas falsas para possíveis futuros golpes. Nas gavetas fechadas a chave devia ter material mais importante, interessantes para o plano de Renato, mas parou, porque era o primeiro dia, e estava satisfeito. Pegou o sabão do material de limpeza, modelou bem uma cópia da chave da porta, verificou se que não deixara nenhum vestígio, fechou a porta e por baixo jogou a chave lá dentro. Eles iam achar a chave no chão, mas como nada tinha sido tocado, não iam desconfiar.

Levou para casa o molde da chave impresso no sabão e, com muita paciência e trabalho, falsificou uma cópia que se ajustava ao molde.

Na próxima noite de trabalho experimentou a chave e ela abriu a porta. Agora ele estava com livre acesso à sala dos dois, e com paciência ia pôr em prática sua vingança.

Nas duas escrivaninhas, por sinal muito velhas, Renato tirou as gavetas de baixo e, com ferramentas que já possuía, desparafusou a travessa que sustentava a gaveta com fechadura, retirando-a, e começou com muito cuidado a examinar o seu conteúdo. Essa era a gaveta do "Aristides", havia diversas carteiras de identidade falsas, muitos carimbos, que faziam parte do sujo material de trabalho, livro com diversos nomes de firmas e seus diretores, diversas anotações de importâncias em reais e dólares, escrituras falsas, mas atualizadas, enfim, farto material para o trabalho de estelionatários. Havia um cofrinho que Renato abriu com facilidade, e dentro algumas peças de ouro, dólares e reais. As peças de ouro deveriam ser material comprado de ladrões. Na outra escrivaninha, que era do "José Eduardo", ele encontrou também diversas carteiras de identidade falsificadas, fotografias comprometedoras de pessoas talvez importantes, mulheres em atitudes suspeitas, que na certa serviriam para fazer chantagem, muitos carimbos, revistas e fotos obscenas, recortes de jornais com noticiários de golpes certamente dados por eles, inclusive o caso do banco em que Renato foi implicado. Agora ele já tinha conhecimento de todas as falcatruas que os dois faziam e poderia começar a agir. Arrumou tudo no lugar sem deixar vestígios e se retirou para o seu trabalho.

Na próxima noite, Renato já tinha algumas providências a tomar para o seu plano de vingança. Entrou na sala com rapidez, retirou a gaveta inferior da escrivaninha do suposto Aristides, desparafusou a travessa e tirou a superior, que continha os valores, com cuidado abriu o pequeno cofre, contou os dólares que estavam guardados, eram US$ 1.300, retirou duas notas de US$ 100, e do dinheiro em reais, R$ 1.500,00 tirou R$ 200,00 e guardou tudo com cuidado, repondo as gavetas no lugar. Na outra escrivaninha, que supostamente era do "José Eduardo", fez o mesmo processo, mas como encontrou um talão de cheques do Banco Internacional, destacou duas folhas em branco, e duas fotos mais comprometedoras de pessoas estranhas, das cinco que estavam na gaveta. Deixou tudo em ordem e se retirou para o trabalho.

No dia seguinte, "Aristides" chegou e precisou de algo de sua gaveta, abriu o cofrinho para tirar algum dinheiro, sabia que havia R$ 1.500,00, mas quando contou percebeu que só tinha R$ 1.300,00, estranhou, porque ele não havia tirado R$ 200,00, aproveitou e contou os dólares e notou a falta de US$ 200. Aí pensou: "Como era possível? Se foi um ladrão, ele deixaria vestígios e levaria todo o dinheiro, os dólares e as peças de ouro, o que não aconteceu. Será que esse crápula do Botelho (sobrenome certo do sócio) está me roubando? Mas eu vou ficar de olho, se for verdade, ele me paga". Depois apareceu Botelho e Amadeu (nome certo do sócio) mal cumprimentou o sócio. Agora era o outro que abria a sua gaveta para pegar o talão de cheques, e viu que faltavam duas folhas. Pensou consigo: "Estão faltando dois cheques em branco, como pode ser isso?".

Examinando a gaveta deu pela falta de duas fotos, as principais para fazer chantagem. Ficou pensando: "Ladrão não é, pois interessa levar somente duas folhas de cheques? E as fotos, menos ainda! Será que o Amadeu tem uma chave da mesa e tirou as fotos para fazer chantagem sozinho? E os dois cheques para pagar contas particulares? Eu percebi quando entrei que ele mal me cumprimentou. Vou ficar atento, se sumir mais coisas ou se algum cheque for descontado, vou tirar satisfação! Comigo ele não brinca!"

O plano de Renato começava a dar resultados, ele já havia lançado a dúvida e a desconfiança entre os dois vigaristas.

No domingo seguinte Renato vivia em "Lua-de-Mel" com Aurora e levou-a à casa de Gilberto, para apresentá-la aos amigos. Almoçaram juntos e o casal gostou muito da moça, e acharam que eles se mereciam. Renato comunicou que, quando estivesse livre da pena, pretendiam se casar e convidou Gilberto e a esposa para padrinhos no civil. O casal aceitou de bom grado.

Na segunda-feira, no seu trabalho noturno, continuou com o plano de intrigar os dois sócios. Procedeu da mesma maneira, retirou mais US$ 100 e uma correntinha de ouro da gaveta do Amadeu, e colocou as fotos nesta gaveta; na outra mesa retirou mais uma folha de cheque do talão e deixou a correntinha de ouro.

No dia seguinte, na parte da manhã, ele ficou para terminar o serviço, mesmo porque queria ficar vigiando os dois e trabalhava somente no primeiro andar lá pelas 9h30. Chegou o Amadeu, entrou na sala e foi logo abrir a gaveta notando a falta de mais US$ 100, e encontrou as duas fotos de chantagem. Pensou logo: "Esse canalha tem uma chave da minha mesa, roubou mais US$ 100 outra tarde quando saí e deixou essas fotos, para alegar que eu é que estou mexendo na sua mesa. A mim ninguém tapeia, esse cara ainda vai pagar caro". Às 10h30 chegou Botelho, entrou na sala e não se cumprimentaram, abriu a gaveta e foi logo verificar o talão de cheques, faltava outra folha, e encontrou a correntinha de ouro na sua gaveta. Logo raciocinou: "Muito bem, ele tem uma chave falsa da minha gaveta, tirou mais um cheque e pôs essa correntinha para denunciar que sou eu que estou lhe roubando, não estou gostando, o Amadeu ainda me paga". Procuravam não conversar entre si, mas o pouco que Renato pôde ouvir, estavam discutindo. Ele pensou: "Acho que o plano está dando resultado".

Quando saiu, à tarde, passou numa loja de armas, entrou e ficou observando. No momento em que um freguês comprou meia dúzia de balas de revólver, foi no caixa com a nota fiscal e, pagou-a na saída, jogando a nota fora, pois era de pouco valor. Rapidamente, Renato pegou a nota e guardou.

Em casa, examinou bem a nota e, imitando a letra do vendedor, incluiu um revólver Taurus, inventou um número de série, e alterou o valor da nota, mais ou menos no preço certo. Ficou parecendo uma nota de compra de um revólver, mais as balas.

No dia seguinte, bem cedo, foi trabalhar, entrou na sala que estava vazia, sem ser visto, jogou a nota fiscal no chão e fechou a porta.

Às 9h00 entrou Amadeu, que chegava sempre mais cedo, para preparar o serviço sujo que faziam. Encontrou na sala um papel no chão, apanhou-o e viu que era uma nota de compra de um revólver. Ficou possesso: "Então o Botelho comprou uma arma? Ele deixou a nota no chão para eu ver e ficar com medo! Arma eu também tenho e agora vou andar com ela! Esse filho de uma vaca, está querendo me passar para trás e ficar com os resultados? Vai ver que ele tem um novo sócio, ou ele e aquela vagabunda que anda com ele estão me querendo tirar da jogada?" E, assim pensando, saiu rápido e foi buscar a arma que estava no porta-luvas do seu velho carro.

Mais tarde chegou Botelho, com cara de poucos amigos, e logo começou uma discussão entre os dois, que se ouvia em todo corredor do prédio.

Renato, que fingia trabalhar, ouvia tudo com satisfação, outros inquilinos foram saindo das salas ao ouvir a discussão. Lá dentro da sala, o bate-boca aumentava.

— Você, seu canalha, na certa está de combinação com aquela vagabunda que anda com você para me tirar da jogada!

— Vagabunda é a tua mãe! Você que está querendo se livrar de mim e aprontando pra me pôr a culpa.

— Quem está me roubando é você, seu canalha!

E assim, com palavrões, partiram para a agressão. Botelho deu um violento empurrão no Amadeu, que caiu no chão, levantando-se já com a arma em punho. Botelho correu para trás de sua mesa. Para Amadeu pareceu que Botelho ia abrir a gaveta e pegar o revólver, mas antes disso ele atirou no amigo, que caiu já mortalmente ferido. Todo mundo que estava no corredor correu para a porta da sala e, quando abriram, Amadeu estava com a arma na mão e Botelho no chão, morto. Chamaram logo os policiais, que prenderam Amadeu em flagrante.

Quando levavam Amadeu pelo corredor, Renato postou-se na sua frente, sem os óculos escuros. Encarou bem Amadeu, que viu seu sorriso irônico. O criminoso foi andando e virando o rosto na direção de Renato. Ele tinha reconhecido o gerente do banco que eles haviam prejudicado. Amadeu entendeu tudo.

O Renato sentia-se vingado por tudo de mal que aqueles dois homens fizeram para ele e sua família.

Antes de ir para casa, passou numa casa de caridade e deixou os dólares e os reais como donativo, pois não queria ficar com nada daqueles homens.

Depois seguiu para casa feliz, porque ia encontrar a mulher que amava.

O José, a Maria & Cia.

Tancredo Soares, prefeito daquela pequena cidade do interior, estava às voltas com a intrincada papelada de uma prefeitura pobre, quando seu secretário, Raimundo, entrou na sala e falou:

– Prefeito, esta aí fora uma família esquisita; o homem se chama José e disse que veio de longe, para receber ajuda, porque no seu terreninho a seca bateu e a fome chegou! Eu respondi que a Prefeitura não tem condições, mas ele insiste que não arreda pé da porta sem ajuda. E são: ele, mulher e sete filhos!

Tancredo torceu o nariz, balançou a cabeça, chateado, mas mandou o secretário chamar a família que ele resolveria a questão.

Entra na sala José, puxando em fila indiana a mulher e os sete filhos.

Dava dó a comitiva!

O homem franzino, pálido, na boca só os caninos, com vestimenta miserável. A mulher, coitada, com o vestido surrado e sujo, mais magra impossível, se ainda era moça, parecia uma velha, com uma criança no colo e outra na barriga. Os filhos, que quadro triste! Magros, barrigudinhos e vestidos com farrapos. Calçado só no homem, com uma sandália velha, a mulher de chinelos e as crianças de pé no chão. Todos muito assustados, porque estavam na frente de autoridade importante.

– Como é, José, você está com problemas, mas nós os temos também! – falou o prefeito.

– É, dôto, na nossa terrinha tá tudo seco e nois tamo cum fome!

– Mas a nossa prefeitura está sem verba e não temos condições de ajudar!

– Erva, dotô! Nois temu muito lá, mas num podemo come!

– Eu disse verba!

– Que é isso, dotô?

– Dinheiro!!

– Mais nois num queremo dinheiro, queremo cumida, tamo cum fome!

— Vamos ver o que é possível fazer, por você e a sua família, mas está difícil! José, você é tão pobre e tem tantos filhos, por que não os evita?
— Evita o quê?
— Não fazer mais filhos!
— Mais comu, doto, fazê fio é tão bão?
— Mas então usa camisinha!
— Camisinha? Eu não! Eu fico nu memo, só a Maria usa camisolão!
— Não é o que você está pensando, José. Não dá para te explicar! Você registra os teus filhos direitinho?
— Comu, dotô?
— No cartório!
— No cartório? U sinhô qué dize no trazero que nem marca boi? Meus fios, não! Não é gado prá fica arregistrado!
— Não é possível! Então os seus filhos não existem!
— Comu, dotô? Tá tudo aí na sua frente!
— Como é o nome deles?
— Bem, dotô. O meu é José, da minha muié é Maria, nois gostamo muito du nome. Então quando nasceu a primera, botamo o nome de Maria Um!
— Maria Um?
— Sim, dotô! Depois nasceu otra, botamo Maria Dois, depois nasceu o primeiro home, então botamo José Um, mais é mais faci chamá Zé Um, então veio o Zé Dois, depois a Maria Treis, o Zé Treis e a Maria Quatro, agora quem sabe empata.

Tancredo não sabia se ria, chorava ou bronqueava.
Chamou Raimundo e deu as ordens:
— Raimundo, leva o José com a família ao botequim do Tico e diz pra ele dar de comer a esta gente, até matar a fome, depois vai com eles ao cartório do Dr. Salles e peça para ele registrar estas crianças. O José dará a idade delas. Com certeza, vai ter de mudar os nomes. Por último, vai com eles ao armazém do Florêncio e deixa eles levarem, arroz, feijão, farinha, batata e óleo, quanto eles conseguirem carregar de volta para a sua terra. A prefeitura pagará um dia!

O José ainda falou:
— Eta home bão, nóis vai rezá sempre pro dotô!
Quando se retiraram, Tancredo ainda pensou:
"Cada uma que me acontece nessa Prefeitura!"
E se afundou na papelada.

A feiúra do Braguinha

Como era feio o Braguinha, coitado!
Franzino, quase calvo, orelhas grandes, dentes tortos, lentes grossas e, ainda, gago. Uma lástima!

Na repartição, como sofria! Enchiam-no de serviço, e os colegas desocupados. Quando queria protestar, a gagueira aumentava, ele se calava. Promoção nunca via e o salário sempre curto. Para morar decentemente, na modesta pensão de vila, era um sacrifício. Nas festas dos colegas, era sempre esquecido.

E assim ia o Braguinha levando a sua triste vida.

Um dia, na repartição, recebeu um telefonema:

— O Sr. João Agripino Braga?

— Sim, sou eu!

— Aqui é o Dr. Armando Junqueira, advogado; estou convidando o senhor para vir urgente ao meu escritório, tratar de assunto de seu interesse!

— Que assunto?

Já perguntou o Braguinha meio amedrontado.

— Só podemos tratar pessoalmente, conto com a sua presença urgentemente!

E deu o endereço do escritório.

Braguinha depois ficou matutando:

"O que esse advogado quer comigo? Será que eu tenho alguma dívida antiga, não-paga? Não me lembro! Ou será algum homônimo que aprontou e eu tenho de responder pelo caso! Não estou gostando nada disso. Não gosto de me meter com advogados, mas preciso procurá-lo, senão ele não me larga."

Pediu ao chefe para sair mais cedo, justificando que tinha um assunto particular a tratar. O chefe fez cara de poucos amigos, alegando muito serviço, mas consentiu na dispensa.

Chegando ao escritório, por sinal bem montado, Braguinha se anunciou para a recepcionista. Avisado o advogado, Braguinha entrou na sala. O advogado, gordo e pachorrento, recebeu Braguinha com um sorriso escancarado.

— O senhor é o João Agripino Braga, sobrinho do sr. Juvenal Meirelles Braga?

— Sou, mas há muitos anos que não sei dele.

Já preocupado: "Será que o tio o tinha colocado em alguma enrascada?"

Então falou o advogado:

— Seu tio faleceu há mais de três meses, e deixou uma grande fortuna; como ele não tinha outros parentes, o senhor é o único herdeiro! O senhor é um homem de sorte! Eu sou o inventariante, conhecia o seu tio, e me deu muito trabalho localizá-lo! Eu preciso de uma procuração sua para liquidar o processo e para que o senhor tome posse da herança! Os meus honorários serão dez por cento do valor do patrimônio herdado, mais custos e impostos do governo! O senhor vai herdar diversos imóveis e uma grande importância em dinheiro, que está depositada no Banco.

Braguinha estava estupefato e a gagueira o impedia de falar.

E assim, pouco tempo depois, Braguinha era um homem rico.

Carro do ano, *flat* de luxo, roupas finas e todas as facilidades.

Continuou na repartição só por esporte. Agora sua mesa estava sempre vazia, os colegas faziam tudo. Suas faltas, o chefe as abonava prontamente. Todos eram gentilezas e mesuras para com ele.

Nas festas, ele era o primeiro a ser convidado, porque antes do personagem, sempre chegava um valioso presente para o anfitrião.

Suas festas eram disputadas por todos, pois nelas os comes e bebes finos corriam soltos.

Até aquela moça orgulhosa, por quem Braguinha antes morria de amores, até com sonho de casamento, sendo por ela ridicularizado e rejeitado, vinha agora toda faceira se insinuar para o seu lado. Mas, já era tarde para o gosto do Braguinha, pois agora mulheres belas brigavam pelo direito de serem a preferida.

E... vejam só!

Como é "bonito" o Braguinha agora!

Mistério no picadeiro

Bento, empregado do Circo "Big Show", estava dando de comer aos bichos, quando notou que a jaula do urso "Ticão" estava aberta, e que ele podia ter escapado e dado muito trabalho. Estranhou, porque todos tinham o cuidado de conservar bem fechadas as jaulas das feras. O circo tinha o urso, que era amestrado e andava de bicicleta, dois elefantes que faziam diversas acrobacias, três cavalos de raça especial para show eqüestre, dois tigres e três leões, que se apresentavam com a domadora.

Era um circo de porte médio, mas dava bons espetáculos, e andava por todo o país.

O proprietário, Cláudio Zefirelli, homem de família circense, que, desde menino vivia no circo, e amava a profissão, tinha uma filha muito bonita de nome Célia, que era exímia trapezista. O quadro dos outros artistas compunha-se de outro trapezista de nome Mário, que fazia dupla com Célia, uma domadora das feras chamada Silvette, de nacionalidade francesa, que era a companheira do dono Cláudio, um artista que engole espadas e cospe fogo, de nome Juarez, que tambem era sócio do Cláudio, com pequena parte na sociedade. Por ser o gerente do circo há anos, Cláudio tinha lhe dado dez por cento da sociedade. Um malabarista mexicano chamado Diaz, uma garota bonita de nome Angélica, que trabalhava com os cavalos e os elefantes. Um húngaro, de nome Peter, que trabalhava com cachorros amestrados. Dois palhaços argentinos de nome Bolinha e Bolão. Além dos artistas, o circo ainda tinha dez empregados para serviços gerais.

O circo estava se apresentando no momento num terreno da Zona Norte de São Paulo.

Bento, tendo estranhado o fato da jaula do "Ticão" estar aberta, levou ao conhecimento do Cláudio, que achou que alguém propositalmente abrira a jaula, com que razão não era possível supor. Mas não deu maior importância, pois tinha de providenciar a organização do espetáculo para mais à noite. O circo apresentava sessões de terça a sexta-feira, uma à noite e aos sábados e domingos, uma à tarde e outra à noite. Ele ficava quase sempre lotado, pois o espetáculo era de bom nível e também porque os preços dos ingressos eram populares.

Na parte da manhã, todos os artistas treinavam para os seus espetáculos noturnos. Quando estava em andamento o treinamento, eis que a lona do circo quase caiu. Foram verificar e constataram que uma das cordas principais de sustentação havia sido cortada. Todos começaram a ficar preocupados, principalmente Cláudio. Primeiro, foi a jaula do urso, agora a corda de sustentação. Alguém no circo estava fazendo sabotagem. Mas quem? E com que intenção? Foi consertada a corda e o espetáculo à noite correu normalmente, com grande entusiasmo da platéia pelos bons números apresentados.

No dia seguinte, apareceu morto um dos seis cachorros de Peter, e tudo indicava que ele havia sido envenenado. Peter chegou a chorar, pois amava seus cachorros. A situação já estava se tornando insustentável, pois seguidamente estavam se apresentando esses problemas que indicavam sabotagem. Mas qual seria a razão?

Cláudio convocou uma reunião de todo o pessoal para ver se alguém tinha uma idéia do que estava acontecendo. Todos lamentavam os acidentes, mas nada puderam adiantar de concreto. Só podia ser alguém de dentro do circo. Mas quem?

Cláudio começou a desconfiar de um dos ajudantes de nome Nivaldo, que vinha lhe atormentando com pedidos de aumento de salário, o que ele não podia dar, pois todos os ajudantes ganhavam igual. Cláudio chamou Juarez no seu trailer para conversar.

– Juarez, tenho minhas desconfianças de que quem está fazendo chantagem é o Nivaldo, pois ele tem me aborrecido para receber aumento de salário, e como eu não posso dar, é possível que por vingança ele esteja provocando esses acidentes para nos prejudicar.

– É possível, vamos ficar de olho nele! – respondeu Juarez.

– Se for confirmado que é ele, vamos mandá-lo embora sem indenização e ainda vamos acusá-lo na polícia, para ele não ter defesa.

E assim combinados, iam ficar observando.

Por três dias nada de anormal aconteceu, mas no quarto, a carreta, com a jaula dos leões, apareceu com dois pneus cortados, evidenciando outra sabotagem. Cláudio e Juarez chamaram Nivaldo para interrogatório.

– Nivaldo, você tem alguma diferença com o circo? – falou Cláudio.

– Não sei por quê!

– Você tem me pedido aumento de salário e eu não tenho podido dar, não será que por vingança está provocando estes acidentes?

– Eu pedi aumento para mandar mais dinheiro para minha família no Norte, mas isto não tem nada a ver com o que tem acontecido.

— Não estou lhe acusando, mas você dá motivos para suspeitas!
— Eu já disse que não tenho nada com isso e pronto!
— Está bem, nada vai te acontecer, mas vamos ficar de olho em você, pode ir!

Quando Nivaldo saiu, Cláudio comentou com Juarez:
— O que você acha? Ele parece suspeito?
— Não sei não! Pode também ser outro. Vamos tomar cuidado.

Às segundas-feiras era descanso da companhia e a maioria dos artistas, assim com o pessoal dos serviços, saía e às vezes passavam o dia fora. Cláudio tratava dos negócios, costumava ir ao banco, para depositar a féria do fim de semana que era a maior e fazer pagamento dos alimentos. Juarez também saía por quase todo o dia. Célia costumava sair com Mário, pois vinham tendo um romance.

Às terças-feiras, as atividades recomeçavam normalmente, e na parte da manhã os exercícios gerais. O equilibrista Diaz, que nutria uma paixão por Célia mas não era correspondido, demonstrava violentos ciúmes pelo amor dos dois trapezistas, já tendo discutido com eles. O ambiente não era bom e prejudicial para o relacionamento entre todos, condição importante para o espetáculo do circo. Cláudio chamou a atenção de Diaz, que não gostou, e disse que se ele não terminasse com seu doentio interesse por Célia, seria obrigado a dispensá-lo, o que só podia prejudicar o desempenho do espetáculo.

Noutro dia cedo, todos estavam fazendo exercícios. O trapezista Mário tomou seu lugar no trapézio na posição para aparar a Célia, que estava no outro lado. Quando tocou a música do número, Célia se lançou no espaço segurando o trapézio. Qual não foi a surpresa e desespero de todos que estavam assistindo ao ensaio, quando uma das cordas se rompeu e a trapezista despencou, bateu num dos cantos da rede de segurança e foi cair violentamente no picadeiro. Todos correram para acudi-la, ela estava inconsciente, mas viva; devia ter se ferido muito. O pai foi avisado e veio correndo para junto da filha. Foi chamado com urgência o pronto-socorro. O médico constatou que o caso era grave e Célia foi hospitalizada. Foram feitos todos os exames necessários. Ela havia quebrado três costelas, tinha também diversos ferimentos generalizados. O pior era a cabeça, pois ela continuava inconsciente, e os médicos não podiam dar um diagnóstico. O choque podia ter conseqüências graves. Ela precisava ficar na UTI por tempo indeterminado. Todos lamentavam o acontecido no circo, porque Célia era muito querida. Quem sofria mais eram seu pai e Mário, seu namorado.

À noite, o espetáculo foi apresentado sem o número do trapézio. A platéia foi informada e compreendeu a ausência do número.

Cláudio, na aflição pelo estado da filha, ainda refletia. "Será que foi acidente ou sabotagem?"

A corda foi examinada e apresentava todas as características de ter se rompido, e como elas eram sempre testadas, não era compreensível o acidente.

Cláudio achou por bem chamar a polícia, para ver se descobria alguma coisa de errado, porque os acidentes estavam se repetindo e podiam ser provocados, e se o caso da sua filha fosse proposital, então era grave. A polícia tomou conhecimento de todos os incidentes e o delegado providenciou um investigador para acompanhar os trabalhos. O investigador, de nome Menezes, passou um dia no circo investigando, conversou com todos os ajudantes e artistas e, por último, pelas informações que recebeu, separou quatro prováveis suspeitos de estarem provocando os acidentes. Primeiro Diaz, por ciúmes, segundo, Nivaldo, pelas razões apresentadas, terceiro, outro ajudante de nome Silva, que vinha brigando muito com todos, até com Cláudio, que já tinha lhe dispensado, e, por último, a própria companheira de Cláudio, a francesa Silvette, pois ela não se dava com Célia, porque a moça não concordava com o relacionamento dela com o pai, por achar que a francesa o tratava mal. Mas a suspeita era muito remota que Silvette pudesse ter provocado um acidente tão grave. O investigador nada conseguiu de positivo nos interrogatórios com os quatro prováveis suspeitos e levou o resultado para o Delegado, que pretendia encerrar o caso, mas, por insistência de Cláudio, sugeriu contratar um detetive particular para continuar nas investigações. Indicou então um antigo colega, que havia sido chefe dos investigadores, de nome Dario Alves Filho, que agora estava aposentado, e fazia serviços de investigações particulares.

Cláudio foi procurá-lo no seu endereço. Ele morava num apartamento com a filha casada, pois era viúvo. Ele recebeu Cláudio e passaram a conversar, e quis saber tudo o que estava acontecendo no circo, até o acidente com sua filha. E falou:

— Eu posso fazer uma investigação profunda para ver se está acontecendo sabotagem.

— É isso que eu quero! — respondeu o Cláudio.

— Mas, para esse trabalho eu não posso chegar lá e começar a fazer interrogatórios, mesmo porque o investigador da polícia já fez e não tenho autorização para tal! Somente se eu puder me integrar no trabalho do circo e fazer parte da equipe, posso descobrir com certeza se está havendo sabotagem!

— Eu concordo! Como podíamos fazer isso?

— Eu tenho de trabalhar no circo, em algum serviço que não exija experiência!

— É possível! Eu estou dispensando um empregado de limpeza, que está discutindo muito com todos e me dando trabalho! Posso substituí-lo por você.

— Ótimo, mas não mande ele embora antes de eu conhecê-lo, pode ser que ele esteja aprontando. Mas eu tenho de trabalhar lá sem o conhecimento de ninguém. Só você deve saber por que eu estou lá!

— Estou de acordo! Quais são as suas condições para esse trabalho?

Eu vou querer dois mil reais pelo trabalho, mais cinqüenta reais por dia em que eu morar no circo, até dar o trabalho por concluído.

— E em quanto tempo acha que pode resolver o caso?

— Não sei, mas de uma semana a trinta dias deve estar resolvido.

— Estamos combinados! — respondeu Cláudio.

— Então eu posso ir amanhã no circo, me apresento com o interesse de trabalhar, e você me contrata por um período de experiência, por trinta dias!

Assim combinados, Cláudio foi para o hospital ver sua filha, que continuava na UTI, com poucas melhoras. Os médicos ainda não davam muitas esperanças, pois ela continuava inconsciente. Cláudio sofria muito, porque amava muito sua única filha.

No dia seguinte, Dario se apresentou na hora, vestido modestamente e com pequena mala, com o argumento de que procurava trabalho em serviços gerais, pois estava vindo do interior sozinho.

Cláudio e Juarez fizeram as perguntas de praxe e o admitiram como faxineiro em experiência por trinta dias. Ele foi apresentado a Bento, encarregado dos serviços gerais; este ia lhe ensinar o serviço e indicou o trailer onde ia dormir com mais quatro companheiros.

O plano estava pronto para as suas investigações.

Começou a trabalhar na faxina, mas com atenção naquilo que interessava. A todas as conversas ele ficava atento, principalmente dos artistas. Discretamente queria conhecer bem os hábitos de todos.

A corda que tinha se rompido e provocado o acidente com Célia estava num depósito e parecia que ela tinha se partido por falha do material, mas como era um homem experiente na sua profissão, tocou com a língua no local do rompimento e sentiu ela arder. Chegou logo à conclusão: havia sido posto algum ácido na corda e ele apodreceu as fibras, provocando o rompimento. Estava provado para ele, não fora acidente o que aconteceu com Célia e sim crime premeditado. Guardou para si esta prova, pois tinha ainda muito trabalho para descobrir o culpado. A mesma pessoa que vinha provocando os outros acidentes podia também ser o causador do crime contra a moça. Começou, discretamente, a seguir os passos das pessoas que a polícia enumerou como suspeitas, mas nada estava encontrando de positivo.

No terceiro dia, no espetáculo da noite, uma das tábuas das gerais se soltou e umas vinte pessoas caíram, algumas se ferindo levemente. Foi um alvoroço geral, justificado como um acidente. Mas Dario, com sua experiência, verificou que os parafusos haviam sido afrouxados.

O sabotador continuava em atividade, com que intuito ele não sabia.

No hospital, Célia estava lentamente tendo algumas melhoras, com pequenos períodos de recuperação da consciência, mas os médicos nada ainda podiam adiantar, ela podia se recuperar, mas ia levar algum tempo.

Dario continuava suas investigações, mas nada tinha encontrado de concreto. Na segunda-feira seguinte, que era descanso, aproveitou para seguir pessoas suspeitas, para ver se descobria algo, lá fora, que as comprometesse. Usava os óculos escuros e uma peruca preta como disfarce.

A semana correu sem incidente, com os espetáculos sendo apresentados normalmente.

Célia dava sinal de melhoras, e já havia saído da UTI, o que era uma boa esperança de ficar boa, caso o cérebro não ficasse comprometido.

Depois de um fim de semana com a casa cheia, na segunda-feira ninguém ainda tinha visto Cláudio e Juarez. Lá pelas onze horas, alguém, passando junto do trailer que era escritório, ouviu gemidos e chamou os colegas, inclusive Dario. Abriram a porta do trailer. Numa cadeira, amarrado pelos pés, amordaçado e com os punhos algemados nas costas da cadeira, estava Juarez, e deitado no chão estava Cláudio. O escritório estava todo revirado. Cláudio estava morto. Juarez foi desamarrado e serram as algemas.

Juarez contou que bem cedo foi ao escritório para as providências de praxe. Quando entrou, levou uma pancada na cabeça e perdeu os sentidos. E acordou naquele estado. Ele tinha um pequeno ferimento na cabeça.

Tudo indica que havia sido roubo com assassinato, pois o cofre tinha sido arrombado e não havia dinheiro nenhum, e a importância devia ser grande, pois era toda a féria do fim de semana.

Cláudio tinha levado um violento golpe na cabeça, que havia provocado sua morte.

A polícia foi chamada e as investigações indicavam latrocínio.

A desolação era geral, depois do acidente com Célia, agora a morte de Cláudio.

Nos interrogatórios, ninguém tinha visto nada. A polícia chegou à conclusão de que o ladrão, ou ladrões, entraram durante a noite no escritório para roubar. Surpreendidos por Cláudio, mataram-no, e quando Juarez entrou, atacaram-no e deixaram-no naquele estado.

As algemas, o criminoso devia ter roubado de algum policial. Fizeram a perícia, para ver se identificavam impressões digitais estranhas, mas só encontraram as do próprio Cláudio e Juarez. O assassino devia usar luvas.

Agora o problema era levar ao conhecimento de Célia que seu pai havia sido morto, apesar de ela ainda não estar em condições de receber a notícia. Ia ser um choque.

Dario estava numa encruzilhada, agora o problema tinha se agravado muito com a morte de Cláudio. "Seria morte por roubo, obra de ladrões, ou seria crime interno?" Apesar da morte da pessoa que o contratou, ele ia continuar seu trabalho, sem pensar na remuneração. No dia seguinte foi feito o enterro de Cláudio, com muita tristeza.

O circo foi obrigado a suspender o espetáculo até segunda ordem.

Juarez passou a dar as ordens e prometia para breve o início dos espetáculos, pois o circo precisava continuar.

Dario continuava suas investigações com todo sigilo, agora agravado por esse crime.

Depois de uma semana do circo ficar fechado, foi aberto novamente para o público, e quem dirigia era Juarez.

Noutro dia, Dario telefonou de um orelhão para o delegado, seu antigo colega, para ele vir ao circo, com policiais, que tinha importante informação a dar. Quando o delegado chegou, Dario pediu para ele reunir todo o pessoal do circo no picadeiro, onde ele ia fazer a importante revelação. Reunido todo o pessoal, a mando do delegado, Dario se apresentou, dizendo que não era nenhum empregado, mas sim a pessoa que Cláudio havia contratado, sigilosamente, para descobrir o que estava se passando no circo e apontar o culpado. Todos ficaram surpresos, mas curiosos sobre qual seriam as declarações de Dario.

— Tenho de informar a todos vocês que a morte de Cláudio não foi obra de ladrões e, sim, de pessoa do circo, como também a tentativa de assassinato de Célia e todos os acidentes que apareceram ultimamente!

Todos se entreolharam espantados e um murmúrio geral foi ouvido. Aí Dario falou:

— Senhor Delegado, o culpado pela morte do Cláudio e de todos os acidentes que aconteceram no circo é o sócio Juarez! Como também a sua amante Silvette deve ser sua cúmplice! Eu tenho as provas!

A surpresa foi geral. Juarez aos berros se defendia. "Aquilo devia ser uma farsa." Silvette também se defendia. O delegado mandou que dois guardas ficassem vigiando os dois suspeitos e pediu as provas para Dario. Aí ele esclareceu tudo:

— No acidente com Célia, a corda foi violada com algum ácido que apodreceu as fibras, rompendo-a, e provocando a queda! Eu tenho a corda para provar.

Juarez aos berros gritava.

— O que isso prova que fui eu que provoquei o acidente?

— Eu chego lá! Por favor, delegado, mande-o ficar quieto até acabar minhas explicações! Eu vou provar tudo!

O delegado deu ordens para Juarez ficar em silêncio até o fim das explicações de Dario, quando então ele podia se defender das acusações.

Dario continuou a falar.

— Na segunda-feira retrasada, primeiro eu segui, disfarçado, o equilibrista Diaz, até o Shopping Center Norte, por ele ser um dos suspeitos, para ver o que ele ia fazer! Nada de suspeito ele fez, somente comprou camisas e voltou para o circo! À tarde segui Silvette, que também era suspeita, e a vi se encontrar com Juarez, os segui de táxi e vi quando eles entraram num motel na Marginal do Tietê! Estava provado que eles eram amantes! Um dos motivos porque ela não tratava bem de Cláudio, razão por que Célia não gostava dela, como também Silvette da moça. Soube que já haviam discutido diversas vezes, um dos motivos para querer acabar com a filha do Cláudio.

Eu não contei da traição de sua companheira, para não chocá-lo e ele acabou morrendo sem saber de nada! Os diversos acidentes que vinham se passando no circo era tudo obra do Juarez e possivelmente com a ajuda de Silvette, tudo para criar confusão e desviar a atenção para outras pessoas suspeitas, nunca para ele, que também era um dos donos do circo! Ainda eu não tinha certeza da culpa do Juarez, até quando aconteceu o crime, com a morte do Cláudio. Então as minhas investigações confirmaram minhas suspeitas!

Juarez, no dia do crime, logo cedo entrou no escritório, golpeou a cabeça do Cláudio, que estava lá, possivelmente com uma estatueta de mármore que tem no escritório, depois, como o cofre devia estar aberto pelo Cláudio, retirou todo o dinheiro, e com algum martelo danificou o cofre, que não é muito resistente, para dar a impressão de que foi arrombado, desarrumou o escritório para justificar que houve luta, depois se retirou sem ser visto. E foi na agência do banco do bairro para depositar o dinheiro em sua conta particular em São Caetano. Voltou sem ser visto, entrou no escritório onde Cláudio estava morto, feriu propositalmente a própria cabeça, amarrou os pés na cadeira, se amordaçou, e por fim algemou os punhos nas costas da cadeira. Esses apetrechos todos ele deve ter levado quando voltou ao escritório, inclusive as algemas abertas, para poder fechar nos punhos sem dificuldades. Quando estava nessa posição, completamente imobilizado e dando a nítida impressão de que tinha sido atacado e preso à cadeira, então começou a gemer para chamar a atenção!

Aí o delegado perguntou:
– Mas o que isso prova que foi ele que cometeu o crime?
– Aqui está a prova! A chave das algemas, que encontrei no trailer, que é o dormitório dele, e uma foto que eu tirei do recibo do banco de R$ 32.600,00 no nome dele, datado do dia do crime, certamente o dinheiro da féria do fim de semana, que estava no cofre!

Foi um espanto geral, todo mundo revoltado, acusando Juarez, que aos gritos queria se defender. Silvette chorava e justificava que o culpado era ele que a tinha forçado a participar do plano diabólico. Ela havia posto o líquido na corda, que ele havia lhe fornecido, ácido sulfúrico diluído em água, para enfraquecer as fibras e provocar o acidente.

Dario expôs os motivos que a dupla tinha. Com os pequenos acidentes criariam confusão e outros suspeitos. Com o acidente de Célia, fariam parecer quebra natural da corda, ou então o suspeito seria Diaz, por ciúmes. A morte de Cláudio evidenciava roubo com assassinato por ladrões e nunca o suspeito seria Juarez, pois ele tinha sofrido também com o delito. E o resultado final para a dupla era ficar dona do circo, pelo motivo de Juarez também ser sócio. Mas o plano saiu pela culatra, pena foi a morte de Cláudio e o acidente com Célia.

O delegado deu ordem de prisão para Juarez e Silvette, que nao possuíam mais argumentos para se defender.

O circo precisou ficar fechado temporariamente até a recuperação de Célia. Quando ela melhorou da cabeça, dias depois, tomou conhecimento da morte do pai, chorou muito, mas prometeu que o circo ia continuar e que todos tivessem um pouco de paciência até o reinício das atividades.

Nesse ínterim, Mário, seu namorado, cuidou para que não faltasse alimento para os bichos e para todos os integrantes do circo.

Quando Célia voltou do hospital quase curada, lhe fizeram uma bela festa. Ela comunicou que o circo mudaria de nome. Em homenagem a seu pai, ia se chamar "Gran Circo Zefirelli", e todos acharam uma ótima idéia.

A Dario, que tinha resolvido o caso todo, ela agradecida propondo, se ele quisesse trabalhar no circo como apresentador dos espetáculos, ela lhe daria os dez por cento da sociedade que antes pertenciam a Juarez.

Dario, que apesar dos problemas havidos, gostara da vida no circo, aceitou a oferta.

Três meses depois, em Campinas, com alguns novos artistas, o espétaculo continuava.

Célia, no trapézio, fazia piruetas admiráveis e a platéia aplaudia com entusiasmo.

O enterro do Juventino

O Juventino morreu. Não se perdeu grande coisa. Passou pela vida só arrumando encrenca. Não fez amigos. Inimigos, ganhou diversos. De gênio difícil, não concordava com nada. Mulheres nunca aturou, e por isso era ferrenho celibatário, e sempre morou sozinho. A bebida e outros excessos complicaram o seu gordo corpo, que o levou para outra melhor, nem tão velho nem tão moço.

Agora a providência era depositar sua carcaça na tumba do cemitério.

O enterro não estava fácil, pois ninguém queria gastar na derradeira viagem do rejeitado morto. Mas foi descoberta no seu quarto, bem enfurnada numa gaveta, uma boa importância – resultado da profissão de sapateiro que exercia – e que daria para o enterro. Com alguma sobra, ainda, para a Igreja ajudar a sua alma no outro lado da vida.

Foi arrumado o velório, com caixão de primeira e todos os paramentos. Na sala, os presentes faziam a guarda do corpo e vez por outra se ouvia alguém dizer:

– O Juventino tinha lá os seus defeitos, mas era um bom homem!

– Não há dúvida! – concordava outro.

Em velório, o defunto sempre vira santo.

E lá se iam comentários transformando o Juventino em homem de bem. Quanta falsidade! Havia até aqueles que forçavam o choro, inclusive aquela velha, que nunca se deu com o Juventino e agora se debulhava em lágrimas, como uma carpideira. Até o padre, que veio para encomendar a alma do morto, usava palavras com elogios inexistentes, talvez pelo óbolo recebido.

O tempo ia passando e as cenas aconteciam. Uma vela do paramento tombou e a roupa do morto começou a queimar. Houve corre-corre para apagar as chamas, mas o estrago já estava feito.

Alguém segredou:

– Até depois de morto o Juventino apronta!

Em seguida, uma velha deu um grito, pensaram que era piedade do finado. Antes fosse, pisaram seu calo arruinado.

Chegou a hora do enterro, e o carro fúnebre não aparecia. Eram dois quilômetros até o cemitério. Quando já se passavam trinta minutos da hora combinada, com todo mundo impaciente para se livrar da empreitada, eis que chega a notícia de que o carro estava enguiçado. E agora? O enterro tinha de ser feito no muque.

Candidatos para a proeza não apareciam, e o enterro não saía. Depois de marchas e contramarchas, com muita discussão, foi resolvida a questão. O time do carrega-caixão seria substituído a cada quarteirão. E assim seguiu o cortejo, pela Avenida da Saudade, para a última morada de Juventino. O caixão, com o passageiro, estava pesado. Todos que o carregavam não viam a hora de seu quarteirão terminar. Até que, em dado momento, um mais fracote não agüentou, e largou a alça que empunhava. O caixão se deslocou, os outros não suportaram e a carga caiu no chão. Com o impacto, o fundo se desprendeu e o Juventino sobrou espalhado na rua.

Situação desesperadora: com o fundo quebrado, como o defunto seria levado? Achou-se a solução. O caixão foi virado e a tampa passou a ser o fundo. O Juventino foi ajeitado, com o seu traseiro na tampa e a cara pro outro lado. Como a nova tampa não parava, passaram em volta do caixão vários cintos amarrados dos homens do cortejo, que tiveram de segurar as calças.

Chegando ao cemitério, outra vez confusão. A campa designada estava lotada e os coveiros não estavam de plantão.

Êta Juventino complicado! Arranjando encrenca até depois de morto.

Ninguém mais agüentava estar em companhia do finado. Apareceram, então, pás e enxadas, fizeram um buraco e meteram o caixão. Cobriram rapidamente e mais que depressa foram embora.

Agora o encrenqueiro do Juventino jazia em paz e deixava os outros também.

O avarento sabido

Ademar era uma pessoa nada comum. Fazia parte dos avarentos e antipáticos.

A família sofria com a mania dele. Tudo era caro para o gasto em casa e a esposa Clarinda precisava fazer a maior economia, pois ele, aos berros, reclamava de tudo.

Os filhos, um casal em idade escolar, eram obrigados a ir a pé para o colégio, que ficava a mais de três quilômetros de distância, mesmo em dias de chuva, pois ele não admitia comprar passes escolares para não gastar. As vestimentas tinham de ser as mais baratas e compradas em saldões e camelôs. A festas de aniversário os meninos não podiam ir, por não poderem comprar presentes. E festejar aniversários em casa, então, nem se podia cogitar. De casamentos em família não participavam, por não terem roupas e, principalmente, para não comprar presentes. Ele mandava avisar que havia sempre alguém doente.

E assim ia vivendo a sua família, passando até vexames.

No emprego, ele era conhecido como "mão-de-vaca". Não pagava nem um café para os colegas.

Mas, em compensação, ele, todo mês, engordava a sua poupança, sem o conhecimento da esposa, que julgava, pelas suas atitudes, que não havia dinheiro nenhum sobrando. Ela pensava, inclusive, que seu marido ganhava muito menos do que o salário real, pois ele mentia acerca do valor.

Ele era um avarento e metido a sabido. A mania de juntar dinheiro se tornara uma doença. Na hora do almoço, enquanto os colegas freqüentavam restaurantes melhores, ele só fazia refeições em restaurantes a quilo dos mais baratos.

Certo dia, enquanto almoçava, na mesa ao lado sentaram duas pessoas, que ficaram conversando, e Ademar, ouvindo. Um se lamentava:

– Você vê em que situação eu estou, a minha esposa precisa urgente ser operada. O estado dela é grave, eu não tenho plano de saúde e a operação do estômago é cara. Já gastei as minhas economias no tratamento, até precisei vender meu carro. Mas não adiantou nada. Agora tento vender urgente aquele bom terreno que tenho em Santo André. Ele vale, por baixo, de setenta a oitenta mil. Mas, você sabe como é... Quando a gente precisa urgente de dinheiro, a coisa fica difícil. No desespero posso vender até por trinta mil, ou menos. Pois minha mulher já foi para o hospital para ser operada, e já está sendo preparada. Não sei como vou fazer. Esta operação vai custar mais de vinte mil, entre médico, assistente, anestesista e hospital.

– Sinto muito! – falou o outro. – Se eu tivesse condições, compraria o seu terreno, que é um alto negócio para quem comprar!

Eles ficaram exaltando as boas condições que o terreno oferecia, como localização, fácil acesso a transportes e tudo o mais. Ademar ficava atento à conversa dos dois. Como visava sempre dinheiro e lucros, se empolgou e se dirigiu aos homens que conversavam:

– Desculpe a interferência. Pelo que estou ouvindo, o amigo está em grande dificuldade.

– É verdade. O senhor teria alguém com interesse em comprar o meu terreno? Posso lhe oferecer até uma comissão ou um bonito presente.

– Conforme as condições, até eu posso comprá-lo! – falou Ademar.

– Seria ótimo. O senhor faria um grande negócio!

E assim ficaram conversando a respeito do terreno. E Ademar ia cada vez mais se entusiasmando pelo negócio. Combinaram no dia seguinte ver o terreno. Na visita, Ademar gostou do que viu. Era uma área de mil e oitocentos metros quadrados, com ótima localização. E a placa dizia: "Vende-se este terreno com 1.800 m² urgente. Preço de ocasião. Tratar com o proprietário. Soares" e o número do telefone.

– Esta placa eu coloquei, mas acredito que pouco adianta – falou Soares.

Daí foram a uma imobiliária para Ademar ficar sabendo o valor do metro quadrado naquela região. Informado o valor, calculando os mil e oitocentos metros quadrados, concluiu que o terreno valia mais de oitenta mil.

— O senhor vê como sinto em vender este terreno? Mas não tenho outro jeito!

Ademar, então, se decidiu pela compra. O preço foi ajustado em vinte e oito mil, com quinze mil de sinal — urgente, por causa do compromisso de Soares com a operação da esposa — e treze mil na escritura.

No dia seguinte, eles se encontraram no restaurante e Soares mostrou a escritura do terreno. Tudo parecia em ordem.

Como Ademar só tinha vinte e dois mil na poupança, levou para o banco a escritura de sua casa e conseguiu um empréstimo de seis mil reais para pagar em seis meses a juros altos. Toda essa operação para a compra do terreno, sem o conhecimento da esposa, que nem sabia que ele tinha poupança.

No outro dia, foi com Soares ao cartório para combinar a escritura. Ademar ficou na entrada e Soares foi lá dentro para as providências e voltou com o escrivão Aílton que, alegando já haver um casal na sua mesa, para lavrar uma escritura, veio na entrada para verificar a escritura do terreno. Como achou que estava tudo em ordem, tomou nota dos dados de Ademar: nome, endereço, CPF, RG e combinou para oito dias a escritura definitiva. Recebeu um cheque de quinhentos e vinte reais de Ademar, para custos e impostos do serviço, e deu um recibo com carimbo do escrivão.

O sinal do negócio — os quinze mil em dinheiro — Soares receberia naquela tarde, e o restante na escritura, dentro de oito dias. Foi combinado que Ademar levaria os quinze mil no hospital, pois Soares precisaria pagar urgente as despesas hospitalares.

À tarde Ademar foi ao hospital e se encontrou com Soares na sala de espera. Foram tomar um café num bar, na rua, e Ademar entregou os quinze mil. Ele recebeu um recibo bem detalhado do negócio. Soares agradeceu e elogiou Ademar por ter feito um bom negócio. Disse que, em seguida, ia cumprir os compromissos no hospital e fazer companhia à esposa, que ia ser operada.

Agora vamos explicar a trama toda. Ademar tinha caído num golpe de vigaristas profissionais. Quando a dupla estava conversando no restaurante, a respeito do terreno, era para ver se alguém entrava no assunto. Como Ademar se interessou, eles já tinham um "pato". Nesse momento, começou a trama. Soares — esse nome era falso —, quando levou Ademar para ver o terreno, sabia que antes um comparsa tinha colocado a placa e ficado escondido. Assim que os dois foram embora, o vigarista retirou a placa.

No cartório, Soares entrou e saiu com o escrivão Aílton, que não era escrivão, mas, sim, da quadrilha, e nem se chamava Aílton. Ele veio de dentro e, na entrada, se passou por escrivão, até com recibo falso, e levou quinhentos e vinte reais do Ademar. A escritura do terreno era uma falsificação perfeita. No hospital, Soares ficou na sala de espera, onde sempre há diversas pessoas e ninguém sabe por que a pessoa está lá. Ele não tinha esposa nenhuma sendo operada.

A quadrilha, de posse dos quinze mil, desapareceu. Os treze mil eles sabiam que não iam receber.

Ademar, até este momento, estava feliz, pensando ter feito um grande negócio. Pois ia pôr à venda o terreno e, em alguns meses, teria um grande lucro. Tudo isso sem o conhecimento de ninguém, nem mesmo de sua esposa.

No dia e hora combinados para a entrega da escritura, levou o restante do dinheiro e esperou pela chegada de Soares na entrada, que não apareceu. Depois de quarenta minutos de espera, foi procurar o escrivão Aílton e foi informado que não existia nenhum escrivão com esse nome no escritório. E, também, que não havia nenhuma escritura de terreno em Santo André para ser lavrada.

Aí, o Ademar se desesperou, já pensando que tinha caído no conto do terreno. Correu para o hospital, para saber se a esposa do Soares tinha sido operada. Soube que nunca existiu essa mulher para ser operada. Ademar estava apavorado, certo de que já tinha perdido os quinze mil reais e caído num conto do vigário. Foi até o terreno. Sua última esperança era que ele pertencesse ao Soares. Chegando lá, constatou que não havia placa alguma. Foi até a imobiliária para se informar acerca do proprietário do terreno. Foi informado que o terreno era de uma construtora e havia um projeto para construir um grande prédio de apartamentos.

Ademar estava arrasado. Voltando para casa, o carro caiu num buraco e quebrou a suspensão. Ele teve de chamar um guincho para rebocar o veículo até a oficina. Isso custou um bom dinheiro. E ele ainda tinha de arcar com o conserto. Foi para casa e, desesperado, começou a chorar. A esposa Clarinda, a princípio, se condoeu e quis saber o motivo. Por isso, Ademar precisou contar tudo o que aconteceu. Ela se revoltou.

— Nós aqui sofrendo com a tua avareza, e você fazendo poupança para agora cair num conto ridículo desses? Os seus filhos precisam ir a pé para a escola, vestir roupas surradas, não podendo ir a festinhas e cinemas, eu me esfolando no trabalho e nem podendo ter uma faxineira porque você diz que não pode pagar! E, se agora, todo mundo e seus filhos ficarem sabendo que você caiu nesse ridículo conto do vigário?

— Por favor, Clarinda. Não conte para ninguém o que me aconteceu! Pelo amor de Deus. Nossos filhos, amigos e parentes nunca poderão saber o que me aconteceu.

— Eu vou guardar esse segredo a sete chaves. Mas, de agora em diante, se não tivermos uma vida decente, eu e nossos filhos, eu boto a boca no mundo. Conto pra todo mundo o que te aconteceu. E também quero que a sua conta no banco fique em nome de nós dois. Concorda com tudo?

— Juro pela minha mãe que está morta, concordo com tudo. Mas, como vamos justificar para os filhos e parentes que a nossa vida mudou?

— É fácil. Vamos dizer que você recebeu uma promoção no emprego, com um bom aumento de salário!

E assim o "avarento sabido", na sua ganância, levou uma dura lição. Mas a família ia ter uma vida mais feliz.

O crime perfeito e a justiça

— Querido, você vai para a fábrica agora?
— Sim, mas depois eu vou para o banco e almoço na cidade.
— Miro, eu vou para a fábrica à tarde, pois tenho de assinar uns papéis, que tal você se encontrar comigo lá e aproveitarmos a noite para jantarmos fora?
— Está bem, Paula, como você quiser, no fim do expediente me encontro com você.

Beijaram-se e Miro foi embora.

Miro e Paula estavam casados há cinco anos e até o momento não tinham filhos.

Ela, uma moça de fino trato e culta, nos seus trinta e dois anos, não era muito bonita, mas bastante simpática. Herdara do pai, após sua morte e já viúvo, como filha única, a grande indústria metalúrgica. Por ter sido assistente do pai, se tornou a maior acionista. Hoje, ela era a presidente da empresa.

Quando se casou com o Miro, fez dele diretor, um cargo decorativo, pois pouco ele atuava na administração, já que havia outros diretores executivos. Miro, um homem atraente nos seus trinta e cinco anos, era advogado, mas nunca atuara na profissão. De família de classe média, sem posses, mas muito ambicioso e de caráter duvidoso.

Os dois se conheceram numa festa, e Paula logo se apaixonou por ele. Miro fingia também grande amor por ela, mas estava, sim, interessado na situação financeira dela.

Casados, ele levava vida de rico, um *bon vivant*. Sigilosamente, já havia tido diversas aventuras amorosas, mas sempre com muito cuidado para a esposa não descobrir, pois, se ela viesse a saber, seria o caos. Numa separação, ele perderia tudo. Agora a situação estava complicada, por ele estar apaixonado por outra mulher. Uma moça solteira, muito bonita, mas bastante exigente, ambiciosa e dominadora, de nome Irma. Eles se conheceram no Clube Paulistano, onde eram sócios. Encontravam-se às escondidas fora do Clube e freqüentavam motéis de luxo, onde se amavam com intensidade. Iam sempre separados para não encontrar nenhum conhecido que pudesse fazer comentários e chegar ao conhecimento de Paula.

Nessa tarde, ele já havia combinado um encontro com Irma. Na hora combinada, foi para o motel e aguardou a chegada da amante, que veio em seguida, no próprio carro. No quarto, ficaram logo em colóquios amorosos e depois se amaram apaixonadamente.

Logo após, Miro pediu um lanche e ficaram conversando:
— Miro, já estou ficando cansada de me encontrar às escondidas com você.
— Mas, meu amor, você sabe o quanto é perigoso para mim sermos vistos juntos.
— Até quando esta situação vai durar? Estamos apaixonados e eu quero ter mais liberdade com você.

– Tenha paciência querida, com o tempo havemos de dar um jeito.
– Por que você não tem uma conversa franca com a sua mulher e diz que quer se separar?
– Você está louca? Ela aprontaria o maior escândalo, e numa separação me deixaria sem nada. Você sabe que ela é a dona de tudo.
– Esta sua mulher está sendo um estorvo na nossa vida. Eu quero breve uma solução, porque viver assim não dá.
– Vou pensar numa solução, porque eu não quero perder você de jeito nenhum, Irma.
– Acho bom!
Após esse diálogo, se despediram e foram embora.
Miro voltou para a fábrica para se encontrar com Paula e irem jantar juntos.
– Querido, você demorou tanto.
– É que no banco tive muitas coisas para fazer e ainda encontrei um amigo que há anos não via, ficamos num longo papo de lembranças antigas, depois ainda fomos tomar um drinque.
– Como é o nome dele?
– Mário, é engenheiro e prometeu um dia nos visitar com a esposa.
Em seguida, foram jantar num bom restaurante e Miro encenava muito amor e carinho por Paula, mas estava pensando em Irma e na conversa que tiveram.
Os dias foram se passando e nos encontros de Miro com Irma mais ela insistia que queria uma solução favorável para ambos.
Então começaram a passar pensamentos diabólicos na cabeça de Miro, de que Irma também participava. A única solução seria eliminar Paula, para ficar com tudo que era dela e junto com Irma. Um crime. Mas como? Se fosse descoberto, seria a ruína de ambos.
Dali em diante, os dois amantes ficavam estudando todos os possíveis planos para praticar o crime sem serem descobertos.
Matar Paula na casa de campo, numa caçada, justificando um tiro acidental, não ia convencer a polícia, mesmo porque Paula não gostava de caçadas. Provocar um acidente de carro, era muito difícil, além do que, Paula saía quase sempre com o motorista. Levar Paula para uma viagem, num local que tivesse um precipício e jogá-la lá de cima, justificando que ela caíra, não ia convencer a polícia, pois todos sabiam que Paula sofria de acrofobia e nunca ia chegar perto do despenhadeiro.
Simular um seqüestro com assassinato era muito perigoso, pois tinham de pagar os seqüestradores e ficariam à mercê deles, que podiam fazer chantagem por muito tempo, ou, se fossem presos, acusariam Miro como mandante.
Começar aos poucos pondo veneno no chá que Paula diariamente tomava, até ela ficar gravemente doente e falecer, era arriscado, pois, pela estranha morte, na certa seria feita uma autópsia e descoberto o veneno no corpo dela, as suspeitas cairiam sobre Miro, que seria o herdeiro natural.

Encenar um roubo com assassinato no dormitório de Paula, traria logo suspeitas para a polícia, pois o apartamento tinha toda a segurança e no prédio havia um sistema de alta segurança, até com circuito interno de vídeo. Dificilmente algum estranho conseguiria chegar ao apartamento do casal, que era de cobertura. Então os suspeitos seriam do prédio, inclusive o próprio Miro, que sempre se beneficiaria com a morte de Paula.

Estava difícil encontrar um meio seguro para o crime.

Paula não suspeitava que o próprio marido estava arquitetando um plano para matá-la e ficar com tudo que era dela e em companhia da amante.

Miro fingia tratar Paula com todo amor e carinho, até na frente dos criados e amigos, para despistar.

Todos os planos para o crime iam sendo postos de lado pelo sinistro casal de amantes porque apresentavam falhas, e queriam praticar um crime sem suspeitas.

Até que num encontro de Miro com Irma, ele expôs que tinha um plano infalível para eliminar Paula sem problemas. Detalhou para a amante seu plano e ela o aprovou incontinenti. Na primeira oportunidade, ele praticaria o crime.

E assim foram se passando os dias, e Miro sempre amoroso com Paula, aguardando o melhor momento para praticar seu plano diabólico.

No dia que ele achou bem conveniente, passou a agir.

Lá pelas oito horas da manhã, já havia se aprontado para sair para a fábrica, mas voltou silenciosamente ao dormitório. Paula ainda dormia de bruços, ele pegou uma estatueta de mármore da Vênus de Milo, que era enfeite do quarto, golpeou violentamente a nuca da moça. Paula só deu um rouco gemido, tremeu toda e ficou inerte. Estava consumado o crime, ela estava morta. Depois foi rápido ao banheiro dela, encheu a banheira com água quente, pôs sais de banho que ela usava, e fez bastante espuma. Voltou ao dormitório, pegou Paula e a levou para o banheiro, desnudou-a e a mergulhou na água, depois a retirou e a depositou no chão, ao lado da banheira, molhou o piso com a água em que havia espuma, colocou o sabonete um tanto distante no piso, arrancou alguns fios de cabelo de Paula e os deixou juntos no centro do parapeito da banheira, pôs a toalha de banho no lugar certo, para uso após o banho, e pendurou a camisola no cabide.

Depois examinou todos os detalhes para ver se não havia esquecido nada, limpou qualquer vestígio de seus pés no piso, saiu silenciosamente do banheiro e fechou a porta por fora com uma chave que ficava no dormitório e que só os dois sabiam da sua existência. A porta do banheiro de Paula tinha chave por dentro, que por hábito ela sempre fechava quando tomava o seu banho, para não ser surpreendida por ninguém. Miro escondeu a chave de reserva num lugar secreto e se dirigiu para o escritório, que ficava bem distante do dormitório do casal, pois o apartamento era muito grande.

O crime evidenciava um acidente fatal. Paula teria saído da banheira para apanhar o sabonete que caiu no chão, escorregou no piso molhado e muito liso, batendo violentamente a nuca na borda da banheira e teve morte instantânea, sem mesmo poder gritar por socorro.

Miro espalhou pela mesa do escritório papéis de ordem profissional, para dar a impressão de que estava trabalhando. Em seguida, chamou a empregada em voz alta. Quando a moça entrou na sala, ele falou:

– Nair, vá ao dormitório da dona Paula e veja se ela já se levantou. Pede para ela se apressar, pois temos de ir para a fábrica com urgência, e ainda precisamos tomar café.

A serviçal se dirigiu ao dormitório da patroa e viu que ela já havia se levantado e devia estar no banho. Bateu na porta para dar o recado do patrão, como não obteve resposta chamou pelo nome de Paula, e nada ouviu, insistiu em bater na porta e chamava pela patroa, aí ficou preocupada, voltou à presença de Miro e falou:

– Dr. Miro, a dona Paula está no banho, mas ela não respondeu ao meu chamado e eu bati na porta diversas vezes, mas está fechada por dentro.

Miro fez cara de surpreso e disse:

– Vamos lá para ver o que houve.

Dirigiu-se com a empregada e começaram a bater na porta e chamar por Paula, ele já demonstrando um fingido desespero.

A empregada falou:

– Dr. Miro, essa porta não tem outra chave?

– Se tem eu não sei dela, pois este banheiro é particular da dona Paula.

Agora com os gritos para chamar a Paula, o motorista Antônio e a cozinheira Joana também vieram para ver o que havia. Miro mandou Antônio chamar o zelador com urgência e trazer ferramentas para arrombarem a porta. O zelador veio rápido com diversas ferramentas e arrombaram a porta, o que deu muito trabalho, pois a fechadura e a porta eram resistentes.

Miro estava impaciente e bastante nervoso, tudo para justificar que estava desesperado.

Quando a porta foi aberta, a surpresa foi geral. Paula estava caída no piso da banheira, desnuda e inerte. Estava morta.

Miro encenava um grande desespero, todos estavam chocados com o triste quadro. Miro, aos berros, pedia para chamar um médico, mas nada adiantava, Paula estava morta. Cobriram-na com uma toalha e amparavam Miro, que fingia desfalecer.

A notícia se espalhou rapidamente pelo prédio e alguns vizinhos do casal vieram correndo para ajudar no que fosse possível, inclusive um médico, que constatou a morte de Paula e deu um calmante para Miro suportar a fingida dor que estava sentindo. Era tudo falsidade dele e todos estavam penalizados pelo bem representado desespero.

Foi chamada a polícia, que chegou à conclusão de que fora um acidente fatal. Paula batera com a nuca na borda da banheira e falecera. Havia um pequeno ferimento na nuca, na certa provocado pela borda da banheira; até alguns fios de cabelo foram arrancados na queda.

Aí foram tomadas todas as providências, por parentes e amigos do casal, porque Miro fingidamente demonstrava não ter condições para nada.

Foi organizado o enterro com grande aparato e muito concorrido, porque Paula era muito conhecida e querida. Durante o velório, Miro ficou o tempo todo ao lado do caixão, muito triste, e às vezes beijava a esposa e encenava choro, eram puras "lágrimas de crocodilo". Mas por dentro ele se regozijava. Havia enganado a todos e achava que tinha executado o crime perfeito.

Após o enterro, Miro continuou sua farsa, para nunca despertar suspeitas. Recolheu-se em casa e não queria falar com ninguém.

Mandou rezar missa de sétimo dia com grande pompa e outra vez demonstrou grande tristeza pela perda da esposa, e reclamava a falta que ela fazia.

Depois, fingiu passar um período de grande abatimento. Os próprios criados, amigos e parentes lhe cercavam de todo carinho. Pouco se alimentava, apesar da cozinheira procurar fazer os pratos de sua preferência. Mas, durante a noite, ia à cozinha e preparava suculentos lanches, porque fome ele tinha bastante. No final, deixava tudo limpo.

Com Irma, se comunicava pelo telefone somente à noite, sem o conhecimento de ninguém, e aguardavam ansiosos o momento de estarem juntos novamente. Mas ia levar algum tempo para não despertar suspeitas.

Miro estava eufórico, pois agora ia herdar tudo que pertencia a Paula e ainda deveria se tornar o presidente da grande metalúrgica. Demonstrava ser um mau caráter, porque não alimentava nenhum remorso pelo crime que havia praticado, com a aprovação de sua amante.

Os dias foram se passando e os amigos e parentes se preocupavam com o aspecto depressivo de Miro, e o convidavam para distrações, que ele rejeitava.

Agora ele não tinha mais dúvida de que havia executado o crime perfeito.

Lentamente foi tomando conhecimento dos assuntos da fábrica e em breve seria eleito presidente com oitenta por cento do controle acionário. Sigilosamente já se encontrava com Irma e se amavam e sonhavam com o futuro promissor que os esperava.

Após dois meses, combinaram uma viagem, na qual poderiam ficar a vontade. Alegou para os diretores, parentes e amigos que ia só a uma estação de águas para relaxar e distrair, para ver se esquecia do drama que estava vivendo com a morte de Paula. Todos aprovaram a viagem dele.

No dia combinado, apanhou Irma e partiram para a viagem com destino a Serra Negra, onde iam passar uma semana.

No carro, seguiam felizes e, na estrada, Miro explicava para Irma como eles deveriam agir dali em diante:

– Querida, quando chegarmos a Serra Negra, eu deixo você na rodoviária e vou para o hotel sozinho. Você toma um táxi com as suas malas e vai para o hotel. Lá já temos reservas de apartamentos separados. Para todos os efeitos, um não conhece o outro. Vamos ficar separados um dia para ver se não tem algum hóspede que nos conheça. Depois, se nada nos impedir, fazemos de conta que nos conhecemos no hotel, o que para os funcionários é muito natural. Todas as noites vou sigilosamente para o seu apartamento e passamos juntos. Na volta procedemos da mesma maneira: você deixa o hotel sozinha e vai para a rodoviária, me espera, apanho você e voltamos para São Paulo. Na volta para São Paulo, vamos executar um plano para nos aproximarmos com a aprovação dos amigos. Você começa a freqüentar o clube e procura se aproximar dos meus amigos, que jogam tênis e freqüentam a piscina. Eu vou continuar a não ir ao clube, apesar da insistência dos amigos, alegando que não tenho vontade, para não lembrar dos momentos que passei lá com Paula. Enquanto isso, você faz amizade com meus amigos, a maioria é casada e leva as esposas. Quando você disser que já tem amizade com meus amigos, eu reinicio minhas idas ao clube. Meus amigos vão ficar satisfeitos em me ver no clube e irão me cercar de carinho. Na primeira oportunidade que ficarmos juntos, tenho certeza de que eles vão nos apresentar. Para todos os efeitos, nós nunca estivemos juntos. Com o correr do tempo, vamos transformar a apresentação em amizade, depois em namoro e futuramente até em casamento. Nossos amigos vão incentivar o nosso relacionamento, para eu esquecer o drama que passei, e assim, daqui a pouco, mais de um ano, podemos estar casados com a aprovação geral.

Irma ouvia tudo com entusiasmo e aprovava todo o plano de Miro. Como era ambiciosa, já se via como uma mulher rica e amada por ele.

Em colóquios amorosos, os dois no carro seguiam o destino de Serra Negra.

Num ponto da estrada, o carro ficou atrás de um caminhão carregado que seguia em marcha reduzida, por ser uma subida. Miro se impacientou em ficar andando lentamente na retaguarda e fez manobra para ultrapassar o caminhão, foi para a contramão e tentou fazer uma ultrapassagem perigosa. Neste momento, vinha correndo em sentido contrário, vindo de uma curva, um pesado caminhão e o carro se chocou violentamente de frente com ele.

O motorista se feriu, mas Miro e Irma estavam mortos, esmagados entre as ferragens retorcidas do carro.

O judeu, o árabe e o coreano

— Salomon, leva a tua filha prra escolher a enxoval!
— Non, eu sabe compra! Eu resolve.

O judeu, dono de uma antiga loja de móveis num bairro de São Paulo, estava agora às voltas com a compra do enxoval de cama, para a filha que ia se casar. Foi ao bairro do Brás percorrer as ruas que são especializadas na venda desses artigos.

Entrou numa loja e logo o dono, todo sorridente, veio ao seu encontro.
— Que o amigo deseja?
— Querro ver enxoval prra cama de casal! Bom, bonito e barrato!
— Amigo, veio na loja certa!

— Esperro que sim!
E o árabe começou a colocar no balcão a mercadoria solicitada.
— Veja só, mercadoria de brimera!
— Depende da prreço!
— Eu ter a melhor "breço da braça"!
— Este, eu fala também na meu loja!
— Brimo também tem loja?
— Sim, da móveis!
— Enton, brimo colega, isto bom!
— Que prreço esta, que eu estar vendo?
E o árabe deu o "precinho".
— Amigo, estar loco? Eu não quer meia dúzia, quer um!
— Este, bom breço bra um!
— Não ser possível, assim não dá negócio!
— Este breço de custo, mas Salim ainda faz uma disconto bra amigo!
— Que desconto?
E o árabe baixou um pouco o preço.
— Mas este desconto não dá nem prra uma cafezinho.
— Amigo, quer levar aqui o brimo bra falência?
— Non, mas também não quer pagar esta fortuna!
— Brimo, está comprando bra seu uso?
— Non, é prra minha filha que vai casar!
— Que beleza! Enton vai dar uma linda bresente bra filha!
— Depende da prreço!
E o árabe lá ampliando o diálogo com o judeu para captar mais confiança e facilitar o negócio.
— Veja brimo, na Brasil, tudo nois amigo, judeu e árabe não quer briga, uma pena lá no Oriente Médio, só quer guerra.
— É verdade, aqui muito bom! Pena as maus políticos, muitos ladrons e as fiscais, senon esta país ser uma parraíso!
— Gongorda com brimo!
Diálogo existia, mas negócio não saía.
Na frente da loja, um coreano, que por sinal era o dono de uma loja concorrente ao lado, passava lentamente na frente da porta, sempre atento e curioso para ouvir o diálogo dos dois.
— Mas, esta mercadoria estar muito carra e ainda tem uma defeito!
— Non é defeito, barece uma sujerinha da mosca!
— Parrece mais uma da passarrinho!
— Eu vai busca otra.
E enquanto o árabe vasculhava a prateleira na procura de outra peça do enxoval, o coreano na porta, com um riso maroto, chamava o judeu lá fora.
Quando o árabe voltou com a outra mercadoria, o judeu disse:
— Eu estar com un pouco de falta de ar, vai dar uma volta e depois vem fazer negócio!

— Mas depois o breço bom, a Salim não bode fazer mais! Vamos resolver agora!

— Non, eu volta logo!

E o judeu se retirou da loja.

Aí o Salim pensou em árabe "Se este judeu não me der o lucro que eu quero, ele não leva a mercadoria". Porém, estava impaciente pela volta do judeu.

Daí a uns quinze minutos, ele viu o judeu passar na calçada, carregando um pacotão.

Em seguida, entrou na sua loja o coreano, com um cheque do judeu na mão. Perguntou ao árabe se queria comprá-lo, válido para trinta dias depois. O árabe aceitou, com quinze por cento de desconto.

Logo depois, ligou para um fornecedor, que estava querendo cobrar dele uma conta vencida já há vinte dias, ofereceu-lhe o cheque do judeu, que foi aceito na hora.

Assim, os três lucraram no negócio; na certa quem não lucrou foi o governo!

A cachorrinha da madame

D. Dalva, senhora de fino trato, nos seus cinqüenta anos, casada com o Dr. Victor, abastado empresário, só tinha cuidados para a sua cachorrinha de nome Mimi, uma *poodle* toda branca com *pedigree* e tudo.

Casados há mais de vinte anos, não tinham filhos, não se sabia porquê, se era problema dele ou dela.

Dr. Victor, homem austero e enérgico nos seus negócios, era todo gentilezas com a esposa. Haviam se casado com muito amor, quando D. Dalva, há mais de vinte anos, era uma bela moça, mas agora com um bocado de quilos a mais ainda gostava dela, e aceitava com paciência sua dedicação pela Mimi. A cachorrinha era a princesa da casa e fazia o que queria, vivendo grande parte do tempo no colo da D. Dalva. Cachorrinha mal acostumada, fazia suas necessidades em qualquer lugar da casa, e a empregada era obrigada a correr para limpar a sujeira. A vontade da serviçal era de esfregar o nariz ou dar um pontapé no traseiro da bichinha. Mas, coitada dela, seria despedida na hora.

Mimi dormia no quarto do casal, numa poltrona, mas quando tinha vontade, se aboletava na cama, e era mais fácil o Dr. Victor dormir no sofá do que a Mimi se retirar.

Quando chegavam visitas à casa, Mimi latia brava, aborrecendo todo mundo, menos D. Dalva, que a chamava. "Vem pro colo da mamãe e fica boazinha".

Mas o pensamento das visitas era: "Êta cachorrinha chata".

Quando D. Dalva saía com a Mimi, para fazer compras, era sempre um problema nas lojas que não permitiam a entrada de cachorros. D. Dalva se sentia ofendida e não comprava. Alimentos, D. Dalva dava na boca da bichinha, que só comia nessas condições. Todo mês era levada ao veterinário, para exames de rotina, e qualquer alteração no comportamento da Mimi, já corria D. Dalva com ela para o veterinário.

Nas saídas de carro com o motorista particular, Mimi ia sempre no colo da dona, e nas vezes em que D. Dalva guiava, Mimi ia em pé olhando pela janela. O carro andava tão devagar pelo cuidado com a cadela que até atrapalhava o trânsito, a ponto de D. Dalva ouvir impropérios de outros motoristas.

Numa das visitas ao veterinário, este avisou que Mimi estava no cio, em tempo de cruzar.

Agora era um problema, quem teria o direito e condições de dar uma cria a Mimi? Teria de ser da raça *poodle*, com *pedrigree*, concursado e premiado. Depois de muita procura, apareceu o candidato. Um *poodle*, de cor marrom, com *pedigree* e diversas vezes premiado. Este sim era um bom par para o ato nupcial.

Foi combinado que a cria seria dividida para dar o destino que quisessem.

No dia combinado, o macho foi trazido, e o ato esperado seria no jardim da casa. Quando aproximaram os dois, Mimi começou a latir raivosa contra o cachorro, que, acovardado, se encolhia num canto. Foi aquela decepção, não conseguiram de jeito nenhum que Mimi aceitasse o companheiro. A operação foi anulada, para tristeza de todos.

No dia seguinte, D. Dalva procurava preocupada onde estava Mimi, não a achava em parte alguma, quando viu que o portão da entrada estava entreaberto, e Mimi escapara para a rua. Foi um deus-nos-acuda. D. Dalva, aflita, mobilizou o motorista para sair com ela e procurar a bichinha.

Pensava D. Dalva: "Coitadinha, ela deve estar assustada, pois nunca saiu sozinha, pode ser atropelada, ou até roubada".

Saíram rápido do carro e foram procurar, Mimi nas ruas próximas. Quando D. Dalva viu uns garotos assistindo uma cena, ficou desesperada, deu um grito e desmaiou.

A sua Mimi, depois de fazer amor, estava engatada com o vira-latas mais vagabundo, sujo, pulguento e sarnento do bairro.

Vida de ilusão

A moça desceu do táxi e tocou a campainha da casa. Atendeu uma mocinha:
– O que deseja?
– É daqui que anunciaram uma vaga para moça morar?
– Sim, mas vou chamar a D. Celeste.
Instantes depois apareceu na porta uma senhora simpática que mandou a moça entrar.
– Boa-tarde, eu li o anúncio que diz que a senhora possui uma vaga para alugar.

— Sim, é aqui mesmo! É para você?
— Sim! Eu estou chegando do interior e preciso morar em São Paulo.
— Como você se chama?
— Helena.
— Helena, eu só alugo para quatro moças; tenho só uma vaga porque uma das moças que morava aqui foi embora. São duas moças em cada quarto, com direito a cama, banho e café da manhã. Não sirvo almoço nem jantar, excepcionalmente um lanche à noite.

Helena, uma morena bonita, com cabelos pretos ondulados e olhos verdes, nos seus vinte e três anos estava se mudando da cidade de Franca para São Paulo. Deixou seu torrão natal desgostosa com o que lhe tinha acontecido. Namorara um moço da sociedade local, com promessas de casamento. Depois que ele conseguiu seduzi-la, começou a se tornar indiferente, surgindo daí freqüentes discussões entre ambos. Pouco tempo depois, Helena sentiu que não havia mais condições para continuar e resolveu romper definitivamente com o namorado.

Estava morando com o pai e a madrasta, pois ela perdera a mãe quando tinha somente cinco anos. Depois de dois anos o pai se casara novamente, mas a madrasta e Helena nunca se deram bem, e depois do acontecido com o namorado, as coisas pioraram a ponto da moça resolver vir para São Paulo e tentar vida nova. Para tanto, foi obrigada a deixar o emprego na agência do Banco, onde já era funcionária categorizada.

Após trocar informações e conhecer as acomodações da casa, combinou o preço com a D. Celeste, por quem aliás Helena sentiu grande simpatia, sendo visivelmente retribuída. Helena então pagou um mês adiantado e foi buscar sua mala de roupas que havia deixado no guarda-volume da estação rodoviária.

No seu quarto bem-arrumado, onde havia duas boas camas, dois armários, uma penteadeira e um banheiro privativo, Helena ajeitou suas roupas. Foi tomar, em seguida, um banho para descansar da viagem. Depois, foi conversar com D. Celeste.

— Helena, a sua companheira de quarto se chama Marisa; é uma funcionária do Estado e já mora comigo há mais de dois anos. Uma moça com mais de trinta anos, muito ajuizada. Você gostará dela. No outro quarto dormem a Taís, uma moça que veio de Ourinhos para estudar, está cursando a faculdade de Odontologia. É uma moça quieta, que só pensa nos estudos. A outra é a Áurea, uma moça bonita, mas de hábitos estranhos. Deve levar uma vida um tanto irregular, mas aqui ela se porta com todo o respeito. Afora elas, moro eu, que sou viúva há mais de dez anos, e a Diva, que é minha empregada e mora comigo já há cinco anos. Eu sou aposentada e tenho também a aposentadoria do meu falecido marido. Filhos, eu não tenho. Tive uma filha, que infelizmente faleceu quando tinha oito anos, vitimada pela leucemia. Tenho esta boa casa, aqui na Aclimação, que meu marido me deixou. Com a renda obtida ajudo uma entidade de pessoas carentes e também dou minha contribuição com trabalho para um Centro Espírita. Agora já contei tudo da minha vida. Posso saber da sua?

Helena resumiu sua história e disse que estava em São Paulo para tentar uma nova vida.

D. Celeste desejou que ela fosse feliz no seu intento. À noite, D. Celeste ofereceu um lanche para Helena, que ficou conhecendo suas companheiras: Taís, a universitária, uma moça simpática, mas de poucas palavras e a Marisa, sua colega de quarto, uma moça madura, muito educada e de conversa agradável. As duas com certeza iam se dar muito bem. Helena só não conheceu a Áurea, que chegou como habitualmente muito tarde e tinha até uma chave da casa para entrar.

Depois de uma noite bem-dormida e um bom banho, Helena foi tomar seu café, por sinal bem sortido.

D. Celeste tratava bem as suas inquilinas, alegando que elas precisavam ir bem alimentadas para suas atividades diárias. Para Helena, começaria uma nova expectativa de vida e ela precisava urgentemente procurar emprego, pois, apesar de ter uma regular reserva financeira, não podia se descuidar. Como tinha conhecimento do expediente bancário, começou a procurar nos jornais empregos nessa área, entretanto, nada encontrou no primeiro dia. Depois das onze horas da manhã, estava na sala, quando surgiu Áurea, uma moça vistosa, bem maquiada e muito bem-trajada. Apresentaram-se e ficaram conversando. A moça era bem falante e de conversa agradável. Ao se despedirem, formularam votos de boa amizade.

Quando Áurea foi embora, Helena pensou: "Eu acho que não é com trabalho honesto que essa moça se veste tão bem e sai a essa hora, mas é uma moça muito simpática e eu não tenho nada a ver com a vida dela".

Nesse dia, foi almoçar numa lanchonete próxima e voltou para casa. Preencheu alguns currículos com sua experiência de trabalho para deixar em empresas especializadas na contratação de funcionários.

Durante quinze dias Helena procurou pelos jornais, mas não encontrou trabalho nenhum que lhe interessasse.

Nesse meio tempo, consolidou a amizade com as colegas e principalmente com D. Celeste, que simpatizou muito com Helena e sempre dizia que se sua filha ainda estivesse viva teria muita semelhança com a moça.

Passado algum tempo, uma empresa de contratação telefonou para Helena, pois havia uma possibilidade de vaga em um banco. Helena foi ao banco para a entrevista, e foi contratada. Tratava-se de função na seção de cadastro, um cargo muito simples e de salário baixo para a experiência profissional que ela já possuía, mas aceitou como meio para começar a trabalhar e não consumir unicamente as suas reservas.

Os meses foram se passando e Helena vivia entre o trabalho e a moradia. Algumas vezes, ia ao cinema em companhia de Marisa ou ficava assistindo televisão ou lendo.

Estava começando a se preocupar, pois o salário não estava cobrindo o compromisso das despesas e estava consumindo as suas reservas. Calculou que caso não melhorasse de ganho, em poucos meses acabaria com suas economias.

Áurea, que vivia no luxo e esnobava, convidava sempre Helena para passeios, mas ela se desculpava continuamente. Até que um dia se decidiu sair com Áurea, que tinha um jantar combinado com um amigo e este levaria outro para fazer companhia a Helena.

Helena se esmerou no trato, para não ficar em desacordo com a amiga. Estava muito bonita e chamava a atenção. Os dois amigos vieram apanhá-las em casa num belo carro. O amigo de Áurea, de nome Paulo, era um belo tipo, e o outro chamado Eduardo, também simpático, porém um tanto gordo. Os dois eram muito falantes e gentis, fazendo coro com Áurea, que não parava de falar e ria à vontade, pois estava no seu ambiente. Já a Helena, mais recatada, pois para ela tudo era novidade e um tanto estranho, mantinha-se silenciosa.

Foram levadas a um fino restaurante, onde a comida era deliciosa e o ambiente também. Helena estava gostando da experiência. Do restaurante foram a uma boate, onde passaram horas agradáveis.

Eduardo se insinuava para o lado de Helena, que, por gentileza, aceitava os galanteios dele. Chegaram a dançar diversas vezes juntos. Quando estavam para sair, Áurea quis ir ao *toilette* e convidou Helena para acompanhá-la.

No reservado, a amiga falou para Helena:

— Helena, não me leve a mal, mas o Paulo vai comigo para um motel para transarmos. No fim, ele me dará ainda um bom dinheiro. Quero saber se você topa ir também com o Eduardo, ele está muito interessado em você e também vai te dar uma boa "gaita". Se você não topar, ele vai ficar chateado e nunca mais te convidará para sair! O que você me diz?

Helena foi apanhada de surpresa com a proposta da amiga e nem sabia o que responder.

— Mas eu nunca recebi um convite desses, me sinto encabulada!

— Deixe pra lá, eles são gente fina e você não vai se arrepender!

— Não sei não! Eu nunca tive uma experiência dessas!

— Veja bem, nós nos divertimos e ainda levaremos dinheiro para casa!

— Mas sabe, estou com receio, pois não tomo pílulas e posso me complicar!

— Que nada, eles usam sempre a camisinha, eles também se previnem.

— Não é perigosa a estada em motel?

— De jeito nenhum, são ambientes ótimos, discretos, de luxo e tudo oficializado.

— Não sei se vou conseguir me descontrair ao tirar a roupa para alguém que conheci hoje!

— Vai sim, eles são muito gentis e muito educados. Vai dar tudo certo.

E, assim, foram para um bom motel, onde Helena teve a sua primeira experiência desse gênero. Ela achou até agradável a experiência, pois Eduardo foi um bom parceiro na cama. Depois, foi para casa junto com Áurea, já de madrugada, com cem reais a mais na bolsa. No dia seguinte, um domingo, ela só se levantou ao meio-dia. D. Celeste comentou por alto a saída de Helena, sem maiores conseqüências.

Durante a semana, ela voltou ao ritmo normal de trabalho, mas, no sábado, Áurea a convidou outra vez para um programa igual com os mesmos moços.

Helena concordou e já bem mais descontraída, aproveitou bem a noitada com Eduardo, além do que, gostou dos reais recebidos.

No meio da semana seguinte, também foi a outro programa com a amiga, com dois senhores importantes que pagaram um bom dinheiro, mas por ter chegado altas horas da noite, dormiu até tarde e acabou não indo ao trabalho, deixando, assim, de cumprir com sua obrigação no banco.

Daí em diante, começaram a ser constantes essas faltas ao trabalho, até que foi advertida pela Gerência. Se faltasse outro dia naquele mês, seria despedida, o que de fato aconteceu. Helena não ficou muito desgostosa pelo ocorrido, pois seus programas noturnos, além de divertidos, estavam lhe rendendo um bom dinheiro.

E assim, lentamente, Helena ia se tornando uma garota de programas, ou seja, uma prostituta de luxo.

D. Celeste sofria em ver a moça seguir por esse caminho e lhe advertia:

— Helena, você está se encaminhando para uma vida de ilusão. Deixe enquanto é tempo, para não se arrepender mais tarde!

— Não há perigo, D. Celeste, sei me cuidar e quando achar que não está sendo bom para mim, paro!

— Menina, é fácil dizer, mas é difícil fazer. Eu te aconselho porque gosto muito de você. A Áurea até que é uma boa moça, porém a companhia dela não é conveniente para você!

— Eu agradeço seu interesse por mim, D. Celeste, e gostaria de ter uma mãe como a senhora.

— Pra quê? Pra vê-la sofrer, lhe dando esse desgosto?

As duas se abraçaram e os olhos de Helena chegaram a lacrimejar. O diálogo terminou por aí, com a moça afirmando que se cuidaria.

Dias depois, D. Celeste recebeu a visita de um sobrinho chamado Carlos, que veio acompanhado por um amigo de nome Octávio. Durante a visita, conheceram Helena, que estava arrumada para sair; ficaram todos conversando.

Octávio, um moço de vinte e cinco anos, loiro, bem apessoado, muito gentil e educado, era todo atenção para com Helena. Parecia que a moça havia mexido com ele, a julgar pelo interesse que demonstrava. Despediram-se com mútua simpatia. Quando eles se retiraram, Helena pensou: "Belo moço esse Octávio, mas não posso nem pensar em ter alguma coisa com ele, com a vida que estou levando; o melhor é esquecê-lo".

Os dias foram se passando e cada vez mais Helena ia curtindo sua nova vida de luxo e noitadas alegres, dinheiro fácil, etc. Gostava, mas também estava se afundando.

Pouco tempo depois, combinou com a amiga Áurea e alugaram um apartamento para que ambas pudessem ter mais liberdade. Assim, mudaram-se da casa de D. Celeste. Esta sentiu muito, pois gostava das moças, principalmente da Helena, que se comprometera a visitá-la sempre, por nutrir por D. Celeste grande estima.

As duas moças agora moravam sozinhas no apartamento mobiliado e viam assim a oportunidade de facilitar os seus encontros amorosos. Entretanto, na prática, o plano não deu certo, pois as despesas aumentaram muito para ambas e as dificuldades começaram a surgir.

Nessa ocasião, Helena conheceu um tal de Gil, que era um gigolô e viu a oportunidade de explorar a moça. Ele fazia parte de uma quadrilha que explorava o lenocínio e outras atividades ilícitas. Com muita lábia e gentilezas convenceu Helena a trabalhar para eles, assim ela teria uma vida repleta de regalias.

Helena ainda relutou, mas acabou cedendo, mesmo porque sua amiga Áurea tinha se mudado para Goiânia, onde tentaria vida melhor nesse triste trabalho.

No começo, de fato, Helena ficou satisfeita. Gil não deixava faltar nada na vida da moça. Ela não precisava mais fazer contatos para arranjar clientes. Só atendia às convocações. A féria era dividida metade para ela e metade para a organização.

A moça visitava constantemente D. Celeste, por quem sentia grande apreço. D. Celeste sofria com a vida que Helena levava, a ponto de sugerir:

– Helena, se você deixasse essa vida, poderia vir morar comigo, que não lhe cobraria nada. Acomodaria você em meu quarto, você arranjaria um novo emprego e teria assim uma nova vida.

Helena abraçou e beijou D. Celeste, comovida com a proposta, e respondeu:

– Agradeço de coração o seu convite e gostaria muito de aceitar, mas, na situação em que me encontro é muito difícil sair de lá. As pessoas com quem trabalho não me deixariam em paz!

Ao sair, ainda deixou cinqüenta reais para ajudar D. Celeste nas obras de caridade.

O tempo ia passando e cada vez mais Helena ia sendo subjugada pela organização, a ponto de exigirem mais trabalho, e agora ficavam com sessenta por cento da féria. Helena estava esgotada, mas nada podia fazer e já começava a ter dificuldades para sua manutenção.

Discussões com Gil eram constantes.

Em outra visita que fez a D. Celeste, Helena encontrou Octávio, que deixava a impressão de que ainda estava enamorado dela, apesar de saber da vida que ela levava. Helena também simpatizava com ele, mas não queria alimentar ilusões, considerando a vida que levava.

Pouco tempo depois, Gil, para agradar Helena, propôs-lhe uma viagem de recreio até Assunção, no Paraguai. Ela iria por três dias com tudo pago. Lá ela seria ciceroneada por uma pessoa que a levaria a passeios, jantares, compras. Helena aceitou por estar muito estressada.

No dia combinado, Gil trouxe uma mala de couro verde muito fina. Helena estranhou; mas ele alegou que ela deveria viajar com aquela mala para que no aeroporto de Assunção a pessoa que fosse esperar a reconhecesse. Assim, não aconteceria nenhum desencontro, pois a mala seria a senha. Helena concordou, já que suas malas eram simples demais. Arrumou na mala suas melhores roupas e Gil a levou ao aeroporto.

A viagem foi tranqüila e no Aeroporto de Assunção, após o desembarque, Helena apanhou a mala. Aproximou-se em seguida um moço com maneiras muito finas e, falando em "portunhol", se apresentou para ela. Disse que se chamava Ramón e já sabia o nome dela.

Levou-a de carro para um palacete, muito bem mobiliado, e avisou que ela ficaria hospedada lá com todo o conforto, e ele estaria à sua disposição para satisfazer todas as suas vontades. Helena percebeu que ele era um homossexual. Conheceu também na casa uma mulher bonita, vestida com luxo e de nome Dora que tratou Helena com toda amabilidade.

Entretanto, estranhou ter visto na casa um homem que já conhecia de vista de uma boate em São Paulo, que ela freqüentava muito em companhia de Gil. Diversas vezes havia notado que ambos conversavam reservadamente. Ela nunca fora apresentada a esse homem.

Foram três dias maravilhosos com passeios, almoços, jantares e cassino. Ramón se desdobrava em gentilezas.

Helena notou pela arrumação de suas roupas na mala que havia sido mexida. Mas não notou a falta de nada, estranhou o fato, porém, não deu maior importância.

Na volta a São Paulo, na alfândega, sua mala foi aberta, mas como só continha roupas e bijuterias, foi logo liberada.

Gil estava à sua espera. Levou-a para o apartamento e pediu que ela esvaziasse a mala e a levou embora.

Então, Helena começou a pensar. A mala deveria ter um fundo falso, muito bem disfarçado, e ela havia levado e trazido algo que não sabia. Poderiam ser dólares, cocaína, jóias ou pedras preciosas. Aquele homem que viu na casa, com certeza era a pessoa que negociava com os paraguaios. Caso a Polícia Federal encontrasse algo na mala, quem se complicaria seria ela, pois Gil desapareceria por uns tempos.

Então Helena chegou a outras conclusões: "Por isso que outras garotas constantemente faziam a mesma viagem de recreio. Elas estavam, sem saber, participando de um comércio perigoso".

Em outra noite, quando estava na boate, aproveitou para conversar com uma das garotas que já havia feito a mesma viagem. A colega confirmou o idêntico procedimento de Gil, só que a mala na ocasião era da cor cinza. Helena desconversou logo para não levantar suspeitas na moça. Agora estavam confirmadas para Helena suas suspeitas; a organização deveria ter várias malas iguais em cores diferentes para não despertar atenção na alfândega.

Helena estava decidida a descobrir em que arapuca ela se metera.

A boate que ela freqüentava deveria ser o centro das atividades da quadrilha.

Começou a notar que regularmente dois senhores vinham à boate, ficavam só alguns momentos observando e logo se dirigiam para os fundos e desapareciam, juntamente com o proprietário, chamado Célio.

Helena começou a suspeitar de que aqueles homens fossem os chefões.

Outro dia, também na boate, logo que aqueles senhores chegaram, dirigiram-se aos fundos. Célio se aproximou da mesa onde estava sentado Gil e falou no ouvido dele, mas alto o suficiente para que Helena pudesse ouvir:

– Gil, os dois chefões querem falar com você!

Imediatamente Gil foi atender ao chamado.

Quando voltou, falou sigilosamente para Helena:

– Tenho um trabalho especial para você! É para atender pessoas muito importantes! Serão dois dias. Virão te mandar buscar e a levarão de volta. Essas pessoas, contudo, não querem que você saiba onde elas moram. Você será levada com os olhos vendados! Eles não pagarão nada pelo seu trabalho. Quem te pagará muito bem serei eu.

– Por que justamente eu devo fazer esse trabalho?

– Porque eles simpatizaram com você e eu te recomendei!

Assim feito, Helena iria atender aos caprichos de alcova dos chefões.

No dia seguinte, Gil telefonou para Helena avisando que à noite iriam buscá-la no seu apartamento.

De fato, à noite um moço veio buscá-la com um carro de luxo. Pediu licença para Helena e colocou uma venda em seus olhos. Assim, não haveria possibilidade de ela identificar o endereço para onde seria levada. Quando o carro estacionou, o moço tirou a venda e Helena viu que estava numa garagem com outros carros. Foi então introduzida num palacete ricamente mobiliado, sendo recebida por um senhor de aspecto simpático, que ela reconheceu como um dos homens que aparecia na boate. Como era de se esperar, Helena teve de se sujeitar às taras sexuais daquele homem.

Ao ser levada de volta, também com os olhos vendados, Helena pensava: "Sinto-me revoltada com esse trabalho sujo que sou obrigada a aturar, mas nada posso fazer no momento para libertar-me dessa triste situação".

Noutra noite, foi levada da mesma maneira a um apartamento luxuoso e teve de participar de uma orgia na cama de um casal. Ele era um homem gordo com gostos extravagantes e, ela, uma mulher tarada. Deviam estar drogados!

Helena foi embora enojada e chorando pela humilhação que sofrera.

A situação dessas pobres moças que são levadas para o comércio da prostituição começa quase sempre da mesma maneira. São encaminhadas por más companhias ou por homens inescrupulosos que vivem desse trabalho. As moças, em geral, no início se deslumbram com o luxo, divertimentos e dinheiro fácil, e em pouco tempo ficam envolvidas e presas, como numa teia de aranha. Aquelas que querem sair dessa triste vida não conseguem, isso é muito difícil, por causa dos compromissos assumidos e da perseguição que sofrem tanto das pessoas que exploram o lenocínio, como da sociedade que não as aceita. Muitas delas vão caindo de nível e se afundando para um futuro muito triste, abreviando às vezes suas vidas pelo suicídio, pelo crime, doenças ou drogas. Outras terminam em bordéis de quinta classe. São poucas aquelas que se sentem felizes na vida que levam, talvez por uma infância de miséria e sacrifícios, achando assim que estão melhores como prostitutas. É raro encontrar uma mulher idosa que fez do meretrício seu trabalho e que tenha construído um bom patrimônio para sua velhice. Casar e constituir família, para elas, ficam só no sonho. É triste o destino dessas moças, quando se sabe que a maioria são moças de bom coração que gostariam de levar outra vida. Devemos respeitá-las e não puni-las, porque todos nós somos filhos do mesmo Deus.

 Voltando à nossa história, Helena continuou no seu trabalho, mas cada vez mais revoltada e explorada.
 Acontece também que agora já sabia, por informações recebidas, que os dois chefões eram chamados pelos apelidos, "Gold" e "Rubi". Além do lenocínio, faziam tráfico de drogas e comércio clandestino de jóias e carros roubados com o Paraguai. Quando alguém se interpunha nos seus negócios ou os traía, era eliminado sem qualquer escrúpulo.
 Helena sabia agora o antro perigoso em que estava metida.
 Foi por excesso de trabalho, má alimentação e noites maldormidas que, numa noite chuvosa, molhou-se muito e contraiu uma pneumonia, sendo recolhida a um hospital.
 Começou aí outro drama para Helena. Além do sofrimento provocado pela doença, havia o desinteresse de Gil com seu estado. Ela não possuía recursos para pagar as despesas de internação hospitalar. Helena juntou suas forças e coragem e ameaçou Gil que, caso fosse abandonada nessa situação, delataria à polícia tudo o que sabia sobre a organização. Gil levou ao conhecimento dos chefes as ameaças da moça. Resolveram então que ela deveria ser eliminada com a máxima urgência, pois tornar-se uma pessoa muito perigosa para os interesses deles.
 Nesse ínterim, D. Celeste fora avisada do estado da moça e saiu correndo para o hospital para lhe prestar assistência.
 Helena, apesar do estado grave da doença, agradeceu comovida a solidariedade de D. Celeste. Para Helena, D. Celeste era como se fosse sua própria mãe.
 No dia seguinte, D. Celeste voltou ao hospital para visitar Helena, desta vez acompanhada por Octávio que, ao saber do estado de saúde em que ela se encontrava, desejou muito vê-la.

No quarto, aconteceu uma cena comovente quando o moço, com todo o carinho, segurava a mão de Helena, prometendo que nada lhe faltaria para o seu bom tratamento. Na despedida, beijou-lhe a mão e disse que viria todos os dias visitá-la. Comovida, Helena chorava.

Enquanto isso, os chefões tomavam as providências para eliminar a moça. Um dos participantes da quadrilha fora instruído para executar o ato sinistro. Ele deveria se esconder no hospital e, na calada da noite, introduzir-se no quarto de Helena, trajando um uniforme de enfermeiro, e aplicar uma injeção de ar no tubo plástico, perto do pulso que levava o soro para a veia da moça. O choque seria fatal e deixaria a impressão de que Helena não resistira à doença, vindo a falecer.

De fato, na noite seguinte, esse elemento, acostumado ao crime, entrou sigilosamente no quarto da moça para executar o plano. Helena estava sozinha, adormecida sob o efeito da medicação e com uma máscara de oxigênio no rosto. No momento em que o criminoso ia introduzir a agulha da seringa no tubo plástico, entrou no quarto uma enfermeira para verificar o estado de Helena e controlar o oxigênio.

Ao ver aquele elemento estranho, tentando introduzir a agulha no tubo, gritou e deu o alarme. O elemento, quando se viu perdido, deu um empurrão na enfermeira e saiu em desabalada carreira fugindo do hospital. A seringa fora deixada por ele e assim constatou-se que sua intenção era praticar um crime.

O caso teve a maior repercussão no hospital, sendo até comunicado à polícia, que infelizmente nada pôde fazer.

D. Celeste e Octávio passaram a visitar Helena diariamente. O afeto e alegria dos dois era grande com a melhora de Helena.

Os dois jovens estavam se apaixonando!

Quando a moça recebeu alta da crise que passou, o médico aconselhou-a a passar uma temporada em Campos do Jordão, pois seus pulmões estavam fracos e poderia ficar tuberculosa, caso não se tratasse em tempo. Receitou repouso, medicação e alimentação sadia.

A conta do hospital Octávio pagou e Helena foi para a casa de D. Celeste.

Agora ela devia ir urgente para Campos do Jordão tratar da saúde e também se distanciar da organização, que não descansaria enquanto não a liquidasse. Octávio se encarregou de arranjar a casa de repouso onde Helena ficaria.

Na casa de D. Celeste, antes da viagem da moça, os dois jovens enamorados ficaram conversando.

— Octávio, sou eternamente grata a você pelo que tem feito por mim, mas acredito que não sou digna do teu amor, por causa do meu passado. Confesso que estou apaixonada por você, mas reconheço o seu direito de não querer nada comigo.

— Helena, o meu amor por você é superior a essa mancha na sua vida! Se você me prometer que nunca mais vai voltar à sua triste e antiga situação, pomos uma pedra cobrindo o teu passado e prometo te fazer feliz.

— Querido, estou emocionada, e juro que serei uma eterna e fiel companheira. Agradeço a Deus a doença que tive, para poder sair daquela triste vida que levava e me ligar a você!

Os dois se abraçaram e se beijaram com muito amor. O namoro dos dois era aprovado por D. Celeste.

Octávio nessa época era funcionário, técnico em análise de combustíveis, de uma grande empresa no ramo. Fazia ao mesmo tempo a Faculdade de Engenharia para se formar no ramo de sua especialidade. Para concluir o curso, faltava somente um ano, assim se diplomaria e poderia crescer profissionalmente. Pelas grandes despesas com o tratamento da Helena, fora obrigado a trancar a matrícula e interromper os estudos. Helena, quando soube da atitude dele, ficou desesperada, a ponto de propor o rompimento do namoro, para livrar Octávio.

— Octávio, eu não sou digna desse seu sacrifício, você vai prejudicar o seu futuro por minha causa!

— Querida, não tem importância, o que vale é o nosso sincero amor!

— Acho que você foi mandado por Deus para me livrar da minha horrível sina!

Octávio viajava semanalmente a Campos do Jordão para visitar Helena, que se recuperava a olhos vistos. Ficavam fazendo projetos para o futuro.

Com respeito à organização do crime que desejava matar Helena, os dois decidiram que tomariam uma atitude a fim de livrar a sociedade dela. Assim também estariam livres as moças até então subjugadas.

Quando da última visita de Octávio a Helena, encontrou-a completamente reestabelecida e falou-lhe:

— Querida, eu recebi uma boa oferta de emprego no meu ramo para trabalhar em Maracaibo, cidade do petróleo na Venezuela. Você concorda em ir comigo para lá?

— Com você vou aonde você quiser! Será até uma bênção ir para longe daqui, onde ninguém me conhece e onde jamais vou colocá-lo em situação constrangedora!

Beijaram-se e firmaram a nova decisão de vida.

Na volta a São Paulo, D. Celeste foi comunicada da resolução dos dois e aprovou a ida deles para a Venezuela.

Quando estavam para viajar, Helena escreveu uma carta anônima para o chefe de polícia, relatando detalhadamente todo o funcionamento da organização do crime. Não esquecera nem de mencionar os apelidos dos chefes e o local na boate onde eles podiam ser encontrados.

D. Celeste fora incumbida de colocar no correio essa carta, após o embarque dos dois para a Venezuela. Uma outra cópia da carta ficaria de posse de D. Celeste e, se no prazo de trinta dias os jornais não noticiassem providência nenhuma por parte da polícia, ela remeteria essa cópia ao principal jornal da cidade.

Pediram a D. Celeste remeter ao endereço deles, na Venezuela, a notícia dos jornais a respeito do caso.

Depois da visita de Helena ao seu pai, em Franca, na companhia de Octávio, para se despedirem, foram orar pela felicidade de ambos na igreja que ela freqüentava quando pequena. Estavam agora prontos para a viagem.

D. Celeste preparou uma pequena festa de despedida para o casal, e no aeroporto se despediram com muito amor dessa boa senhora e dos demais amigos. No avião, felizes, abraçados e trocando juras de amor, seguiram para um novo destino.

Os apostadores

Eles eram incorrigíveis apostadores. Estavam sempre dispostos a ganhar uma aposta um do outro. O fato de serem velhos amigos e colegas de trabalho facilitava o torneio.

Eram três, Xavier, Luiz e Pedro.

Apostavam entre eles em tudo e a qualquer momento e a satisfação era tomar dinheiro um do outro.

Sentavam num restaurante e já começavam as apostas:

— Vamos ver qual de nós acerta quem entrará primeiro no restaurante, ganhando dois reais, uma moça, uma senhora, um moço ou um senhor.

Cada um escolhia uma opção e davam o sinal, dali em diante o primeiro que acertasse já era credor de dois reais de cada um.

Logo após apostavam no último algarismo da nota da conta. Aquele que acertasse o número, ganharia dois reais de cada um dos demais.

Na rua, a marca do carro que aparecesse na esquina, noutra o último algarismo da placa do carro, quantas pessoas saíam do elevador, quantas estavam esperando, e assim por diante; inventavam todas as maneiras de apostas. Sem dúvida, foram picados pela mosca da "apostomania".

Noutro dia, Xavier veio com uma nova.

Ele apostou com os colegas que inventariam um nome fictício para um produto inexistente, iriam às lojas e pediriam o produto. Se o vendedor dissesse que não existia, os colegas ganhariam a aposta; caso contrário, ele ganharia.

O projeto da aposta entusiasmou os colegas e combinaram realizá-lo.

Primeiro tinham de encontrar um nome para o produto que não constasse nem do dicionário. Estuda daqui, estuda dali e chegaram à conclusão de que podiam achar o nome do produto associando sílabas dos nomes deles. Foi assim que chegaram ao vocábulo "Xalupe", "Xa" de Xavier, "Lu" de Luiz e "Pe" de Pedro.

Com efeito, não encontraram aquela palavra nem no *Aurélio*, então ela não existia mesmo.

Combinaram que no próximo sábado iriam a cinco lojas de diferentes ramos procurar o artigo.

Xavier seria o pretenso comprador, e ele apostaria, com os outros, dez reais pelo resultado de cada loja.

Assim combinado, no sábado foram para o centro, colocar em prática o torneio.

Entraram numa drogaria. E Xavier perguntou:
— Tem o remédio "Xalupe" para reumatismo?
— "Xalupe" está em falta, o laboratório não está entregando, deve ser pelo preço, mas temos Reumatox, que é muito melhor! O senhor quer levar?
— Não, obrigado!

Saíram já rindo, e Xavier muito mais, por ter ganho dez reais, tentando provar que ninguém gosta de dizer que desconhece o produto que vende.

Entraram na segunda loja, uma casa de carnes.
— Por favor, tem carne Xalupe para churrasco?
— Xalupe é carne de segunda e nós só trabalhamos com carne de primeira!

Saíram da loja rindo e Xavier mais ainda, pois já havia ganhado vinte reais e estava provando que sua tese estava certa!

Entraram na terceira loja: uma perfumaria fina.
— Por gentileza, tem perfume "Xalupe"?
— Não! "Xalupe" é um produto nacional e nós só temos perfumes importados, principalmente franceses.

Foi outra gozação, mas os outros dois já estavam ficando preocupados, pois notaram que Xavier tinha razão e estavam perdendo quinze reais cada um!

Aí entraram em uma loja especializada em produtos para cães. Uma senhora veio atendê-los.
— Tem comida pra cachorro marca "Xalupe"? — os três se seguravam para não rir na cara da mulher.

Ela ficou um momento quieta, olhando fixamente para os três e com muita intuição disse:
— "Xalupe" pra cachorro não existe, mas posso arranjar para burros e macacos!

Os três se retiraram sérios, "com o rabo entre as pernas", e a aposta terminou por aí.

A mudança

A menina entrou na sala correndo, alegre, e falou:
— Mamãe, o caminhão da mudança já está na porta!

A família do Vieira estava se mudando para o apartamento novo no Morumbi e era aquela alegria, pois tinham esperado dois anos até que ficasse pronto.

A casa estava um rebuliço, com dezenas de caixas de embalagens de diversos tamanhos por todos os lados.

Os homens da mudança logo cedo vieram para embalar tudo. Todos muito gentis. Parece que tinham quebrado só três pratos e dois copos.

Então começou a ser carregado o caminhão com todo o cuidado. Nesse instante, a menina falou:

— Mamãe, não estou encontrando o Fricote! — o cachorrinho de estimação da filha.

Aí, começaram a procurá-lo por toda a casa: no quintal, no jardim... E nada de achar o cãozinho. Ele era chamado em voz alta pela mãe e pela filha, que já estava ficando desesperada, pensando que ele tinha fugido para a rua. Hábito que ele não tinha. Foi quando em uma das caixas se ouviu um barulho. Aberta a caixa, lá estava a casinha do Fricote, com ele dentro, abanando o rabinho, todo assustado.

Se cachorro pudesse pensar, ele devia ter raciocinado: "Fui enterrado vivo!".

— Vocês embalaram a casinha dele, com ele dentro? — falou toda nervosa a mãe.

— Ele devia estar dormindo e nós não reparamos! — respondeu o fiscal da mudança.

— Belo serviço! — completou a mãe.

Ao carregar o caminhão, deixaram cair no chão uma caixa. Queda que a patroa, D. Laura, nem teve conhecimento. Se fosse caixa de roupa, tudo bem. Mas, se fosse de louça ia dar confusão!

O caminhão já tinha saído com destino ao novo endereço e na casa ficou o fiscal da empresa, para ver se D. Laura estava satisfeita. Em seguida, ele iria para o novo endereço para acompanhar o descarregamento, assim como ela. De repente, ela veio lá de dentro da casa gritando.

— O caminhão não levou o piano, que ainda está na sala de música!

— Para o piano vai ser feito outro carreto para o outro endereço! — falou o fiscal.

— Que outro endereço? — falou apavorada D. Laura.

— Para a rua Lontano, só falta o número!

— Que rua Lontano?

— Foi a senhora que falou!

— Eu falei um ditado italiano *"Piano, piano, si va a lontano"*. "Devagar, devagar, se vai longe". Era para vocês trabalharem com calma e atenção! E nada de novo endereço!

Nesse instante, tocou o celular do fiscal.

— Alô. O quê? Não me diga! O caminhão bateu na traseira de um carro da polícia? Estava sem breque? E agora? A polícia diz que o caminhão vai ser rebocado para o pátio do Detran, e que você tem de ir a uma delegacia para fazer a ocorrência? Ah, e a empresa ainda tem de pagar o prejuízo e as multas e o caminhão só será liberado quando for concertado o breque?

Laura, que ouvia a conversa, estava a ponto de desmaiar. Após o telefonema, o fiscal procurava acalmá-la, dizendo que a empresa se encarregaria de todos os prejuízos e a família seria encaminhada a um hotel, para se hospedar até que se resolvesse o impasse.

Laura não se conformava com o ocorrido, quando tocou o seu telefone. Era seu marido querendo saber como ia a mudança. Ao tomar conhecimento da confusão, ele fez um escândalo.

— Querido, fique calmo! Assim você pode até ter um infarto! Agora não adianta mais a gente se desesperar! Quê? Não, nada de abrir um processo contra a empresa. Isso só vai nos aborrecer mais! — e, com muito jeito, conseguiu acalmar o marido.

Dois dias depois, tudo tinha sido resolvido. A empresa cumpriu com louvor todos os compromissos e até fizeram questão de oferecer um jantar para a família num fino restaurante.

Agora o casal queria envelhecer nesse belo apartamento e não ter nunca mais de mudar.

Todos saíram perdendo

Na empresa "Exata", importante fabricante de aparelhos de medição e controle para painéis de produção de muitos tipos de indústrias, Carlos, um técnico de valor, funcionário da empresa já há quinze anos e ocupando o cargo de chefe de produção, estava na sua sala envidraçada analisando desenhos de aparelhos, quando entrou José, um empregado da produção, e falou:

— Carlos, você pode vir até meu setor, porque eu e o Dorival não estamos conseguindo achar um problema no aparelho B.X.K. 2 que estamos montando.

— Mas você já monta aparelhos há tempos e agora está com problemas? Mas vamos ver o que há!

Carlos se dirigiu ao local, e começou a verificar o aparelho. Após diversos testes achou o problema, era um parafuso dois milímetros mais comprido que isolava o contato; substituiu o parafuso e o aparelho ficou em ordem.

— Pronto, está resolvido o defeito! — falou o Carlos.

— É, Carlos, você é mesmo o médico dos nossos aparelhos! — disse Dorival.

— Pudera, são quinze anos de janela! Eu tenho obrigação de saber!

Nesse ínterim chegou Abreu, assistente de Carlos, para avisá-lo que o Dr. Roberto queria lhe falar na Diretoria. Carlos foi ao escritório e bateu na porta da sala do diretor comercial. Quando entrou, cumprimentaram-se e o Dr. Roberto falou:

— Carlos, preciso de você para um trabalho especial!

— Pois não! Qual é?

— Recebi um telefonema do nosso cliente "Usinas Reunidas" de Ribeirão Preto, dizendo que o painel de controle da produção da refinaria apresentou defeito, e não estão conseguindo resolver e está atrasando a produção de álcool e açúcar! Quero que você resolva o problema, pois esse freguês é muito importante para nós.

— Pois não! O senhor quer que eu vá hoje mesmo?
— Gostaria bastante, se você tiver condições. Peça para a minha secretária providenciar o que você precisar. Aconselho a não ir de carro sozinho, a viagem é cansativa e pode influir no rendimento do seu trabalho.

Carlos concordou e ia providenciar a melhor maneira de viajar. De avião já era tarde, e ele não tinha muito entusiasmo por viagem aérea por já ter levado um grande susto. Resolveu fazer a viagem de ônibus. Tomou as providências necessárias, avisou o Abreu que ia viajar para Ribeirão Preto a serviço e voltaria tão logo terminasse. A secretária do Dr. Roberto lhe arranjou o dinheiro para a viagem, deu o endereço do cliente e informou que já estavam avisado da sua visita. Carlos pôs numa maleta o aparelho para testes e as ferramentas necessárias para o seu trabalho, pegou seu carro e foi para casa, um bom apartamento no bairro das Perdizes, em que morava com sua esposa Laura e o filho André, de doze anos. Formavam uma família feliz.

Informou a esposa da necessidade de viajar para Ribeirão, apanhou as peças de roupa e de higiene pessoal e arrumou tudo na maleta que trouxera da empresa com o aparelho e as ferramentas. Como coube tudo, viajaria só com um volume. Telefonou para a Rodoviária para saber o horário do ônibus. Decidiu que viajaria no ônibus das 19 horas, chegaria em Ribeirão às 23 horas, dormiria no hotel, e assim no dia seguinte logo cedo iria ao cliente. Depois de fazer um lanche, a esposa e o filho levaram-no de carro até a rodoviária, com boa antecedência para comprar a passagem. Despediram-se com muito amor, e Carlos foi para o embarque, e fez uma viagem tranqüila até Ribeirão.

Em Ribeirão, a cidade estava em polvorosa, pois o filho de um industrial há dias havia sido seqüestrado, na saída da escola, por três elementos, que pediam resgate. A polícia foi acionada, mas pelas ameaças dos seqüestradores de matar o menino, a família pediu o seu afastamento do caso.

No dia seguinte cedo, no principal hotel da cidade, Carlos, já pronto após o café, telefonou para o cliente, que mandou um carro buscá-lo. Pelo motorista tomou conhecimento do seqüestro.

Na indústria, foi bem recebido e imediatamente começou a procurar o defeito no equipamento. Passou o dia todo trabalhando, pois o defeito era grave. Almoçou na indústria e só à noite deixou o equipamento perfeito, fez todos os testes e ficou satisfeito. O gerente fez questão de levá-lo para jantar num restaurante e fizeram uma boa amizade. Em seguida, o conduziu para o hotel. Foi uma noite agradável.

Carlos ia viajar no ônibus das 8 horas do dia seguinte.

Enquanto isso, os seqüestradores, nos telefonemas para a família do menino, que pediam no começo R$ 200.000,00 para soltar o garoto, pela dificuldade para pagar essa importância, acabaram aceitando receber R$ 100.000,00. Deram as instruções de como seria pago o resgate. Um tio do menino devia ir de carro, sozinho, com o dinheiro numa maleta até a frente da igreja matriz, onde havia uma floreira velha de cimento, embaixo dela estaria um envelope com novas instruções. O horário devia ser seguido rigorosamente a partir das 8 horas da noite. E assim procedeu o tio, foi de carro até a matriz, levantou a floreira, apanhou um papel e leu, em letra de fôrma e mal escrito:

"Siga de carro até a frente do clube Botafogo no guichê à direita, no chão há uma pedra, embaixo tem novas instruções." O tio procedeu como as instruções, chegando lá, realmente tinha uma pedra grande e embaixo novas instruções. "Agora vá de carro até a estrada, na direção de São Paulo, no primeiro marco de quilômetro, há uma estradinha de terra, entra nela, andá 500 metros, vai encontrar uma árvore quebrada. Pára o carro, pisca três vezes o farol, deixa a maleta com o dinheiro atrás da árvore e vai embora. Se o dinheiro estiver certo, amanhã cedo o garoto será solto."

O tio procedeu de acordo com as instruções e, de fato, encontrou a árvore, piscou três vezes o farol, deixou a maleta e foi embora. No mato, escondidos, dois seqüestradores foram rapidamente até o local e apanharam a maleta, retornaram uns duzentos metros até o carro, que por sinal era roubado, e foram para o seu destino, uma casinha abandonada a uns cinco quilômetros dali, onde era o esconderijo e onde mantinham o garoto seqüestrado, guardado por um terceiro. Contaram o dinheiro. Como estava certo, arrumaram outra vez na maleta, e o chefe deu as ordens.

— Tuca e Russo, amanhã logo cedo levamos o garoto até uma rua deserta e o soltamos, depois vocês me deixam na rodoviária, vão com o carro até uma rua deserta e o abandonam, pois, se ficarmos com o carro, podemos ser pegos. Vamos voltar para São Paulo de ônibus para despistar. Primeiro viajo eu sozinho, com o dinheiro, depois vocês pegam um ônibus, mais tarde, mas separados, para todos os efeitos um não conhece o outro. Chegando em São Paulo, vão para minha casa em Diadema, mas sozinhos, e lá vamos dividir a gaita! Vocês entenderam o plano?

Os dois confirmaram que estavam de acordo com o chefe, de nome Romeu, apelidado de "O Gordo", devido seu peso.

No dia seguinte cedo, Carlos, após acertar a conta no hotel, foi para a rodoviária tomar o ônibus das 8 horas. Quando entrou, procurou seu lugar e pôs a maleta no bagageiro do alto. Na poltrona da frente sentou justamente "O Gordo", o seqüestrador, que também pôs a maleta com o dinheiro no bagageiro, por coincidência as duas eram iguais.

O ônibus viajou com meia-lotação. Uns cem quilômetros adiante, o motorista teve de fazer uma brecada brusca para não se chocar com um caminhão que estava entrando na estrada, procedente de uma variante. Como resultado, a maleta do Carlos deslizou para a frente e ficou na direção do "gordo", e a do "gordo" foi mais para a frente. Como os dois estavam adormecidos, nem repararam o que aconteceu no bagageiro. Uma senhora que estava na poltrona da frente do "gordo", após comer umas frutas, colocou sua sacola no bagageiro, justamente entre as duas maletas.

Quando o ônibus fez a parada para o descanso, "Gordo" pegou a maleta no bagageiro e saltou com ela, pois não ia deixar no ônibus uma maleta com tanto dinheiro, mas aquela era a do Carlos, que também desceu para ir ao banheiro e fazer um pequeno lanche. Quando voltou, procurou sua maleta, e estranhou que ela estivesse bem pra frente do bagageiro, mas raciocinou que ela devia ter deslizado, pegou-a e colocou-a outra vez no lugar certo, mas aquela era a do "Gordo". Agora elas estavam trocadas. O passageiro que estava na frente do Carlos, o "Gordo", quando voltou foi se sentar no fundo do ônibus, numa poltrona vazia.

Chegando a São Paulo, Carlos tomou um táxi e foi para casa. "Gordo" também fez o mesmo.

Em casa, Carlos abraçou e beijou a esposa, ela quis saber se tudo havia saído bem, o que ele confirmou.

Quando abriu a maleta para tirar a roupa suja, qual não foi seu espanto. Aquela maleta estava cheia com dinheiro, todo arrumado em pacotes.

"Como podia ser aquilo? A maleta era igual a dele, mas era outra."

Aí ele compreendeu tudo, aquele passageiro da frente levou por engano a sua. Chamou a esposa e mostrou o conteúdo. Ela, boquiaberta, não estava entendendo nada. Carlos explicou o que havia acontecido. Os dois ficaram fazendo conjecturas, surpresos e amedrontados.

– O que será esse dinheiro todo? Isso me cheira a dinheiro sujo! Talvez para compra de droga, roubo ou dinheiro de jogo. E agora, o que vamos fazer? Se eu levá-la à polícia, posso até me complicar ou então esse dinheiro some lá dentro. O homem que levou a minha maleta vai ficar furioso, e não sei o que poderá acontecer, mas ele não tem pista nenhuma, e não vai lembrar muito da minha cara, porque um não reparou no outro. O melhor no momento é guardar esta maleta com o dinheiro no meu armário, atrás dos meus ternos, e aguardar os acontecimentos. Não vamos contar a ninguém e eu vou dizer na firma que roubaram minha maleta na rodoviária. O aparelho de testes e as ferramentas não são problema, porque temos diversos à disposição.

Carlos e a esposa contaram o dinheiro e se surpreenderam, eram R$ 100.000,00, em notas de cem, e guardaram a maleta no lugar combinado.

"Gordo", quando chegou em casa, na periferia de Diadema, abriu a maleta e ficou desesperado. Na sua frente, algumas peças de roupa suja, um aparelho estranho e ferramentas. Compreendeu logo a situação, ela havia sido trocada, só podia ser aquele outro passageiro que tinha levado a maleta com o dinheiro. Estava possesso de raiva, como ele poderia agora recuperá-lo, se não havia pista nenhuma. Na roupa nada encontrou, mas examinando o aparelho viu que havia uma plaqueta de propriedade da firma "Exata". Aí, raciocinou: "Este aparelho pertence a essa firma e é de uso daquele passageiro que levou a minha maleta com o dinheiro. Vou tentar descobrir o cara e a gaita".

Mais tarde, quando chegaram os dois comparsas, tomaram conhecimento do fato. Em princípio, desconfiaram do "Gordo", mas depois se convenceram do contrário. Ficaram revoltados, pois haviam tido muito trabalho, desde planejar o seqüestro até sua execução, e agora estavam sem o dinheiro.

Em Ribeirão Preto foi uma alegria quando o menino voltou para casa. A polícia, entretanto, ficou sabendo por ele que o seqüestro fora muito rápido e ele só pudera ver o rosto de um deles, que possuía uma grande cicatriz na cara, porque puseram um capuz no seu rosto e daí em diante ele não viu mais nada. Do resgate pago, não foi divulgado o valor.

O caso foi publicado nos jornais e Carlos chegou à conclusão de que aquele dinheiro poderia ser do seqüestro, mas não contou para ninguém.

Na empresa, contou que fora roubado na rodoviária e não houvera maiores conseqüências. O diretor ficou muito satisfeito, pois Carlos havia resolvido o problema do cliente.

No dia seguinte, a telefonista da empresa recebeu uma chamada do "Gordo":

– É da firma "Exata"?

– Sim!

– Pode me informar se alguém dessa firma esqueceu ou foi roubado em uma maleta?

– Um momento, que eu vou me informar na gerência!

Após a informação:

– Sim, o nosso chefe de produção foi roubado ontem na estação rodoviária! Por quê?

– Eu sou a pessoa que achou a maleta, com um aparelho, ferramentas e roupas! O ladrão deve não ter se interessado pelo conteúdo e a largou num canto. Eu quero devolvê-la ao dono!

– Muito bem, o senhor pode trazê-la aqui na firma!

– Mas a firma fica longe, onde a pessoa mora? Talvez seja mais perto e eu levo pessoalmente na casa dele!

Depois da telefonista se informar, deu o endereço e o nome completo do Carlos.

Agora "Gordo" já possuía a pista para chegar a quem estava com o dinheiro.

Naquele dia, Carlos saiu com um representante da firma e foi fazer uma demonstração técnica num cliente, e não ficou sabendo de nada sobre o telefonema.

Em sua casa, a esposa Laura, já cansada pela falta de empregada, aceitou uma faxineira que apareceu no prédio para uma experiência. Fez as perguntas de praxe, acertou o pagamento e deixou que ela começasse a trabalhar para ver se servia. O tempo todo Laura ia ver como ela trabalhava e estava satisfeita com o resultado. A mulher mostrava que conhecia bem o serviço, era rápida e fazia bem-feito. Mal sabia Laura que empregara uma faxineira ladra, procurada pela polícia pelos inúmeros roubos praticados. Ela trabalhava muito bem, mas era só para impressionar, e na primeira oportunidade roubava o que podia e fugia. Ela vinha sempre com uma sacola de roupas para trocar, mas era onde colocava o produto do roubo.

A faxineira era rápida em tudo e nos momentos em que Laura estava em outro cômodo, vasculhava as gavetas e armários para conseguir valores. As gavetas onde guardavam valores estavam todas fechadas à chave, mas vasculhando o armário de roupas de Carlos, viu que havia uma maleta nos fundos, retirou-a para fora e, quando abriu, se espantou ao ver tanto dinheiro. Arquitetou logo roubá-lo. Colocou a maleta debaixo da cama do casal, foi até a área de serviço, alegando buscar mais material de limpeza e quando reparou que não era notada, levou a sacola para o quarto do casal, e continuou a limpeza. Quando notou que Laura estava distante no apartamento, tirou rapidamente o dinheiro da maleta, colocou na sacola e cobriu com a sua roupa. Quando viu que havia possibilidade, levou rapidamente a sacola para a cozinha e deixou escondida, num canto ao lado da geladeira. Voltou para o quarto, guardou a maleta vazia no armário e foi limpar os vidros da janela.

Jogou um pano de limpeza no jardim e foi procurar Laura:
– Dona Laura, eu estava limpando os vidros e caiu um pano de limpeza lá no jardim do prédio. Posso descer para buscá-lo?

Laura foi até a janela da sala e viu realmente o pano no jardim.
– Pode, mas vai pela saída de serviço!

A faxineira passou pela cozinha, pegou rapidamente a sacola e saiu do apartamento, desceu dois andares e no quarto andar apanhou o elevador de serviço, foi até a garagem e ganhou rapidamente a rua.

Passados uns dez minutos Laura estranhou que a faxineira ainda não tivesse voltado, olhou pela janela e viu que o pano ainda estava lá. Pensou: "Onde essa mulher se meteu?" Passados mais alguns minutos, Laura teve um pressentimento. Foi ao quarto e não notou nada, abriu o armário do marido e a maleta estava lá escondida atrás das roupas, mas quando a retirou estranhou o peso leve. Ao abrir, tomou um choque. O dinheiro tinha sumido. Sentiu-se mal, quase desmaiou. A faxineira, na rua, andava rápido para fugir para bem longe com o produto do roubo na sacola. Ia nervosa, mas satisfeita, porque nunca havia tido tanta sorte num roubo. Ao chegar numa rua movimentada, estava atravessando apressada, tanto que nem notou que vinha em regular velocidade um ônibus; foi atropelada e jogada alguns metros adiante. O ônibus parou e logo juntou muita gente. O motorista argumentava que não era culpado, pois a mulher é que não vira o ônibus. Populares confirmaram a versão do motorista. Com o impacto violento, a faxineira estava morta e a sacola ao seu lado. A polícia chegou logo e os guardas apanharam a sacola, abriram para ver se tinha alguma identificação, quando, surpresos, viram o dinheiro lá dentro. Os populares em redor também tomaram conhecimento do dinheiro. "Como podia uma mulher de aparência tão simples ter tanto dinheiro? Só podia ter roubado e estava fugindo e não viu o ônibus." Os guardas combinaram que iam levar o dinheiro para a delegacia, pois se fosse um roubo, logo ia aparecer o dono. Dois guardas foram para o carro de polícia, por sinal já velho, e outro guarda ficou no local. Os guardas com a sacola partiram com o carro em desabalada carreira, com a sirene ligada, em direção à delegacia. Algumas ruas adiante, ao tentar desviar de outro carro, o veículo da polícia foi direto contra um poste. O carro, com o choque, começou a pegar fogo. Os dois guardas saíram rapidamente do carro, um pouco feridos e completamente tontos. Correu muita gente, mas ninguém pôde fazer nada, as chamas rapidamente tomaram conta de todo o carro.

Quando os guardas melhoraram da tontura e lembraram do dinheiro, era tarde, ele todo havia sido queimado no incêndio.

Quando Carlos chegou em casa, encontrou a esposa desesperada. Ela contou em prantos:

— Carlos, você nem sabe o que aconteceu!
— O que houve de grave, algum problema com nosso filho?
— Felizmente não é nada com ele. Mas hoje eu fiz experiência com uma nova faxineira, ela é uma ladra, descobriu a maleta e roubou todo o dinheiro!

Carlos empalideceu de susto:
— Mas, como foi isso?
— Essa sem-vergonha, até que estava trabalhando bem, uma hora disse que deixou cair um pano de limpeza no jardim, que de fato estava lá, pediu para buscar, mas ela sumiu com a sacola dela e o dinheiro! Eu não havia lembrado da maleta, que estava guardada no seu armário. Ela tirou o dinheiro, pôs na sua sacola e fugiu!

— Esse golpe de pano que cai lá embaixo já é conhecido da polícia. Essa mulher deve ser uma ladra procurada, e infelizmente você caiu no conto. Mas não chora, porque ela não roubou o nosso dinheiro, apesar de que com o tempo ele podia ser. Vamos procurar esquecer o que houve, senão vamos ficar birutas!

Com as palavras do marido, Laura se acalmou, pois receava que ele fosse fazer um escândalo, e culpá-la por tudo.

No dia seguinte, Carlos foi trabalhar e tomou conhecimento que uma pessoa tinha achado a "maleta roubada" e ia devolver no seu endereço. Ficou muito preocupado, pois podia ser o dono do dinheiro, e na certa algum marginal, porque era isso o que ele tinha pensado ao ver o homem no ônibus.

Ele torcia para que a pessoa que havia achado a maleta não fosse o dono do dinheiro. Da sua sala, telefonou para a esposa, resumindo o fato, e deu instruções para que não deixasse entrar ninguém estranho. Ela ficou preocupada.

O jornal noticiou o caso da mulher que morreu atropelada com uma sacola cheia de dinheiro, identificada como ladra e procurada, e também o ocorrido com o carro de polícia, que teve um acidente, pegou fogo e o dinheiro fora queimado. A polícia aguardava que alguém reclamasse o roubo. Carlos já sabia que o dinheiro era o da maleta, mas não contou para ninguém, pois podia se complicar.

Enquanto isso, "Gordo", que já sabia onde Carlos morava, foi até o prédio nas Perdizes para fazer sua investigação. Chegou e perguntou ao porteiro:

— O Sr. Carlos Monteiro Neto mora aqui?
— Sim, no sexto andar, apartamento nº 61. Por quê?
— Ele tem carro?

– Sim!
– É porque eu vendo aparelhos de som e me informaram que ele quer um! Ele está?
– Não, está no trabalho!
– Que carro ele tem?
– Um Gol branco!
– Sabe a chapa?
– É fácil, o número é 3030.
– Obrigado, mais tarde eu falo com ele!
Foi embora e já sabia tudo que queria.

No dia seguinte, os três seqüestradores já tinham roubado um carro de quatro portas, trocaram por chapas frias e, com o plano combinado, foram bem cedo próximo da entrada do prédio e ficaram aguardando. Às 7h30, Carlos saiu com o carro, e eles o seguiram. Quando ele estava indo por uma rua mais deserta, aceleraram o carro e fecharam a passagem do Gol, desceram rapidamente, dois deles com arma em punho, arrancaram Carlos do seu carro e o jogaram no assento de trás do Opala, puseram um capuz na sua cabeça e fugiram rápido. Carlos teve tempo de ver um deles, com cabelo cor de milho e uma grande cicatriz na cara. Pelo noticiário dos jornais, eram os homens do seqüestro do menino de Ribeirão Preto.

Na rua, alguns transeuntes viram a cena, mas nada puderam fazer. Tudo indicava um seqüestro, pois não levaram o carro.

Carlos, agoniado, pensava na situação em que se achava, e nem podia devolver o dinheiro, porque ele já não existia mais.

Andaram bastante de carro e Carlos no assoalho do carro, com capuz, não via para onde iam. Depois de muito tempo o carro parou, eles o retiraram e o fizeram andar alguns metros e entrar num lugar. Quando tiraram o capuz de sua cabeça, ele viu os três homens. Um era o "Gordo", já meio calvo, o passageiro do ônibus, o outro com a cicatriz e o terceiro magro com cabelos pretos. O "Gordo", que devia ser o chefe, falou:

– Muito bem, cara, você levou o nosso dinheiro e vai providenciar rápido a devolução, senão você tá ferrado!

E já foi lhe dando um tapa na cara. Carlos, com muito medo, confessou:

– Eu não roubei o dinheiro, levei por engano, por causa das maletas serem iguais. Estava guardando para devolver ao dono, mas infelizmente ele foi roubado por uma faxineira!

– Você quer nos enganar?

E deu outro tapa na cara do Carlos.

– Verdade, até saiu nos jornais, ela foi atropelada e morreu. A polícia pegou o dinheiro, que foi queimado num acidente quando o carro da polícia bateu.

Respondia assustado Carlos. "Gordo" deu uma risada sarcástica:

– Você agora quer nos tapear com essa história boba? Vai falando direito, porque assim a tua vida não vale nada!

O que Carlos podia fazer? Ele estava falando a verdade, mas eles não acreditavam. Ele apanhou mais um pouco, e depois o "Gordo" disse:

— Vamos te deixar aqui sozinho por uma hora, para você pensar melhor, quando voltarmos, se você não se abrir direito, acabamos com você!

Carlos notou que estava num quartinho de madeira, nos fundos de uma casa pequena e velha. Trouxeram uma corda de náilon, amarraram suas pernas e com a chama de um isqueiro fundiram o nó, puseram uma argola com cadeado no tornozelo e com outra corda o prenderam no batente da porta, para ele não fugir. Fecharam a porta com cadeado e entraram na casa, mas antes tiraram a carteira de dinheiro e os documentos de Carlos.

No local do seqüestro, com o carro abandonado, os populares chamaram a polícia, que chegou logo e tomou conhecimento. Pela placa do carro, souberam o proprietário e avisaram a esposa de Carlos, que ficou desesperada, pois sabia que deveriam ser os homens do dinheiro, e ele não existia mais para o resgate.

Não podia contar logo tudo à polícia, pois podia complicar o marido.

A polícia soube que Carlos não era homem de posses que justificasse um seqüestro, e pensou em vingança. E a vida de Carlos corria perigo.

Na empresa, o seqüestro caiu como uma bomba, pois todos gostavam dele e não se conformavam.

No quartinho sem janela, Carlos, muito assustado, examinou o recinto, no canto tinha um monte de latas velhas. Ele se arrastou até lá e foi ver o que tinha; devia ser material de algum antigo pedreiro, havia peneira velha, uma colher de pedreiro e uma faca já velha e com pouco fio. Mas achou que ela podia ser útil e a guardou dentro da camisa. Depois de algum tempo, os três voltaram cheirando a bebida, e começaram de novo o interrogatório. Quem falava sempre era o "Gordo", pois era o chefe:

— Como é! Refrescou a memória? Agora já vai falar onde está o dinheiro?

Carlos, que tinha dito a verdade, procurou confirmar outra vez. Serviu para receber diversas pancadas dos três. Machucado, Carlos chorava.

— Você vai contar tudo, senão vai morrer e vamos buscar a tua mulher e matá-la!

Carlos estava desesperado, pois não poderia devolver o dinheiro e a vida dele e da esposa estavam em perigo. Mas, de repente, teve uma idéia.

— Bom, eu vou contar a verdade, mas se eu devolver o dinheiro, vocês me deixam em paz?

— Sim, mas queremos todo o dinheiro de volta. E não avisa a polícia, pois sabemos onde te encontrar e aí você é um homem morto!

— Eu não sabia de quem era o dinheiro e depositei numa poupança em meu nome!

— Cachorro! Você agora vai tratar de tirar todo ele e entregar para nós!

— Sim, eu faço tudo que vocês quiserem!

Mas Carlos viu uma chance, pois eles nunca iam matá-lo antes de tentar reaver o dinheiro. Não havia dinheiro nenhum, mas teriam de ir ao banco com

Carlos, pois só ele podia fazer a pretensa operação de retirada. Quem sabe no banco ele teria uma chance de fugir.

– A conta está em teu nome?

– Sim, é conta individual!

– Se você estiver mentindo, é um homem morto! Em que agência do banco está o dinheiro?

– Na agência Mundo, da Lapa!

"Gordo" chamou os outros e entraram na casa.

Lá dentro combinou com os cúmplices:

– Nós vamos amanhã cedo com esse cara no banco, logo que abrir, assim não tem muito movimento! Você, Tuca, fica perto dele o tempo todo com a arma escondida, para ele não fazer nenhuma besteira! Você, Russo, fica perto da porta de prontidão, eu fico no carro esperando. Ele deve vir com o dinheiro até o carro. Você, Tuca, ande sempre bem perto dele. Na volta para casa, vamos passar em um lugar bem abandonado, matar o cara, pois não queremos testemunhas nos dedando. Agora vou dizer para vocês, eu quero uma parte maior do dinheiro, porque sou eu que resolvo tudo! Eu quero metade e metade vocês dividem.

Os dois não gostaram muito, mas precisaram concordar.

No quartinho, Carlos examinava a situação, pelo menos acreditaram na mentira, e ele tinha tempo para achar uma saída. A faca, apesar de velha, ele experimentou na corda de náilon, ia demorar tempo, mas ela podia cortá-lo, mas se os marginais descobrissem seria pior para ele. O quartinho era de tábuas de madeira já velhas, presas por parafusos.

Na casa, os três continuaram a beber e fazer planos. Aí "Gordo" mandou Tuca comprar pão e salame para eles comerem, e mais pinga. Dinheiro ele pegou da carteira de Carlos, que tinha R$ 75,00, os documentos já tinham sido jogados fora.

No quartinho, apenas com a luz que vinha das frestas das tábuas e de um buraco na porta, Carlos se deslocou com dificuldade até junto das tábuas e com a faca servindo de chave de fenda, foi tentando soltar um parafuso, estava difícil, porque estava enferrujado; mas Carlos, acostumado a lidar com ferramentas, começou a afrouxar o primeiro parafuso, sentiu que podia retirá-lo mas ia levar algum tempo. Contou e eram cinco em cada tábua, precisaria tirar dez deles para deslocar duas tábuas e fazer uma abertura para passar o seu corpo. Enquanto não ouvia barulho nenhum, foi afrouxando os parafusos; depois de uma hora, tinha afrouxado os dez parafusos, mas suas mãos estavam pegando fogo. Voltou a ficar quieto, para descansar e aguardar os acontecimentos. Depois de algum tempo, apareceu "Russo" para ver se tudo estava em ordem. Carlos notou que ele devia estar alcoolizado. Verificou se Carlos estava bem amarrado e voltou para dentro da casa.

A polícia não divulgou o seqüestro à imprensa para não dificultar as investigações.

Na casa, os três bebendo muita caninha iam ficando alcoolizados, mas ouviam um rádio de pilhas, para ver se davam alguma notícia do seqüestro, pois, se o caso ficasse conhecido, ia atrapalhar os planos de irem ao banco com Carlos. Então, seriam obrigados a prendê-lo por diversos dias, até o caso ficar esquecido. Mas como nada foi divulgado, seguiriam o plano no dia seguinte. Cada hora um dos comparsas ia ver Carlos. À noite lhe trouxeram um pedaço de pão e um copo de água. Carlos notou que deviam estar bastante bêbados. Depois que entraram na casa, deixaram a luz nos fundos da casa acesa. Carlos notou pelo silêncio que eles deviam ter adormecido. Com a luz que entrava pelas frestas das tábuas, quase não dava para ver nada. Mas Carlos começou a trabalhar rápido com a faca, para tentar cortar a corda, ia demorar muito, mas Carlos não parava, pois estava tendo um lento progresso. Talvez, depois de mais de uma hora, a corda estivesse cortada, depois, pelo tato ia com a faca desparafusando as tábuas, serviço também muito demorado, mas aos poucos ia conseguindo. Levou muito tempo até que deslocou as duas tábuas e deixou um bom vão livre para passar. Com muito cuidado, saiu rápido, foi para a rua. A casa estava em silêncio, os três deviam estar dormindo profundamente com toda aquela cachaça.

Na perna ainda estava a argola com o cadeado, mas isso não era nada, o que importava para Carlos era a liberdade. A faca ele levou, guardaria como uma abençoada relíquia.

Na rua, olhou bem para a casa, que era pintada de amarelo, e se distanciou rapidamente. Era uma rua de terra, com pouca iluminação e poucas casas. Chegando numa esquina, encontrou uma rua asfaltada que descia para o centro de Diadema. Pela placa, memorizou o nome da rua onde estava a casa amarela e a rua de asfalto. Andou bastante até o centro de Diadema, foi a um orelhão, ligou para a polícia e disse que sabia onde estavam escondidos os três seqüestradores do menino de Ribeirão Preto, e descreveu como eles eram, de acordo com a informação que a polícia tinha, e que um possuía uma grande cicatriz na cara. Deu o endereço e a casa amarela onde se achavam os bandidos. Não se identificou para não se envolver. Ficou aguardando para ver se a polícia chegava. Dali uns dez minutos, dois carros de polícia chegaram apressados e subiram a rua. Cercaram a casa, bateram na porta e deram voz de prisão para quem estava lá dentro. Os três acordaram confusos pela bebida. Quando perceberam que era a polícia, pegaram as armas e começaram a atirar contra a porta. Os guardas, bem protegidos, responderam ao fogo. Quando os três viram que estavam perdidos, pediram para se entregar, jogaram as armas fora pela porta entreaberta e saíram com as mãos levantadas. Foram imediatamente algemados e levados presos para os carros da polícia. O carro roubado por eles também seria recolhido. Eles foram levados sem saber se Carlos ainda estava preso no quartinho. Ele, que ficou lá embaixo, esperou para saber se eles tinham sido presos. Quando viu passar os carros da polícia de volta, confirmando a prisão, ficou aliviado.

O dia já estava clareando, Carlos tomou um táxi e foi para casa. Chegando na portaria, pediu dinheiro para pagar o táxi.

No seu apartamento, a esposa estava amparada no seu desespero por vizinhos e parentes. Quando Carlos chegou, foi aquela surpresa e alegria, a esposa e o filho choravam, contentes, por vê-lo são e salvo. Todos faziam perguntas ao mesmo tempo. Carlos só disse que estava bem, mas muito cansado, e que os seqüestradores tinham sido presos. Mostrou a argola que ainda estava presa numa perna com o cadeado e disse que ia precisar de uma serra de ferro para retirar. Mostrou também a faca que foi a sua salvação, e que ia guardar como um troféu valioso. Agradeceu a todos o empenho em ajudar, prometendo contar tudo depois. Pediu à esposa que devolvesse o dinheiro do táxi ao porteiro e foi dormir, porque estava esgotado.

À tarde, quando acordou, já tinham arranjado uma serra e o zelador retirou a argola. Carlos devia ir à polícia, para relatar tudo como aconteceu e retirar seu carro. Na firma, onde já sabiam da volta dele, estavam contentes. Depois de tomar um banho e de se alimentar, só para a esposa disse:

– Laura, nós vamos precisar vender este apartamento e mudar para outro bairro, sem deixar pistas, porque esses homens são perigosos, e um dia podem ficar livres e vir nos procurar para uma vingança!

– Tem razão, por que não mudamos para Caxias do Sul? Meu pai tem a indústria e sempre quis que você ficasse sócio dele. Além do que, eu sou filha única e aquilo tudo um dia vai ser nosso! Lá nós temos bons amigos e gostamos da cidade!

– É uma boa idéia, agora acho que vou ser sócio de seu pai!

Eles se abraçaram e se beijaram. A tranqüilidade havia voltado para a família de Carlos.

Sapato novo

João de Souza, um homem simples, nos seus trinta e cinco anos, levava sua vida com a esposa Rosa e duas filhas, Jandira de dez anos e Helena de oito anos, com muita dificuldade, mas relativamente feliz. Morava no arrabalde de São Paulo, depois de Santo Amaro, numa casinha modesta, que ainda pagava. Trabalhava numa gráfica na Bela Vista, como encadernador, e ganhava o ordenado equivalente a três salários mínimos. Todos os dias saía de casa às 5h30 da manhã, para tomar o ônibus das 6 horas e conseguia viajar sentado. Ele entrava no serviço às 7 horas. Todos os dias passavam praticamente iguais.

Ao lado do ponto de ônibus havia uma loja de sapatos, e João ficava olhando a vitrine, enquanto esperava o ônibus. Ele já conhecia tudo de cor, mas entre os muitos pares de sapatos expostos, tinha um que João namorava. Era um belo sapato na cor cinza, de bico fino, um dos mais caros da loja. Todos os dias admirava o sapato, que o estava seduzindo, mas era muito caro para as condições dele. Mas pensava: "Se eu pudesse comprar ia me dar até prestígio".

Os dias iam correndo e João cada vez mais obcecado para possuir o sapato.

No fim do mês, no dia do pagamento, ele recebeu o ordenado, que já estava todo comprometido com os compromissos a saldar, por conta do apertado custo de vida.

Naquele dia, quando saltou do ônibus, na chegada parou na vitrine da loja e ficou pensativo e indeciso, até que resolveu entrar. Aproximou-se um vendedor, todo solícito, que se pôs à disposição. João disse que queria ver aquele sapato cinza da vitrine. O vendedor convidou-o a sentar numa cadeira, perguntou pelo seu número, e foi lá para dentro buscar o calçado. O coração de João pulsava acelerado pela ansiedade da compra. Quando o vendedor trouxe o par de sapatos, João o pegou na mão e se apaixonou de pronto. O moço informou que o número quarenta não tinha mais e aquele era trinta e nove, mas insistiu para ele experimentar, pois era feito de um cromo macio e talvez ficasse bom. Ele experimentou e, de fato, o calçado estava bem assentado nos pés. Ele andava pelo tapete e admirava o sapato, apesar de estar um pouco justo. Mas o vendedor afirmava que, com um pouco de uso, ele ia servir como uma luva. João se convenceu, mas o problema era o preço, custava sessenta e cinco reais, era muito caro. O vendedor, após consultar o gerente, fez o preço de sessenta reais, o que fez João se decidir pela compra. Nunca havia comprado um calçado tão caro, pois comprava sempre sapatos populares e baratos. Pagou a conta com parte de seu minguado ordenado, mas foi para casa feliz da vida.

Quando mostrou o sapato para a esposa, ela achou muito bonito, mas quando soube o preço se apavorou. Como ele podia ter comprado um par de sapatos daquele valor? Agora a prestação do fogão novo não podia ser paga, logo na segunda prestação, e o lojista não ia dar mais crédito para a compra de um sofá quando terminasse de pagar o fogão. João disse que ia pagar a prestação com o atraso de um mês, mas com juros, e não deveria perder o crédito.

A compra do sapato novo já tinha dado o primeiro aborrecimento.

Durante a noite, João foi ao banheiro e levou o par de sapatos, para ficar admirando "como era bonito", e resolveu que ia para o trabalho com ele, para exibir aos colegas. A turma ia invejá-lo, ele ia fazer sucesso.

No dia seguinte, ele se aprontou para trabalhar e pôs os sapatos novos. A esposa estranhou que ele já fosse usar o calçado novo, mas ele alegou que era para amaciar.

No caminho até o ponto de ônibus, que levava quinze minutos, ao caminhar, os pés começaram a doer, e o João teve de andar devagar para suportar a dor. Quando chegou ao ponto de ônibus, ele já havia passado e agora tinha de pegar o ônibus das 6h30, assim ia chegar atrasado no serviço. Ao chegar o próximo ônibus, já vinha cheio, pelo horário, e João teve de viajar espremido e de pé. A viagem foi um martírio, pois os pés estavam doendo muito, ainda, por cúmulo, uma senhora gorda que ia descer pisou no seu pé, aumentando mais o seu sofrimento. Quando desceu na Avenida Nove de Julho, até a gráfica havia uma subida de dez minutos, que ele demorou vinte para percorrer, pois só podia caminhar devagar.

Ao atravessar uma rua com sinal verde para pedestres, ele fechou quando estava atravessando, quase foi atropelado por um carro, mas não dava para correr, e ainda teve de ouvir impropérios do motorista. Chegou atrasado quarenta minutos e o chefe lhe deu uma bronca, ainda ia perder a hora de serviço.

Trabalhar de pé ia ser difícil, pois estava com muita dor, teria um dia terrível pela frente. Os colegas viam o sapato de João e elogiavam, mas ele respondia com um sorriso amarelo.

No almoço, que a esposa lhe aprontou, quase não tocou; de tanta dor, tinha perdido a fome.

No período da tarde, ele chegou a sentar para aliviar os pés, mas o chefe lhe chamou a atenção.

— Você chega atrasado e ainda pensa que é dono para ficar sentado na hora do serviço?

João olhava para os sapatos e agora já não os achava mais bonitos.

Ao sair, às dezessete horas, teve de andar até a Praça da Bandeira para pegar o ônibus no ponto final, pois na Nove de Julho não conseguia, porque passavam cheios, e teria de viajar de pé.

Andava bem devagar, pois os pés lhe castigavam demais, já estava até com dor de cabeça. O percurso até a praça demorou quarenta minutos, e como era inverno, até anoiteceu.

Na fila do ônibus, esperar foi um martírio, não quis viajar no primeiro, para não ir de pé, pois não agüentaria.

Esperou muito tempo, mas foi sentar na frente, assim ia descansando os pés até o fim da viagem. O ônibus viajava lotado, num ponto da Avenida Nove de Julho subiu uma velhinha que se movimentava com muita dificuldade, e veio se pôr justo na frente de João, que pensou: "Que azar o meu! Agora tenho de dar o lugar para essa velha, pois este banco é reservado para velhos e grávidas. Era melhor que esta velha ficasse fazendo tricô em casa".

Assim, para o tormento de João, teve de viajar outra vez de pé.

Quando chegou no ponto de descer, estava pálido pelo sofrimento. Andava com muita dificuldade, quando ainda, por azar, pisou numa sujeira de cachorro. Ele blasfemava, pois sujara seu sapato novo.

Chegando em casa, já na porta tirou os sapatos.

Rosa ainda veio falando alterada.

— Demorou muito para chegar, por quê? Na certa passou no botequim e ficou bebendo com os amigos, para exibir seu sapato novo!

João nem lhe deu atenção, sentou-se numa cadeira e pôs os pés doídos noutra.

Os sapatos novos estavam jogados no chão.

Depois falou para a esposa.

— Rosa, vê se vende esses malditos sapatos para algum vizinho pela metade do preço que me custaram!
— Pensa que é fácil, este povo daqui não tem dinheiro para comprar sapatos desses. Agora viu a besteira que você fez?
João não podia se defender, pois ela tinha razão. "Sapato apertado, nunca mais".
No dia seguinte, cedo, João caminhava rápido com seus sapatos velhos para pegar o ônibus das seis horas.

Amendoim torrado

José Américo Gonzaga, um moreno forte de quarenta anos, trabalhou até as dezoito horas na metalúrgica em que era empregado como torneiro mecânico, há cinco anos, quando foi chamado na gerência e comunicado, pelo gerente, que, muito a contragosto da firma, ele estava sendo dispensado com mais doze colegas, por motivo de economia, pois as encomendas tinham caído bastante. Ele ia receber todos os seus direitos, seria uma boa importância, para se agüentar até arrumar outro emprego.

Foi para casa bastante aborrecido, pois gostava demais do seu trabalho. Chegando em casa não contou logo para a esposa Lúcia, uma mulata clara, bastante bonita, trinta e cinco anos, boa esposa e boa mãe, que ajudava muito o marido como costureira. Tinham dois filhos, um menino de seis anos de nome Fábio e uma menina de nove anos de nome Jéssica, que eram a alegria do casal.

A esposa notou que o marido não estava bem e, com muito jeito, perguntou o que havia. José Américo, que não tinha segredos para a esposa, foi obrigado a contar a situação. Ela levou um choque, mas para não aborrecer mais o marido, se conteve e animou-o, dizendo que logo arranjaria outro emprego. Como eram muito religiosos, falou:

— Querido, tenha fé, pois Deus sempre que fecha uma porta abre outra!

As palavras da esposa serviram para lhe dar ânimo. De fato, não podia se desesperar, pois era um bom profissional e haveria de arranjar um novo emprego. Por sorte, moravam numa casinha modesta, mas própria, no bairro do Engenho Novo, no Rio de Janeiro, e até uma Kombi, bastante usada, ele possuía.

Depois de receber os seus direitos, começou a comprar os jornais que traziam anúncios de empregos da sua especialidade; dirigia-se aos locais, mas não estava fácil, pois para cada vaga apareciam dezenas de candidatos. Iam passando os dias e José Américo nada conseguia.

Depois de um mês, ele já estava ficando preocupado.

Num sábado, a mulher, para distraí-lo um pouco, sugeriu que a família fosse passar algumas horas na praia. José Américo concordou e levou a família na Kombi à praia de Copacabana. Para as crianças foi uma festa, pois raramente iam à praia.

José Américo observava o grande movimento de Copacabana, e lhe chamou atenção um vendedor de amendoim. Era um garoto com uma cesta de amendoins na casca, ele ia distribuindo alguns às pessoas, e depois de andar uns cinqüenta metros, voltava, e como todos experimentavam os amendoins, diversos compravam.

José Américo achou interessante o processo do garoto para vender a sua mercadoria, mas também notou que ajudava a sujar a praia com as cascas. Ficou pensativo, mas não comentou nada com Lúcia.

Continuou se divertindo com a família; lancharam na praia e só à tarde voltaram para casa.

No dia seguinte, domingo, logo cedo disse à esposa de tinha que sair, mas voltaria para o almoço. Não informou seu destino. Voltou novamente à praia de Copacabana com um objetivo. Procurou o garoto que vendia amendoins, e quando o encontrou ficou a distância observando. O vendedor devia ter chegado há pouco, pois sua cesta ainda estava cheia. Notou o mesmo processo do garoto, que distribuía amendoins e depois voltava vendendo a medida de uma latinha de massa de tomate a diversas pessoas que já tinham experimentado a amostra. José Américo foi seguindo o garoto sem ser percebido, e notava que uma média de uma em cada quatro pessoas que experimentavam os amendoins acabava comprando. Depois de duas horas, o garoto tinha vendido toda a cesta de amendoins e feito uma boa féria. José Américo chegou à conclusão de que era um bom negócio para quem tivesse boa vontade de trabalhar e se organizasse direito. Foi para casa com a cabeça cheia de planos. Conversou com a esposa de tudo que observou e dos seus planos. Ela estranhou, mas deu o maior apoio e prometeu ajudá-lo.

Na segunda-feira, ele procurou na lista telefônica quem trabalhava no atacado com amendoins, se dirigiu para lá com a Kombi e comprou um saco de trinta quilos. Em casa expôs para Lúcia todo seu plano de ação. Se desse certo, encontraria um bom negócio e não mais iria procurar emprego.

Ele queria vender amendoim torrado, descascado e salgado. Seria muito melhor que aquele na casca. O casal descascou todos os amendoins, depois pesaram sem a casca: vinte quilos. Noutro dia foi num atacadista de sacos plásticos e comprou um milheiro de saquinhos com capacidade de um copo e um rolo de fitilho para amarrar. Comprou um belo cesto, que a esposa decorou com tecido colorido, fez um jaleco branco e bordou bem grande nas costas "Amendoim Torrado", e também um boné branco. O material de venda promocional estava todo pronto. Durante a semana torraram todo o amendoim e salgaram no ponto certo.

Estava apetitoso. Ele pesou cem gramas e pôs num saquinho, que encheu até a metade, e amarrou com fitilho. Então os vinte quilos dariam duzentos saquinhos, o que de fato aconteceu. Depois José Américo fez todos os cálculos do preço de custo e o preço de venda. Ele ia vender o saquinho a preço três vezes mais caro do que o garoto vendia a canequinha com casca, mas ele oferecia mais quantidade e já descascado e torrado. O freguês não tinha o trabalho de descascar, ainda era salgado e não sujava a praia. O lucro bruto seria dez vezes o custo. Ele ia fazer a experiência da venda no sábado.

Dito e feito, no sábado, um dia ensolarado, ele se despediu da esposa e dos filhos, que lhe desejaram sorte, e foi tentar seu novo negócio.

A praia de Copacabana estava lotada. Estacionou a Kombi onde pôde e foi à praia com a sua mercadoria. Começou logo oferecendo muito gentilmente a diversos rapazes e moças que, debaixo de um grande guarda-sol, tomavam cerveja e refrigerantes. O amendoim de José Américo fez sucesso e logo já tinha vendido dez pacotinhos, agradeceu aos fregueses, que gostaram dele e do amendoim, e assim continuou oferecendo sua mercadoria, que ia sendo vendida rapidamente. Em menos de duas horas, ele tinha vendido tudo. Voltou eufórico para a Kombi e foi para casa. Lá chegando, abraçou a mulher e os filhos, que felizes até dançaram com o resultado. Ele e Lúcia iam trabalhar muito, mas tinham encontrado uma mina de ouro. José Américo já sabia que tinha de aumentar bem sua produção, pois queria vender mais no sábado e também no domingo. Durante a semana foi um corre-corre, comprou dez sacos de amendoins e conseguiu preço melhor. Tiveram muito trabalho para descascar e torrar quatro sacos, até os filhos ajudaram. Ele pretendia vender tudo no fim de semana.

No sábado, que também foi um dia lindo de sol, ele foi para a praia com sua mercadoria com o dobro de quantidade e vendeu tudo, em duas etapas, no prazo de três horas.

Agora ele estava feliz, pois tinha certeza de ter um bom negócio. No domingo, a dose se repetiu. O lucro tinha sido muito bom.

E assim, por diversos fins de semana o trabalho era o mesmo, ele já estava conhecido na praia e não tinha problemas para vender seus amendoins. Só em dias chuvosos, ele não trabalhava.

O negócio estava crescendo e ele pensava como agir.

Depois de três meses, pôs em prática um novo plano. Como não tinha capacidade para torrar mais que quatro sacos por semana, contratou mulheres da vizinhança para ajudá-lo. Elas levavam quinze quilos de amendoim na casca e traziam dez de amendoim torrado e salgado. Ele pagava um tanto por quilo, e as mulheres ficavam satisfeitas. Já tinha dez mulheres fazendo o serviço. José Américo só tratava de comprar a matéria-prima, e junto com a esposa embrulhava o produto pronto. Para vender cem quilos nos fins de semana, contratou cinco garotos do bairro, ensinou-lhes e uniformizou-os. Deixava os garotos distribuídos pela praia, um em cada posto, e depois de três horas recolhia a turma, com toda a venda já feita. Pagava aos garotos o suficiente para ficarem satisfeitos. Nunca podia ser roubado, pois o número de pacotinhos era igual para todos.

Depois de algum tempo, já pensava em crescer mais, já tinha comprado uma Kombi nova. Contratou mais mulheres para torrar o amendoim e duas moças para embalar. Para a Kombi velha contratou uma pessoa, que levava outros cinco garotos nas praias do Leblon e Ipanema e faziam o mesmo trabalho que ele com a Kombi nova em Copacabana. Assim, o negócio tinha dobrado e o resultado era grande.

José Américo já previa que se tornaria um homem bem de vida. Como era ambicioso, queria crescer mais e fazia planos. Comprou um terreno nas proximidades e começou devagar a construir um armazém com instalações para uma nova indústria. Depois de um ano a fábrica estava pronta. Comprou equipamento especializado para fabricação completa do produto. Registrou a firma com o nome de Indústria e Comércio de Amendoins "Cacahuéte" Ltda., que em francês é amendoim e ele achou que assim dava mais *status*. Registrou também a marca "Cacahuéte" para diversos produtos.

A esposa Lúcia tinha lhe ajudado muito até a mudança para a nova fábrica, daí ele dispensou a cooperação da esposa, porque havia um quadro de funcionários suficiente.

A indústria agora passava também a fabricar todos os produtos derivados do amendoim, tais como paçoca, pé-de-moleque e pasta de amendoim. Contratou vendedores para vender no atacado seus produtos, e, pouco tempo depois, todos eles estavam à venda, nos supermercados e lojas. A venda foi também estendida a outros Estados, e no prazo de três anos José Américo já era um homem rico.

Nesse ínterim, sua vaidade e seus gostos cresceram e já participava de uma vida fora da família, sua esposa e filhos pouco via, e outras mulheres estavam sendo preferidas.

Lúcia começou a sofrer o desprezo do marido, e sentia muito.

Depois de pouco tempo, ele arranjou uma amante e ficou tão seduzido que abandonou a esposa e os filhos e foi morar com ela, em um apartamento de luxo que comprou no Leblon.

Tinha mudado tanto seu caráter que não dava nem assistência para a família. A esposa teve de voltar a costurar para sustentar os filhos. Sofriam a falta dele, mas nada podiam fazer. Com muito custo, ele só pagava a escola das crianças.

Em compensação, o seu negócio vinha crescendo muito e os lucros eram grandes. Tornou-se novo-rico esnobe e gostava de aparecer como excêntrico.

Seu novo apartamento de cobertura no Leblon tinha mobiliário exclusivo. Sua cama de casal era o modelo de uma casca de amendoim aberto em dois, o sofá uma casca de amendoim, a banheira também, o telefone era um amendoim fechado, todas as suas camisas tinham um amendoim bordado no peito com a gravação "Cacahuéte", uma grife exclusiva dele. Usava uma corrente no pescoço com um amendoim de ouro pendurado, tinha um carro importado Jaguar, trocou a figura do jaguar, que é a marca da fábrica, no capô por um modelo de amendoim. Sua amante era obrigada a usar brincos de ouro com modelo de amendoim.

Com dinheiro e providências, alterou e registrou o seu nome para José Américo Cacahuéte Gonzaga.

Dava-se agora o ridículo título de "Rei do Amendoim".

Ele, que tinha sido um homem religioso quando vivia com a família, havia se tornado uma pessoa materialista e o Deus dele agora era o amendoim, pois rendia homenagens somente a ele.

Tinha inúmeros amigos, que eram verdadeiros chupins, se aproveitavam das grandes festas e noitadas que ele oferecia, mas pelas costas o ridicularizavam.

Sua fama crescia e seu negócio também.

Com o tempo, lançou no mercado um produto novo. Após diversos testes, fez uma composição de pinga com ervas aromáticas que, adicionada na água para fixar o sal no amendoim torrado, dava-lhe um sabor bom e estranho. Sua fábrica o lançou no mercado, com poderes afrodisíacos, e publicidade até na televisão. Talvez por ter dado a algumas pessoas bom desempenho sexual após comer os tais amendoins, efeito que era só psicológico, pois o produto em si não tinha valor nenhum, a fama correu rápido e o consumo aumentou muito. Nos fins de semana, um avião de propaganda voava diversas vezes do Leblon ao Leme com uma grande faixa com dizeres: "Amendoim Cacahuéte Afrodisíaco".

Tinham se passado sete anos desde que José Américo começou o seu negócio, havia se tornado um homem muito rico, mas sem escrúpulos, a ponto de nem receber seus filhos, que foram procurá-lo para pedir ajuda, pois estavam vivendo com dificuldade junto da mãe. Ele chegou ao cúmulo de despedir um ajudante da fábrica, pai de família que, transportando volumes, causou um minúsculo arranhão no seu carro. E em sua quitação, descontou o reparo do veículo. Praticamente o coitado saiu sem dinheiro.

Pelo fato da indústria consumir muito amendoim, José Américo acabou comprando uma fazenda com grande plantação de amendoim, que, além de abastecer a fábrica, ainda vendia em sacos no atacado e também exportava.

Na primeira visita que José Américo fez à fazenda em Goiás, não gostou do que viu. Reclamou aos berros para o gerente de como estava sendo feita a estocagem no grande depósito. Mandou demitir o empregado que trabalhava com a empilhadeira, por achar que fazia o serviço muito lentamente e empilhava os sacos de amendoins numa altura muito baixa. No conceito dele, as pilhas deveriam ter no mínimo mais cinco sacos, assim a capacidade de estocagem seria bem maior. Nervoso, tomou lugar na empilhadeira para mostrar como devia ser feito o serviço, apesar de não entender nada dele. Começou a empilhar rapidamente os sacos até o teto do armazém, que era muito alto, mas trabalhava sem perfeição, pois não tinha prática. As pilhas iam sendo feitas em desalinho e muito altas e, de repente, desmoronou uma grande quantidade de sacos, justamente em cima da empilhadeira. Os dois empregados que estavam no alto caíram juntos e se feriram. Mas José Américo estava morto debaixo de uma montanha de sacos de amendoim.

Ele dizia que, quando morresse, queria ser enterrado num rico caixão com o formato de amendoim na casca, que inclusive já tinha mandado fazer. Assim, respeitando a vontade de José Américo, foi enterrado o "Rei do Amendoim".

A reforma

A casa de Antônio, no bairro de classe média, não se destacava por ter como vizinhas outras bem melhores e mais bonitas.

Ele não se conformava. Por ser um tanto vaidoso, achava que devia fazer uma boa reforma para sua casa ser valorizada e ficar uma das melhores da rua. Sua esposa, Suzana, não concordava com a pretensão do marido por achar que a casa estava muito boa e que, pelas condições de vida deles, não tinham dinheiro suficiente para a reforma.

Antônio procurava convencer a esposa de que dinheiro havia e mostrava defeitos em todos os lugares da casa. Tanto insistiu que a esposa aceitou, com protestos, a tal reforma.

Agora precisavam encontrar um empreiteiro para fazer o serviço. Procura daqui, procura dali, por informações apareceu o Maneco, que se autoelogiava dos serviços que já tinha feito. Mas todos longe demais para se obter informações da idoneidade da sua pessoa e qualidade dos seus trabalhos. Maneco trabalhava com mais três pessoas: um pedreiro, um encanador-eletricista e um ajudante. Agora seria apresentada uma planta das modificações que seriam feitas na casa. Pronta a planta, Antônio aprovou com entusiasmo. Sua casa seria a mais bonita da rua, com uma bela fachada.

O orçamento foi feito e Maneco cobraria só a mão-de-obra. O material seria comprado por Antônio. Maneco receberia 10% no começo da obra e, por semana, 10%. Na entrega, receberia o restante. A entrega estava programada para quarenta e cinco dias. Aprovado o orçamento, na primeira segunda-feira foi iniciada a reforma. E, com ela, os primeiros aborrecimentos. Dois ajudantes não apareceram para trabalhar. Começaram a quebrar paredes e como não tinha ajudante para tirar o entulho, a casa já foi ficando um pandemônio, com sujeira para todos os lados. E Suzana, aborrecida. À tarde, ao quebrar uma parede, estouraram um cano de água. Foi um desastre. Correu água por toda a casa e, com o entulho, ficou uma lamaceira. Precisaram fechar o registro e a casa ficou sem água até consertarem o cano. Tinha sido o primeiro dia da reforma.

No dia seguinte, apareceram todos para trabalhar e continuou o quebra-quebra e instalações elétricas também iam sendo danificadas. E Maneco afirmando que era tudo natural e que, no fim, tudo seria arrumado de novo.

À noite, o casal já teve de dormir num colchão no chão da cozinha. Pois os dormitórios estavam em obras. Suzana não gostou e o marido procurava acalmá-la.

No terceiro dia, foi Maneco quem faltou, e pouco fizeram na obra.

No quarto dia, Maneco pediu um adiantamento e Suzana não gostou. Ele deu uma relação de materiais para serem comprados pelo Antônio, que teve de sair mais cedo de seu trabalho para comprá-los e já se surpreendeu com os preços.

Daí em diante apareceram mais aborrecimentos.

Um dia veio um fiscal da prefeitura e, como a obra não tinha licença, foi lavrada uma multa, que Antônio teve de pagar, junto com o alvará, para que sua obra pudesse continuar.

O trabalho progredia muito lentamente. Às vezes tinham de fazer os serviços novamente por erros, o que deixava Antônio nervoso. Além disso, eles estragavam o material com muita facilidade.

O orçamento inicial, feito por Maneco, já estava sendo estourado e preocupava o casal. A obra já estava com trinta dias e não estava nem na metade. Um dia, foram verificar no telhado se tinha telhas rachadas, quando o ajudante pisou sem cuidados e acabou quebrando diversas telhas e o madeiramento do telhado, que teve de ser todo reformado, para o desespero do casal. Afinal, além dessa situação aumentar o preço da obra, tiveram de enfrentar chuva dentro de casa. Ficou tudo inundado.

A tal reforma estava sendo um martírio para os dois. O orçamento da obra fugiu completamente do controle. E Antônio já tinha consumido a reserva, em dinheiro, que julgou que daria para o serviço. Para complicar, Maneco quis aumentar o valor da mão-de-obra, alegando que a casa estava dando mais trabalho que o esperado. Pior que isso, disse o que eles temiam: o prazo estipulado não daria para concluir o serviço. Então, começaram as discussões, porque Antônio não concordava com o que ouvia. E o serviço foi ficando ainda mais atrasado.

Para continuar a obra, Antônio teve de pedir um empréstimo no banco, de cinco mil reais, para pagar em um ano, com juros altos. Os quarenta e cinco dias de obra chegaram e faltava muito ainda para terminar.

O casal agora estava arrependido até a raiz dos cabelos em fazer a reforma. E Antônio se desculpava com Suzana, que já não agüentava todo dia ver o pessoal da obra não fazer quase nada.

Materiais não havia que chegassem. E tinha muito desperdício.

Antônio começou a sentir dores no estômago e foi consultar um médico. Ele lhe perguntou se estava tendo algum aborrecimento, pois os seus sintomas eram de um início de úlcera. Ele confessou os problemas da reforma e o médico justificou o motivo da úlcera. Deu medicação e regime. E aconselhou que ele não se aborrecesse para não agravar seu estado.

Pelo mau serviço e por conta da exigência do Maneco em querer mais dinheiro, as discussões se agravaram e Antônio foi obrigado a expulsar o empreiteiro e seus ajudantes.

E agora?

A reforma pela metade, e sem dinheiro para terminar. Não tinham nem condições de morar na casa pelo estado em que se encontrava. A solução provisória foi achada: eles foram morar na casa dos pais de Suzana, que era grande. Usavam um dormitório e o restante da mobília foi guardado no quarto dos fundos, que era espaçoso.

Para sua casa, a única saída seria procurar um comprador que a aceitasse daquele jeito mesmo. Uma imobiliária do bairro se interessou em oferecê-la para venda. Depois de três meses apareceu um comprador que ofereceu 50% do antigo valor da casa. Eles não tiveram outra solução senão efetuar a venda, com grande prejuízo.

Com o dinheiro, só deu para comprar uma casa bem inferior e menor, num bairro popular afastado. E Antônio, muito arrependido de ter desejado aquela reforma. Bem disse seu colega de trabalho Pedro: "Grande reforma numa casa, somente morando fora da obra, com dinheiro sobrando, empreiteiro honesto e competente, e muita paciência".

Meses depois, ele foi até o antigo endereço e observou, com tristeza, sua ex-casa, toda reformada. Era a mais bela da rua.

Traição, crime e castigo

Dona Bela, mãe dedicada do Dr. André Luiz, o acordou às seis horas. Ele devia estar na maternidade logo cedo para o seu período de trabalho. Era o médico-chefe da equipe de obstetrícia da "Maternidade Mãe Sublime", uma clínica particular muito conceituada localizada na Lapa, em São Paulo. Era um médico muito querido, tanto por seus colegas como por suas pacientes, por ser muito dedicado e capaz, apesar dos seus só trinta anos. Já atuava no cargo há três anos e a diretoria da maternidade tinha muita confiança no seu trabalho.

Chegou à maternidade e logo foi visitar as pacientes internadas e tomar as providências necessárias. Duas delas logo estariam em trabalho de parto. Enquanto aguardava para fazer os partos, foi chamado ao telefone. Era sua prima Vilma, que não via há alguns meses.

— André Luiz é a Vilma, como vai você e a tia Bela?

— Bem, e você e a família? Há tempos que não tenho notícias!

— De saúde, graças a Deus bem, mas do resto mais ou menos!

— Por quê? Parece que existe algum problema?

— Você tem dez minutos para me atender no telefone?

— Claro! Salvo se me chamarem com urgência, pois tenho duas pacientes em trabalho de parto!

— Sabe o que é, André Luiz, o Rogério é médico ainda naquela maternidade de Itaquera, é longe e pagam pouco; ele já está cansado e aborrecido. Eu me lembrei de você. Quem sabe não há uma vaga para ele aí na maternidade?

Como ele faz o mesmo trabalho que o teu, talvez tenha uma oportunidade para ele?

– Vilma! Não posso afirmar nada no momento, mas como nós temos muito trabalho, é possível que haja uma vaga! Prometo que vou tratar do assunto com o diretor e te telefono em dois dias!

– Desde já te agradeço e fico aguardando seu telefonema.

Após a ligação, André Luiz pensou: "De fato estou precisando de mais um assistente, pois os dois que estão comigo, não são suficientes para atender o expediente".

Mas, para admitir Rogério, ele tinha de conhecer bem a capacidade do seu trabalho.

Na primeira oportunidade, conversou com o diretor, Dr. Abreu, e ele autorizou André Luiz a agir de acordo com a necessidade do trabalho. Ele telefonou para Vilma e disse que havia uma oportunidade concreta de aproveitar Rogério, mas antes precisava ter uma conversa com ele, para avaliar sua capacidade. Vilma ficou satisfeita e informou que Rogério entraria em contato com ele para a entrevista.

De fato, dois dias depois Rogério esteve na maternidade e André Luiz teve uma longa conversa com ele. Ficou satisfeito com a capacidade que Rogério mostrava ter na medicina obstétrica. O salário seria trinta por cento mais do que Rogério ganhava e a oportunidade de progresso seria bem maior. Rogério foi apresentado ao diretor, e seria admitido como outro assistente de André Luiz.

Depois de uma semana, começou a trabalhar no novo emprego e mostrava ser capaz e bastante dedicado.

Os meses foram se passando e o trabalho seguia seu ritmo normal, até que casos desagradáveis começaram a acontecer.

Uma das pacientes de André Luiz quase morreu com complicações havidas, e tinha sido um parto normal. Ela foi salva por Rogério, que estava de plantão. André Luiz ficou preocupado. Como podia ter acontecido, se o parto não apresentou problema nenhum? A medicação havia sido administrada corretamente, conforme afirmação da enfermeira-chefe Alzira. O caso repercutiu mal para André Luiz.

Após duas semanas, outro caso semelhante e a paciente era de uma família importante que, pela gravidade do caso, abriu um processo contra a maternidade. Neste caso também quem salvou a moça foi o pronto atendimento de Rogério, que estava de plantão.

André Luiz não se conformava com o caso, e a diretoria, muito a contragosto, o dispensou do trabalho, por achar que ele tinha sido negligente pela segunda vez. Foi um choque na maternidade, pois ele era muito querido por todos.

Pela atuação de Rogério, a diretoria o nomeou para o cargo de chefe.

André Luiz ficou arrasado, vinha tendo uma carreira brilhante e de repente se viu sem emprego e com o prestígio abalado.

Dona Bela também sofreu muito com o acontecido.

Depois de um período difícil para André Luiz superar seu drama, mais de um mês depois ele começou a procurar novo trabalho, mas não encontrava nada, porque os casos já eram conhecidos por outras clínicas.

Depois de muitas decepções, soube que na cidade de Limeira havia uma maternidade que estava procurando um médico obstetra. Ele se apresentou, e após longas entrevistas com os diretores da maternidade, pessoas íntegras, que ficaram sabendo por André Luiz o que havia acontecido, o contratam por um período de experiência. Ele ficou muito satisfeito, pois teria oportunidade de mostrar sua capacidade profissional. Ele iria se dedicar com todo o amor que tinha pela profissão. O ganho não era o mesmo do antigo posto, mas isso não importava no momento.

Começou a trabalhar na maternidade, na condição de residente, e dedicava quase todo tempo ao seu trabalho.

Deixou a mãe morando por um tempo ainda em São Paulo, prometendo levá-la para Limeira tão logo ele se firmasse no posto.

Trabalhou com afinco e, após três meses, já era bem conhecido como um médico de valor e bastante querido na maternidade.

Logo após esse período, alugou uma casa e levou a mãe para morar com ele. Ela gostou da cidade e a oportunidade de morar novamente com seu filho único e solteiro, pois ela era viúva.

Com o correr do tempo, ele fazia bom progresso profissional e já estava conhecido na cidade. Tinham se passado dois anos desde a saída de São Paulo.

Enquanto isso, em São Paulo, Rogério também fazia grande progresso, e, com a ajuda de um amigo rico, compraram a maternidade e ele se tornou diretor, e visava somente resultados financeiros. André Luiz havia se distanciado dele e não acompanhava seu rápido progresso.

Na maternidade em Limeira, esteve para dar à luz a filha mais velha de um dos mais abastados moradores da cidade, dono de grandes plantações de laranjas. O parto da filha foi muito difícil e André Luiz, com muita capacidade profissional, salvou a moça e a criança, para alegria e reconhecimento de toda a família. Deste episódio surgiu uma boa amizade, e André Luiz era recebido com todo carinho pela família da paciente. Acontece que a filha mais nova do senhor Sabino, de nome Elisa, uma linda moça, de vinte e cinco anos, começou a gostar de André Luiz, que também era um belo moço e correspondeu entusiasmado ao interesse de Elisa. Todos aprovaram o namoro, pois já gostavam muito dele. Depois de alguns meses, ficaram noivos com o compromisso de se casarem dentro de um ano. O pai da noiva prometeu que, após o casamento, ia mandar construir uma nova maternidade para André Luiz dirigir. Os noivos estavam apaixonados e viviam um belo sonho.

Um dia, André Luiz foi chamado com urgência num endereço da cidade. Chegando lá, qual não foi sua surpresa, a doente era Alzira, sua antiga enfermeira, chefe da maternidade em São Paulo. Ela estava muito mal, tinha vindo de São Paulo para a casa da irmã. Ela também se surpreendeu e chorou ao reconhecer André Luiz. Ela havia sofrido um aborto, e estava correndo risco. O médico tomou imediatas providências para que fosse internada na maternidade. Todos os cuidados iam sendo tomados para o urgente tratamento da moça e André Luiz não saía de perto dela, mas o caso era muito grave e ela perdia as forças a cada momento. Foi quando, com grande dificuldade, ela falou para André Luiz que queria lhe fazer uma confissão. Pediu para que ficassem a sós no quarto, e depois, com grande dificuldade, falou:

— Doutor, lembra do triste acontecimento quando você perdeu seu posto na maternidade? Não foi por sua causa, e sim por mim, como cúmplice do Rogério. Infelizmente, eu havia me apaixonado por ele, e nós tínhamos nos tornado amantes. Ele é pessoa muito ambiciosa e sem escrúpulos, viu uma oportunidade para lhe prejudicar e tomar seu lugar. Eu, por estar apaixonada, não media o mal que estava fazendo a você. Aquelas duas pacientes quase morreram porque ele me entregava outra medicação, em substituição àquela que você receitava, e que provocava aquela violenta reação nas parturientes. Depois, ele sabendo o remédio errado que tinha administrado, tratava urgente de aliviar o problema, com a medicação certa. E, para todos os efeitos, havia salvo as pacientes e você tinha se complicado. Hoje estou arrependida de ter sido cúmplice, numa maldade tão grande feita contra você! Peço a Deus e a você perdão pelo que fiz.

— Por mim você está perdoada! Mas não se esforce para falar, pois está muito fraca!

— Não tem importância, quero contar toda minha desdita com Rogério. Ele, além de ser um mau caráter sem escrúpulos, é ainda um criminoso. Depois do seu desligamento da maternidade, nós continuamos amantes e a ambição dele não parava. Convenceu um amigo rico a comprar a maternidade do Dr. Abreu e ficou sócio. Acabou se separando de sua prima e mesmo comigo estava bastante indiferente, só pensava em dinheiro e poder. Eu já desconfiava que ele tinha outro negócio, pois todas as tardes se ausentava da maternidade. Eu estava vendo ele se distanciar cada vez mais de mim, e arquitetei um plano de ter um filho dele para ver se nos uníamos outra vez, deixei de tomar as pílulas e depois de algum tempo engravidei. Quando estava para completar três meses, conversei com ele a respeito, pensando que ele ia gostar de termos um filho. Qual não foi a minha surpresa: ele fez o maior escândalo, até me bateu, e disse que eu queria arruinar a vida dele, que agora gozava de grande conceito e me obrigou a abortar. Eu implorava para não me obrigar a fazer isso, eu até sairia da sua vida, mas nada adiantou. Me levou à força a um local, que fiquei sabendo que é de propriedade dele, uma casa que é uma clínica clandestina de abortos, uma verdadeira indústria! Lá sofri bastante nas mãos dele, passei muito mal, e no fim ele ainda me expulsou de lá. Tive de, com muita dificuldade, pois sentia muitas dores, arranjar uma carona na estrada para voltar, depois como não tinha a quem recorrer, tomei o ônibus, sofri muito na viagem, e vim parar aqui na casa da minha irmã. E com a graça de Deus, encontrei você! Deve ser o destino.

Ela falava devagar, baixinho, e com muita dificuldade.

— Onde é essa casa? — perguntou André Luiz.

— No quilômetro doze da Anhangüera, tem um balão, é uma rua direita, uns duzentos metros adiante, tem um sobrado isolado, num grande terreno todo cercado com muro alto, portão todo fechado, bem no alto, tem de cada lado um leão de pedra, é fácil identificar. Quando nós chegamos, ele deu três breves buzinadas e o portão logo se abriu para o carro entrar, lá dentro estavam outros carros. O sobrado é grande e luxuosamente mobiliado, e tem todas as instalações e equipamentos necessários para o serviço sujo a que se presta. Enquanto estava esperando para ele me fazer o aborto, ouvia conversas do pessoal interno, e pelo que pude perceber, eles enterram os fetos nos fundos da casa, pois o terreno é grande. Enquanto aguardava, diversas vezes ouvi três buzinadas na entrada, com certeza era um código para abrirem o portão. Pelo luxo do ambiente, deve ser um serviço caro, para servir a gente de posses, com o maior sigilo. O pessoal que trabalha lá para Rogério são todos homens e devem ganhar bem para fazer o serviço sujo e encobrir as atividades da casa.

André Luiz pediu para ela parar de falar, pois estava muito fraca e sofrendo bastante.

Ele sabia tudo que queria, agora o mais importante era a vida de Alzira, mas foi tudo em vão, pela gravidade do seu estado, todos os esforços foram inúteis e, no dia seguinte, para tristeza de André Luiz, ela faleceu.

Um dia após o enterro, André Luiz, com os dados que possuía, fez uma ligação para São Paulo e perguntou:

— É da delegacia de polícia?

— Sim!

— Por favor, quem é o delegado titular.

— É o Dr. Moreira, por quê?

— Eu tenho de fazer uma denúncia anônima grave, somente para ele!

— Um momento!

Segundos depois:

— Moreira quem está falando.

— Doutor, eu sou uma pessoa responsável, que não quer se identificar, mas tenho uma informação grave para transmitir ao senhor!

— Muito bem, qual é?

— É a respeito de um local onde se praticam abortos clandestinos.

— Então me conte tudo o que você sabe a respeito, mas já lhe aviso que não estou aqui para brincadeiras!

— Nem eu!

Então André Luiz reportou para o delegado detalhadamente o que ouvira de Alzira, dando o nome do proprietário, Dr. João Rogério, e informando que o encontraria no local, que descreveu, à tarde. Disse que após esse telefonema ia comunicar aos jornais.

O Dr. Moreira chamou imediatamente quatro policiais e se dirigiram para o local. Lá chegando, de fato encontrou a casa indicada, chegaram sem acionar a sirene e então deram três buzinadas e o portão logo se abriu. Ingres-

saram no recinto e deram voz de prisão ao porteiro e um policial ficou na entrada, com ordens do delegado para não deixar ninguém sair. O delegado entrou na casa e encontrou Rogério recebendo gorda féria de um funcionário. O policial perguntou:
— O senhor é o Dr. Rogério?
— Sim!
— Temos uma acusação de que aqui se pratica medicina clandestina e proibida!
Rogério estava branco de susto, e ainda tentou uma reação:
— O senhor tem algum mandado de busca para invadir minha casa?
— Depois de fazer a sindicância, posso lhe responder!
Em seguida deu ordens aos policiais para examinarem a casa e vasculharam o terreno nos fundos.
Duas moças de fino trato, que estavam lá e não tinham sido ainda atendidas foram dispensadas pelo delegado, que nem quis saber seus nomes para não implicá-las no caso. Elas foram embora, assustadas.
"Talvez o Delegado tenha dado a duas futuras vidas o direito de nascer."
Após meia hora, já haviam descoberto nos fundos o cemitério dos fetos.
Rogério ainda tentou conversar com o delegado:
— Senhor delegado, o senhor não quer fazer um acordo e receber uma bolada junto com os policiais e encerramos o caso?
Dr. Moreira, que era uma autoridade íntegra, se revoltou com a proposta de Rogério, e falou:
— Policiais, vocês aqui presentes são testemunhas que o doutor aqui quis nos comprar!
A situação de Rogério se complicou ainda mais.
Em seguida, chegou a imprensa e o caso passou para o domínio público.
Foram tomadas todas as providências que o caso exigia, com a prisão em flagrante do Dr. Rogério.
Dr. Rogério estava perdido e pensava: "Deve ter sido uma acusação daquela cadela da Alzira". Nunca podia supor que tivesse sido André Luiz. No dia seguinte, André Luiz lia nos jornais toda a repercussão do caso, até com fotografias. E pensava: "Nós médicos nos esforçamos para trazer ao mundo novas vidas e um sem-vergonha como o Rogério tira a oportunidade de um ser indefeso ter o direito de nascer".
Naquele momento, ele foi chamado para fazer um novo parto.

A dentadura da vovó

A casa do Arnaldo estava em grande atividade, pois era um sábado e tinha feijoada. A feijoada completa na casa dele era famosa — feita pela esposa, com todo carinho, com a ajuda da filha mais velha e com todos os ingredientes necessários. Arnaldo se encarregava da caipirinha e muita cerveja. Estavam convidados vários colegas de trabalho. No final, teria até roda de samba, com cantoria, piadas, anedotas... e aquela alegria.

Tudo ia sendo providenciado a contento para a feijoada ser elogiada, quando a vovó apareceu, toda nervosa, reclamando, com a boca de "chupa ovo", que não encontrava a sua dentadura dupla. E a vovó era fogo, pois ela fazia o maior escândalo, pondo a casa em polvorosa.

– A minha dentadura não está no copo de água na minha mesinha de cabeceira, onde ficou durante a noite.

Aí começou o corre-corre para encontrar a dentadura da velha, senão ela podia estragar a alegria da festa.

Quem sabe ela tinha caído e estava debaixo da cama? Não estava. Debaixo do travesseiro? Nem sinal. Será que ela deixou cair na bacia da privada? Era improvável. No cesto do banheiro, também não.

Todo mundo procurando a dentadura. Onde poderia estar a dentadura da vovó? Já estava se aproximando a hora dos convidados chegarem e nada de aparecer a dita cuja.

Somente o netinho Tonico, indiferente a toda aquela confusão, brincava tranqüilo com seu carrinho de controle remoto. Mas o traquinas tinha jogado a dentadura no caldeirão da feijoada. Mais tarde, a vovó amuada, sem a dentadura, tinha se trancado no seu quarto. A feijoada estava sendo um sucesso, quando o chefe do Arnaldo foi se servir e pescou no caldeirão a dentadura – que veio toda sorridente, mordendo uma lingüiça...

O drama do comandante

O grande avião de passageiros se aproximava do aeroporto de Cumbica, em São Paulo, ponto final da viagem. O comandante Álvaro realizou com o co-piloto todas as manobras de aterrissagem. Daí a alguns instantes o aparelho deslizava na pista. Era o término de mais uma viagem entre a Europa e o Brasil, que Álvaro fazia como comandante já há oito anos na empresa "Trans-Oceânica".

Ele adorava a vida de piloto, pois desde criança havia sido o seu sonho, que acabou realizado, apesar dos pais forçarem para que ele se tornasse um médico ou engenheiro.

– Foi uma viagem tranqüila, os passageiros devem ter ficado satisfeitos. Falou Cezar, o co-piloto.

– É verdade, não tivemos problema nenhum – respondeu Álvaro.

O avião já estava no pátio do estacionamento, e os passageiros desembarcavam. A comissária de bordo Vera entrou na cabine do comando e perguntou para Álvaro:

– Álvaro, você vai logo embora ou vai se demorar no relatório de viagem?

– Eu vou apressar as providências e em seguida vou embora. Você me espera que te dou uma carona.

Vera era uma moça muito bonita e bastante cobiçada, e vinha tendo um romance justamente com Álvaro, um homem também bem apessoado. O relacionamento dos dois não era visto com bons olhos pelo gerente de operações Ramiro, que estava interessado em conquistar a moça, e, sendo viúvo, fazia-lhe até propostas de casamento, e nutria um ciúme doentio por Álvaro.

O comandante, após preencher o relatório, foi entregá-lo, quando foi avisado que Ramiro queria falar com ele. Precisou então dispensar Vera da carona, prometendo que lhe telefonaria quando chegasse em casa.

Vera morava com os pais no bairro de Santana, e Álvaro com o irmão casado, no Pacaembu. Ela era solteira, com vinte e oito anos. Álvaro, com trinta e seis anos, era divorciado já há cinco. A ex-esposa se revelara uma mulher neurastênica e não tolerava a vida de Álvaro como piloto de avião. Após muitas discussões, resolveram se divorciar. Não tiveram filhos e a ex-esposa foi morar com os pais em Jundiaí, e Álvaro foi morar com o irmão casado, num grande palacete, que era herança da família, no Pacaembu.

Quando Álvaro entrou na sala de Ramiro, ele mal o cumprimentou e foi logo falando:

— Álvaro, eu tenho aqui nas mãos os dados da viagem passada, e na volta foram gastos oitocentos e vinte galões de combustível a mais do que a média que deve ser gasta nessa viagem. Você deve ter forçado os motores.

— O gasto foi maior porque tive de alterar a rota por causa do mau tempo, eu avisei pelo rádio, deve estar ali no relatório. E, a propósito, o comandante da aeronave sou eu e a responsabilidade é minha. Eu sei como deve ser conduzida. Eu zelo pela segurança dos passageiros e do equipamento, então a sua observação não procede.

— Eu tenho obrigação de zelar pela economia da empresa — respondeu o Ramiro.

— Mas não deste jeito — falou Álvaro.

— Em outras viagens suas também tem sido gasto mais combustível que o necessário, e a companhia está tendo prejuízo.

— Agora você está querendo me dar aulas de como devo pilotar o aparelho? A responsabilidade é minha e eu dirijo como devo.

— Vamos ver como vão ficar as próximas viagens — falou Ramiro.

— Você resolve! — respondeu Álvaro.

Álvaro notou que o assunto tratado não era para chegar nesse nível, devia existir outro motivo. A entrevista foi encerrada friamente. Álvaro foi para casa bastante aborrecido.

Em casa, telefonou para Vera e contou a conversa com Ramiro. Ela lamentou, e disse que queria conversar pessoalmente com ele. Combinaram se encontrar à noite para jantar, pois voltariam ao trabalho somente dois dias após.

À noite, Álvaro apanhou Vera em sua casa e foram jantar em um bom restaurante.

— Então, a conversa com o Ramiro foi bastante desagradável? — perguntou Vera.

— É, parece que ele está me perseguindo — respondeu Álvaro.
— Eu devo saber qual é o motivo.
— O que você sabe?
— Eu vou te contar. Não te contei até agora para não te aborrecer. O Ramiro tem me feito propostas até de casamento. Ele sabe do nosso relacionamento e por ciúmes deve estar querendo te prejudicar.
— Então está aí o motivo da conversa de hoje. E você, o que sente por ele?
— Nada, eu já falei que não quero nada com ele, mas ele insiste.
— Então, tenho de ter uma conversa adulta com ele.
— É melhor você não tomar atitude nenhuma, só vai te prejudicar.
— Mas ele deve parar de fazer propostas a você, sabendo que não quer nada com ele. Ele vai cansar e desistir.
— Não sei não. Mas vou aguardar os acontecimentos.

Após o jantar, foram dar um passeio de automóvel e em seguida foram para um motel, onde costumavam se encontrar, e se amaram intensamente.

Não podia se dizer que estavam apaixonados, mas se entendiam maravilhosamente.

No dia seguinte, Álvaro foi ao clube para nadar e correr, pois precisava fazer exercícios, passava muitas horas sentado na cabine de avião. Almoçou no clube, e quando voltou, recebeu o recado de que Vera havia telefonado. Ligou para ela, mas foi informado pela mãe dela, que ela ia fazer uma viagem extra para Nova York, substituindo uma colega, e já tinha ido embora. Ele estranhou essa medida. Na próxima viagem, Vera não faria parte da sua equipe de tripulantes, e na Europa costumavam, entre um vôo e outro, ficar juntos.

Álvaro fez a seguinte viagem até Paris, e quando voltou, não pode se encontrar com Vera, pois ela estava novamente viajando para Nova York. Ele procurou se informar na empresa, e ficou sabendo que ela havia sido transferida para os vôos aos Estados Unidos. Chegou a suspeitar que seria uma atitude do Ramiro para afastá-la dele. Ficou chateado, mas nada podia fazer no momento. Telefonou para o hotel em Nova York, onde os tripulantes costumavam ficar, para falar com Vera.

— Vera, estou com saudades. Mas por que te transferiram para a linha dos Estados Unidos? Você concordou?

— Eu não queria, mas o Ramiro me deu um ultimato e eu tive de concordar, você sabe o quanto eu preciso desse emprego. Mas estou bastante aborrecida, e com muitas saudades. O Ramiro negou, mas eu tenho certeza de que foi pelo nosso relacionamento. Ele alegou que precisava me transferir porque era necessário uma comissária que falasse bem diversas línguas.

— Mentira dele. A razão é o nosso relacionamento. Ele não se conforma e como você não quer nada com ele, achou uma maneira de afastá-la de mim.

— É verdade, e agora vai ser difícil eu me encontrar com você, pois os nossos vôos não coincidem.

— Eu acho que vou ter uma conversa definitiva com o Ramiro para esclarecer tudo.

— É melhor você não tomar essa atitude, porque ele vai aproveitar para te prejudicar.
— Mas eu não posso me conformar com esta situação.
— Meu bem, nada podemos fazer no momento, vamos aguardar.
— Eu vou sentir muito sua falta, querida.
— Eu também vou sentir muitas saudades de você, Álvaro.
— Um beijo para você, Vera.
— Obrigada, outro para você.

Álvaro previa que o namoro com Vera talvez estivesse chegando ao fim, e ficou revoltado, porque não era o desejo de nenhum dos dois.

No dia seguinte, aborrecido com o ocorrido, saiu de casa no seu carro, para se dirigir ao aeroporto para uma viagem de rotina. Na marginal do Tietê, encontrou um grande engarrafamento de trânsito, por causa de um grave acidente. Ficou preso por quase duas horas. Quando chegou ao aeroporto, seu vôo estava atrasado mais de trinta minutos por sua ausência. Teve de apressar as providências de vôo, para o atraso não ser maior. Foi informado que o seu co-piloto Cezar estava doente e seria substituído por outro, de nome Elvio, que estava na Companhia somente há três meses e Álvaro só o conhecia de vista.

Dentro da cabine, o comandante checou com o co-piloto rapidamente o equipamento. O avião lotado partiu com destino a Paris, com escala em Madri. Após quinze minutos de vôo, o equipamento apresentou defeito, e os motores começaram a falhar. O avião foi obrigado a voltar rapidamente ao aeroporto. Os passageiros foram avisados que, por falha técnica, o aparelho ia voltar ao aeroporto de Cumbica. Apesar das dificuldades, Álvaro trouxe o avião de volta em segurança. O vôo foi suspenso até o rigoroso exame e reparo do equipamento. Nos testes havidos, foi constatado que uma peça importante para a alimentação dos motores estava com defeito e poderia ter ocasionado um grave acidente. A equipe técnica estranhou que na checagem feita pelo comandante não havia sido dado o alarme no painel de controle, acusando defeito no equipamento.

Nessa altura, Ramiro tomou conhecimento do caso e passou a dirigir as sindicâncias para apurar as responsabilidades. Chamou o co-piloto Elvio para lhe fazer perguntas:

— Você notou alguma anormalidade antes de aparecer o defeito no equipamento? – perguntou Ramiro.

O Elvio, que estava na companhia somente há três meses e não tinha qualquer laço de amizade com Álvaro, e não querendo assumir alguma responsabilidade, falou:

— Eu estranhei que a checagem do equipamento antes do vôo foi feita muito rapidamente, mas nada acusou.

— Você acha que se o teste tivesse sido feito com mais segurança o defeito seria acusado?

— É possível. Mas o comandante é o Álvaro, e eu não fiz qualquer observação.
— Obrigado, a nossa conversa está encerrada no momento.
Depois mandou chamar Álvaro, cumprimentou-o secamente e falou:
— Álvaro, você chegou bastante atrasado para esse vôo.
— Encontrei dificuldades para chegar aqui, por causa de um grave acidente na Marginal. Fiquei parado por muito tempo. Eu já havia avisado, por que agora volta à baila este assunto?
— Porque pelo seu atraso você checou rapidamente o equipamento, para não atrasar ainda mais o vôo. E se tivesse procedido dentro das normas de segurança, acho que o defeito teria sido acusado em terra.
— Como você sabe que eu não procedi de acordo com as normas de segurança? O defeito foi acusado quinze minutos após a decolagem e não na decolagem.
— O co-piloto estranhou seu procedimento na checagem do equipamento.
— Ah! Ele achou que não trabalhei direito? Por que ele não me advertiu?
— Você é o comandante, e ele não interferiu.
— Quer dizer que esse moço vai até a Europa do meu lado, para fazer uma viagem de turismo?
— Você está distorcendo os fatos.
— Há oito anos que comando aeronaves e nunca tive qualquer acidente motivado por negligência de minha parte.
— Mas ultimamente seus vôos têm apresentado mais consumo de combustível do que o necessário, dando gasto extra.
— Agora você quer me ensinar como devo pilotar aeronaves. Eu cuido da segurança do aparelho e dos passageiros, que é minha responsabilidade.
— É, mas se este defeito tivesse aparecido em pleno Atlântico, você dificilmente conseguiria retornar ao aeroporto.
— Mas se acontecesse horas depois, seria impossível constatar na checagem antes do vôo.
— Você parece que está perdendo sua capacidade de bom comandante.
— Agora vou te falar, Ramiro, todo esse assunto que você está polemizando comigo só tem um motivo: a Vera. Eu sei que você tem lhe feito propostas, e como ela não quer nada com você e eu me relaciono com ela, está nos prejudicando a ponto de a ter transferido para a linha de Nova York, só para nos separar.
Ramiro ficou enraivecido e falou:
— Eu não misturo assuntos particulares com os da empresa. Pode se retirar e aguardar as providências para seu vôo.
Álvaro saiu da sala já prevendo que dificilmente ele ia permanecer no emprego.
O co-piloto foi substituído por outro, pois Ramiro percebeu que Álvaro não ia querer tê-lo como companheiro. Álvaro fez a viagem bastante aborre-

cido, já prevendo conseqüências negativas. De Paris telefonou para a casa de Vera, mas foi informado que ela estava em viagem.

Quando voltou, foi chamado por Ramiro e informado que estava dispensado da Companhia e que, pela gravidade do ocorrido, ele estava suspenso pelo órgão dirigente a pilotar aviões com mais de seis pessoas. Só lhe era permitido aviões pequenos. Para Álvaro foi um choque, pois adorava o trabalho de comandante, além do prejuízo financeiro que iria ter. Teve vontade de esmurrar a cara de Ramiro por saber que tudo era fruto de uma vingança por ciúmes, mas se conteve para não perder seus direitos à indenização. Foi para casa amargurado, pois previa que ia passar por um período difícil como desempregado.

Seu irmão e a família lhe confortavam, mas sentiam que ele ia sofrer sem poder pilotar aviões.

Álvaro procurou por Vera, mas ela estava em viagem. Assim que ela voltou, entrou logo em contato com ele por telefone.

Álvaro falou:

– Vera, estou com muita saudade de você e quero vê-la com urgência, tenho um assunto muito importante para te revelar, mas pessoalmente.

– Também quero te ver, vem me buscar à noite, pois só viajo novamente depois de amanhã.

À noite, Álvaro foi buscá-la e, quando se encontraram, beijaram-se com muito carinho.

– Vamos sair para jantar. Precisamos conversar muito – falou Álvaro.

– Noto que você está com ar tristonho. Algo aconteceu com você?

– É verdade, fui despedido da empresa, tudo por uma cachorrada do Ramiro, que aproveitou para se vingar de nós.

– Que pena! Estou revoltada e fico muito triste, principalmente sabendo o quanto você adora o seu trabalho.

Álvaro contou em detalhes o acontecido, até que estava suspenso como piloto de aviões de grande porte. Vera sentiu muito e disse que também ia pedir demissão da empresa, pois não queria ter mais contato nenhum com Ramiro. Foi aconselhada por Álvaro a não tomar essa atitude no momento, que só podia prejudicá-la profissionalmente.

Após o jantar, foram assistir um filme para distrair, depois ainda tiveram ânimo para ir ao motel e se amaram muito, pois há quinze dias que não se encontravam. Somente de madrugada, Álvaro levou Vera para casa.

No dia seguinte, conversaram somente por telefone e se despediram com muito carinho.

Agora começava um período difícil para Álvaro. Nada o distraía, clube, cinema, visitas, estava um pouco depressivo.

Recebeu todos os seus direitos e financeiramente ele estava bem, mas não era o bastante, ele queria voar.

Encontrou-se outras duas vezes com Vera, mas sentiu que os seus caminhos estavam tomando direções diferentes, apesar de se gostarem bastante. Ela lhe contou que ia se desligar da empresa por ter aceito um bom emprego em Nova York, numa empresa de turismo. Por falar quatro línguas, havia sido escolhida. Tinha conseguido permanência por seis meses nos Estados Unidos, com possibilidade de visto permanente. Sabia que ia sentir muito a falta de Álvaro, mas não podia perder essa chance, e não queria se encontrar mais com Ramiro, que ainda a importunava com propostas.

Álvaro também ia sentir muito a falta dela, mas concordou com sua decisão.

Prometeram se corresponder para dar notícias.

E assim ficou terminado o romance dos dois, que iam seguir caminhos diferentes.

Álvaro passou por um período difícil, não podendo trabalhar no que queria. Para distrair, foi a passeio a Buenos Aires, mas pouco adiantou para esquecer seu drama.

Após dois meses, soube que um grande fazendeiro do Mato Grosso estava querendo um piloto particular. Entrou em contato e foi aceito para o trabalho.

Mudou-se para Campo Grande e se apresentou ao fazendeiro, de nome Ricardo Pinto Meirelles, um grande plantador de soja, arroz e criador de gado, com quatro grandes fazendas no Estado. Pessoa simples, mas bastante sociável, fez logo boa amizade com Álvaro. Ele era casado e tinha três filhos, dois rapazes e uma menina. Todos passaram a gostar de Álvaro, que os servia com boa vontade.

Álvaro tinha seu quarto, com todo o conforto, na casa do fazendeiro, que era bem grande.

O avião de uso era um Cessna de seis lugares com dois anos de uso.

O trabalho de Álvaro era transportar Ricardo constantemente para as fazendas, suprir as necessidades e certas vezes servia à família.

Álvaro pilotava o avião e se sentia como um comandante de navio pilotando uma lancha. Passava, às vezes, até três dias sem ter de pilotar.

Após seis meses, já estava começando a se aborrecer com aquele trabalho, apesar do bom relacionamento que mantinha com Ricardo e sua família.

Na cidade, uma empresa de táxi-aéreo estava admitindo um piloto para viagens mais longas. Álvaro se interessou pela vaga, e foi aceito. O ganho era bem melhor do que recebia. Pediu quinze dias para iniciar os serviços, pois não queria deixar o fazendeiro de pronto, mesmo porque vinha dando aulas de pilotagem para seu filho, de vinte e um anos, que já ia tirar o brevê, e assim não deixaria problemas para Ricardo.

Após duas semanas, iniciou o trabalho na empresa de táxi-aéreo e se mudou para um bom hotel. Agora as viagens eram mais longas e com destino até São Paulo e Rio de Janeiro. Álvaro já estava mais satisfeito com o trabalho, mas ainda sonhava em pilotar novamente os grandes aviões para outros países. O tempo foi passando nesse novo emprego, sem qualquer alteração.

Com Vera, trocava correspondência constantemente, dando e recebendo notícias. Na última carta que recebeu, ela lhe informava que havia ficado noiva do gerente da empresa de turismo, um americano de nome Paul, e ia se casar em breve e se radicar definitivamente nos Estados Unidos. Álvaro achou que ela ia fazer o melhor e lhe desejou felicidades.

Durante esse tempo em Campo Grande, ele só teve algumas aventuras amorosas sem maiores conseqüências.

Certo dia, foi a uma perfumaria fina para fazer compras e foi atendido por uma bela moça que, toda gentil, se pôs à sua disposição. Daí surgiu a conversa.

– Por favor, quero uma boa loção de barba e uma colônia – falou Álvaro.
– Pois não. Temos diversas, até estrangeiras.
– Você que conhece, vai sugerir para mim.
– O cavalheiro quer nacional ou estrangeira?
– É indiferente, desde que tenha um bom perfume masculino e boa fixação.
– Então aconselho ao senhor levar um produto francês, este aqui, tem um ótimo perfume e tem loção e colônia.

E demonstrou para Álvaro, que gostou e resolveu comprar.
– Bem montada esta loja. É antiga? – perguntou Álvaro.
– Já existe há três anos, é de propriedade de minha família.
– Ah! Então você é dona?
– Sim, é de nossa família, eu a dirijo, meu pai tem também dois grandes supermercados junto com outro irmão.
– Você gosta desse trabalho?
– Sim, gosto de atender o público, sou professora formada, mas prefiro este trabalho. Além do que, estou cuidando de interesse próprio.
– Você é uma moça muito bonita e gentil, como se chama?
– Gentileza sua, Alice. Mas também o senhor é bonitão, como é o seu nome?
– Álvaro! Mas quer me fazer um favor?
– Qual?
– Não me chame de senhor, não sou tão mais velho que você.
 Se é de seu agrado, vou chamá-lo de você, Álvaro.
– Ótimo! Assim o nosso papo fica mais descontraído.
– Você mora aqui em Campo Grande? – perguntou Alice.
– Sou de São Paulo, mas já moro aqui há algum tempo.
– O que você faz?
– Se você adivinhar, compro o perfume mais fino de sua loja e o presenteio a você.

Os dois riram e ela respondeu.
– É muito difícil, mas vou arriscar. É engenheiro de alguma estatal?
– Não! Seria muito difícil você acertar. Sou piloto de aviões, trabalho de táxi-aéreo.
– Piloto de avião, nunca poderia adivinhar. Você gosta de voar?

– Demais! Quando se está lá nas alturas, parece que a gente está mais ligado ao Universo de Deus.
– É, deve ser bom, mas também pode passar por grandes sustos.
– Viagem de avião é mais seguro que andar de carro. Bom, acho que já tomei bastante do seu tempo, apesar de estar gostando muito da conversa.
– Eu também, não tem problema, o atendimento é feito pelas outras duas moças.
– Vou lhe fazer uma pergunta um tanto indiscreta, Alice. Uma moça tão bonita como você, já é casada, noiva ou namorada de algum felizardo?
– Acho que não há nenhum felizardo, pois no momento nem namorado tenho. Já tive alguns, mas não deu certo.
– Por que, você é muito exigente?
– Não! Mas eles logo querem partir para um relacionamento íntimo, e eu não concordo, acho que sou de uma geração antiga, gosto de tudo às direitas.
– Eu a cumprimento. São poucas hoje que pensam assim.
– E você, qual é a sua situação?
– Sou divorciado já há cinco anos, hoje estou solteiro, sozinho, sem filhos.
E depois de todo esse diálogo, já estavam sentindo uma atração mútua, ainda mais sabendo que não tinham compromissos.
– Posso convidá-la para um jantar uma noite dessas? Já sei como você gosta de ser tratada e prometo que não vou fazer nenhum convite ousado.
– Aceito, com prazer.
E assim, atraídos pela nova amizade, combinaram um jantar no sábado seguinte. Ela deu o endereço onde ele devia apanhá-la. Despediram-se com um aperto de mão bastante carinhoso. Álvaro estava satisfeito de ter conhecido Alice, e ela também por Álvaro.
No sábado, Álvaro muito bem trajado e com o aroma da colônia que havia comprado na loja, foi para o encontro no seu carro.
Alice morava em uma bela casa no bairro fino de Campo Grande. Quando ela entrou no carro, muito bem-vestida e exalando uma fragrância deliciosa, estava muito bonita com seus cabelos negros ondulados. Álvaro a beijou, com todo o carinho, no rosto. Ele a levou no melhor restaurante da cidade, e tiveram um jantar e uma noite maravilhosos. Conversaram à vontade e um contou para o outro as histórias de suas vidas. Álvaro segurava as mãos de Alice, estavam enamorados. Ele a levou de volta para casa, já combinando os próximos encontros, pois já havia o compromisso como namorados. Eles estavam felizes.
O namoro foi evoluindo e acabaram se apaixonando. Álvaro foi apresentado à família e todos gostaram dele. O namoro se transformou em noivado, em breve se casariam.
O trabalho de Álvaro continuou o mesmo, com constantes viagens para diversos pontos do Brasil e países vizinhos.
Certo dia, foi convocado para transportar um doente, que devia ser operado do coração em São Paulo. No aeroporto, viu chegar a ambulância,

dentro a maca com o doente, um enfermeiro e mais dois companheiros, que se diziam parentes.

Após uns dez minutos de vôo, para surpresa, o doente se levantou da maca, já com uma arma na mão, os outros também armados, renderam o Álvaro que, surpreso, nada pôde fazer. Falou aquele que devia ser o chefe:

— Piloto, não vamos para São Paulo, mude a rota para Roboré, na Bolívia, desligue o rádio e obedeça às nossas ordens.

— Mas eu não tenho a rota de Roboré.

— Nós temos um mapa detalhado da região, siga em direção a Corumbá, o mapa vai detalhando todos os pontos da rota.

Álvaro teve de mudar a rota do avião e desligar o rádio. Já sabia que estava lidando com bandidos, na certa traficantes de droga. Estava preocupado, mas não apavorado. Os bandidos pouco falavam, só iam acompanhando a rota do avião. Depois de uma hora de vôo na direção indicada pelo mapa, falou o chefe:

— Passe sobre Roboré depois vire à direita, voe mais uns vinte quilômetros, vamos encontrar uma grande clareira com um monte no meio, ao lado tem um campo de pouso clandestino, você vai aterrissar nele. Não faça qualquer asneira, pois o prejudicado será você.

Depois de mais uma meia hora de vôo, seguindo sempre o mapa bem detalhado, o avião passou por Roboré, virou à direita e logo depois foi localizado o campo de pouso. Álvaro fez a manobra para a aterrissagem em pista de terra.

Três bandidos desceram e um ficou rendendo Álvaro com uma arma. No campo havia uma caminhonete e um carro aguardando os bandidos. Diversos bolivianos se achavam no campo. Logo em seguida, começaram a carregar caixas no avião, na certa era cocaína. Terminada a carga, reabasteceram o avião com combustível que havia na caminhonete, trocaram palavras com os bolivianos, e entregaram uma valise, na certa com dólares. Voltaram para o avião e mandaram decolar. Álvaro pediu para ir ao banheiro, foi acompanhado por um bandido armado, mas antes o revistaram para ver se ele não possuía arma.

Depois de decolar, o chefe deu ordens para Álvaro tomar a rota de volta, dirigir-se para Aquidauana, depois tomar rumo ao Sul, que chegariam num campo clandestino e camuflado. Quando voavam a uns quinze minutos, o chefe começou a falar com Álvaro:

— Moço, como é o seu nome?

— Álvaro.

— Bem, até aqui você está fazendo um bom trabalho, mas eu vou querer que você trabalhe para nós, não vai se arrepender e pode ganhar muito dinheiro. Nós vamos levar este avião para um campo bem camuflado, vamos pintar ele com outras cores, trocar o número de identificação para servir ao nosso negócio. Você vai ficar detido e fazer umas duas viagens destas. Tanto a polícia como a empresa do aparelho vão ter a certeza de que você estava mancomunado conosco e vai ser procurado como traficante e ladrão do avião. Aí você não tem mais outra alternativa a não ser se juntar a nós e ganhar muito dinheiro. O outro piloto que tínhamos espatifou o avião e ainda quis nos deixar, então demos cabo dele. Isto é uma advertência para você fazer o trabalho direito.

Álvaro se achava numa situação desesperadora, e sua cabeça fervilhava de pensamentos.

Bem depois que passou por Corumbá, Álvaro tentou uma arriscada cartada, para ver se dava certo. Como ele sabia que os bandidos nada entendiam de como pilotar, discretamente puxou um botão, e dali a pouco os motores começaram a falhar e soltar bastante fumaça. Os bandidos logo se apavoraram. Álvaro fingia que estavam em apuros, o aparelho balançava e parecia que estava desgovernado. Álvaro argumentava que estavam em perigo e precisava urgentemente achar um campo de pouso, senão teriam um acidente grave. Como ele era um artista na arte de pilotar, encenava manobras difíceis, mas era tudo para apavorar ainda mais os bandidos. O aparelho foi perdendo altura e se aproximava de Aquidauana. O avião foi soltando mais fumaça e, com os motores falhando muito, se aproximou do Aeroporto.

Álvaro gritou para os bandidos:

– A nossa única salvação é eu tentar descer no aeroporto. A qualquer momento o avião vai explodir.

Eles concordaram incotinenti, pois estavam desesperados e queriam chegar em terra salvos.

Quando o avião vinha fazendo uma aterrissagem de emergência, os bombeiros e a polícia tomaram posição na pista, pois previam que era um avião de traficantes, ou contrabandistas, pois ele se aproximava sem comunicação pelo rádio. Assim que o aparelho parou na pista, os bandidos de arma em punho pularam e, atirando contra a polícia, procuravam fugir. Os policiais, bem resguardados, responderam ao fogo e feriram gravemente um deles. Os outros, quando se viram cercados, depuseram as armas e se renderam. Álvaro, na cabine do avião, observava tudo. Os policiais invadiram o aparelho e lhe deram ordem de prisão, julgando que ele fosse mais um traficante.

Então, Álvaro contou a verdade e como enganou os traficantes, encenando o defeito do avião. Foi tratado como herói. Depois das devidas providências, voltou com o aparelho para Campo Grande, onde já o aguardavam com festa.

A noiva, depois do susto em saber que o aparelho estava desaparecido, agora abraçava e beijava Álvaro, com muito amor.

Os jornais noticiaram o caso e ele precisou até dar entrevistas.

Depois disso, a vida de Álvaro continuou normalmente. Aproximando-se o seu casamento com Alice, apaixonados faziam planos para o futuro.

Quando completou um ano como piloto da empresa, Álvaro tirou quinze dias de férias e deixou os outros quinze para o casamento. Veio para São Paulo visitar os familiares e amigos. Visitou os antigos colegas na empresa "Trans-

Oceânica" e foi recebido festivamente. Soube que Ramiro havia meses tinha sido dispensado pela Diretoria, por graves falhas profissionais.

Uma empresa da Nigéria de linhas domésticas, que havia comprado um Boeing fora de atividade no Brasil, propôs a Álvaro levar o avião para Lagos, recebendo um pagamento tentador em dólares, com viagem de volta paga. Álvaro aceitou, pois em três dias estaria de volta, com um régio pagamento em dólares.

Seguiu com o avião juntamente com um engenheiro de vôo e dois nigerianos diretores da empresa. A viagem foi tranqüila. Em Lagos, tomou um avião de carreira com destino a Madri, para pegar outro que vinha de Paris. Conseguiu passagem num avião da "Trans-Oceânica", justamente o mesmo modelo que ele pilotara como comandante. Sentiu saudades daqueles tempos. Apesar de conhecer o colega que comandava o aparelho, não foi procurá-lo.

O aparelho viajava praticamente lotado, com duzentos e oitenta passageiros. O vôo estava tranqüilo e Álvaro adormeceu. Depois de três horas de vôo, Álvaro acordou e estranhou a atividade das comissárias de bordo. Pouco depois, o aparelho entrou numa tempestade e começou a jogar violentamente, os passageiros foram avisados para pôr os cintos de segurança. Estavam todos preocupados. Em seguida um raio cruzou bem na frente do aparelho com estrondo e iluminando tudo. Álvaro, profundo conhecedor, percebeu que a aeronave estava em perigo, desatou o cinto e foi interrogar a comissária.

— Moça, o que está havendo? Eu já pilotei muito estes aviões e sei que algo de grave está acontecendo.

— O senhor já pilotou um avião desses? O senhor foi mandado por Deus, por favor, vem comigo na cabine de comando para ver a situação.

Álvaro se dirigiu rapido à cabine de comando e constatou a gravidade. O comandante havia sofrido um enfarte e estava prostrado, sem ação. O co-piloto, aterrorizado pelo acontecido ao colega, a tempestade violenta e o raio que lhe cegou momentaneamente, teve uma crise de nervos e fortes cólicas, praticamente não tinha condições de pilotar a aeronave. O avião perdia altura rapidamente, mais algum tempo nessa situação e ele se projetaria no mar, provocando um grave acidente.

Álvaro tomou medidas urgentes, mandou levar o comandante para uma poltrona e solicitar se havia um médico a bordo para assisti-lo. Pediu para o co-piloto se retirar, pois o estado dele só podia piorar a situação. Assumiu o comando da aeronave e procurou com sua experiência dominar o problema. Todos os passageiros estavam muito assustados e diversos passavam mal. Mandou tranqüilizar os passageiros, a aeronave estava sob outro comando e com fé tudo devia terminar bem. Pelo rádio, pôs a escuta a par da situação. Teve de forçar os motores para subir a dez mil metros, e sair da tempestade, que era violenta. Quando conseguiu estabilizar o avião, depois de algum tempo, já fora da tempestade, ele havia desviado bastante da rota e consumido muito combustível, teve de diminuir a velocidade para poupar os motores. Pelo alto-falante, comunicou aos passageiros que o perigo havia passado, mas pelo desvio da rota, o avião faria uma escala técnica em Recife. Avisou a base que o vôo agora estava normal e ia fazer uma escala em Recife para checagem e abastecimento, porque o combustível talvez não desse até São Paulo, e também para levar urgentemente o colega para o hospital, seu estado era grave.

Em Recife, fez um pouso normal.

Os passageiros pediram para Álvaro aparecer na presença deles e foi aplaudido com entusiasmo.

Após as providências em Recife, o avião seguiu viagem para São Paulo, ainda sob o comando de Álvaro, apesar dele estar proibido de pilotar esse tipo de avião. Foi uma exigência dos passageiros. Na chegada a São Paulo, todos os passageiros quiseram cumprimentá-lo pessoalmente. Os antigos colegas também estavam eufóricos com o seu desempenho. Os passageiros no aeroporto resolveram que iam oferecer um jantar em homenagem a ele no próximo sábado. A diretoria tomou a iniciativa de promover o jantar em nome da Companhia.

Álvaro estava feliz e foi buscar Alice para participar da homenagem.

À noite, no jantar, Álvaro e Alice formavam um belo par. Ela estava linda e feliz.

Compareceu a maioria dos passageiros e diversas pessoas pediram a palavra, elogiando a coragem e o desempenho de Álvaro, e alguns agradeciam a Deus tê-lo posto naquele vôo. Um dos passageiros que viajou com a esposa e filha, pessoa importante, muito abastada e dono de inúmeros imóveis, fez um belo discurso e ofertou a Álvaro um apartamento vago de três dormitórios no Itaim como presente de casamento. Álvaro ficou comovido e agradecido. Depois o presidente da empresa convidou Álvaro para assumir o cargo de comandante na empresa, gozando de todos os direitos que lhe haviam sido cassados.

Ele estava eufórico, pois o que mais desejava como profissional era ter reconhecida sua inocência e voltar a comandar aeronaves. Por fim, ele agradeceu comovido a homenagem com belas palavras.

Voltando a Campo Grande, trinta dias após se casou numa cerimônia muito bonita.

Foram em lua-de-mel para Miami, por dez dias, com todas as despesas pagas, um presente da Companhia "Trans-Oceânica", como gratidão pelo heroísmo de Álvaro.

Gozaram dias maravilhosos, e se amaram apaixonadamente.

Após a volta, foram morar no apartamento ganho de presente, que já havia sido ricamente mobiliado pela família de ambos.

Dias após, Álvaro reassumiu feliz seu posto como comandante.

No comando do grande avião, ele manobrou a decolagem e a aeronave desapareceu no horizonte com destino a Paris.

A bagunça no baile

Sábado à noite tem baile na roça. O povo da vila se mobiliza para o arrasta-pé. As moçoilas se enfeitam todas para serem disputadas. Os rapazes tomam banho com água de cheiro, vestem a melhor fatiota e passam gomalina nos cabelos, para conquistar namoradas.

O entusiasmo é geral! Vai chegando todo o mundo, no centro da praça, onde fica um grande tablado de madeira para o rodopio dos pares.

A música para alegrar a festa e o baile vem do sanfoneiro Zeca, da viola do Tião, da flauta do Mané e do violino do Aparecido. Eles tocam músicas caipiras, um tanto desafinados, mas para a satisfação do pessoal está muito bom.

A barraca das bebidas e comes vende limonada, garapa, vinho licoroso, pinga e também bolo de fubá, rosquinhas e pastéis.

Começa o baile animado e os pares vão se formando. Têm aqueles que dançam bem e outros que mal se mexem.

Os rapazes disputam conquistas e as moças se sentem importantes. O baile ia correndo e cenas acontecendo.

Um rapaz convida uma moça para dançar e ela rejeita.

— Eu não danço!

Mas, em seguida, sai dançando com outro mais bem arrumadinho. O rejeitado se ofendeu e falou alto.

— Tomara que você leve um tombo de bunda, bem no meio do tablado.

Noutra ocasião, uma jovem reclamava do seu par.

— Você está me pisando. Pisando a todo instante no meu pé e estragando o meu sapato! — e o deixou sozinho, com cara de bobo, no meio do baile.

Agora, era aquela ousada que falava.

— Você dança muito longe. Pode me apertar que eu gosto! — e com o convite feito, o moço atracou a gordinha, como ela queria, e os dois rodopiaram satisfeitos.

E aquela outra, então, revoltada, falou para o seu par.

— Passaram a mão no meu traseiro e ainda deram um beliscão! — que, por sinal, era uma boa popozuda. O rapaz, indignado, falou alto.

— Quem foi o indiscreto que fez essa senvergonhice com a minha namorada? Que apareça e vamos tirar tudo a limpo!

Ninguém apareceu.

— Espera aí! Eu não sou sua namorada! — falou a moça.

— Mas eu te defendi como se fosse! — respondeu o rapaz.

— Tem razão, até que gostei. Agora você já é meu namorado!

E continuaram dançando felizes, já com o compromisso firmado.

Aí foi a inocente Florinha que disse:

— Joca, você é metido a valente e sempre quer brigar! Você trouxe um porrete no bolso da tua calça, que eu estou sentindo nas minhas pernas? — então disfarçou o rapaz.

— Não, é uma banana que eu trouxe, para comer depois!
— Ah, bom! — concordou a garota. E lá se foi a "banana" esfregando nas coxas da Florinha bobinha.

Lá pelas tantas do baile aconteceu o inesperado. Um rapaz dançava com uma moça e ela não estava gostando, pois ele cheirava a bebida e às vezes trançava as pernas. Nem poderia ser diferente, porque tinha feito muita mistura de pinga, vinho licoroso e pastéis. Ele começou a ficar pálido e lavou a moça dos cabelos ao vestido, num cheiro insuportável. Ela gritava, apavorada e enojada. O irmão dela, que também estava no baile, correu para socorrê-la, quando viu a cena, se revoltou e deu um soco na cara do porcalhão. Amigos do agredido vieram em seu socorro. Aí começou a confusão. Amigos do irmão também entraram na briga. E o pandemônio se generalizou. Eram pontapés, socos e empurrões para todo lado e até xingamentos se ouviam. Alguém atingiu o violeiro Tião, que revidou quebrando sua viola na cabeça do agressor. As mulheres gritavam desesperadas. Tinha aqueles que apanhavam sem saber o porquê.

Aí, nesse momento, as luzes foram apagadas e a praça ficou às escuras. Como não tinha lua, não se enxergava mais nada. Houve um murmúrio geral e a pancadaria esmoreceu. Foi um apagão providencial, provocado por alguém. Nesse instante, o sanfoneiro Zeca começou a tocar o "Hino Nacional", acompanhado pelo flautista e o violinista. Hino tem de ser respeitado em posição de sentido, e se fez silêncio até o fim da música. Logo após, foi tocada a "Ave Maria", aquela que se canta nas procissões, e diversas moças de igreja acompanhavam cantando. As luzes foram acesas e a paz tinha voltado.

Somente a garota emporcalhada, junto com o irmão, corriam para casa, para tomar um grande banho e se livrar da nojeira.

E aquele moço, pivô de toda a confusão, dormia jogado num canto da praça, para se curar da carraspana. Então, o baile continuou alegre, até altas horas da noite.

A gangorra da vida

Milton estava no seu escritório luxuoso, trabalhando, quando atendeu o interfone. Era sua secretária, pedindo para atender o telefonema que vinha do hospital. Era o médico, Dr. Ezio, diretor do hospital.

— Sr. Milton, sinto informá-lo, mas D. Neusa acaba de falecer! Fizemos todo o possível, mas como o senhor já sabia, o caso dela era terminal!

— Tem razão, doutor! Já era esperado!

— Quais são as providências que o senhor quer que tomemos agora?

— Por favor, providencie para que o corpo seja levado para o velório do cemitério do Araçá, eu vou tomar todas as providências para o enterro, no jazigo da família dela! Depois me mande a conta das despesas do hospital, para eu efetuar o pagamento!

— Muito bem! Será feito conforme suas instruções!
— Obrigado!
Milton desligou o telefone e chamou sua secretária.
— Clarice, acabou de falecer a Neusa, que estava no hospital! Por favor, ligue para a irmã dela e avise de sua morte. O telefone está na lista, ela se chama Amelia Pinho e Silva, comunique que a irmã vai para o velório do cemitério do Araçá e o enterro deve ser feito no jazigo da família dela! Depois tome as providências para o pagamento do enterro. Que não seja um luxo, mas decente. As despesas correm todas por minha conta!
Clarice foi tomar todas as providências.
Milton foi sentar-se numa poltrona da sala, recostou a cabeça no encosto e começou a pensar.
Retrocedeu dez anos.
Milton ia saindo, ia pegar o carro, para ir ao trabalho, quando a esposa Neusa, de camisola, lhe disse:
— Milton, hoje à noite eu quero convidar a Alice e o Pedro para irmos jantar juntos!
— Mas, Neusa, você não acha que é muito programa junto? Ontem, ainda, fomos ao teatro, anteontem, na festa na casa da Lúcia. Temos saído quase todas as noites! Você deve saber que eu chego cansado e tenho vontade de relaxar! Além de que nossos programas estão se tornando muito caros, e eu vivo de ordenado. E você parece que só gosta de luxo!
A esposa, um tanto aborrecida:
— Você sabe que eu gosto de vida social, por isso não reclame!
— Muito bem, à noite vamos resolver!
Neusa era muito bonita, mas uma mulher vaidosa, orgulhosa, e só gostava de vida social luxuosa. Não queria filhos, pois alegava que crianças, além de prejudicar seu belo corpo, ainda atrapalhariam sua vida social. Milton queria filhos, pois já eram casados há oito anos, mas ela não admitia. A vida dos dois não corria em harmonia.
Milton, como gerente financeiro da grande tecelagem Capricho S/A, onde já trabalhava há doze anos, era um dos pilares do sucesso da empresa. Mas, ultimamente vinha se desgostando. Depois da morte do presidente, Sr. Salim Jorge Abud, seu filho Raul assumiu o comando, juntamente com o sócio, Dr. Soares. O falecido Sr. Abud era um homem severo, porém justo, amigo de todos os funcionários, todos gostavam dele. Era um empresário de grande tirocínio comercial, elevou sua indústria, juntamente com o sócio, Dr. Soares, a uma das maiores do ramo no país. Ele tinha uma grande admiração pelo trabalho de Milton, que era muito dedicado à empresa, e demonstrava um grande valor profissional, mas agora com o comando do seu filho Raul, tudo havia mudado. Raul não simpatizava com Milton, pois tinha ciúmes do tratamento e admiração que seu pai tivera pelo funcionário. Acontece que Raul não possuía nada das qualidades do pai. Mostrava-se incapaz para o alto car-

go, e conduzia mal a administração da indústria. Tinha choques constantes com o sócio, Dr. Soares. Enquanto Milton na função se preocupava em cuidar das finanças da empresa, o Raul fazia gastos exorbitantes com uma vida particular desregrada, consumindo as reservas. A empresa vinha caminhando para um período de dificuldades. Tanto Milton como os demais executivos da firma nada podiam fazer, pois Raul era o dono e o maior acionista.

À noite, quando Milton chegou em casa, a esposa já havia combinado um jantar e depois iriam a uma boate com o casal Alice e Pedro. Ele ficou aborrecido, pois estava cansado e sem vontade de sair.

— Neusa, eu te falei que à noite íamos resolver! Não estou disposto a sair, e você vai cancelar o compromisso!

— Como? Já está tudo combinado!

— O problema é seu! Você combinou, você cancela!

A esposa ficou uma fera, mas teve de dar uma desculpa para o casal, dizendo que Milton chegou com muita dor de cabeça e não podia sair. Ela foi dormir sem querer mais conversar com o marido. Ele, com os aborrecimentos que vinha tendo na empresa, nem se importou com a atitude dela.

Raul, que já estava divorciado da esposa há dois anos, vinha tendo uma vida bastante irregular, com mulheres e jogo, gastando muito dinheiro da empresa, sem medir conseqüências. O sócio, Dr. Soares, já não agüentava mais os desmandos de Raul, e após muitas discussões, quis se retirar da sociedade. Raul gostou, pois ficaria quase dono absoluto, com noventa e cinco por cento das ações, os cinco por cento dos pequenos acionistas nada representavam. Mas teve de pagar parte dos vinte e cinco por cento do sócio à vista e combinou o restante em um ano, o que desfalcou mais ainda a empresa. Milton e outros colegas da empresa não gostaram, pois se retirava um homem que ainda tinha valor na direção da indústria.

Dr. Soares ofereceu um jantar de despedida para os principais funcionários da empresa, juntamente com as esposas. Eram sete casais e dois sozinhos, inclusive Raul, que muito a contragosto foi se despedir do antigo sócio. O jantar foi num restaurante muito fino, com pista dançante. Milton levou Neusa, que por sinal, estava elegantemente vestida, e muito atraente, e chamava a atenção de todos. As apresentações foram feitas. Raul foi um que notou a beleza dela e não tirava os olhos. Neusa, mulher volúvel, notava o interesse de Raul e discretamente retribuía os olhares. Milton percebia a cena, mas se conteve. Após um bom jantar, os casais saíram para dançar. Numa das músicas, Raul pediu licença para Milton e convidou Neusa para dançar. Milton não gostou muito, mas nada pôde fazer. Neusa, toda coquete, foi dançar com Raul, pois estava com o presidente da empresa. Começaram a conversar e ele elogiava a beleza dela, que ficava toda envaidecida. Raul, homem mulherengo, se insinuava e ela estava aceitando seus galanteios. Quando voltaram para a mesa, já estavam um tanto íntimos. Nas despedidas após o jantar, os olhares dos dois davam na vista, mas procuravam disfarçar.

No caminho de casa, no automóvel, Milton comentou com a esposa:
— Você se portou um tanto indiscreta com Raul, todo mundo percebeu, e eu não gostei nada!
— Você está exagerando. Ele só foi muito gentil comigo! No final das contas, ele é o presidente da empresa, e eu precisava ser atenciosa!
— Foi muita atenção pro meu gosto!
— Até parece que você agora quer me proibir de me divertir um pouco.
— Mas o divertimento com esse homem pode sair caro!
E os dois ficaram em silêncio, e assim foi até o dia seguinte, um sábado. Milton ia para o clube. Convidou Neusa para irem juntos, mas ela alegou que não estava disposta e ele foi sozinho. Na piscina do clube, encontrou com amigos que estranharam a ausência de Neusa, mas ele falou que ela estava indisposta.
Na volta para o apartamento, não encontrou a esposa. Quando ela chegou mais tarde, vinha com sacolas do shopping, demonstrando que fora fazer mais compras de roupas, apesar do grande sortimento que já possuía. Milton não gostou, pois sabia que ela havia usado o cartão de crédito, e o compromisso para pagar era dele, e as compras dela nunca eram baratas. Não fez comentário para não haver outra discussão.
Na segunda-feira, o telefone do apartamento de Milton tocou, a empregada atendeu e chamou Neusa.
— Neusa, aqui é o Raul. Bom-dia! Como vai você?
— Bom-dia! Bem, obrigada!
— Estou lhe telefonando para agradecer sua companhia na noite de sexta. Fiquei encantado com você!
— Eu também, você foi muito gentil e simpático.
— Pena se não pudermos ter outras ocasiões iguais, gostaria bastante de vê-la novamente!
— Talvez seja possível, eu também gostaria!
— Posso convidá-la para tomarmos um chá, hoje à tarde? Em um lugar bom, tranqüilo e discreto?
— Hoje não posso, pois tenho aula de ginástica, mas amanhã é possível!
— Ótimo! Amanhã. Onde apanho você?
— Amanhã, às 15 horas, vou ao Shopping Iguatemi, estaciono e vou para a entrada principal! Você me espera lá a essa hora!
— Como não! Estarei esperando você na entrada.
— Mas não posso me demorar muito. Quero chegar em casa antes das 18 horas. Preciso estar de volta antes do Milton.
— Não tem problema, aguardo você amanhã!
Ao desligar o telefone, Neusa ficou pensando "Preciso ir a esse encontro. Porque ele é simpático, é o presidente da empresa e eu não ia rejeitar. Posso até melhorar a situação do Milton na firma".
Milton, no escritório, procurando resolver os problemas financeiros da empresa, principalmente provocados pelos desmandos de Raul, nada sabia desse encontro.

No dia seguinte, na hora combinada, Neusa estacionou seu carro no shopping e foi para o encontro. Estava muito bem-vestida e, como sempre, muito linda. Raul estava no local combinado. Cumprimentaram-se e se encaminharam para o carro dele, por sinal, um Mercedes. Neusa, como gostava de luxo, estava radiante. Raul era só gentilezas. Levou-a a uma casa fina de chá, nos Jardins. Sentados numa mesa de canto, conversaram.

— Neusa, sinceramente, você mexeu comigo!
— Lembre-se de que eu sou casada, justo com o seu funcionário.

Respondeu Neusa, mas tinha gostado do interesse dele.

— Não faço nada de mal em apreciar o que é belo!
— Mas as conseqüências é que talvez sejam!
— Me confesse uma coisa, você é feliz com o Milton?
— Nem sempre! Nosso casamento tem altos e baixos!
— Como assim? Ele não a trata bem?
— Não é isso! Nós somos muito diferentes. Eu gosto de vida social intensa e ele não concorda. Por isso, discutimos muito!
— É uma pena, pois eu também sou um homem que gosto de vida social. Esta foi uma das razões por que me divorciei da minha esposa. Ela queria vida caseira e eu não. Você seria uma boa mulher para ser minha companheira!
— É possível, mas eu não o conheci antes!
— Sempre é tempo!
— Parece que a nossa conversa está indo para um terreno perigoso. É melhor eu ir embora, pois já está ficando tarde!
— Mas podemos nos encontrar outro dia?
— Telefone, mas sempre nas horas em que o Milton não estiver!
— Não tem perigo, eu sei quando ele está no escritório!

Raul levou Neusa de volta ao seu carro, sempre falando galanteios, fazendo com que ela fosse ficando cada vez mais seduzida. Ao se despedir, beijou-lhe carinhosamente as mãos.

À noite, no apartamento, Milton comentou com a esposa.

— Neusa, você precisa parar um pouco de fazer tantas compras com o cartão, pois a nossa despesa está muito alta!
— Eu já estou ficando cansada de tanta economia. Se você ganha pouco, pede um aumento!
— Eu ganho o suficiente para o meu cargo, você é que está gastando muito!
— Assim não dá! Eu não vou me sujeitar às suas mesquinharias!

Milton achou melhor encerrar a discussão, pois não ia levar a nada.

Neusa pensava: "Que diferença do Raul... Ele é que deveria ser um homem pra mim. Gentil, rico e pessoa que gosta de vida social".

No dia seguinte, na empresa, Raul mandou chamar o Milton.

— Milton, eu quero que você providencie para mandar creditar na minha conta particular trinta mil reais.

— Mas nós estamos com a caixa baixa. Além do que, temos de pagar uns títulos urgentes, senão vamos a protesto!
— Não me interessa, preciso desse dinheiro!
— A fábrica é sua, mas nesse setor a responsabilidade também é minha!
— Tiro sua responsabilidade, mas quero o dinheiro na minha conta hoje!
— Como você quiser, mas não me acuse amanhã se estivermos em grandes dificuldades. Os bancos já estão começando a dificultar nossos empréstimos.

E Milton saiu da sala muito nervoso. Que diferença no tempo do pai de Raul, quando a empresa gozava de uma situação privilegiada, e o dinheiro sempre sobrando. Hoje, Raul aborrecia muito Milton, pois não entendia nada de administração e estava afundando a firma.

Na tarde seguinte, Raul telefonou outra vez para Neusa.
— Neusa, já estou com saudades de você. Podemos nos encontrar?
— Hoje não dá, combinei com uma amiga. Vamos ao cinema.
— Que tal amanhã?
— Tudo bem amanhã. Na mesma hora e no mesmo lugar.
— Combinado, Neusa!

Milton, no escritório, trabalhando para superar os problemas, mal sabia desses encontros. E, para Raul, não tinha problemas, pois sabia que Milton estava preso no trabalho no horário dos encontros.

À noite, no apartamento do casal, Neusa disse:
— Milton, recebemos um convite de casamento da Cinira Vasconcellos e do Paulo Jordão, eles vão se casar daqui a vinte dias e nós devemos ir. Vai ter recepção no Buffet France, temos de comprar um lindo presente, e eu tenho de fazer um vestido novo!

Milton respondeu aborrecido.
— Mas nós mal conhecemos esta gente, por educação mandamos um presente com os cumprimentos e assim evitamos de ir ao casamento.
— Isso é um absurdo, recebemos um convite e não vamos ao casamento?
— Neusa, eu tenho outros problemas, e não estou pensando em casamento de pessoas quase estranhas para nós!
— Você está ficando impossível! — respondeu Neusa. E saiu da sala toda nervosa.

As discussões entre os dois vinham sendo cada vez mais freqüentes.

No dia seguinte, à tarde, Raul apanhou Neusa no lugar combinado e a levou ao Clube Paineiras do Morumbi, onde ele era sócio, para tomar um *drink* e conversarem.
— Neusa, eu estou começando a me apaixonar por você. Quero fazer o possível para termos um relacionamento mais íntimo!
— Eu também estou me interessando muito por você! Mas, não acha que é perigoso?
— É só sabermos ser discretos e nada acontece!
— Mas, sabe, podemos ser vistos juntos e aí tudo se complica!

— Não tem perigo, eu tenho meu apartamento, num lugar muito bom, e lá podemos ficar à vontade!
— Onde você mora?
— Num condomínio. É em recinto fechado, aqui perto no Morumbi!
— Mas você mora sozinho?
— Sim, mas tenho duas empregadas. Quando formos lá, eu dou folga pra elas!
— Assim parece que ficaremos seguros, mas não vão notar a sua ausência na empresa?
— Na minha empresa mando eu! Ela não tem problemas!

E agora mais íntimos, Raul abraçava Neusa e beijava-lhe o rosto. Ela se deixava levar pelas carícias dele. Depois de algumas cenas amorosas, Raul a levou de volta e na despedida deu-lhe um beijo na boca. Neusa estava gostando da experiência, pois estava sendo envolvida num caso com um homem charmoso e rico. Mas o problema é que ele era justamente o chefe de Milton e se o caso ficasse conhecido ia ser uma bomba.

Durante a tarde, Milton telefonou para o seu apartamento, para saber de Neusa se a conta do condomínio tinha ficado em casa, pois estava vencendo, e ele não a encontrara no escritório. Foi informado pela empregada que Neusa havia saído há horas e ainda não tinha voltado. Milton não deu muita importância, pois ela saía muito.

À noite em casa, ele perguntou pela saída dela.
— Neusa, à tarde, eu telefonei para saber do recibo do condomínio e você havia saído por horas. Onde esteve?
— Fui fazer ginástica, e depois fui ao cinema!
— Sozinha?
— Sim!
— Mas a ginástica não foi ontem?
— Ontem eu faltei, então fui hoje!
— Mas, ontem também você saiu para a ginástica!
— É que encontrei a Carmem e fui dar umas voltas com ela!

Milton encerrou a conversa, mas estranhava as diárias saídas da esposa.

No dia seguinte, na parte da manhã, Raul, que já estava impaciente para um novo encontro íntimo com Neusa, telefonou para ela.
— Neusa, não agüento ficar sem ver você, temos de nos encontrar hoje!
— Mas, já hoje?
— Sim, quero levá-la ao meu apartamento!
— Eu tenho de arranjar uma boa desculpa para o Milton, pois ele vem fazendo muitas perguntas acerca das minhas saídas!
— Você é inteligente e vai arranjar uma!
— Está bem! Onde eu encontro você?
— Para ficar mais fácil, eu vou estacionar no shopping Iguatemi, na frente da entrada. Você estaciona seu carro e procura minha Mercedes, que é fácil localizar. Eu estarei esperando você no horário de sempre, às 15 horas!

— Está bem, eu devo chegar uns dez minutos depois para não ficar esperando!

Estavam combinados para o primeiro encontro íntimo.

Milton, à tarde, teve de ir a um banco para tratar com o gerente assuntos de interesses da empresa. Quando andava pela Av. Paulista, encontrou Carmem, que estava com a mãe. Cumprimentaram-se, trocaram notícias e Carmem lembrou para Milton e Neusa fazerem uma visita ao novo apartamento dela, pois há tempos que não se viam. Milton prometeu que na primeira oportunidade fariam uma visita. Despediram-se e Milton seguiu seu caminho, pensando: "A Neusa mentiu para mim que esteve com a Carmem, pois há tempos que ela não a vê. Minha mulher está me aprontando algo, mas eu vou descobrir".

No estacionamento do shopping, os dois se encontraram. Ela estava toda atraente e perfumada. Beijaram-se e Raul a levou para o seu apartamento. Ao chegarem, uma cobertura, ricamente mobiliada, Neusa ficou encantada. Ele logo pôs música e preparou dois *drinks*.

Sentaram-se num sofá e ficaram em colóquios amorosos. Pouco depois já estavam no quarto e se amaram com intensidade. Eles se mostravam apaixonados. Neusa estava eufórica em fazer amor com um homem atraente e rico, que jurava amor por ela. Nesta hora, não pensava no erro que estava cometendo em trair um marido bom como o Milton. Após ficarem por mais de uma hora na cama, se vestiram e ainda conversaram por algum tempo.

— Neusa eu estou apaixonado por você! Eu a quero para mim!

— Eu também estou, mas vamos com calma, pois o Milton nada pode saber!

— Mas ele tem de saber um dia. Você tem de falar com ele que quer se separar!

— Não é fácil! Além do que, ele trabalha na sua empresa. Você já percebeu o problema quando ele souber que é você?

— Quando acontecer de ficarmos juntos, ele não trabalhará mais na firma!

— Vamos aguardar uma oportunidade para eu falar com ele! E se eu me separar, como é que ficamos?

— Você vem morar comigo, futuramente podemos até casar!

Neusa ficou satisfeita, pois na troca ia ter a vida de uma mulher rica, o que ela adorava.

À noite, em casa, Milton, sabendo que ela havia saído, perguntou:

— Onde você esteve hoje?

— Levei a Carmem para conhecer o clube de ginástica, ela vai querer fazer também! – pensando: "Este assunto não interessa pra ele, nem vai desconfiar!"

Ao mesmo tempo, Milton raciocinava, "essa mentirosa pensa que me engana, vou saber tudo o que ela está fazendo. Diz que esteve justo com a Carmem, que eu encontrei hoje com a mãe, e há tempos não a vê". E Milton fingiu que aceitou bem o argumento de Neusa para não deixá-la de sobreaviso.

Durante dois dias, Neusa só saiu rapidamente de casa para não despertar suspeitas. Ela conversava com Raul pelo telefone.

Milton perguntava todos os dias se ela ia sair.

No terceiro dia, ela, que já combinara outro encontro com Raul, disse ao marido que ia à aula de ginástica e depois fazer uma visita a uma antiga colega de escola. Milton ia saber se ela estava falando a verdade.

Depois do almoço, ele disse à secretária que ia a dois bancos e talvez não voltasse mais à tarde. Antes ele havia pedido para o seu colega Sílvio, chefe do cadastro, o carro emprestado, alegando que tinha de ir urgente a bancos e depois ao dentista. Propositalmente havia deixado seu carro para lavagem completa e combinou com Sílvio que, se ele não voltasse a tempo de devolver o carro, o amigo levaria o seu, e no dia seguinte destrocariam. Não teve problemas. No carro de Sílvio, um Gol, bem diferente do seu, que era um Ford, foi estacionar perto da saída da garagem do seu prédio. Às 15 horas Neusa saiu com o carro dela, Milton a seguiu a uma distância regular. Ela não podia supor que o marido estava naquele carro. Do Campo Belo, onde moravam, ela foi para o shopping Iguatemi, estacionou, e Milton parou a alguma distância, sem perder de vista a esposa. Depois viu que ela se encaminhou e entrou numa Mercedes. Milton ficou indignado. "Então é justamente com Raul que essa sem-vergonha me trai". Rápido, ele entrou no carro e seguiu a Mercedes, para ver onde eles iam. Tomaram o caminho do Morumbi. Pelo itinerário, Milton chegou à conclusão de que se dirigiam para o apartamento de Raul. Como ele já tinha estado uma vez a serviço no apartamento de Raul, já sabia onde era. Num momento acelerou o carro, passou na frente da Mercedes, e se encaminhou para o endereço dele, estacionou próximo à entrada do prédio e ficou aguardando. Instantes depois, chegou Raul e entrou na garagem. Estava confirmado o adultério da esposa. Milton ficou revoltado, mas não desesperado.

Voltou rápido ao seu apartamento, chamou sua empregada Nina e disse:

– Nina, eu e a dona Neusa vamos fazer uma viagem urgente a negócios e talvez vamos morar fora por algum tempo. Vim buscar as nossas roupas. Eu vou lhe pagar todos os seus direitos em dobro, mas precisamos dispensar você agora. Vou lhe dar também uma carta de recomendação, pois você foi uma boa empregada.

A empregada sentiu muito, mas como ia receber em dobro, ficou satisfeita. Depois das providências, Nina foi embora, apesar de não ter se despedido de Neusa.

Logo depois, Milton pegou malas de viagem e abriu os armários, onde estavam as roupas da Neusa, e foi pondo tudo dentro delas. Não deixou uma única peça, sapatos e jóias também. Pôs as malas na entrada de serviço. Depois, muito desgostoso, preparou um *drink*, sentou-se no sofá da sala e ficou pensando. O casamento dele havia acabado, não era à toa que já vinham se desentendendo muito. Durante todos os anos de casado, Neusa não tinha sido uma boa esposa, com suas manias de grandeza, vaidade e por não querer ter filhos. Ele não ia sentir muito sua falta.

Lá pelas cinco e meia, ela entrou e ficou surpresa de encontrar Milton àquela hora.

— Você aqui tão cedo, o que houve?
— Estou esperando para te mandar embora!
— Que brincadeira é essa?
— Não é brincadeira! Suas malas já estão prontas na entrada de serviço! Você nem dorme mais hoje aqui!
— Por quê?
— Vai procurar o teu amante, Raul!

Neusa tentou negar, toda chorosa, mas Milton não se condoeu.

— Neusa, eu vi com os meus próprios olhos você ir com ele para a sua casa no Morumbi, e não deve ser a primeira vez! Isso se chama adultério em flagrante, só não subi ao apartamento com a polícia para não dar escândalo! De agora em diante, só nos entendemos por intermédio do meu advogado, para tratar do divórcio! Deixe as chaves do apartamento e do seu carro, que está em meu nome, pegue as suas malas que estão aí fora, tome um táxi e vá para onde quiser, talvez para o apartamento do Raul. Aqui você não entra mais!

Neusa, revoltada e humilhada, mas sentindo culpa, não tinha como se defender. Foi obrigada a deixar as chaves e os documentos do carro, e se retirar em seguida, com as malas. Pegou um táxi e tomou rumo ignorado.

Milton, apesar de chocado com a situação, até que estava aliviado, pior seria se ficassem juntos e ela o traindo com Raul. Agora ele ia se entender com Raul, e já se considerava demissionário da empresa, pois ia enfrentar o amante no dia seguinte e resolver tudo.

Milton passou uma noite maldormida, chegou cedo no escritório e procurou trabalhar normalmente. Mas não estava dando, sentia deixar a empresa que ajudou a desenvolver, quando era comandada pelo pai de Raul. Mas agora, mesmo com todo o empenho de Milton e outros colegas, a firma ia se afundando por causa da má administração.

Às dez horas, Milton se encaminhou para a sala de Raul. Quando entrou, encontrou-o com cara de assustado.

Neusa, na noite anterior, já havia ido para o seu apartamento e contado tudo. Já tinham resolvido ficar juntos, pois era o que eles queriam, mas para enfrentar Milton, Raul não tinha estrutura.

— Muito bem, Raul, eu sei de tudo entre você e Neusa. Vamos resolver tudo como gente civilizada, pois se fosse para engrossar eu te daria uma grande surra!

Não era de duvidar, pois Milton tinha um corpo de atleta, e Raul era do tipo franzino.

— Como você quer resolver?
— Quero todos os meus direitos, tostão por tostão, ainda hoje, pois amanhã não piso mais aqui! Você fica com a Neusa, e faça bom proveito. Eu não quero mais nada com ela. Se alguém tiver de se aborrecer um dia com ela será você!

Raul respondeu, todo amedrontado.

— Pois não! Hoje mesmo você recebe todos os seus direitos! Vou dar ordens nesse sentido!

– Acho bom!

Milton saiu sem mais comentários, dirigiu-se à sua sala, começou a esvaziar as gavetas, chamou sua secretária Clarice, que era uma pessoa esclarecida, e resumiu o fato do seu desligamento imediato da empresa! Ela ficou chocada, pois gostava muito de Milton. Ele prometeu que, se algum dia pudesse, mandaria chamá-la para trabalhar com ele.

Depois chamou os colegas gerentes e expôs o caso. Foi um choque total, todos se puseram em defesa de Milton. Ele agradeceu o carinho dos amigos, mas nada podiam fazer. Todos sentiram muito a saída dele da empresa, mas não havia outro jeito.

Até o fim do expediente, ele recebeu todos os seus direitos. E no outro dia, ele ia à Justiça do Trabalho fazer o desligamento oficial da empresa.

Raul estava satisfeito, pois Milton estava fora do seu caminho e ele ficaria definitivamente com Neusa.

Milton, para esquecer o drama todo, tirou férias e foi passar uma semana na Bahia. Na volta, tratou do divórcio e da separação dos bens do casal. O apartamento do Guarujá deixou para Neusa, o de moradia ficou para ele, e o sítio de Atibaia pôs à venda para dividir. O carro que Neusa usava, um Monza, ele vendeu e aplicou o dinheiro. Assim como também a indenização e o fundo de garantia. Tinha então uma quantia apreciável em seu nome.

Enquanto isso, Raul e Neusa estavam vivendo intensamente. Todas as noites tinham programas caríssimos, boates, teatros, jantares, festas e passeios. Neusa andava radiante, pois era a vida que ela queria. Ganhava dele jóias caras. No entanto, a empresa ia de mal a pior. Os protestos de fornecedores começaram a se acumular, e os empréstimos a juros altos estavam sendo raros. Raul não via nada, só tinha olhos para sua amada. Nessa situação, ainda levou Neusa para uma viagem de recreio à Europa, por trinta dias.

Quando voltou, a indústria estava em situação pré-falimentar, pois nem concordata era mais possível. As dívidas eram muito grandes e o patrimônio não cobria. Nessas condições a empresa foi à falência. Da massa falida, a ser apurada, o primeiro compromisso a saldar seria o pagamento dos funcionários, depois os impostos atrasados e, por último, os fornecedores.

Raul havia perdido tudo o que seu pai construíra. Até o seu apartamento de luxo e a Mercedes foram tomados pela justiça, pois estavam em nome da empresa. Só sobrou para ele um pequeno apartamento em Pinheiros, que estava em nome dele, por sorte vazio, e ele pôde se mudar para lá.

As discussões com Neusa agora eram freqüentes, pois ela não tolerava aquela vida miserável, e acabou abandonando Raul e se tornando amante de um banqueiro casado, pois ela só queria viver com muito conforto.

Tinham se passado dez meses desde que Milton se desligara da empresa. Ele comprara uma pequena indústria de confecções que, com seu tirocínio administrativo, estava fazendo progresso rápido. As vendas vinham aumentando e a fábrica já estava pequena. Comprou um terreno em local bem situado e começou a construir uma fábrica nova. Depois de um ano, mudou para a nova fábrica, com àrea bem grande, para crescer bastante. Junto com ele já estavam trabalhando alguns ex-colegas, até Clarice já era sua nova secretária. Assim, formavam uma boa equipe de trabalho. Ele pagava bem a todos e os resultados eram os melhores possíveis. A empresa progredia rápido. Após outro ano, Milton viajou para a Europa, para comprar novas máquinas e trazer novidades. Fez também contrato com uma grife famosa para fabricar no Brasil. Após cinco anos, sua firma era uma das grandes indústrias do ramo. Tinha se transformado em sociedade anônima e Milton deu participação aos seus principais companheiros de trabalho. Até Clarice possuía ações.

No entanto, pela decepção que Milton teve com o casamento, até agora não havia encontrado outra companheira.

Ele era muito bom e ajudava diversas instituições de caridade, não importava de que religião fosse, desde que fosse honesta.

Um dia, folheando um jornal, viu um pequeno anúncio. Era um apelo de um orfanato, que pedia auxílio a pessoas caridosas, pois estava passando por sérias dificuldades e tinha vinte e oito crianças órfãs para cuidar. Dava um número de conta em banco para depósitos e o nome e endereço do orfanato. Milton destacou o anúncio, avisou Clarice que ia se ausentar e tomou o rumo do endereço. Queria ver aquele orfanato. Era uma rua de Pinheiros, próximo à marginal do rio. Chegando lá, se apresentou e quis falar com a responsável. Foi encaminhado ao escritório e recebido por uma bela moça, toda gentil. Milton disse que vira o anúncio e queria conhecer o orfanato e o trabalho que estava sendo feito, pois pretendia colaborar. A moça se prontificou a mostrar tudo. Era uma moça, além de bonita, muito gentil e educada. Milton perguntou pelo seu nome, ela disse Suzana Alcantara Flores. Ela também perguntou pelo seu e Milton deu-lhe o seu cartão. Ela leu Milton Franchini de Souza. Indústria de Roupas "Orquídea S/A", Presidente.

– Sua indústria é muito conhecida pela propaganda e as belas roupas que vende!

– É, fazemos o possível!

E ela foi mostrando as dependências do orfanato, tudo muito limpo, mas com bastante uso. As crianças todas bem limpas, mas com roupas bem surradas. Milton, conforme ia passando, brincava e acarinhava as crianças. Suzana sorria feliz de ver o carinho dele. Depois de ver tudo, até a cozinha e a comida que era servida para as crianças, eles voltaram ao escritório e Milton fez algumas perguntas.

– Quantas pessoas trabalham com você?

– Eu e uma amiga, que nos dedicamos gratuitamente, e temos três empregadas e uma cozinheira de dia e duas que ficam à noite. Todas temos que pagar salários, pois elas têm de viver!

– E agora, vocês estão em dificuldades?

– Se estamos, tudo sobe e os donativos que recebemos já não dão para sustentar o orfanato. Eu e a minha amiga também colaboramos com dinheiro, mas não é suficiente.

— Quer dizer que você e sua amiga trabalham e ainda pagam?
— Sim, mas não é suficiente para equilibrar as despesas!
— Mas como foi que você começou a dirigir um orfanato?
— Há oito anos, começou sem querer. Uma empregada lá em casa, abandonada pelo marido, com duas crianças, ficou doente e veio a falecer. Minha mãe acolheu as duas meninas, uma tinha três anos, a outra um. Depois meu pai me deu este terreno, eu acabei construindo uma pequena casa e com minha amiga começamos o orfanato. No começo eram só duas meninas, mas em um mês já tínhamos cinco crianças para cuidar. Aumentamos as instalações até onde foi possível e hoje temos vinte e oito crianças. E não temos mais crianças porque não podemos, mas pedidos tem quase todos os dias!
— Mas o terreno é bem grande, daria para aumentar bem o seu orfanato!
— É possível, mas não temos condições!
— Me diga uma coisa, vocês aceitam um sócio-colaborador?
— Quem? O senhor?
— Sim, eu!
— Nem sei o que dizer, de tão contente! Mas o que o senhor poderia fazer?
— Vou suprir financeiramente todo o orçamento do orfanato! Vamos reformar as instalações e construir novas para abrigarmos até cinquenta crianças. Tudo por minha conta!

Suzana estava boquiaberta, depois deu um belo sorriso e os seus lindos olhos azuis começaram a lacrimejar.

— Estou emocionada, parece que estou sonhando! Minha amiga Beatriz, que não está aqui no momento, também vai ficar feliz! E ainda ontem eu e minha amiga estávamos preocupadas, com a situação do orfanato, a ponto de talvez ter de fechá-lo, sem saber onde pôr estas crianças! Tenho certeza de que foi Deus que mandou o senhor aqui!

— Muito bem, gostei bastante de ter vindo aqui e do que vi. Mas agora tenho de ir, no meu cartão está meu telefone, e o nome da minha secretária é Clarice. Precisando, ligue. Eu vou entrar logo em contato com você para as providências! De agora em diante, te proíbo de me chamar de senhor!

Ela concordou, sorrindo.

Antes de sair, Milton ainda deixou um cheque de dois mil reais para necessidades urgentes. Quando se despediram e se deram as mãos, sentiram uma sensação agradável e o olhar e o sorriso de ambos foram de afeto.

Nesse tempo, Raul, que havia perdido tudo, era obrigado a aceitar empregos de pouca remuneração, e vivia sozinho, pois não tinha condições de manter uma companheira. Sofria muito por não ter conduzido bem a indústria que o pai lhe deixara.

E Neusa, após um escândalo de família por causa de seu relacionamento com o banqueiro, foi abandonada e ficou sem nada. O apartamento do Guarujá, que Milton deixara para ela, há muito já havia vendido e gasto o dinheiro. Assim também com a parte da casa de campo. Depois se amasiou com um banqueiro de jogo do bicho, e levava uma vida desregrada, igual à vida do seu amásio. Mas não durou muito tempo esse relacionamento, pois o homem era sem escrúpulos e chegava até a bater nela. E acabou arranjando outra amante e mandou-a embora. Assim Neusa ia passando de mão em mão e cada vez mais se afundando, e a beleza e a saúde se acabando. Sempre seus amantes eram pessoas vulgares e de poucos recursos, e a vida de fausto e riqueza que ela vivera não existia mais.

Enquanto isso, Milton tomava urgentes providências para a reforma do orfanato, para alegria e satisfação de Suzana e Beatriz. Foi nesse tempo que Milton e Suzana começaram a se gostar. Ela ainda solteira, por ter perdido o noivo num acidente há nove anos, o que a deixou traumatizada, e para esquecer se apegou ao orfanato. Ele por não ter encontrado ninguém de que gostasse, principalmente depois do seu casamento.

A obra do orfanato ficou pronta em noventa dias e na ocasião deram uma bonita festa para as crianças. De agora em diante, todas as despesas de manutenção do orfanato seriam por conta da indústria do Milton, que se beneficiaria no imposto de renda.

Logo em seguida ficaram noivos. Depois de três meses se casaram, uma cerimônia bonita, mas só para amigos íntimos e parentes. O principal é que estavam apaixonados um pelo outro. Foram em lua-de-mel para a Argentina por dez dias, onde se amaram com intensidade. Não puderam ficar mais tempo, porque tinham urgentes responsabilidades de trabalho.

Após um ano, para alegria do casal, nasceu um filho, a quem deram o nome de Gilberto, e após mais dois anos, nasceu uma menina de nome Selma.

A vida do casal corria feliz junto aos filhos.

A indústria de Milton cresceu bastante e agora já era uma das mais importantes do país no ramo de confecções.

O orfanato, bem dirigido por Suzana e Beatriz, mantinha cinqüenta crianças com conforto.

Nessa ocasião a empresa comprou uma rede de dez lojas de roupas femininas e o nome foi mudado para "Suzana Modas", em homenagem à esposa de Milton. Essas lojas possuíam um depósito em que, por coincidência, trabalhava há mais de um ano como funcionário comum justamente Raul. Milton fez uma visita ao depósito e quando soube que Raul trabalhava lá, pediu para chamá-lo na sala da gerência e solicitou que o gerente os deixasse a sós. Quando Raul entrou na sala, já estava preocupado, pensando que ia ser despedido, pelo que havia acontecido dez anos atrás entre os dois. Milton notou como ele tinha envelhecido. Raul foi o primeiro a falar:

– Milton, acho que agora você vai se vingar de mim, me dispensando.
– Nada disso, Raul! Você no passado me prestou um grande favor!
– Como?
– Levou embora Neusa, uma mulher vazia, que só pensava em luxo e riqueza, e ainda era desonesta! Você não foi feliz com ela, pois ela ajudou na sua ruína e te abandonou! Infelizmente hoje ela está sem recursos e muito

doente no hospital! Eu fui visitá-la! Naquela época, eu me demiti da firma, e foi a minha sorte. Tive oportunidade, trabalhei muito e progredi bastante! É Raul, é a "Gangorra da Vida", enquanto uns sobem, outros descem. Hoje eu sou o que sou, e você é o que é. Pode ir em paz, trabalhe direito e nada te acontecerá!

Raul agradeceu cabisbaixo, retirou-se da sala, mas recebeu uma grande lição. Neste instante, Milton acordou dos seus pensamentos daqueles dez anos, levantou-se da poltrona, telefonou para a esposa ir para o orfanato e levar os filhos, que ele ia para lá encontrá-la.

Chegando ao orfanato, abraçado com a esposa, foi para o recreio. Os filhos e as crianças, quando viram o casal, vieram correndo, alegres, para junto deles.

Neste momento feliz, Milton, em pensamento, agradecia a sua vida a Deus.

Frango com farofa

A vila na Mooca é semelhante àquelas que tem diversas nos bairros antigos de São Paulo, com o número na entrada da rua e as casas de porta e janela com numeração, casa um, casa dois, e assim por diante, até a casa vinte, dez de cada lado da travessa sem saída. Construção da década dos anos 1920.

Os moradores, todos antigos, se beneficiando de aluguéis baixos, gente simples, honesta e trabalhadora nas mais diversas atividades. Tem operários, bancários, feirante, sapateiro, pequeno comerciante e dois casais de velhos aposentados. A maioria descendentes de italianos, devido à colonização do bairro.

O linguajar com sotaque peculiar é aquele bem conhecido. O relacionamento entre todos é o mais esdrúxulo possível. Se de manhã discutem, à tarde já fizeram as pazes. É comum um vizinho emprestar dinheiro para outro, nos casos de aperto. A troca de favores é comum. Quando alguém fica doente, a vila inteira é enfermeira. Todos ajudam. Para eles, é bem melhor ter um vizinho amigo do que um parente indiferente.

Nos domingos, quase sempre iguais, de manhã os homens na rua jogam truco com grande gritaria e discutem futebol, consumindo muita cerveja, as crianças lá no fundo jogam bola, e as mulheres fazem a macarronada.

À tarde, alguns dormem, outros vão ver o Corinthians ou o Palmeiras jogar, que é a maior rivalidade da vila.

Num dos domingos alguém sugeriu: "Num domingo desses, por que não fazemos um piquenique?". A boa idéia foi acatada com entusiasmo e ficaram trocando sugestões onde e como podiam fazer o passeio. Até as mulheres na janela davam o seu palpite. Foi quando um sugeriu: "Por que não alugamos um ônibus e vamos à Praia Grande?". A sugestão teve aprovação geral, pois a maioria há muitos anos não ia à praia e havia crianças que nem conheciam o mar. Ali ficaram conjecturando como podiam organizar o passeio. João lembrou que ele usa o ônibus para o trabalho, que a grande metalúrgica contrata para o transporte dos empregados, e esse ônibus costuma ser contratado nos domingos para outros trabalhos semelhantes àquele que eles estavam querendo. Ele ficou de conversar com o motorista na segunda-feira.

No dia seguinte, ele consultou o motorista sobre o assunto, e foi informado que a empresa aceitava esses trabalhos. Alugavam ônibus para passeios. O preço o motorista ficou de se informar na empresa e dizer no dia seguinte. Noutro dia, João foi informado que o preço do aluguel do ônibus era de oitocentos reais e o carro tinha quarenta lugares. O ônibus apanhava os participantes às sete horas da manhã, na entrada da vila, e às cinco da tarde retornaria da praia até a vila. João levou a informação aos vizinhos, que, depois de prós e contras, acabaram aprovando o orçamento. Cada um tinha de pagar o valor equivalente por pessoa adulta, crianças até cinco anos não pagavam. Mas, se não conseguissem lotar o ônibus, tinham de fazer uma vaquinha para inteirar o preço. Armindo, um homem gordo, que era muito popular na vila e metido a chefe, se encarregou de fazer o recolhimento do dinheiro.

No domingo seguinte ainda não dava para fazer a excursão, pois a maioria ainda não havia recebido o salário, e também jogava o Corinthians com o Palmeiras e os fanáticos não iam perder o jogo. O passeio ficou combinado para o outro domingo. Tiveram sorte, porque no domingo do jogo choveu e ia estragar a excursão. Ainda bem que houve empate no jogo, senão ia haver a maior discussão.

Na semana anterior ao passeio, foi um corre-corre nos preparativos, maiôs e biquínis velhos eram reformados, porque algumas mulheres já não entravam dentro deles.

No sábado, a corrida foi para fazer a comida para o batalhão. Cada família fazia a sua parte, e a maioria "frango com farofa". Nunca se consumiu tanto frango na vila num só dia. Armindo e João foram na empresa de ônibus pagar a viagem.

No domingo cedo, todos estavam a postos e muito animados para o passeio. O ônibus chegou na hora, um veículo já um tanto velho, mas o motorista era uma pessoa simpática, até que gentil. O pessoal foi tomando seus lugares. Já estavam todos no ônibus, mas faltava o Nicola, e a esposa informou que ele teve uma dor de barriga na hora da saída e teve de se atrasar. Quando ele chegou correndo, dez minutos depois, foi aquela vaia. Mas ele, pessoa sem complexo, rindo, ainda levantou os braços e fez gesto de campeão.

O ônibus partiu e só ficaram na vila um casal de velhos, não quiseram ir e acenavam para o pessoal, e também o Pasquale e esposa que, por serem feirantes, trabalhavam no domingo.

No ônibus era o maior vozerio. Lá atrás, uma turma mais jovem, com um cavaquinho e um pandeiro, atacavam de Adoniran Barbosa com a "Saudosa Maloca". O Bepo, um gozador, fazia piada de tudo. Para as crianças, tudo era festa e estavam no maior alvoroço.

O ônibus, na Imigrantes, seguia o seu destino. Os acontecimentos dentro do carro eram os mais variados e tragicômicos.

O garoto Nino, filho do Oswaldo, falava alto.
— Mãe! Estou apertado pra mijar!
— Seu porquera, eu não falei antes de vir para ir ao banheiro? Agora agüenta, o ônibus só vai parar na praia!
O garoto fez cara de choro, mas se não segurasse, seria aquele lago no ônibus. A Mariazinha e o Telmo, namoradinhos, iam aos beijos e na maior bolinação, até que houve a bronca da vizinha do lado.
A turma do cavaquinho agora atacava de "Trem das Onze" um tanto desafinados, mas entusiasmados. A Zilda dava de mamar ao filho pequeno e o marido advertia ao Arthur.
— Vê se não olha pros peito da minha mulher!
Que, por sinal, eram bem grandes, e fartos de leite.
— Dar de mamar é sagrado, e não tem nada de mal eu olhar! — respondia o Arthur.
— Mulher, pega uma fralda e tapa os peito!
A esposa, muito a contragosto, obedeceu o marido.
Lá na frente, Luchesi, o intelectual, que aos domingos comprava o "Estadão" e o lia de cabo a rabo, tudo, até os anúncios, para compensar o gasto, não conseguia ler nada com o balanço do ônibus. E a algazarra geral, além de que o filho do Zeca queria ver todas as manobras do motorista e a estrada, e acabou se aboletando no seu colo.
O tempo de comes e bebes começou cedo. Pedaços de frango assado já estavam sendo devorados, acompanhados por caipirinhas e cerveja. O garoto Nino engasgou com a farofa, tossiu e esborrifou tudo na cara de dona Pina, foi um desastre. A Zilda teve de trocar a fralda da criança que chorava incomodada. Alguém mais atrás reclamava.
— Que cheiro!...
— Se está incomodado tapa o nariz! — aconselhava Zilda.
O ônibus se aproximava da chegada, e todos estavam no maior alvoroço.
O Armindo, que se considerava o chefe, no seu linguajar característico, deu as ordens em voz alta.
— As mulher e as criança se troca primeiro, depois uzome, que também levam pra praia as comida! Tamo conversado?
Todos concordaram.
Na chegada, o ônibus, estacionou na avenida em frente à praia. Começou o alvoroço. Os homens desceram, para as mulheres e as crianças se trocarem; e se aprontaram rápido para aproveitar logo a praia. A Mariquinha estava desesperada, trouxe o biquíni só com a parte de baixo e esqueceu a de cima. E agora? A Celina sugeriu:
— Usa o teu sutiã, ninguém vai reparar.
E a Mariquinha, que não queria perder o banho de mar, ia desfilar uma moda nova. O garoto Nino, que era um capeta, correu nu, para fora do ônibus, pois queria urgente urinar. A mãe precisou gritar para o marido trazer o menino de volta, para pôr o calção. Só conseguiu depois que o garoto se desapertou.

Em seguida, foi a vez dos homens. Todos foram se acomodando na praia, próximos uns dos outros, para ficarem juntos. Logo de início, já os pais tinham de correr atrás das crianças que entravam no mar. O Nino, que nunca tinha visto o mar, bebeu um grande gole de água e não gostou.
– Pai, como é salgada! Quem fez isso?
O pai, por conta com as travessuras do garoto:
– Foi a tua mãe!
– Mas ela não trouxe o saleiro! – respondeu ingenuamente o garoto.

O dia estava bom e o sol já queimava. Cada um queria aproveitar da melhor maneira. Toalhas e lençóis foram esticados, para se proteger da areia. Para a maioria da turma, muito brancos, pois há tempo não tomavam sol, ia ser aquela queimadura e sofrimento na segunda-feira. Todos queriam entrar no mar, pois a água estava uma delícia. Algumas moças e rapazes tinham um belo corpo, mas a maioria mais velha dava dó. Alguns homens esqueléticos, outros gordos com suas barrigas que pareciam grávidos. As mulheres, então, algumas gordas, com celulite por todos os lados, mas todas sem complexo, elas queriam era se divertir e aproveitar ao máximo.

Lá pelo meio-dia a fome bateu violenta e todos queriam comer. Começaram a abrir as cestas com comida e cada um ia se servindo à vontade. A caipirinha, a cerveja e refrigerantes, que foram comprados em rateio, corriam soltos.

Aí os comentários diversos eram ouvidos.

O Vivaldo para a esposa Clara, ao abrir a cesta para pegar um pedaço de frango:
– Clara, você deixou queimar o frango? Gastei dinheiro e tempo pra comprar e você me apronta essa! Este frango eu não como, vou comer de outro!

A esposa chorosa.
– Foi sem querer! Precisei atender à porta, que alguém estava batendo, lá em casa, e o frango passou do ponto!
– Pra atender à porta demorava muito? Eu sei como foi, ficou de papo com uma vizinha e esqueceu o frango no fogo!

E assim ia o Vivaldo comer o frango do vizinho.

Logo após, era a mãe do Nino, desesperada.
– Olha aquele porquera do Nino, deu o nosso frango inteiro praquele cachorro que está correndo com ele na boca!

O pai partiu agressivo para o garoto, que se defendeu.
– Se eu não desse o frango, ele me mordia!

Nino não tinha jeito mesmo, a risada em volta foi geral.

Celina abriu sua cesta e começou a tirar sanduíches de mortadela. Logo a Mariquinha protestou.
– Bonito não? Nós trazemos frango com farofa, pastéis e até bolo e você traz sanduíches de mortadela?
– Quem não quiser, não come!
– É, mas agora você vai querer o nosso frango!

– Não preciso, vou comer sanduíches de mortadela mesmo!
Mas aceitou logo um pedaço de frango que outra vizinha lhe deu.
Nesse momento, deu uma rajada de vento e espalhou areia por tudo. Que horrível, tinham de comer agora farofa com areia.
Mesmo assim se empanturraram de frango e cerveja.
O Armindo alertava.
– Não entre ninguém na água agora, dá congestão e é morte certa.
Todos estavam alertados, mas precisavam tomar cuidado com as crianças, principalmente o capeta do Nino, que só aprontava.
À tarde, a maioria já estava queimada e vermelha como pimentão, mas apesar do cansaço, o entusiasmo continuava e até bola jogavam.
Quietinhos à parte, só os namoradinhos em colóquios e alguns mais velhos, que já dormiam com tanta cerveja.
Depois das três horas, a maioria estava na água outra vez e aproveitavam os últimos momentos na praia, pois outra oportunidade ia demorar muito!
Perto das cinco horas, o motorista do ônibus começou a buzinar, para chamar o pessoal para a viagem de volta. Foi um deus-nos-acuda para reunir todo o pessoal, sempre tem os retardatários, que querem aproveitar todos os momentos. Quando todos estavam acomodados no ônibus, às cinco e quinze da tarde, ele partiu na sua viagem de volta. A maioria dormia, cansados e queimados, mas satisfeitos. O casal de namorados ainda estava aceso e se beijava, ele enfiava as mãos por baixo da saia dela, que dava suspiros e pedia nos ouvidos dele para tirar as mãos das coxas dela, mas torcendo para ele não obedecer. O capeta do Nino dormia a sono solto, mas de repente acordou e chamou a mãe.
– Mãe, estou com vontade de mijar!
– Não é possível, este menino me põe louca, não me amola e vê se dorme!
Mas, dali a pouco, era aquele rio que corria pelo assoalho do ônibus. O pessoal pisava na urina e nem notava, pois estavam nos "braços do morfeu".
Às sete e meia o ônibus parou na vila. Fizeram uma coleta e deram uma gorjeta para o motorista e ainda cantaram um pique-pique, ele ficou comovido e agradecido.
Tinha havido muita confusão, mas tinha sido um domingo muito divertido e feliz.

O turismo dos sonhos

Chico, um bom torneiro mecânico, já trabalhava na metalúrgica há oito anos, mas com um salário baixo.
Todas as férias ele precisava ficar em casa com a família por não ter condições de viajar. Ele se lastimava por não ter possibilidades de fazer turismo. Mas a esposa Lúcia se conformava, pois sabia que eles não tinham dinheiro.

Faltando dois meses para novas férias, Chico já fazia planos impossíveis de viagens. Comprava jornais que traziam anúncios de pacotes de turismo e ficava se iludindo com as ofertas. Ele se via em viagens de avião para a Europa, Disneylândia, Argentina, Nordeste. E de navio, então... Naqueles palácios flutuantes, com todo o conforto, visitando todo o litoral brasileiro. Até de ônibus, conhecendo belos lugares do Brasil.

Esse entusiasmo por viajar foi se tornando uma obsessão. E todos os anúncios de turismo ele examinava para ver se era possível aproveitar uma das ofertas. Mas, quando fazia as contas, precisava desistir porque suas parcas economias inviabilizavam qualquer projeto.

Mas, num jornal de domingo, na seção de turismo, notou um pequeno anúncio que lhe despertou a atenção: "Faça o turismo dos seus sonhos, por um preço inacreditável, na Praia do Coco Verde, na Bahia. Sete dias, com tudo pago, ônibus semileito, hotel confortável, três refeições, piscina, praia e natureza deslumbrantes. Informações e reservas pelo telefone (............ em SP)."

Chico ficou curioso e interessado, e já na segunda-feira telefonou para a agência. No telefonema, ficou sabendo o preço, que era menos da metade de qualquer outra oferta. Além disso, para crianças até doze anos havia 50% de desconto. O pagamento podia ser feito em três vezes sem juros, o ônibus tinha quarenta lugares e a viagem era feita a cada quinze dias. Para mais informações, tinha de se dirigir pessoalmente à agência, no centro da cidade

Então Chico fez os cálculos e constatou que talvez pudesse pagar uma viagem para ele, a esposa e o filho de sete anos. À noite, mal dormia, já pensando nessa viagem. A esposa não estava nada animada, pois tinha receio de que gastassem o que não podiam. Mas Chico procurava convencê-la.

No sábado seguinte foi à tal agência, uma sala num prédio no centro. Na fachada, "TURISMO PARATODOS". Lá dentro, um senhor e uma garota davam atendimento. Depois de duas pessoas que fizeram reservas terem se retirado, Chico foi atendido. O homem fez questão de lhe dar todas as explicações necessárias. O preço da viagem era aquele dado por telefone, as viagens, de fato, eram duas por mês. Elas aconteciam sempre nos dias 5 e 20 de cada mês e tinham duração de sete dias. O local era no litoral sul da Bahia e a viagem, com todo o conforto, demorava aproximadamente 23 horas.

Havia no recinto três fotos do destino da excursão: da fachada do hotel, da praia e do salão das refeições. Era tudo.

Chico quis saber como eles podiam oferecer esse pacote por menos da metade das outras empresas. Então, o homem esclareceu:

– Essa nossa empresa é particular, somos quatro sócios e todos eles trabalham no negócio. Um deles fica aqui na agência, que sou eu. Dois são motoristas, e um, com a esposa, fica no hotel, que é de nossa propriedade. Temos um bom ônibus, o mínimo de empregados necessários. Aqui, só essa moça e, no hotel, duas na cozinha e duas nos serviços gerais. Não temos as despesas que as grandes empresas têm com anúncios caros, aluguéis de hotel, passagens com transporte, operações de alto custo e muitos empregados. Com isso, visam lucros altos e os preços, para os clientes, se tornam extorsivos.

Chico foi embora satisfeito com as explicações e já entusiasmado em fazer o turismo, com a família, pela empresa "Paratodos". Conseguiu convencer a esposa e, uma semana depois, foi à agência resolver a viagem. Reservou a data, nas suas férias, e deu os três cheques: um à vista, e outros para trinta e sessenta dias, conforme a exigência. A viagem seria dali a doze dias.

Chico estava numa euforia que parecia criança com brinquedo novo. Não via a hora de fazer o passeio.

No dia e hora esperados, foi com a família para o ponto de encontro, na frente do prédio da agência. Lá estavam diversos participantes, e foram chegando outros. Feitas algumas apresentações, esperavam a chegada do ônibus. A comitiva era a mais esdrúxula possível: gente jovem e até idosos com mais de sessenta anos, todos animados, faziam até algazarra. Quando o ônibus chegou, decepcionou um pouco, pois era bem usado. Acomodados todos no ônibus, nas poltronas numeradas por ordem de chegada, o ônibus iniciou a viagem de São Paulo à Bahia, com dois motoristas, donos da agência, e trinta e oito passageiros. Ele partiu às oito horas, com previsão de chegada às sete horas do dia seguinte.

A viagem, no começo, era só alegria. O pessoal ia se conhecendo e piadas e anedotas eram contadas e ouviam-se muitas risadas. Depois de quatro horas, o ônibus parou para um descanso, lanche e banheiro. Após vinte minutos, a viagem continuou. Como muitos dormiam, o entusiasmo esfriou. Foi quando apareceu o primeiro fato desagradável: um senhor começou a discutir com um moço, alegando que o jovem estava olhando com interesse para sua mulher, que era bem vistosa. Precisou da interferência de outros para acalmar os ânimos.

A viagem continuou monótona e às dezesseis horas o ônibus fez outra parada. Quando prosseguiu foi até as vinte horas, para parada e abastecimento do ônibus. O semileito era um engodo. Os encostos das poltronas baixavam como os de quaisquer ônibus interestaduais. Durante a noite, a maioria procurava dormir, quando, lá pelas tantas, se ouviu um barulho. Um pneu estourou. Os dois motoristas levaram mais de uma hora para trocar a roda, com a ajuda de uma lanterna. No escuro da estrada, todo mundo teve de descer durante o reparo. O ônibus fez outra parada a uma hora da manhã para um descanso e consertar o pneu. A viagem continuou até as cinco horas, quando já estava clareando o dia. A maioria já estava cansada da viagem e não via a hora de terminar. Depois, ele continuou até entrar em uma estrada variante em péssimo estado. Nela, o ônibus chacoalhava muito e até pessoas passavam mal. Em seguida, ele entrou numa estradinha de terra, por mais de trinta minutos. Era poeira por todos lados. A estradinha chegava ao destino da viagem no aguardado hotel PARATODOS. Finalmente, chegaram ao local do "turismo dos sonhos". Todos cansados, empoeirados e famintos, às nove horas.

Quando desceram do ônibus, continuaram as decepções. O hotel nada mais era do que uma pensão e todos foram encaminhados para os quartos designados. Chico, quando entrou no seu quarto, com a esposa e filho, torceu o nariz. A esposa reclamou. O quarto era pequeno. Tinha dois velhos beliches, um armário, uma cadeira e um ventilador bastante usado na parede. O banheiro minúsculo, com uma pia, vaso sanitário, chuveiro e pequeno armário. Como era verão, o quarto estava muito quente. Lavaram o rosto e as mãos na pia, com a pouca água que vinha, e saíram para tomar o café. Depois voltariam para tomar banho e acomodar as roupas no armário. O *breakfast* só tinha café com leite, pão, margarina, goiaba e água de coco. Diversas pessoas já reclamavam do atendimento e acomodações.

Após o magro café, Chico e a família, antes de voltar para o quarto para tomar banho, foram dar uma volta para reconhecimento do lugar. A tal piscina era um tanque de mais ou menos vinte metros quadrados. Sua água era de cor duvidosa e não havia aparelho para renovação. O jardim em frente ao hotel estava mal cuidado. Dentro, no salão de estar, havia poltronas surradas e uma televisão – pasmem! – branco e preto. E para aborrecimento maior, começaram a ser picados por borrachudos.

Esta foi a recepção que a família do Chico recebeu do "turismo dos sonhos".

Tomaram banho com a parca água que saía do chuveiro. Vestiram roupas de praia e foram em direção a ela, longe uns duzentos metros por um caminho no meio do mato, livrando-se dos borrachudos. A praia realmente era bela, pena que suja. Mas o mar era de um azul encantador. Poucas pessoas freqüentavam, somente gente simples da redondeza e os clientes da PARATODOS.

Como já era hora do almoço, voltaram para fazer as refeições, servidas entre doze e quatorze horas. O menu era composto de arroz, feijão, peixe frito, mandioca e salada. Como sobremesa, banana, caju, pudim e café fraco. À noite, no jantar, sopa de peixe, arroz, feijão, abóbora e salada. Como sobremesa, queijo, goiabada e cocada. Bebidas, cobradas à parte.

O que tinha à vontade, a qualquer hora, era água de coco. Ou sua polpa, de que todo mundo gostava. Praticamente, o menu todos os dias era o mesmo. Mudavam apenas alguns itens e o tipo de peixe. Pelo menos, ele era fresco. Os pescadores traziam diariamente. Com o correr dos dias, o pessoal já estava enjoado da mesma comida. As reclamações eram freqüentes, também motivadas pelas acomodações ruins e pela roupa de cama e de banho, por ser velha e surrada. Mas o dono do hotel alegava que, pelo baixo preço que cobravam por pessoa, não dava para oferecer serviço de hotel cinco estrelas. A frustração era geral e a maioria estava arrependida de ter feito aquela viagem.

Chico e a esposa faziam parte dos frustrados. Ele já sentia saudades da sua poltrona, em frente à televisão, dos jogos de futebol com a cervejinha do lado. O pior eram as picadas dos insetos. Os borrachudos e os pernilongos deviam ter feito um acordo. Das seis horas da manhã às seis da tarde, era a vez dos borrachudos atacarem. E das seis da tarde às seis da manhã, eram os pernilongos, que se infiltravam por todo o hotel, incomodando todo mundo.

E tinha pessoas alérgicas passando mal. O tempero forte da comida e muita água e polpa de coco provocaram desarranjos intestinais em alguns. A esposa do Chico estava nessa situação.

À noite no salão, ver a novela em branco e preto e com fantasmas, era um tormento. O dono alegava que o aparelho colorido tinha dado defeito e tinha sido levado para São Paulo para ser consertado e ainda não tinha retornado.

De bom mesmo era só o banho de mar, com água limpa e temperatura amena, onde a maioria passava o dia. Na piscina, que era um tanque com água do mar, poucos se aventuravam a entrar. A cada quinze dias um carro-pipa vinha para trocar a água. Esvaziavam o tanque por um escoadouro, enchiam o carro-pipa com água do mar e abasteciam o tanque. Pequenos peixes eram sugados pela bomba do carro e o tanque virava aquário.

Devemos mencionar que não havia só desgostos no turismo, mas também ocorrências tragicômicas.

Já na segunda noite depois do jantar, no salão, onde a maioria estava conversando, uma senhora aparentando quarenta anos começou a gritar com o marido. Falava ela: "Olha, Artur, pára com seus olhares indiscretos para aquela sem-vergonha que também está de olho em você. Eu já notei vocês dois desde a viagem no ônibus. Senão, eu boto chifre na tua cabeça aqui mesmo. Pensa que eu não tenho coragem? Continua com essa comédia para você ver o resultado!"

O marido, todo envergonhado com a cena, procurava se justificar. A tal pivô, uma bonitona aparentando trinta e cinco anos, nem se abalou. Saiu da sala com mais duas amigas, que viajaram também sem a companhia de homens e certamente gostavam de fazer programas com o marido das outras. As risadas e comentários discretos foram gerais.

Outro caso era um casal de namorados que à noite deixava acordada até altas horas parte da comitiva. Eles transavam toda noite por horas. Ela gemia e gritava o tempo todo. Ele rosnava como um cachorro bravo. Como as paredes do hotel eram finas, boa parte ouvia. O rapaz devia tomar Viagra toda noite e ela devia ser ninfomaníaca. Era o que se comentava por todo o hotel.

Outra cena tragicômica foi na praia. Muitos estavam no mar, quando alguém gritou: "Gente, acho que estou vendo um tubarão lá adiante!". A debandada foi geral. Todo mundo correndo para sair da água, quando uma onda fez rolar um homem gordo. Seu calção devia estar folgado, pois a onda o levou. Ele saiu nu, na praia, correu até um chapéu de palha e escondeu o sexo. A risada foi unânime. Depois, lhe deram uma toalha e ele se cobriu. O tal tubarão era um tronco de árvore que estava boiando.

Outro caso foi o de um rapaz que estava se banhando no tanque e saiu desesperado porque engoliu um peixinho vivo e estava com medo que na barriga ele pudesse mordê-lo.

Numa noite, alguns ouviram um barulhão, vindo de um quarto. Foi um casal gordo que talvez estivesse tentando transar, quando o beliche velho e fraco quebrou todo e eles foram parar no chão.

Mesmo o Chico e a Lúcia, numa noite, estavam tentando transar. Mas, o barulho do beliche velho e o do ventilador acordou o filho, que, assustado, quis dormir com a mãe. E a única transa que o casal tentara fazer na viagem foi frustrada.

E assim, com aborrecimentos e contratempos, chegou o dia da volta, esperado ansiosamente pela maioria.

Na saída do ônibus, alguém falou alto o que leu na fachada do hotel e completou: "HOTEL PARATODOS os bobocas que vêm aqui". O ônibus todo riu e concordou.

Na viagem, um senhor falava para o outro e Chico ouviu: "Vou mandar sustar os cheques do pagamento dessa porcaria de passeio". O outro respondeu: "Não faça isso, pois eu soube que eles descontam os cheques com agiotas perigosos que querem receber o dinheiro na violência".

O regresso foi outra canseira e os passageiros não viam a hora de o tormento terminar. Na chegada, foram rápidas despedidas e cada um tomou o seu rumo, coçando-se e com as marcas das picadas dos insetos.

A família do Chico tomou a condução para casa. Ele pensou: "Turismo é para quem pode, não para quem quer". O turismo dos sonhos virou pesadelo.

Na chegada em casa, na porta existia uma plaquinha com os dizeres "LAR, DOCE LAR" que Lúcia tirou, beijou e tornou a colocar no lugar.

Êta, dia de cão!

O Alceu era aquele que se vangloriava de ser imune a qualquer contratempo. Ele dizia que tinha o corpo fechado e nada de mal lhe acontecia.

Naquela manhã, ele levantou feliz, já pensando que ia se encontrar com empresários chilenos. Antevia realizar um grande negócio, que lhe daria um ótimo lucro.

Foi ao banheiro para tomar banho. Quando ligou o chuveiro, deu algum curto-circuito e queimou a resistência. Ele blasfemou e teve de tomar banho frio, em pleno inverno. Ao se barbear, fez um corte no rosto, e saiu um pouco de sangue. Quando estava lavando os dentes, para sua surpresa, da boca caiu um pivô da frente. Ele quicou na pia, escorreu pelo ralo e desapareceu. Foi um desastre! Ele ficou louco. Agora, banguela, como ele iria ao encontro dos empresários? Telefonou para o seu dentista, para ver se conseguia solucionar o problema antes do horário estipulado com os chilenos. Mas seu possível salvador ainda não tinha chegado ao consultório.

Pegou seu carro e estava se dirigindo ao consultório do dentista, com a esperança de encontrá-lo, quando, distraído com seus pensamentos, bateu na traseira do carro de uma moça. Ela, imediatamente, deixou o veículo, toda nervosa e reclamando. Alceu precisou se desculpar e mentiu, assegurando que não estava passando bem. Mas assumiu o compromisso de arrumar o pára-choque abalroado e deixou seu cartão para as devidas providências. O seu belo carro também ficou um pouco danificado. Chegando no consultório, a atendente disse que o dentista estava gripado e não viria trabalhar naquele dia.

Alceu estava subindo pelas paredes de tão nervoso. Telefonou para o hotel, pois já estava quarenta minutos atrasado e a portaria informou que os empresários ficaram esperando, mas já tinham saído para visitar outra indústria concorrente. O dia estava prometendo ser negro.

Então, foi para o escritório e sua secretária comunicou que apareceu um vírus no computador e apagou informações importantes da firma.

— Mas nós não temos o antivírus? — falou o Alceu.

— Mas este é novo! — respondeu a moça.

— Hoje estou com urucubaca! Só falta eu me sujar nas calças! — gritou Alceu. A moça se apavorou com a reação. Ele se desculpou.

Pelo fax chegou o cancelamento de um bom pedido, de um grande cliente.

— Agora não falta mais nada para ser um dia de cão! — vociferou Alceu e deu um murro na mesa com tanta força, que machucou a mão.

Aí, entrou na sua sala Osvaldo, seu sócio. Quando o viu banguela, o companheiro começou a rir.

— Vá tomar naquele lugar e não me encha o saco hoje, que eu estou a ponto de explodir!

— Por quê? O que houve?

— Tudo de ruim! Para completar ainda chegou o cancelamento de um grande pedido da Oceania!

— Chato! E o negócio com os chilenos, não deu certo?

— Que nada! Perdi a hora da reunião e eles foram para o nosso concorrente!

— Fique calmo, porque eu fechei um bom pedido com a Astor! — falou o sócio.

— Ainda bem! Então, vamos almoçar? — completou Alceu.

No caminho para o restaurante, Alceu ia contando os azares do dia. Seu sócio ria do relato e ele estava puto da vida. Como havia chovido, um carro passou numa poça de água suja e respingou tudo na calça de Alceu.

— Eu não disse que hoje estou azarado! Acho que vou procurar uma benzedeira!

No restaurante, mais problemas. A sua bela gravata de seda esbarrou no prato com molho e manchou. Pior do que isso, a comida estava muito salgada. "Que maravilha!"

Voltaram para o escritório. Sua esposa telefonou.

— Bem, você esqueceu de pagar o condomínio que venceu ontem. Agora vamos ter de pagar com multa!

— Isso não é nada, tem coisa muito pior!

— Que foi, você está nervoso?

— Nada, nada. À noite te conto, tchau!

Alceu nem saiu do escritório até o fim do expediente, cismado que, se saísse, poderia acontecer mais problemas.

Quando foi pegar seu carro no estacionamento, descobriu que o garagista tinha quebrado a chave no contato e estava aguardando o chaveiro trazer a nova. Não faltava mais nada para completar o dia de cão do Alceu. Depois de esperar mais de meia hora, ele conseguiu sair com o carro, soltando fogo pelas ventas. Guiou com cuidado até sua casa, procurando evitar que algo de mau acontecesse. Chegando em casa, a esposa lhe falou.

– Querido, que te aconteceu hoje para você estar tão nervoso?
– Nem quero falar. Agora vamos jantar, que estou com fome!
Depois, na mesa:
– O que é isso? Jiló?
– Você sempre gostou do amargo do jiló.
– Mas não hoje, que de amargo já chega o dia.

Depois de contar para sua esposa os azares do dia, quis ir dormir cedo para não acontecer mais nada.

Alceu nunca mais ia se vangloriar de ser imune a contratempos.

O jogo complicado

Gaspar era fanático por futebol. E quase todos os domingos lá ia ele assistir aos jogos. Quando era o seu time do coração, aí que ele não faltava no campo. Chegava a fazer viagens a cidades próximas para torcer pelo seu time.

Carlota, sua esposa, não entendia nada de futebol e nunca tomou conhecimento. Tinha até ódio do fanatismo de Gaspar, que a deixava sozinha nos domingos e ainda gastava dinheiro de compromissos inadiáveis da casa.

Um dia ela se aborreceu e exigiu que naquele domingo ele ficasse em casa. Gaspar ficou uma fera. Como ele não ia ao futebol? De jeito nenhum!

Aí começou o bate-boca.

– Ou você fica em casa ou vou também nesse maldito futebol! – falou Carlota.
– Você tá maluca? Mulher no futebol? – respondeu Gaspar.
– E por que não? Não tem mulher que vai?
– Tem, mas elas são torcedoras!
– E eu também vou torcer!
– Quê? Você não entende nada de jogo!
– Deixa comigo! Eu quero ir. Ou você não vai, e pronto!
– Eu vou te levar, mas vê lá o que você vai me arrumar!
– E daí, no futebol precisa falar estrangeiro?
– Tá bom, você vai comigo domingo. E não se fala mais nisso!

E assim foram os dois no domingo assistir ao jogo.

A partida era importante e o campo estava lotado.

– Todos esses bobocas vêm assistir ao futebol e deixam suas casas?
– Cala a boca, mulher, senão a gente ainda apanha!

Os times entraram em campo e foi aquela gritaria e fogos e bombas estouravam.

— Mas que loucura! Nem começou o jogo e já está esse pandemônio!
— E o que você pensa? É a vibração da torcida.
— Parece que ganharam na loteria! — observava Carlota.
O jogo começou e ela não entendia nada.
— Pra que lado tem de ir a bola? Eles não se decidem. Uma hora vai prum lado, outra vai pra outro e ficam chutando as canelas!
— Jogo é isso. Tem de marcar o gol! — falava Gaspar.
— Que baita confusão! — respondeu Carlota.
A gritaria era infernal e até palavrões se ouviam em jogadas erradas.
— Que má educação que tem essa gente! Eles não têm mãe, pra xingarem os jogadores desse jeito? A polícia não bota eles pra fora?
— Cala a boca, Carlota! Isso é normal!
O jogo ia se desenrolando com grande entusiasmo da assistência.
— O que faz aquele cara de preto, atrapalhando o jogo e parando tudo com aquele apito?
— Aquele é o juiz!
— Por que, vai ter pancadaria e ele está lá pra apartar? Ele sozinho vai apanhar de todos os jogadores!
— Ninguém vai bater no juiz. Ele é a autoridade em campo!
— Você não me disse que eles têm de jogar com os pés? Como é que aquele pegou com a mão?
— Aquele é o goleiro, aquele pode!
De repente, surgiu um gol. Foi aquela gritaria, com entusiasmo na torcida no outro lado do campo. Carlota se entusiasmou, pulava e gritava.
— Gol, gol!
— Fica quieta, sua burra! Esse gol foi do adversário — bronqueava Gaspar.
Lá atrás alguém gritava:
— Mulher, não tem roupa pra lavar em casa? Vem aqui prá encher o saco e torcer pro outro time!
— Tá vendo a confusão que você está arrumando, Carlota?
— Manda ele tomar naquele lugar! Eu torço para quem eu quero!
Assim terminou o primeiro tempo: um a zero para o time adversário do marido.
Durante o intervalo, Carlota quis comer um cachorro-quente.
— Mulher, você está gorda pra chuchu. Quer virar uma baleia?
Mas atendeu a vontade da mulher, que devorou o *hot-dog* com refrigerante e, no fim, ainda rebateu com amendoins.
— Gaspar, estou ficando apertada para ir ao banheiro!
— Não brinca! Como eu vou te levar ao banheiro com este mundo de gente atrapalhando!
— Bem, eu vou me segurar. Mas, se não der, preciso ir!
Começou o segundo tempo e o time do Gaspar não estava jogando bem. Num ataque do adversário, dentro da área, uma falta grave. O juiz apitou pênalti. Carlota se revoltou.

– Que cara malvado! Deu um pontapé no saco do outro. O juiz devia mandar prendê-lo.
– Cala o bico, mulher! O penal é contra o nosso time!
Foi cobrado o pênalti e... outro gol.
– Fica quietinha agora, Carlota. Senão, te dou uma bolachada!
A torcida adversária festejava outro gol.
– Que bacana! Eles estão contentes!
– Carlota, bota um zíper nessa tua boca, e fecha essa matraca. Senão, eu não sei o que faço!
Assim, foi o jogo até o fim e o time do Gaspar perdeu de dois a zero. Ele saiu todo chateado e ainda teve de levar Carlota ao banheiro para se desapertar.
– Que banheiro imundo e fedido!
– O que você queria? Um banheiro de hotel cinco estrelas?
A condução de volta foi mais problema, pois as torcidas se digladiavam no ônibus e Carlota reclamava.
– Carlota, não me cria mais confusão, que nós ainda vamos apanhar!
Chegando em casa, Carlota falou:
– Sabe, até que gostei. Acho que vou outra vez!
– Deus me livre! Agora fui eu que perdi a vontade de ver jogo! – concluiu Gaspar.

Incidente no trânsito

Buumm... e o carrão bateu na traseira do fusquinha, que estava parado no sinal.
Essa cena eu assisti pessoalmente, lá pelos idos de 1955. Estava trabalhando e transitava a pé, pelo Largo da Concórdia, no bairro do Brás.
Um carro Belair, aqueles que eram pintados de duas cores e eram conhecidos como saia e blusa, modelo cupê de luxo, não brecou a tempo e bateu no fusquinha bonitinho que estava parado no sinal.
O impacto chamou a atenção dos pedestres.
Do fusca saltou rápido um rapaz, que foi ver o estrago na sua jóia. Pôs a mão na cabeça: o pára-choque estava todo afundado e, no outro carro, nem sinal da batida!
Foi imediatamente se entender com o causador do estrago. Na direção do carrão, um cara metido a almofadinha nem se abalou com os protestos do rapaz. O prejudicado insistia para que fosse examinar o estrago feito, mas ele ficava impassível, sem dar ouvidos ao desespero do moço.
Talvez estivesse pensando: "Vai embora com o teu insignificante carrinho e vê se não me enche o saco".
A platéia, silenciosa, assistia a tudo, mas já tinha tomado o partido do rapaz.

O dono do fusquinha, quando viu que de nada adiantavam os seus protestos, voltou para o seu carro.

Tanto eu como o restante dos espectadores pensamos: "Como o rapaz não conseguiu nada, se conformou com o estrago e vai embora".

Ledo engano.

Ele saiu do fusca com uma chave de roda e, num movimento rápido, golpeou com violência o pára-brisa do carrão, que por sinal era de um *design* amplo e curvo. Não é preciso dizer que se estilhaçou por completo, tirando qualquer possibilidade de visão.

Aí falou bem alto para o "importante" motorista do Belair:

– Agora eu fico com o meu prejuízo e você fica com o teu!

Voltou rápido para o fusca, deu partida e sumiu.

O dono do carrão estava estático e surpreso.

A assistência não deixou por menos. Foi aquela gargalhada geral e até vaias se ouviram.

O motorista tomou uma grande lição e os transeuntes se dispersaram satisfeitos.

CURIOSIDADES

O relógio na nossa vida

Como há pessoas que têm algo em comum com o relógio!
Tem aquela pessoa que...
... é como relógio, que só anda na vida dando corda.
... é como relógio, que, trocando a pilha, fica ótima.
... é como relógio, que não sai do relojoeiro, está sempre com defeito.
... é como relógio antigo e famoso, sempre tem valor.
... é como relógio cuco, sempre aparece nas horas certas.
... é como relógio automático, não pára nunca.
... é como relógio de ouro, é sempre uma jóia.
... só quer bater recordes, como relógio de cronometragem.
... é falsa como relógio de camelô.
... vive brincando na vida, como relógio de criança.
... é só aparência, como relógio que por fora é muito bonito, mas por dentro uma porcaria.
... vive perigosamente, como relógio de carro de corridas.
... é como relógio carrilhão: grande, bonita e a gente gosta de ouvi-la.
... é como relógio estragado, jogado no fundo da gaveta.
... é má profissional e vive perdendo emprego, como relógio ruim que fica mais parado do que andando.
... é medrosa. Quando anda de avião, fica controlando no relógio quanto falta para terminar a viagem.
... tem a mania de dar relógio de presente.
... ama e endeusa o seu relógio, que lhe parece ser um "santo relógio".
... anda certo na vida, como relógio em propaganda, todos marcam dez e dez.
... é conhecida no mundo todo, como relógio de marca famosa.
... é como relógio despertador, só acorda com alarme.
... vive bêbada, balançando como relógio no pulso.
... vive aérea, como relógio de avião.
... é forte e impermeável, como relógio à prova d'água.
... é tão rica, como relógio caro vendido em loja chique.
... vive correndo na vida, como relógio de atleta.
... vive pela rua, tentando vender relógio falso de marca famosa.
... se guia na vida pelas horas do relógio.
... vive em rebelião, como relógio da cadeia.
... muito promete, mas pouco cumpre, como relógio em político.

... só quer ver novidades, como relógio de turista.
... só vê experiências na vida, como relógio de laboratório de pesquisas.
... só vê tristeza, como relógio de velório.
... é tão miserável, como relógio imprestável, achado no lixo.
... quer subir tão alto na vida, como relógio de alpinista.
... anda pra trás na vida, como relógio que só atrasa.
... sempre quer passar à frente dos outros, como relógio que só adianta.
... não presta pra nada, como relógio vagabundo.
... é pau pra toda obra, como relógio que faz todas as operações.
... só quer ganhar, mas também perde, como relógio da Bolsa de Valores.
... é tão lerda, como os ponteiros do relógio.
... só quer ver se ganha fortunas, como relógio de cassino.
... é relojoeira e passa a vida consertando relógios.
... pode perder a vida num assalto, defendendo o seu relógio de valor e de estimação.
... só vê alegria, como relógio de salão de festas.
... é pequena, mas de muito valor, como reloginho de ouro feminino.
... está sempre caindo, como relógio de pára-quedista.
... é explosiva, como bomba-relógio.
... é famosa, querida e única, como o relógio Big Ben.
... é como relógio despertador antigo, que faz um barulhão e incomoda todo mundo.
... é tão magra, como relógio extrafino.
... chega sempre tarde e atrasa o seu relógio para se justificar.
... só quer ver dinheiro, como relógio de banco.
... é tão avarenta, que perde a hora mas não compra relógio.
... vive fugindo, como relógio de ladrão.
... vive em disputas, como os relógios da Câmara e Senado.
... tem a mania de controlar no relógio quanto tempo gasta para ir a qualquer lugar.
... usa o relógio para tomar remédios sempre na hora certa.
... ora está com a cabeça quente, ora está com a cabeça fria, como relógio de rua que marca a temperatura.
... é um brutamontes, como relógio volumoso em pulso de jovem.
... não fica em lugar nenhum, como relógio de caminhão.
... é tão má, como relógio de arma destruidora.
... vive no mundo da lua, como relógio de astronauta.
... só vê comida, como relógio de cozinha.
... só vê trabalho, como relógio de indústria.
... é tão tranqüila, como relógio de sala.

... tem ódio do relógio que o desperta cedo, para ir à escola ou trabalhar.
... ganha dinheiro como negociante de relógios.
... é pobre e só tem relógio barato, comprado de segunda mão.
... vive na igreja, como relógio de padre.
... vive dançando na vida, como relógio de salão de baile.
... está condenada à morte e o relógio marca seu último minuto.
... vive cantando, como rádio-relógio.
... não perde compromisso, como relógio de ponto.
... vive tropeçando na vida, como relógio que anda-pára, anda-pára.
... só faz palhaçadas na vida, como relógio do palhaço de circo.
... vê a vida como um jogo, como o relógio de juiz de futebol.
... se acha iluminada e fica imóvel, meditando, como relógio de sol.
... tem vida longa, como relógio que fica funcionando por muito tempo.
... é pobre, mas sonha em possuir um relógio de valor e de marca famosa.
... é tão apegada ao seu relógio que não tira nem para dormir ou tomar banho.
... é suja e porca, como relógio ruim e jogado no esgoto.
... gosta de algazarra, como relógio do recreio da escola.
... vive vendo onde pode dar golpes, como relógio da academia de artes marciais.
... controla no relógio a hora de ligar a televisão para ver as notícias do dia.
... anda desorientado na vida, como relógio que não marca nunca a hora certa.
... tem vida curta, como relógio novo que cai no chão, quebra e pára de funcionar.
... apanha muito, mas está sempre em ordem, como relógio à prova de choque.
... é tão vaidosa, como relógio caro em pulso de madame.
... vive se escondendo, como relógio antigo de bolso.
... gosta de se mostrar, como relógio em vitrine de loja.
... tem a mania de colecionar relógios.
... só vê estudo, como relógio de escola.
... passa a vida no mar, como relógio de navio.
... está no fundo do poço, como relógio para mergulhos profundos.
... fede, como relógio do carro de lixo.
... só quer ver sexo, como relógio de bordel.
... só vê doença, como relógio de hospital.
... só vive em confusão, como relógio de estação.

    Para todos, o relógio marca a hora do nascimento.
    Todo mundo passa a vida consultando o relógio.
    No fim, todos morremos, como o relógio estragado, que não anda mais e é descartado.

Conselhos e conceitos

Indiscretos e Curiosos

- Pregue certo, senão o teu dedo vai odiar o martelo.
- Tem aquele que prargueja se torce um pé, mas ri do outro que cai um tombo de bunda.
- Se correr o bicho pega, se ficar o bicho come. Então, dê marcha à ré.
- Já viu que "maravilha" quando alguém vai a uma festa e pisa em sujeira de cachorro fedida?
- O que é migalha para uns, para outros é banquete.
- Não adianta buzinar para buraco, ele não sai da frente.
- A nossa vida é como a roseira: tem belas flores perfumadas, mas também muitos espinhos.
- Após uma comemoração alegre, onde a bebida correu solta, não dirija para talvez não transformar em desgraça.
- Não se lastime se seu negócio não vai bem, quando o de seu vizinho vai muito pior.
- Passeie feliz com seu cachorrinho, mas não se esqueça da criança desamparada.
- Jovem, respeite o idoso, pois se a "dama da foice" não vem te buscar antes, você chegará na velhice e vai querer ser respeitado.
- Não acredite no ditado que diz que fazer economia é a base da porcaria.
- Dor de barriga não dá uma vez só, conheça o remédio certo.
- Tem porco e mal-educado, que, enquanto está jogando lixo na rua, reclama que a prefeitura não limpa.
- Grande prejuízo! Matas queimadas.
- Muitas pessoas sem emprego na indústria destruída pelo incêndio. Tenha consciência: não solte balões.
- Jovem, não se torne um súdito de "Sua Majestade" o cigarro, pois, se talvez, adiante chegar a dor, não adiantará mais deixar a corte.
- Ser pequeno pode até ser documento, mas não mostra a "identidade".
- Não cobice a mulher do próximo, quando o próximo está próximo.
- Não se queixe de barriga cheia, quando há tantos com ela vazia.
- Não se afogue em copo d'água, aprenda a nadar.
- Na aparência somos todos iguais. Dê a um mendigo maltrapilho um banho de loja e vista-o bem, que ele se transforma em rico de palácio.
- Não viaje em barco furado sem bóia salva-vidas.
- Se ter muito dinheiro preocupa, não ter nenhum preocupa muito mais.
- Aguarde sempre que os outros o elogiem pelos seus feitos, porque aquele que se auto-elogia, não presta.
- A vida passa como as marés, tem a alta e tem a baixa.
- É melhor ter um vizinho amigo que um parente indiferente.

- O verdadeiro amigo se conhece na dificuldade e na tristeza, e não na facilidade e na alegria.
- Se, de repente, o seu lindo tapete persa ficar sujo com a urina do gato, sujeira do cachorro, vômito do nenê e disenteria do vovô, chame urgente uma empresa limpadora e um socorro médico para você.
- Ter mulher bonita, às vezes, é colírio para os olhos e veneno para o bolso.
- Já reparou a diferença cômica que existe entre um nenê dormindo e um velho?
- O único político que concorre a todas as eleições é o Dr. Prometo.
- Não seja aquele que diz saber tudo da vida, que, na verdade, ainda tem muito por aprender.
- A droga faz da vida uma droga.
- Se você está apertado, num banheiro público pago, mais vale ter a moeda certa do que só ter uma nota de cem reais.
- Do lojista para o cliente ao produto. Vendo, vendo, não vendo, não vendo.
- Não seja como aquele que era tão apavorado, não viajava de avião, nem de navio, não saía de casa com medo da violência ou de ser atropelado e acabou morto por um tombo no banheiro.
- Existe muita mulher feia que tem seus encantos escondidos.
- Ria e sorria que você irradia alegria e simpatia.
- A cada novo dia, aparecem novas oportunidades. Aguarde com fé, que o teu dia chegará.
- Supondo que o Universo fosse uma praia, a Terra talvez fosse tão-somente um átomo de um grãozinho de areia.
- No estudo do conhecimento do Universo, o homem ainda cursa o primário, mas julga já ter o diploma universitário.
- Uma pessoa saudável, que gosta de andar a pé, percorre em média, até os oitenta anos, uma distância que equivale a mais de uma volta e meia em redor da Terra. Demonstração:

Idade (anos)	Distância/dia (km)	Distância total (km)
5 a 10	1	2.190
11 a 20	2	7.300
21 a 60	3	43.800
61 a 80	2	14.600
5 a 80		67.890

Circunferência da Terra: 40 mil quilômetros.
- Se uma pessoa chega aos 100 anos, seu coração pulsou, sem parar, em média 4.204.800.000 vezes. Não existe máquina que supere o coração.
- Se todo mundo se cumprimentasse, talvez houvesse mais simpatia, caridade e amor fraterno. E, talvez, menos ódio, crimes e guerras.
- Não adianta querer amealhar fortunas para o fim da vida, pois o caixão não tem gavetas. Do outro lado, todo mundo chega com os bolsos vazios. Riqueza em virtudes, para quem tem, é somente no espírito.

O álbum

Curiosidade

Certo dia, folheamos, na casa de um amigo, um álbum de fotografias da São Paulo antiga. Fotos interessantes de aspectos da cidade de 1890 até 1940. Que diferença da São Paulo de hoje: uma cidade enorme, dinâmica e moderna, uma verdadeira selva de pedra. Com um trânsito intenso e caótico, com mais de quatro milhões de veículos. Com muitos contrastes: bairros ricos com prédios e mansões luxuosas, onde reside a nata privilegiada, mas também com arrabaldes onde vive um povo carente, sofredor e miserável. Nisso, semelhante às demais grandes cidades do mundo.

Mas, voltemos ao álbum de fotografias, mostrando umas cenas do centro da cidade. Muita gente circulando pelas ruas. Conforme a época, notam-se poucas pessoas no fim do século XIX, e já bastante movimento nos anos 40.

Interessantes as vestimentas das pessoas do fim do século XIX: as mulheres com saias até os pés e grandes chapéus, os homens todos com ternos da moda da época, chapéus de abas largas, fartos bigodes e alguns com cavanhaques.

Já nas fotos dos anos 20, se vêem mulheres com a moda bem diferente. Elas usavam saias mais curtas, mas também a maioria com chapéus menores. Os homens com ternos da moda, usando palhetas e muitos com bengalas.

Então, nas fotos dos anos 40, as ruas bem cheias de gente. Nas vestimentas, se nota uma variedade de modelos. As mulheres, em geral, sem chapéus. Os homens, uns com ternos e outros só com calças e camisas, mas a maioria com chapéus. Não se via ainda nenhuma mulher com calças compridas, pois na época não eram usadas. Nas três épocas, já se notava também gente pobre, vestida humildemente, em contraste com a maioria dos retratados.

Agora vamos, por ficção, tentar dar vida a algumas fotos do álbum. Vêem-se, numa foto, homens numa esquina conversando. Eles, com palhetas e bengalas. Que falavam? Talvez na cotação do café, ou nas dores do reumatismo de um deles, ou então um convidava o amigo para o casamento da filha, ou lamentava-se de problemas de família. Quem sabe não estavam criticando o governo, pedindo um empréstimo, ou talvez, falando mal de outro amigo casado, que foi flagrado com a amante. Quem sabe não estavam contando anedotas da época ou, um deles, se vangloriando de alguma aventura amorosa. Que será que aqueles dois homens conversavam naquela esquina, nos anos 20? Nunca se saberá, pois eles já estão mortos.

E naquela outra foto, aquela mulher com saia até os pés e um chapéu enorme, segurando um menino pela mão, esperando passar uma carroça, para poder atravessar a rua. Mais adiante, um bondinho puxado a burros seguia o seu itinerário. Onde será que ela ia? Voltava para casa, faria ou tinha feito uma compra, uma visita a um parente? Ou ia levar o garoto para fazer uma consulta médica? Qual seria o destino daquela mulher com a criança, que não estão mais nesse mundo, naquele dia, no fim do século XIX?

Noutra foto, já nos anos 40, uma rua do centro, com regular trânsito, onde se vêem bondes e carros circulando nos dois sentidos. Nas calçadas, grande movimento de pedestres. Encostado numa parede, um homem lê o jornal do dia, talvez tomando conhecimento das ocorrências da véspera, na cidade, no país ou no mundo – onde já havia a 2ª Guerra, Hitler e outros senhores da guerra estavam aprontando as barbaridades.

No corre-corre de toda aquela gente, cada um com seu destino e seus pensamentos, uns alegres, outros tristes, havia, com certeza, abonados e pobres, gente boa e gente ruim, mas cada um com a sua vida.

Que interessante ficarmos folheando um álbum daqueles e dando vida às fotos.

A noite, o vento & cia.

O vento falou para a noite:
"Estou ficando nervoso, vou agitar por aí".
O vento saiu correndo e logo arranjou companhia.
A chuva também quis entrar na empreitada.
Aí os outros seguiram na dança e formaram a confusão!
A nuvem de cara preta observava tudo do alto.
O raio gritava bravo e iluminava tudo.
O trovão então, fazia um grande barulhão!
O mar ficou revolto, inundava e quebrava.
Assim, todos reunidos, formou-se uma tempestade.
A pobre da árvore se defendia como podia.
O bicho corria e se escondia.
O homem assustado pedia ajuda a Deus.
Aí o Pai deu as ordens e todos se acalmaram.
Na manhã seguinte, o tempo sorria.
O sol alegre brilhava.
E despontava um belo dia.

FILOSOFIA MÍSTICA

Deus existe!

Não queremos ser donos da verdade. E não podemos provar a existência de Deus, principalmente para os descrentes.

A existência de Deus pode ser mais bem explicada pelas autoridades religiosas, o que não é o nosso caso. Mas vamos tentar mostrar a presença de Deus por outro caminho. Pela natureza do reino animal.

É do conhecimento que as aves migratórias, as tartarugas, as baleias e certas espécies de peixes todos os anos se deslocam a grandes distâncias para procriarem, se alimentarem e fugirem do rigor do inverno. As aves de diversos tipos, grandes ou pequenas, isoladamente ou por espécies, atravessam continentes e mares, indo de um hemisfério a outro, voando milhares de quilômetros e chegando sempre no mesmo lugar. Até na mesma árvore. E, meses depois, com novas crias fazem a viagem de volta, que se repete ano após ano.

Alguns que se dizem entendidos do assunto, alegam que as aves se guiam pelas estrelas. Outros, que elas possuem uma bússola natural que indica o caminho. Têm aqueles que dão outros argumentos, mas todos sem base comprobatória.

Mas acreditamos que a verdade é que há uma Força Superior que as guia para o destino certo. E essa força vem de Deus.

Vejamos agora as tartarugas, que acabam de sair dos ovos e já correm para o mar. Passam anos a centenas de quilômetros mar adentro e todos os anos, depois do acasalamento, as fêmeas juntas voltam para a mesma praia onde desovam para continuar o ciclo da vida. Quem as guiou para esse acontecimento se não uma Força Superior, que vem de Deus? E as baleias, que se deslocam de um hemisfério ao outro, nadando milhares de quilômetros, para chegar no mesmo local todos os anos, para se alimentar e procriar. E, no momento certo, fazem a viagem de volta, com suas crias. E, no ano seguinte, tudo se repete. Quem indicou o caminho, se não Deus?

E certos tipos de peixes, seres tidos como ignorantes, que vivem no mar, mas todos os anos atravessam obstáculos, saltam sobre quedas d'água – onde se vê o espetáculo da piracema – para chegar próximo das nascentes em águas calmas, para procriar e desovar. E onde o salmão morre e as crias voltam para o mar e no ano seguinte tudo se renova. Nesse caso também se mostra a presença de Deus.

Assim, todas as espécies do reino animal são guiadas por uma Força Superior.

Os descrentes argumentam que nada mais é que o instinto. Mas, que é o instinto, se não a Força Superior que vem de Deus?

Como os pássaros que chocam os ovos, nascem os filhotes e os pais sabem que precisam alimentá-los para sobreviverem até aprender a voar, para ser independentes.

As feras selvagens têm suas crias, as alimentam e as defendem dos perigos até que se emancipem. Na África, grandes manadas de elefantes e rebanhos de gnus e zebras andam muitos quilômetros e sabem onde encontrar água e alimento. Em todos esses casos, acreditamos que esteja a presença de Deus.

Vejamos só! Apesar de o homem possuir a razão, se uma pessoa estiver em um bote em alto-mar, sem bússola ou outros aparelhos de navegação, água e alimento, será um náufrago perdido, sujeito a morrer. O mesmo acontece com alguém que está no meio de uma floresta, sem bússola, a quilômetros da civilização e também passível de morrer.

Chega-se à conclusão de que o homem é racional para saber que Deus existe e o animal é irracional, mas tem Deus para guiá-lo.

Esse dia chegará

Se não houver mais crimes e guerras entre os filhos de Deus.

Se não houver mais ódios.

Se não houver mais injustiças.

Se não existirem mais fronteiras.

Se a Pátria for uma só.

Se falarmos uma só língua.

Se não existirem mais ricos nem pobres.

Se formos todos irmãos.

Se o amor fraterno for lei.

Se Jesus estiver no coração de todos.

Aí, então, nesse dia, a Terra será um planeta feliz no Universo de Deus.

Para Deus, tem muito rico que é pobre.

E muito pobre que é rico.

É com amor fraterno e caridade que se compra um lugar no Céu; e não com dinheiro.

Deus nos dá tanta beleza e nós Lhe pagamos com tanta tristeza.

Pai, como é bonito este mundo!

Pai, como é feio este mundo!

Oh, Terra! Por culpa dos homens, só Deus sabe quando a humanidade vai dar um grande passo adiante para a fraternidade.

Deus não criou nada para nada. Tudo o que Ele criou tem razão de ser.

Nós é que não sabemos.

Deus é Amor infinito.

Deus é Bondade infinita.

Deus é Justiça infinita.

Deus é Sabedoria infinita.

Deus é Poder infinito.

Deus que é nosso Pai e Criador de todo o Universo, tudo vê e tudo ouve para o bem de seus filhos.

É Jesus, Seu Filho querido, nosso protetor, que nos ama e nos ensina o caminho para Deus.

Uma lição de vida

Há tempos eu li num folheto, não me lembro de que orientação religiosa, que dizia mais ou menos isso:

Era uma vez dois homens do mundo. Um religioso, e o outro indiferente. O primeiro, crente somente em Deus, vivia para adorar o Pai em todos os instantes. Não lhe sobrava tempo para mais nada. Ele não podia se envolver com as misérias do mundo, pois o tempo era curto e precisava estar com o pensamento somente voltado para Deus.

O segundo, trabalhava muito, pois tinha de dividir o seu ganho com os mais necessitados. Ajudava os doentes, as crianças desamparadas, os fracos contra os fortes. Corria muito para atender a tantos problemas que não podia se lembrar de voltar o seu pensamento para Deus.

Um dia, morreram e ficaram ambos diante do Pai. O homem que adorou a Deus a vida toda, fitava-O orgulhoso e radiante, pois o seu pensamento tinha sido somente para Ele.

O outro, diante do Pai, cabisbaixo, chorava muito, arrependido por nunca ter voltado seu pensamento para Deus.

O Pai fitou os dois com muito Amor e falou para aquele que chorava:

– Filho querido, ergue tua cabeça. Enxuga tuas lágrimas e venha para os meus braços, pois sem saber me amaste muito – e falou para o outro:

– Filho querido, volte ao mundo dos homens, trabalhe muito para o bem de todos e aprenderás a amar-me de verdade.

Esse exemplo é apenas uma fantasia, pois ninguém pode ver ou ouvir Deus.

FICÇÃO CIENTÍFICA

A cidade em movimento

O sol desponta no horizonte e ilumina a cidade, para mais um belo dia de primavera do ano de 2588.

Logo cedo a cidade acorda, para mais um período de labuta profícua, pois o seu povo, como nas demais cidades do mundo, é merecedor de todo conforto e alegria. Seus habitantes se dirigem para o trabalho em favor da comunidade. De acordo com a idade, capacidade e estudo adquirido, exercem sua contribuição de trabalho.

É normal inúmeras pessoas viajarem diariamente logo cedo em naves supervelozes, individuais, para trabalhar em outros locais do globo. E, completado o seu período, voltam para suas casas. Somente pessoas solteiras costumam, quando trabalham em outro local do globo, voltar somente nos finais de semana para casa. A comunicação não é problema: todos falam a mesma língua.

As crianças, após os sete anos, e os jovens até dezoito anos vão para a escola e estudam conforme seus gostos e aptidões. Todos estudam por conta do Governo Central.

As indústrias, dos mais diversos tipos, são todas para proporcionar o conforto da humanidade, assim como todas as atividades são direcionadas para o objetivo do bem comum.

O transporte urbano, intenso mas ordeiro, é feito por quatro tipos de veículos; três terrestres e um aéreo. O veículo menor, com quatro lugares, que grande parte dos habitantes possui após os dezoito anos, é um carro aerodinâmico, com bonitas cores combinando. Sua força propulsora é originada de pilhas atômicas blindadas com durabilidade de até 20.000 quilômetros, podendo ser substituídas com facilidade. O carro desenvolve grande velocidade. Seu sistema de direção é automático, por meio de minicomputadores, bastando ao motorista programar a viagem até o destino. Acidentes são quase impossíveis, pois o veículo é dotado de sensores de direção com radar, que evitam qualquer choque com outro obstáculo. Ele se desloca a cerca de 20 centímetros do solo, proporcionando uma viagem muito agradável.

O veículo coletivo, com capacidade para até 100 lugares, tem o sistema de funcionamento semelhante ao do carro menor, e segue por trajetos previamente estabelecidos, para todas as direções da cidade e também faz a ligação com outras cidades. É um transporte rápido, seguro e com muito conforto.

Suas poltronas são confeccionadas de um material supermacio, proporcionando uma confortável viagem.

Outro sistema de transporte é o "Metrô", que todas as grandes cidades possuem. É um tipo de transporte ultramoderno e de completa segurança. Sua força motriz é a eletricidade, completamente silencioso, desenvolve grande velocidade. Segue em todas as direções do perímetro urbano. São inúmeras linhas que se cruzam no subsolo. O sistema é controlado automaticamente pela estação central, por computadores de última geração. As composições correm rigorosamente nos horários e os vagões oferecem o máximo de conforto para os usuários. Além das poltronas muito confortáveis, há ainda suave música de fundo. É um meio de transporte muito usado pela população desde há muito tempo.

O veículo aéreo é uma cópia muito avançada do antigo helicóptero, com sistema de propulsão vertical e horizontal com grande estabilidade e rapidez. É completamente seguro, pois possui tanques de gás ultraleve, com grande poder de ascensão, que lhe propicia sustentação em qualquer emergência. Esse gás é produzido pela mistura de elementos naturais no próprio veículo e controlado por computadores de acordo com a carga. O sistema de direção, semelhante ao dos veículos terrestres, lhe oferece total segurança de deslocamento até o destino. Essa nave transporta cerca de 200 passageiros e faz principalmente a ligação entre as zonas alta e baixa da cidade, entre aeroportos e cidades próximas.

As principais avenidas da cidade têm esteiras rolantes nas calçadas para deslocamento das pessoas. Todas as avenidas e ruas da cidade são bem arborizadas e com canteiros de flores.

Os edifícios do centro são todos reservados à administração, como Prefeitura, Museus, etc., e ficam em belos parques com muitas árvores, flores e fontes luminosas. À noite o espetáculo é deslumbrante, com o colorido das águas dançando ao som de belíssimas músicas.

Sistema de governo

O Governo é um só para todo o planeta, pois como não há mais fronteiras e a pátria é única, toda a humanidade é dirigida por um único governo.

O poder central está instalado na Antártida, que se transformou num verdadeiro jardim após o degelo ocorrido há algumas centenas de anos.

O governo é exercido por uma união de homens e mulheres do mais alto gabarito.

O presidente é uma pessoa dotada de alta experiência, inteligência e amor fraterno, e é escolhido em eleição universal entre aqueles que mais se destacam pela inteligência, trabalho e amor fraterno. É um espírito de grande luz. Ele exerce a presidência pelos anos que tiver disposição ou até a sua morte, quando, então, se faz nova eleição entre os mais recomendados para o cargo. O

Presidente é assessorado por um conselho de doze ministros, todos muito capazes para o desempenho de suas funções. É o presidente quem escolhe seus Ministros. São eles:

Ministro da Fraternidade: Sua função específica é cuidar do amor fraterno e das boas relações entre todos os povos e raças do planeta.

Ministro da Saúde e Socorros: Sua função é cuidar do bem-estar, da saúde e socorro ao povo.

Ministro das Provisões e Alimentos: Sua função é cuidar da agricultura, pecuária e extração marítima, pois delas depende toda a alimentação do povo.

Ministro do Comércio e Indústria: Sua função é cuidar da fabricação e intercâmbio dos bens de consumo no mundo, para suprir as necessidades de toda a humanidade.

Ministro dos Transportes e Comunicações: É sua função cuidar do tráfego terrestre, aéreo e espacial do planeta e também das comunicações e serviços.

Ministro das Energias: Sua função é cuidar do suprimento de energias, que são várias para movimentar as diversas atividades do planeta.

Ministro dos Esportes, Turismo e Lazer: É sua função cuidar de todos os esportes, turismo e lazer, para alegria e divertimento de todos os povos.

Ministro do Trabalho: Sua função é cuidar de todas as atividades inerentes ao trabalho para que funcionem em completa harmonia, em todos os recantos do mundo, pois dele depende a boa vida da humanidade.

Ministro da Educação e Cultura: É sua função cuidar da educação e cultura dos povos, pois o estudo é obrigatório e por conta do governo para todos os cidadãos entre 7 e 18 anos. A cultura e a arte também são estimuladas a todos que desejarem.

Ministro Espiritual: Corresponde, de modo muito avançado, ao antigo Papa. Sua função é unir toda a humanidade sob uma só crença e render graças ao Pai Eterno, Jesus, e outros espíritos de grande luz que orientam as comunicações em nome de Deus.

Ministro da Habitação: Cuida de prover habitação digna a todos os habitantes do planeta.

Ministro das Pesquisas e Invenções: Cuida de estimular as pesquisas e novas invenções para o progresso material e da vida na Terra.

Todos os ministros sediados junto ao governo central tem quatro secretários, sediados dois no hemisfério Sul e dois no hemisfério Norte. Estes, por sua vez, têm tantos auxiliares e chefes de que necessitem, espalhados por todos os recantos da Terra, propiciando assim um perfeito e harmonioso sistema de governo, tornando seu povo feliz.

A sociedade

A sociedade é regida pelo amor fraterno entre os homens. Por esta razão se torna fácil a vida entre os povos. O lema é todos por um e um por todos, sob a Divina orientação do Pai Eterno.

Em razão de sociedades do passado frustradas, quando a Terra era dividida por nações que se digladiavam, com ódios e guerras, e grandes prejuízos para a humanidade, a nova sociedade aboliu completamente o sistema de vida do passado. Devemos esclarecer não ter sido fácil essa transformação. Ela veio após grandes sacrifícios, quando a humanidade compreendeu que só pelo amor fraterno é possível uma vida feliz. Para chegar a este ponto, tiveram a Terra e a humanidade de passar por grandes transformações e dores. A derradeira guerra, com seus artefatos de grande destruição, levou muitas dores, mortes e sacrifícios a grande parte da humanidade, acompanhada de grandes hecatombes como terremotos, maremotos e degelo dos pólos, modificando até continentes, desaparecendo grandes extensões de terras e surgindo novas, que subiram do fundo do mar, com o deslocamento do eixo da terra, motivando sua verticalização.

Após esse período de dores, a humanidade sobrevivente compreendeu que devia abolir completamente todo e qualquer sentimento de ódio e disputa entre homens e povos e trabalhar em conjunto para a construção do Novo Mundo. Lentamente, com grande trabalho e sacrifício o Mundo foi melhorando, até chegar ao exemplo que é hoje.

Tendo a moral e o amor fraterno melhorado muito e sendo compreendido que as fronteiras e nações só provocaram ódios e disputas, a humanidade se uniu em torno de um só governo, criando uma pátria única.

Hoje se fala uma só língua em toda a Terra, o Esperanto, facilitando muito o entendimento entre os homens. Há ainda povos que falam seus idiomas de origem, mas só no domínio familiar, pois as escolas só ensinam o Esperanto.

Por não existir mais guerras, as antigas indústrias de armamento desapareceram e hoje esse esforço está transformado somente para construir o bem comum.

A economia realizada pelo trabalho de todos é para proporcionar o bem-estar da humanidade.

Todo ser humano é protegido pelo Estado, desde seu nascimento até sua morte. Estudo, alimentos, vestimentas e transporte, assim como moradia, assistência médica e lazer são gratuitos.

Todos sabem que para ter este padrão de vida devem dar sua contribuição com o trabalho de acordo com suas aptidões e gostos. Ninguém foge aos seus deveres, pois é com alegria e entusiasmo que vão para o trabalho. Só não trabalham crianças, idosos e doentes.

Em razão do grande avanço da medicina, as doenças são poucas e as epidemias são raras. Antigas doenças como o câncer e outras moléstias que atormentavam a humanidade estão erradicadas da face da Terra, pelo progresso da medicina. A ausência de poluição e de vícios e a alta moral e espírito de todos contribuem para o bem-estar. Por estas razões, a média de idade chega aos 95 anos, sendo comum casos de pessoas que morrem aos 120 anos ou mais. O povo, gozando de boa saúde, trabalha até a idade de 70 anos, quando então vai gozar o merecido descanso, com sua aposentadoria, deixando para os mais jovens seus encargos. Tirando os acidentes e doenças, que são raros, as pessoas costumam morrer de velhice, e pressentem quando está chegando sua hora. As forças começam a faltar, e em pouco tempo morrem. A morte é um fato normal na vida de cada um, e não é chorada como antigamente, sendo só lembrada com saudades. Mas é sabido por todos que foi completado mais um ciclo de vida, retornando à vida espiritual, para seu progresso e aprendizado e futura reencarnação com maior evolução.

O dinheiro foi abolido da Terra e substituído pelo "Bônus-mérito". O dinheiro deixou de ter seu valor na Terra, pois ninguém é mais proprietário de nada, mas apenas goza o usufruto dos bens. Como todos recebem de graça o principal para bem viver, não teria mais sentido o dinheiro, e assim foi criado o "Bônus-Mérito", que é dado a cada um como recompensa pelo seu esforço e dedicação no trabalho. O "Bônus-mérito" é dado pelo valor correspondente à conquista conseguida pela pessoa e a distribuição é calculada por computadores, nunca errando o valor correspondente a cada mérito no trabalho feito. Um grande médico, um engenheiro, um cientista, um inventor, pelos seus grandes feitos, naturalmente recebem mais que um operário. Com o "Bônus-mérito" as pessoas adquirem uma variedade de artigos e aparelhos para uso próprio ou para o lar, os quais não fazem parte do essencial, que é dado pelo Estado para a vida de cada um, tal como automóvel, melhores moradias, robôs para serviços gerais, móveis mais luxuosos, computadores, adornos, etc. Cada artigo tem um valor correspondente em "Bônus mérito" e o possuidor sabe que está recebendo um conforto somente para desfrutar, não sendo nunca proprietário, devolvendo-o à sua origem caso adquira outro ou em caso de sua morte.

O sentido de propriedade não existe para ninguém, somente o valor moral, espiritual e a inteligência são propriedade individual.

Por ocasião do casamento, cada casal recebe a moradia no local escolhido, dentro de sua conveniência. A moradia *standard* cedida pelo Estado possui os cômodos necessários para uma família de até cinco pessoas. É entregue mobiliada, com todo o conforto, mas sem luxo. O casal pode melhorá-la com o tempo, com aquisições feitas através dos "Bônus-mérito", ou mudar para uma melhor pelo mesmo sistema, desde que tenha "Bônus-mérito" para isso. Não existe outra união entre casais que não seja pelo amor ou amizade. Em média, cada casal tem dois filhos. Hoje os casais têm outros entusiasmos no relacionamento, não apenas sexo.

Moradias

As moradias oferecem o máximo conforto. Cada casa ou apartamento é equipado com os mais variados aparelhos para o conforto de seus moradores. Os móveis, de belas linhas, de material sintético translúcido e em belas cores, dão um toque harmonioso no lar. As camas, com colchões de material sintético esponjoso e regulável ao gosto de cada um, oferecem o máximo de conforto. As cozinhas, com aparelhos automatizados por computador, simplificam a vida dos moradores, considerando que todos os maiores de 18 anos, homens e mulheres, trabalham fora, contribuindo com seu esforço para o bem comum. Só ficam em casa durante o dia as futuras e recentes mães com seus filhos pequenos e as pessoas idosas ou doentes.

As crianças, de 6 meses a 6 anos, ficam diariamente em creches, recebendo todo o cuidado enquanto seus pais trabalham. E crianças de 7 anos a jovens de 18 ficam em escolas e universidades por conta do governo, preparando-se para o futuro.

Voltando a comentar sobre as regalias que têm em casa, o morador, quando pode, adquire um robô computadorizado, que, programado, faz todos os serviços da casa.

Pelo videofone é feita a comunicação com todas as moradias e repartições do planeta, por imagem e som. Todos os adultos têm relógios de pulso que servem também como videofone.

Todas as moradias são dotadas dos principais confortos.

A iluminação, à noite, provém de dezenas de projetores elétricos incrustados no teto, proporcionando uma iluminação desde feérica até mortiça ou em cores, reguláveis ao gosto de cada um.

Para o lazer dos moradores há o telerrádio tridimensional nas principais salas e dormitórios da moradia, oferecendo programas de alto nível de vídeo, como também belos programas musicais.

A água usada em todos os lares, ou onde ela é necessária, é da mais alta pureza para o consumo e serve também como remédio natural para o bom funcionamento do organismo. A água é produzida por complicados métodos de filtragem, sendo-lhe adicionados elementos naturais que lhe dão grande valor energético e terapêutico.

Todas as moradias acham-se instaladas em recintos fora do centro das cidades, em parques bem arborizados e ajardinados com belas praças de esportes, dos mais variados tipos.

Veículos

O automóvel atual é muito bonito, rápido e prático. A carroceria tem linhas aerodinâmicas. É feito de um material sintético de alta resistência e pintado em lindas cores. Possui quatro lugares, com poltronas anatômicas moldadas em material sintético esponjoso, oferecendo grande conforto aos passageiros. O motor, movido a pilhas atômicas, blindadas, de alta segurança, proporciona combustível para mais de 20 mil quilômetros e são trocadas com facilidade. A força é gerada numa miniusina que a transforma em eletricidade.

A propulsão é feita por meio de jatos poderosos que saem por baixo da carroceria; é silencioso, ouvindo-se apenas um leve silvo. O sistema de direção, aceleração e breque é automático ou manual. No sistema automático, o motorista programa a viagem em minicomputadores e o veículo se desloca, com toda a segurança, na velocidade desejada, até o destino. O veículo alcança até 300 quilômetros por hora e possui, ainda, sensores com radar na direção que prevêem obstáculos no caminho e desviam em tempo, dificultando a ocorrência de acidentes. O sistema manual de direção é comandado pelo motorista e serve para pequenos passeios e manobras. O veículo se desloca a uma altura de 20 centímetros do solo, sendo sustentado por um sistema de eletroímã invertido. O leito de todas as estradas, avenidas e ruas é construído com um material imantado, muito sensível aos mecanismos dos carros, para possibilitar a sustentação. Quando o veículo trafega em terrenos acidentados, descem automaticamente, por controle do motorista, quatro rodas de material sintético e a viagem continua normalmente, pois, na terra, não há contato para a ação do eletroímã. Alguns veículos, além de possuírem essa tecnologia, ainda são anfíbios. Os carros oferecem ainda aos passageiros o conforto do telerrádio tridimensional, videofone, gravadores, minicomputadores, ar-condicionado e biblioteca para distração durante uma longa viagem.

    O carro coletivo, com capacidade para até 100 pessoas, é semelhante ao automóvel, com as mesmas características de carroceria, motor, sistema de direção e locomoção. É pintado na cor metálica, com grandes janelas de vidros inquebráveis. Trafega pelas grandes avenidas para todas as direções da cidade e faz também a ligação com cidades próximas. É um substituto do antigo ônibus. Um modelo todo fechado transporta cargas.

    O veículo terrestre para grandes distâncias é o trem ultramoderno, que corre suspenso sobre dois trilhos, com a máxima segurança. Há ainda uma pequena roda encaixada num trilho acima do trem que impossibilita o seu descarrilamento ou tombamento. Ele atravessa continentes, chegando a percorrer milhares de quilômetros a velocidades altíssimas, de até 800 quilometros por hora. Muitos deles correm em túneis no fundo do mar ou sobre cordilheiras de montanhas. Ainda podem subir serras e montanhas rapidamente por um sistema de cremalheira nas rodas da locomotiva. São movidos pela eletricidade e controlados pela estação central. A mais alta tecnologia permite aos trens deslocarem-se em todas as direções com total segurança e rigorosamente dentro dos horários. Dificilmente ocorre qualquer defeito na transmissão de força ao trem, mas caso aconteça, todos recorrem à força própria, suficiente para completar a viagem. É grande o conforto oferecido aos passageiros. Além das confortáveis poltronas que podem se transformar em leito, há, para distração, o telerrádio tridimensional individualizado para cada poltrona, com fones individuais e biblioteca, além de restaurantes de primeira ordem. O trem transporta também grandes cargas. Tanto os trens como qualquer tipo de veículo são construídos com proteção acústica, sendo silenciosos internamente.

A nave que singra os mares atualmente é uma cópia muito avançada dos antigos navios e submarinos, um misto de ambos. São grandes embarcações com capacidade de transportar até três mil passageiros e tripulantes com todo conforto e segurança. Eles podem navegar na superfície e também submergir, como os antigos submarinos. São movidos por energia atômica e desenvolvem velocidades de até 100 quilômetros por hora na superfície, prestando-se mais para viagens de turismo e visitas ao mundo submarino, que são muito do gosto de todos. Eles também transportam grandes cargas de um continente para outro.

O moderno avião tem as linhas mais parecidas com as de um foguete. Ele executa o transporte para grandes distâncias em tempo recorde. É lançado por potentes motores até a estratosfera, fazendo um arco e descendo no destino, alcançando velocidades de até 20 mil quilômetros por hora e qualquer viagem não dura mais que duas horas. É movido pela energia atômica, com grande segurança. A viagem é toda automática e controlada por avançados computadores. Caso surja algum defeito, o aparelho se equilibra automaticamente por um gás que lhe oferece sustentação e pouso suave. Esse gás é uma mistura de elementos naturais, controlada sua produção por computadores. É um gás de grande poder de sustentação, muito mais leve que os antigos hidrogênio e hélio, e sem perigo de explosão. O aparelho transporta até 200 passageiros ou leva cargas a grandes distâncias. Outro aparelho para uso urbano e para regulares distâncias é o avançado helicóptero. Existem ainda pequenas naves aéreas que se deslocam a grandes velocidades e servem para trabalhos diversos.

Para uso individual, há um aparelho que faz a pessoa voar rapidamente de um lugar para outro. É um colete que expele jatos para baixo e para trás, pelas costas, sustentando e movimentando o usuário. Esse aparelho só pode ser usado no campo, como diversão e nos esportes. Todas as equipes de segurança possuem esses aparelhos para salvamento de pessoas em perigo em prédios, montanhas, etc. É vedado o seu uso nos centros urbanos, em razão do grande tráfego aéreo.

Outro veículo é a nave interplanetária. Há uma que faz a ligação com a cidade lunar em apenas seis horas e outra que chega próximo de Marte e de Vênus.

Informática

A tecnologia pela informática está hoje num grau muito avançado. Por exemplo, todo cidadão, ao nascer, recebe além do nome escolhido pelos pais e do sobrenome de família, um número de "código pessoal". Trata-se de um código composto de números e letras e exclusivo para cada pessoa, a ela ligado por toda sua vida. São tantas as combinações que podem ser feitas com o código que ultrapassam um trilhão, não existindo a possibilidade de existir dois códigos iguais em todo o mundo, onde a população é pouco mais de 10 bilhões. Este código já é usado há mais de 150 anos e ainda há campo para códigos novos por muitos anos. Toda criança ao nascer é registrada pelo nome e código que ficam gravados no "Supercomputador", instalado na sede do governo, no Pólo Sul. Durante toda a vida da pessoa, o computador vai armazenando seu currículo, registrando dados pessoais como endereço, estudo, profissão, doenças, prêmios, promoções, etc.; coordenam tudo em uma ficha completa de cada cidadão.

Se houver necessidade de saber algo sobre qualquer pessoa, em qualquer lugar do mundo, basta ser consultada a informática, através do número de código no "supercomputador", e em segundos ele responde a qualquer computador do globo, apresentando a ficha completa da pessoa pesquisada. Agora não ocorre mais, como antigamente, que nomes homônimos tenham problemas de dívidas financeiras ou ocorrências policiais, pagando uns pelos outros, apesar de que agora esses problemas já não mais existem. Se a pessoa pesquisada já tiver morrido, a resposta da ficha, na tela do computador, aparece em vermelho, com a data da morte. Todas as consultas de pessoas que ainda estejam vivas aparecem em verde na tela.

Pode também ser conhecido a qualquer momento o número exato de habitantes do planeta; basta consultar o "supercomputador".

A informática de hoje faz a antiga parecer brinquedo de criança.

Na escola

Os alunos, meninos e meninas, conversavam animadamente quando o professor entrou para iniciar a aula de conhecimentos gerais. A média de idade dos alunos é de 10 anos e fazem o curso médio.

A classe, ampla e arejada, com boa iluminação natural, comporta 45 alunos. As carteiras individuais possuem um minicomputador com visor para o aluno dar as respostas às perguntas do professor. Na frente, junto ao professor, há uma grande tela, onde ele vai, por meio de imagens, administrando a aula pelo vídeo, como se fosse um cinema tridimensional.

Como é um início de curso, é do programa dar conhecimento aos alunos de como é hoje feliz a vida na Terra em relação ao passado. Primeiro, o professor projeta na tela como era difícil a vida da humanidade centenas de anos atrás. As lutas entre povos, a miséria em contraste com o luxo e a riqueza entre irmãos, vivendo uns próximos dos outros; a fome de muitos e a fartura e esbanjamento de outros, a ganância pelo dinheiro, o ouro, o poder, bens materiais, o roubo, o crime e os vícios trazendo grandes sofrimentos às pessoas.

Os armamentos de guerra, que ocasionavam grandes destruições a nações inteiras. Enfim, os alunos tomam conhecimento, com pesar, como era triste a vida na Terra naquela época. Todas as escolas do globo dão esta aula aos alunos para mostrar quanto é bela a vida agora e para que dêem valor e participem com entusiasmo por toda a sua existência. Após os alunos tomarem conhecimento da dura vida do passado, o professor projeta na tela como é a vida atual, e os alunos, com muita atenção, alegria e entusiasmo, tomam conhecimento. O professor vai detalhando as diversas fases que vão aparecendo na tela. Primeiro o sistema de governo, mostrando o presidente e seus Ministros atuais; depois todas as fases de como é regida a administração do governo por toda a Terra. Depois, como é composta a sociedade atual, em detalhes. Em seguida, os mais variados tipos de trabalho e como é a religiosidade cristã do próprio povo, onde impera o amor fraterno em toda a humanidade. Em seguida, os veículos, naves, aparelhos, computadores, máquinas, etc., com todos os detalhes de construção e uso. Vem depois a parte de turismo, esportes e lazer que são muito variados para contentar a todos os gostos; em seguida, a apresentação da cidade lunar com sua vida e de onde se extraem diversos minérios para várias aplicações. É mostrada então a evoluída medicina, laboratórios de pesquisas e hospitais, onde é tratada a saúde do povo. Por fim, são mostradas, na tela, as últimas invenções, para facilitar ainda mais a vida de todos.

Só após toda essa demonstração, se apresenta na tela o Presidente, que faz uma preleção para os alunos, aconselhando-os a aproveitar as regalias que lhes são oferecidas durante a vida e a contribuir com seu esforço pessoal para o bem comum.

As diversas matérias do curso são ministradas por professores(as) muito competentes e o processo das aulas é semelhante em todas as escolas do globo. O professor instrui os alunos pela tela tridimensional, depois faz as perguntas para serem respondidas pelos alunos, que aparecem no visor do pequeno computador que há em cada carteira; conforme a matéria o aluno faz o raciocínio à parte e, achando o resultado, programa no computador sua solução. O resultado de toda a classe passa para o computador central que está com o professor e o aparelho já dá o resultado de cada prova, aluno por aluno, e transfere para o computador de cada um. Cada aluno retira uma cópia impressa de sua prova já com a análise, com as correções e acertos e a nota de avaliação. O aluno arquiva seus trabalhos na escola, separados por matéria. Na memória do computador central fica gravado o trabalho de cada aluno, de todas as matérias, durante o curso no ano todo e, no seu final, informa em notas o aproveitamento de cada aluno. O resultado de cada aluno passa também para o computador central no Pólo Sul. Os alunos aprendem a lidar com o computador de escola no último ano do curso primário.

As escolas têm, em média, quatro horas de aula por dia, de segunda a sexta-feira, no período da manhã. Apenas as universidades têm aulas de manhã e à tarde, pois os universitários têm muito o que aprender.

Os alunos até o nível de ensino secundário, depois do almoço na própria escola, na parte da tarde, fazem esportes, jogos, leituras e reuniões, tudo ao gosto de cada um e sob boa orientação.

Esportes

É com grande entusiasmo que o povo gosta e pratica esportes dos mais variados tipos. Atualmente só são praticados esportes que não prejudiquem fisicamente ninguém. Esportes, tais como o boxe, lutas, corridas de automóveis e outros que antigamente representavam perigo físico não se praticam mais há bastante tempo. Em compensação há novos jogos que são disputados com entusiasmo. A natação é apreciada por todos, como competição, exercício e lazer; há inúmeros jogos de bola, como era antigamente, mas com mais perfeição; o atletismo, nas diversas modalidades, é muito apreciado e os recordes são incríveis, em função da excelente saúde e treino dos atletas.

Todos os estádios de esportes ficam lotados, por uma platéia que aplaude com entusiasmo todos os participantes, nas mais variadas modalidades esportivas. As praças de esporte são verdadeiros monumentos de beleza, conforto e instalações.

Há um jogo novo, que antigamente era chamado de tênis, que era disputado somente por dois e quatro jogadores. Hoje o jogo é realizado numa quadra enorme, com a participação de dez jogadores de cada lado. A bola é de um material especial e as raquetes também, e devido à força e agilidade dos jogadores, lançam a bola com grande velocidade e a grandes distâncias, transpondo a rede com rapidez de um lado para outro, todos se movimentando com grande agilidade para não perder pontos. A bola é vermelha e luminosa e faz um leve silvo, para ser acompanhada com facilidade por todos, tanto os jogadores como a platéia.

Outro jogo que não existia antigamente é o "colete voador", em que os participantes usam colete igual aos usados pelas equipes de segurança e resgate. O esporte funciona da seguinte maneira: O estádio bem grande, num campo com 100 x 100 metros, tem no centro, numa altura de 50 metros, uma rede como aquelas dos jogos de tênis, e outras duas de cada lado, uma a 20 metros e a outra a 10 metros do solo, totalizando cinco redes em níveis e distâncias diferentes. Os participantes têm ajustado o seu colete voador nas costas, com os controles para os diversos movimentos no cinto. Doze participantes ficam num dos lados do campo, todos alinhados no ponto de partida. Quando é dado o tiro pelo juiz, todos acionam os seus aparelhos e partem para a disputa. Eles têm de subir, transpor a rede que está a 20 metros do solo, descer, passar por baixo da rede e a seguir a que está a 10 metros do solo; subir novamente para transpor a rede que está a 50 metros de altura, descer novamente do outro lado para passar por baixo da rede que está a 10 metros do solo; subir novamente para transpor a rede que está a 20 metros do solo, descer do outro lado do campo, apanhar uma bandeirola e voltar rapidamente, fazendo todas as manobras ao inverso, voltando ao ponto de partida, onde um cronômetro marca com precisão a chegada de cada um. O solo do campo é feito de um material muito macio, que amortece qualquer queda que possa ocorrer em uma manobra errada, pois é grande o cuidado que se tem com a integridade física das pessoas. Devido à grande agilidade dos participantes, essa corrida é feita em menos de um minuto. São muitos os participantes desse esporte, e diversas corridas eliminatórias vão sendo feitas, uma após outra. Em cada corrida vão sendo classificados para as semifinais os que conseguiram os primeiro e segundo lugares. Na semifinal correm os doze que se classificaram nas eliminatórias e no final só correm os dois finalistas, para ver quem é o vencedor. Participam neste torneio mulheres e homens, separadamente. É grande a torcida da platéia, todos são aplaudidos e, em especial, o vencedor.

Esse esporte, como todos os outros, é uma verdadeira festa de amizade, congraçamento e alegria.

Suprimentos

O necessário para o sustento das pessoas, como alimentos, produtos de higiene pessoal, limpeza, etc., não é mais suprido como antigamente, por supermercados e outros estabelecimentos, pagando-se com dinheiro e havendo uma grande distinção de classes entre ricos e pobres, quando os primeiros, privilegiados, compravam com grande fartura e esbanjamento e os outros mal podiam adquirir o essencial para a sobrevivência, e em certas partes da Terra a miséria era tanta que se morria de fome.

Como tudo o que é essencial é de graça, todos gozam de uma sobrevivência digna. Como todos trabalham para o bem comum, suas moradias são supridas de todas as necessidades. Hoje já não se perde mais tempo para ir às compras e abastecer o lar. Todo morador tem um aparelho em casa que, acionado por ele, transmite o pedido na hora para o armazém central mais próximo; os pedidos, em geral, são feitos logo cedo, antes dos moradores irem para o trabalho, e à tarde, quando voltam, a mercadoria pedida já está bem acondicionada na porta da moradia, à sua disposição. O morador guarda a encomenda em aparelhos especiais que tem em casa; a variedade de alimentos prontos para o consumo, que vêm em embalagens especiais, conservam-se por muito tempo em frigoríficos com a mais alta tecnologia, sinalizando até quando o estoque precisa ser renovado.

Os produtos não perecíveis são guardados num pequeno depósito que também avisa quando precisa ser renovado.

É feito, em geral, um pedido principal para o suprimento do mês, mas se houver necessidade faz-se outros tantos quantos necessários. Ninguém pede mais que o necessário, pois como tudo é de graça, não há motivo para tal, mesmo porque a educação do povo não permite desperdício.

Ninguém faz comida em casa, pois a variedade em que é fornecida é muito grande e são pratos saborosos da mais alta qualidade e saudáveis para uma boa alimentação. Como todos trabalham fora, não há tempo nem hábito de se fazer a comida em casa. Os moradores, no jantar, esquentam em fornos especiais os alimentos de seus gostos. Ha também variados tipos de saladas e muitas frutas e doces para a sobremesa.

As bebidas em geral, além de água pura, são tipos variados de sucos de frutas e bebidas com baixo teor alcoólico. Há também diversos alimentos puros, naturais e balanceados para recém-nascidos e crianças pequenas.

Todos almoçam nos restaurantes do trabalho, que também são da mais alta qualidade. As crianças e os jovens, nas creches e escolas, também fazem as refeições em seus respectivos recintos. Nota-se como é fácil e prática a vida nos dias atuais.

Religiosidade do povo

Houve modificações, depois dos problemas que antigamente traziam as inúmeras religiões da Terra, quando algumas chegavam a incentivar até o crime contra praticantes de outras, e certas seitas faziam um comércio rendoso para enriquecimento de alguns aproveitadores. Todos falavam em nome de Deus, mas poucos professavam o verdadeiro Evangelho que Jesus nos ensinou, como também outros grandes líderes espirituais ensinaram, como Maria Santíssima, os Apóstolos, Moisés, Maomé, Buda, Kardec, Gandhi e tantos outros, que viveram na Terra.

Depois de épocas de grandes transformações e dores no Planeta, e quando tudo foi se ajustando, também o povo reconheceu que só uma religião podia imperar na Terra, para o bem de todos: a religião cristã e do amor fraterno, o verdadeiro Evangelho de Cristo.

A crença em Deus, nosso Pai Eterno, é hoje incondicional para todos os habitantes do Planeta.

Todos os cidadãos, desde criança até o fim da vida, voltam seu pensamento para Deus e agradecem por mais um dia que terão de trabalho pela oportunidade de praticar o bem. Às 6 horas da tarde, todos também voltam seus pensamentos para o Pai, Jesus e Espíritos de Luz, pedindo graças por toda a humanidade, e fazendo algum pedido especial também, se o têm.

Em todas as cidades e no campo, são inúmeros os templos onde as pessoas vão aos domingos cedo prestar a sua homenagem religiosa. Nenhum cidadão, desde criança, deixa de freqüentar o templo no mínimo uma vez por mês.

Os templos são belíssimos, com muitos vitrais coloridos, mas sem adornos, estátuas ou imagens; somente com muitas flores e todos com um grande quadro belíssimo de Jesus abençoando a todos. Respira-se, no ambiente, um ar perfumado e sente-se a paz, tranqüilidade e bons fluidos.

Nas reuniões dos domingos cedo, há uma comovente oração feita pelo Ministro Espiritual, numa grande tela tridimensional, diretamente do centro do governo no Pólo Sul. Depois, por processo em que é aproveitado o ectoplasma dos presentes, se corporifica no alto, lá na frente do templo, a imagem de um Espírito de grande luz, envolto em cores belíssimas, que vem fazer lindas preleções e dar conselhos que chegam a fazer chorar de emoção e alegria a maioria dos participantes. Por um aparelho sofisticado a voz do Espírito chega aos presentes.

Por fim, todos cantam um hino, rendendo graças a Deus. Terminada a reunião, todos se cumprimentam com alegria e vão gozar o domingo das mais variadas maneiras, tais como esportes, visitas a museus, passeio nos jardins zoológicos, parques de diversões, teatros, jogos, jardins públicos ou reunindo-se com amigos e parentes.

Alimentação não é problema, pois são inúmeros os lugares onde se pode fazer uma boa refeição, com serviço todo automatizado. Como se sabe, tudo é grátis.

Vestuário

Como são bonitas, práticas e duráveis as roupas que se usam na atualidade. Feitas em tecidos sintéticos, climáticos, antiinflamáveis e antialérgicos, com variados padrões e cores.

São fabricadas em grandes fábricas, diversas delas espalhadas pelo Globo. É enorme a produção, numa rapidez incrível, por maquinário muito sofisticado, considerando que todos os habitantes da Terra têm de se vestir bem. A matéria-prima se transforma em tecido sintético metalizado, por processos muito adiantados, e depois vai para a divisão de tinturaria, para tingimento com belos padrões e cores, após o que o tecido está pronto para as confecções.

Todo o processo, desde a matéria-prima até o produto final, é feito e embalado na mesma fábrica.

O vestuário é quase todo de um modelo único, com muito bom gosto, tanto para homens como para as mulheres, notando-se no vestuário feminino a graça dos detalhes. A roupa masculina é mais simples, em cores discretas e com emblemas, como destaque. A roupa feminina é confeccionada em muitas e belas cores combinadas e com enfeites que lhe dão uma graça toda especial. As mulheres, além das calças semelhantes às dos homens, usam também saias muito graciosas.

Dois são os tipos de tecidos: um para épocas mais quentes e outro que agasalha melhor, para tempos mais frios.

O clima não muda muito, pois só tem duas estações no ano: primavera e outono, devido à verticalização da Terra, não havendo mais o verão muito quente, nem o inverno muito gelado. Os termômetros não oscilam além de 10 graus centígrados no mínimo e 28 graus centígrados no máximo em todo o Globo.

Há também capas muito práticas para os dias de chuva.

Todas as pessoas têm direito a receber quantas roupas quiser, mas todos têm senso de responsabilidade para requisitar apenas o suficiente para seu uso pessoal, mas não há dúvida que as mulheres, por terem alguma vaidade, têm mais roupas que os homens.

Toda roupa em desuso deve ser devolvida para ser reciclada e transformada novamente em matéria-prima, para nova fabricação de vestuário.

Os calçados, também sintéticos e muito confortáveis, sendo os masculinos mais simples e os femininos mais sofisticados, com saltos para deixar os pés das mulheres mais bonitos. Há também uma variedade de vestuários e calçados próprios para os esportes e também para bebês e crianças.

Todo vestuário é confeccionado em diversos tamanhos para servir a qualquer pessoa. Todo mundo escolhe suas roupas em grandes lojas-depósito, principalmente aos sábados, dia reservado para requisições de vestuário gratuito e aquisição de outro grande número de produtos e aparelhos que são conquistados com os "Bônus-mérito".

A natureza

A natureza no século XXVI é deslumbrante e ajuda a proporcionar a felicidade da humanidade. Como só existem duas estações no clima, o verde impera em todos os quadrantes do Planeta.

As matas são bem conservadas, e por não haver destruição e as chuvas serem regulares, ajudam a purificar o ar da Terra.

O povo aprecia muito excursionar pelas florestas e montanhas, para estudar a vegetação, encontrando árvores enormes e centenárias e grande variedade de flores que são catalogadas, tornando as florestas verdadeiros mundos encantados.

Os bichos e as aves no seu hábitat natural são preservados, e ninguém sacrifica um ente vivente, pois todos respeitam a obra Divina.

Os rios, que são inúmeros, com suas águas limpas seguindo em todas as direções, são ricos em peixes, um dos grandes alimentos da humanidade.

Os mares, com suas plantas submarinas e a variedade enorme de peixes de diversos tamanhos e cores, são um dos mais belos espetáculos que é mostrado para aqueles que fazem viagens submarinas. Do mar se extrai uma grande parte da alimentação da humanidade.

Todos respeitam e adoram a Natureza, pois nela está presente a obra de Deus.

Construções

Os edifícios de hoje, no seu aspecto, são semelhantes, porém mais belos que os de centenas de anos atrás, sendo que os atuais têm processo de construção muito evoluído que mostra a diferença.

Os materiais de construção usados são completamente outros, as estruturas dos edifícios, viadutos, túneis, pontes e casas são de alumínio-carbono misturado com outros materiais, surgindo um produto muito leve, mas muito resistente que supera o antigo aço, com a vantagem de nunca se deteriorar. O material de revestimento e divisões internas é todo sintético, leve e muito resistente, antiinflamável, com isolamento acústico e já fornecido em chapas pintadas com uma tinta especial, em belas cores suaves, que duram para sempre, necessitando unicamente uma limpeza geral muitos anos após a construção, isso pela ausência de poluição.

As grandes janelas são de um vidro inquebrável numa tonalidade azul, para filtrar os raios solares. Todas as instalações internas, como aparelhos para banheiros, cozinhas, etc. são sempre de material sintético leve, com lindas cores e modelos.

Os elevadores são ultra-rápidos e cada edifício tem vários. Atendem automaticamente pela voz do usuário e vão do 1º ao 50º andar em poucos segundos e a pessoa nem percebe a rápida viagem e a suave parada. São absolutamente seguros.

As escadas entre os andares são todas rolantes, bastando à pessoa subir no degrau que uma célula fotoelétrica faz funcionar a escada que sobe ou outra que desce rapidamente.

A iluminação é abundante em todo o edifício, como também em todas as ruas, estradas, ou onde ela é necessária, pois há sobra de eletricidade no mundo.

Nos edifícios administrativos, as luzes ficam acesas à noite e toda em cores, apresentando um quadro deslumbrante. A construção de um edifício de 50 andares não leva mais que 150 dias para ficar pronto. O que dá mais trabalho são as fundações. Depois, por ele ser pré-moldado, é terminado em tempo recorde. Todos os edifícios da Terra não podem ter mais de 50 andares, por causa do intenso tráfego aéreo nos grandes centros, mas a capacidade da engenharia poderia construir prédios de até 300 andares ou mais, haja vista que na capital central, no Pólo Sul, tem um edifício com torre de transmissão do telerrádio tridimensional do governo central que tem a altura de 1.250 metros.

As casas, de bela arquitetura, e construídas com os mesmos materiais, não levam mais que 15 dias para ficarem prontas.

As pontes e os viadutos são verdadeiras obras de arte e parece que desafiam a lei da gravidade, pois têm extensões imensas, com vãos livres de até 3 quilômetros e a grandes alturas do solo ou da água, nunca tendo havido nenhum desastre com essas obras. Todas elas são construídas com uma tecnologia tão avançada, que se houver um grande terremoto pode haver danificações, mas dificilmente alguma obra ruirá.

Indústria e agricultura

A indústria e a agricultura têm de andar juntas, com grandes resultados, pois têm de produzir produtos, aparelhos, máquinas e alimentos para o bem-estar de 10 bilhões de habitantes da Terra que vivem hoje nos grandes centros e no campo.

As indústrias possuem a mais alta tecnologia para alcançar grandes produções. O maquinário é ultramoderno e os mais avançados robôs ajudam na fabricação rápida e perfeita de todos os produtos.

Para se ter uma idéia, um carro, desde a matéria-prima até ficar pronto para ser usado, não demora mais que 10 minutos, em média, considerando a produção de cada fábrica, que é grande e há diversas espalhadas pelo Globo.

A agricultura, junto com a pesca, que é a base alimentar do próprio povo, tem de ter a mais alta produção, pois não é admissível que em qualquer recanto do globo haja falta de alimentos.

Um ultramoderno sistema de agricultura extrai da terra muitos milhões de toneladas de alimentos diversos. Os produtos descobertos em laboratórios de pesquisas, usados na agricultura, aumentam em muito a safra e a qualidade dos grãos e vegetais, ajudados pelos equipamentos ultramodernos para fazer a semeadura e a colheita dos alimentos. É importante, também, o perfeito sistema de irrigação. Toda a Terra hoje é um verdadeiro jardim, com grandes florestas preservadas ou então totalmente aproveitadas para agricultura e pecuária. Não há terras devolutas.

Animais e aves

Vivem nos dias de hoje muitos animais e aves do passado, mas certas espécies desapareceram em razão das grandes transformações ocorridas na Terra.

Tanto os animais como as aves são protegidos durante a vida, porque ninguém os sacrifica, pois sabe que também eles são criação de Deus, apesar de estarem num grau de evolução muito inferior ao do homem. Os animais domésticos continuam a ser tratados, para que cada um tenha o seu valor. O gado é muito importante, pois fornece o leite que é muito consumido em todo o mundo.

Devido à grande evolução na criação do gado, hoje pode-se controlar o nascimento dos bezerros, para nascerem muito mais vacas que touros. A razão disso é que, como não se consome mais carne, as proteínas são absorvidas pelo corpo por outros tipos de alimento.

Hoje a evolução do homem, pela educação material e espiritual, levou-o a ser vegetariano e a única carne que é muito consumida é a da pesca.

Os animais, como a cabra e a ovelha, pelo excelente leite que produzem, têm o mesmo tratamento que o gado vacum.

Os cavalos são apreciados para esporte, passeio e corridas, e sua reprodução também é controlada.

Os cachorros e os gatos são conservados como animais de estimação, sob controle. O porco, como não tem mais utilidade alimentar, é conservado em zoológicos para preservar a espécie.

Os animais selvagens vivem em liberdade, em seus hábitats, preservados da destruição, mas todas as espécies estão sendo também confinadas em fabulosos zoológicos, onde há ambiente próprio para cada um viver como se estivesse no seu hábitat. E aqueles que precisam de ambiente gelado para viver, como o urso-polar, a foca, o pingüim e outros que conseguiram sobreviver ao degelo dos Pólos, vivem hoje em zoológicos especiais, com temperaturas adequadas à sua sobrevivência. As aves e pássaros, que são jóias da natureza, vivem em grande variedade por toda a Terra. Hoje não mais se prendem aves em pequenas gaiolas, como antigamente.

As galinhas, patos e outros ovíparos são criados em grandes granjas, para a produção de ovos, largamente consumidos por todos.

O abate de animais e aves condiciona-se apenas à necessidade de alimentar os animais carnívoros que vivem nos zoológicos, onde vivem também um grande número de aves, com hábitat próprio e espaço especial.

Como todos os animais e aves da Terra fazem parte da Natureza, o homem tem um grande carinho por eles.

A solução de um problema

A sala de reuniões do "Centro de Controle" para previsão de vestuário a toda humanidade do Planeta, lua e satélites, estava levemente perfumada devido a um purificador e condicionador de ambientes, quando entrou Roy, o coordenador de reuniões de cúpula, para as devidas providências, pois era necessária uma reunião urgente com todos os chefes do setor no Globo, porque algo não estava correndo a contento. Ligou o telecomunicador, com todas as divisões do setor sediadas na Terra e convocou a reunião geral para dali a 15 minutos. Esgotado esse tempo, entrou na sala o Dr. Baston, chefe-geral do setor, juntamente com Camila, sua secretária. Ele tinha o semblante preocupado, demonstrando que algo estranho estava acontecendo. Sentou-se logo numa das poltronas especiais para reuniões a distância, convidando Camila e Roy a tomarem seus lugares em outras poltronas e pedindo a Roy para ligar os contatos. No grande aparelho, em círculo, apareceram imediatamente todos os chefes, sentados cada um em sua poltrona, de tamanhos e cores naturais, em terceira dimensão, formando uma reunião completa na própria sala. Os chefes, também cada um diante de seu aparelho, participavam em outras cinco reuniões idênticas em seus locais de trabalho. Todos se cumprimentaram amigavelmente. Em seguida, tomou a palavra o Dr. Baston.

– Caros irmãos, convoquei-os com urgência, devido a um fato grave que chegou ao nosso conhecimento. Como é sabido, há mais de vinte anos que no nosso setor não surgem problemas maiores, mas agora surgiu um, de aspecto grave, que devemos nos empenhar para solucionar com urgência. Em duas cidades pequenas da África estão acontecendo coisas estranhas. Seu povo está sendo atacado de sintomas alérgicos ao usar as novas vestimentas e, para nosso pesar, já ocorreram dois casos fatais.

Houve um murmúrio geral e todos deploraram o acontecido.

– Os médicos locais informaram que ainda não descobriram a causa e pediram nossa ajuda. As vestimentas, que estão provocando a estranha alergia, são novos modelos que estamos lançando e já despachamos milhões de peças para outras partes, que começam agora a ser usadas. Notem a gravidade do problema que temos de resolver, com urgência. Vamos analisar agora as possibilidades de falhas na confecção. Irmão Henrique, seu laboratório de análises de matérias-primas não tem notado nada de anormal?

– Não, chefe, ainda ontem recebi o relatório do departamento, referente ao trabalho dos últimos trinta dias, e nada foi constatado de anormal, mas mesmo assim vamos reconferir todos os dados.

– Obrigado, confira e me informe urgente. Passamos agora à etapa seguinte, a preparação do material que está a cargo do setor do irmão Joses, algo na sua área?

– Acredito que não, pois esta matéria-prima é a mesma que usamos há anos e as fórmulas para preparação são idênticas, mas não nos furtamos a fazer uma rigorosa verificação informando o resultado.

– Está certo, e obrigado. E da confecção, irmão Sousa, tem algo a dizer?

– Apesar de termos batido recorde de produção no mês passado, atingindo 353 milhões de unidades de conjuntos completos do novo modelo, não foi descuidado o rigor na confecção. O controle de qualidade não acusou falha nenhuma. Não posso imaginar qual seja o problema que está causando estes estranhos sintomas.

– E no setor de embalagem, irmão Tito, será que há alguma anormalidade?

– Vamos verificar com urgência e informar em seguida, pois estamos empregando novo produto.

– Obrigado, mas por motivo de segurança, vamos suspender o fornecimento até resolver este caso, que deve ser solucionado com urgência, pois não podemos sustar por muito tempo as entregas, senão criaremos um grande colapso.

Dr. Baston agradeceu aos colegas o empenho que demonstraram em resolver o problema e, em seguida, se despediu e a reunião foi suspensa. Informou antes quais as cidades com problemas.

Decorridas 12 horas, nada havia ainda sido encontrado para resolver o caso, e todos os setores já tinham confirmado estar tudo em ordem em suas áreas, menos o de embalagem, que continuava procurando algo de anormal no invólucro, pois o produto era novo e poderia haver anormalidade.

Decorridas outras 10 angustiantes horas, o chefe Tito chamou o centro e pediu a presença do Dr. Baston na sala de reuniões, pois tinha importante informação a lhe prestar. Ligado o aparelho de contato, o Sr. Tito, com expressão sorridente, falou:

– Caro chefe, o problema está resolvido, com a graça de Deus e o esforço comum de meus assistentes. Como não encontramos nada de anormal em todos os testes efetuados, solicitei que três técnicos fossem imediatamente, com um laboratório portátil, às cidades africanas para estudar *in loco* o que havia. Reportaram-me há pouco o resultado desse trabalho. Foi construído um novo grande armazém para depósito de vestimentas e foi usado um novo produto de pintura nas prateleiras, e os testes de laboratório acusaram que, no contato com as novas embalagens, houve uma reação e o desenvolvimento de um vírus que veio a provocar esta alergia violenta. Já tomamos todas as providências com a reforma urgente do armazém e a inutilização dos estoques. Já vamos reiniciar novas entregas e para as cidades afetadas estamos encaminhando com urgência novos estoques.

Dr. Baston ficou feliz com a notícia e sorriu, mostrando um rosto saudável de jovem, apesar de seus 69 anos.

— Caro irmão Tito, obrigado; muito me alegram suas notícias, agradeça a todos por mim, a esses seus dedicados assistentes pelo empenho em resolver o problema. Até breve, irmão, e que a paz do Senhor esteja conosco.

Os aparelhos foram desligados e cada um foi cumprir o seu dever.

Diálogo entre aeronautas

Eduardus, com seu colega Sinclair, vinham se aproximando de sua cidade na nave de uso comum. Estavam voltando do trabalho na inspeção das agriculturas que forneciam alimentos para uma grande área do continente americano. Eduardus reduziu bastante a velocidade do veículo aéreo e o velocímetro marcava agora somente 1.200 quilômetros por hora, e baixou a altitude para 1.000 metros. Vinham apreciando a paisagem. que era bela. Os campos, lá embaixo, eram um modelo de agricultura e como os dois conheciam de sobejo seus trabalhos, iam enumerando os diferentes tipos de produtos plantados.

Na aproximação do centro urbano, o trânsito aéreo começou a aumentar e Eduardus ligou o piloto automático computadorizado. Nesse momento, passou rápido à direita, a uns 500 metros, um enorme veículo de passageiros, em forma de charuto, com pequenas asas. Esse tipo de nave, que liga os continentes, transporta até 200 pessoas a uma velocidade de até 20.000 quilômetros por hora, dando a volta no Globo em poucas horas.

O assunto da conversa entre os colegas, após apreciarem a passagem da nave, mudou para veículos aéreos, pois eram dois apaixonados pela evolução dos transportes.

— O irmão já viajou nessa nave alguma vez? — perguntou Eduardus.

— Já, duas vezes — respondeu Sinclair. — Uma para o continente Asiático e outra para a Antártida. E você?

— Não, nesta ainda não viajei, só em outras.

— Essa é formidável; o conforto que oferece é a última palavra, internamente é toda revestida com material de um colorido suave. As poltronas são amplas e se transformam em verdadeiras camas. Se a gente quiser, ao lado de cada poltrona tem um dispositivo com alguns botões com indicadores para os diversos usos. Você aperta um, sai uma pequena geladeira, com diversos tipos de sucos e deliciosos sanduíches. Aperta outro e aparece uma pequena biblioteca com bons livros. Novo contato, aparecem fones para se ouvir música suave, outro botão e surge o minirrádio tridimensional, que se coloca com óculos e fica-se ouvindo e acompanhando, em cores, o noticiário transmitido pela estação central do Pólo.

Os corredores na nave são bem amplos, para quem quiser circular, e com amplas janelas. Na frente existe uma separação transparente, é a cabine de comando, onde se pode ver o trabalho da tripulação. Como todas as nossas naves, esta também é silenciosa e sem vibração, mesmo em tempestades.

– Vejo que esta supera as outras em uso – respondeu Eduardus. – Por isso vem aumentando o número destas naves. Acredito que em breve as outras deixarão de circular, apesar de serem boas também.

– Acho que as outras vão ser usadas só para trajetos curtos – observou Sinclair.

– Mas, apesar de tudo, eu gosto bastante da nossa nave de trabalho. Ela oferece bom conforto e é completamente segura e de fácil manejo; com combustível não temos problemas, pois a reserva atômica é muito grande; é quase silenciosa, como todos os veículos; não temos preocupação com colisões, devido ao piloto automático, que nos desvia automaticamente de qualquer obstáculo; e chega a desenvolver até 10.000 quilômetros por hora, nos levando rapidamente aos nossos destinos. Por tudo isso, eu gosto dela – disse Eduardus, dando um tapinha carinhoso no volante da nave.

– Eu também concordo com o irmão – respondeu Sinclair. – A propósito, sabemos que há centenas de anos o transporte no mundo era o caos. Naquele tempo, as naves tinham grandes asas, faziam um barulho ensurdecedor, por causa dos motores, e usavam outro tipo de combustível, não possuíam os aparelhos de segurança que hoje temos e provocavam graves acidentes. Eram usados também como arma de guerra, provocavam grande devastação e dor.

– Felizmente, com a graça de Deus, com a nossa evolução guerras não existem mais.

Já estavam se aproximando do aeroporto, a velocidade foi reduzida ao mínimo e agora o trânsito aéreo era intenso. A nave se desviava suavemente de outras que vinham em sentido contrário, chegando em cima do aeroporto, um local enorme onde aterrissavam e decolavam inúmeras naves ao mesmo tempo, mas em perfeita ordem. Eduardus acionou o controle de aterrissagem, após receber autorização da torre de controle. A nave parou no ar, numa altura de 500 metros e veio descendo suavemente na vertical, até tocar o solo, no local designado para naves de seu tipo. Daí rolou suavemente para o hangar de estacionamento, um grande armazém, onde se achavam dezenas de pequenas naves. Eles desceram e ficaram olhando, por um momento, a sua nave.

– É bonitinha – disse Sinclair.

A pequena nave, com seu formato alongado, parecia uma caneta inclinada com pequenas asas, revestida de material prateado. Via-se pintado com tinta fluorescente vermelha seu número de série e identificação.

Os dois colegas se encaminharam para reportar o trabalho diário.

Rumo à Lua

A nave achava-se já na sua plataforma de lançamento, aguardando a tripulação e os passageiros.

Na estação de embarque, o movimento normal demonstrava que a operação era de rotina.

Todos os dias saía desta plataforma uma nave com destino à Lua, com capacidade para 64 passageiros. Ao todo eram cinco naves diárias, em viagem de ida e volta, saindo uma de cada continente.

Diversas naves também fazem viagens levando suprimentos e trazendo matéria-prima e trabalhadores.

No departamento de controle de embarque, os passageiros apresentavam suas autorizações de viagem.

Luiz e Sandra, com seus filhos Beniton, de oito anos, e Nina, de seis, estavam fazendo a viagem de recreio, como prêmio por mais um ano de bom trabalho, ele na indústria eletrônica, ela na manufatureira. Os quatro estavam alegres, porque fariam a viagem pela primeira vez.

Notava-se uma alegria geral entre os passageiros, pois para a maioria era também novidade.

Os passageiros foram chamados para o embarque, dirigindo-se com calma e ordem para o veículo, que os levaria até a nave, distante uns 500 metros da estação de embarque. Chegando ao lado da nave, entraram todos num grande elevador que os transportou para cima, a 90 metros do solo, e entraram por um corredor.

Luiz e Sandra, dando as mãos para os filhos, também ingressaram. Os quatro olharam com o maior assombro a nave por dentro.

O recinto interno era todo revestido de um material colorido e acolchoado, para absorver todo barulho do lançamento, o que dava um belo efeito. As poltronas, com o formato de concha, eram amplas e feitas de um material supermacio e estavam dispostas em pares. A nave, no recinto reservado aos passageiros, era construída em dois andares, com 32 poltronas e duas toaletes para cada andar. Descia-se, para cada um tomar o seu lugar, por ampla escada em caracol, que ligava os dois andares.

Luiz, a esposa e filhos procuraram suas poltronas e se acomodaram. Uma agradável voz feminina, provinda de um alto-falante interno, dava as instruções sobre como todos tinham de colocar os cintos de segurança e advertia que o empuxo do lançamento era forte. Por isso, todos tinham de estar bem presos às suas poltronas.

Luiz ajustou bem os cintos em seus filhos, conferiu o de Sandra, em seguida colocou o seu, tendo todos os outros passageiros adotado o mesmo procedimento.

Uma gentil comissária, ainda moça, percorreu toda a nave, observando e conferindo se todos estavam bem acomodados. Passados alguns instantes, ouviu-se a voz do comandante da nave, cumprimentando e se apresentando a todos a bordo, desejando uma feliz viagem. Informou que a viagem levaria seis horas e quinze minutos e todos deveriam, de preferência, ficar em seus lugares, só se levantando para as necessidades normais, pois apesar de a lei de gravidade estar dominada no recinto interno da nave, as pessoas que não estavam acostumadas estranhariam ao caminhar. Informou também que as crianças seriam acompanhadas pelas comissárias quando tivessem de ir ao toalete. Avisou, em seguida, que só relaxassem o cinto de segurança quando recebessem aviso. Agradeceu a atenção e comunicou que, em seguida, seria feito o lançamento.

Daí a alguns instantes foi sentido por todos um forte empuxo e afundaram nas poltronas. Essa sensação durou apenas alguns minutos e logo em seguida a pressão contra a poltrona foi sendo aliviada.

Passados uns quinze minutos, a voz do comandante se fez ouvir, comunicando que já podiam se livrar do cinto.

Em seguida, ao lado de cada par de poltronas, abriu-se automaticamente uma escotilha, deixando ver o lado de fora. Todos ficaram maravilhados com o espetáculo. Luiz, Sandra e os filhos não tiravam os olhos da janela.

– Papai – disse Beniton – olha a Terra, parece uma grande bola colorida.

– Sim, filho. Estamos vendo apenas uma parte dela, onde se vê o contorno do continente americano do lado leste e a costa da África. Veja, as nuvens escondem boa parte da Terra, nós partimos há pouco daquele ponto do continente... – apontou, para o filho se orientar, onde se achava, mais ou menos, a base de lançamento, na junção do continente americano, entre norte e sul.

Com a grande velocidade da nave, agora já se via uma parte maior da Terra, mas não se podia distinguir bem os locais, por causa das nuvens que encobriam a Terra, e parte estava na escuridão da noite, mas notava-se o clarão das grandes cidades.

Na direção do céu, era outro quadro deslumbrante. Num fundo negro, milhões de estrelas eram vistas, dando uma pálida idéia da beleza e grandeza do Universo.

– Papai, também se viaja para as estrelas? – indagou a pequena Nina.

– Não, filha, estão a uma distância muito grande da Terra, e a viagem demoraria muito tempo. Além disso, não temos condições para essa viagem. Em casos muito especiais, chega-se até Marte e Vênus.

O pai continuou explicando para os filhos até onde a tecnologia estava adiantada na área espacial.

A viagem prosseguia e agora não era mais visível a Terra, somente um número incontável de estrelas.

Foi servida uma refeição simples, mas nutritiva.

A iluminação interna estava reduzida para aqueles que quisessem dormir. Para aqueles que queriam ler, havia luz individual. Defronte às poltronas podia ser ligado um telerrádio tridimensional para ouvir música, usando-se o fone de ouvido, que também transmitia o noticiário diretamente da estação central do Pólo Sul.

A viagem corria normalmente, igual a milhares que já haviam sido feitas, ligando a Terra à Lua.

Na Lua havia uma cidade construída há mais de cem anos, com uma população flutuante de cerca de 10.000 pessoas. Dela se extraem ricos minérios, para diversos fins na Terra. Possui também o melhor observatório astronômico, devido a localização da Lua.

A nave aproximava-se do destino, e agora já era vista a Lua, bem próxima. A paisagem já era conhecida de todos, até de crianças.

Neste momento ouviu-se a voz do comandante que informava estar a viagem a 15 minutos de seu término, e solicitava que todos colocassem os cintos novamente.

As janelas se fecharam e todos ficaram aguardando o pouso.

Depois de uma leve vibração, que provinha dos motores de pouso, tudo silenciou. A voz da comissária anunciou que tinham chegado, agradeceu e desejou a todos uma feliz permanência na Lua. Todos se encaminharam para a saída.

Ligada a porta da nave, havia um longo túnel bem iluminado, com um tapete rolante, que transportava os passageiros e as bagagens para a estação de desembarque.

Quando Luiz e a família chegaram no recinto, foram surpreendidos, assim como a maioria dos outros passageiros, com um mundo diferente daquele que estavam acostumados a ver na Terra. Achavam-se num grande salão todo iluminado, com um teto transparente, onde se via o céu coberto de estrelas.

Os passageiros em viagem de recreio foram recebidos por gentis recepcionistas, que após as apresentações se puseram à disposição de todos, e enquanto durasse o passeio forneceriam todas as informações solicitadas e tomariam todas as providências.

A caravana de cerca de 30 pessoas foi convidada a se dirigir aos alojamentos, para se instalarem.

O transporte dentro da cidade é feito por passadeiras rolantes, que se ramificam para todas as direções.

Luiz, Sandra e os filhos iam desfrutar uma semana de merecido turismo na cidade lunar.

COMENTÁRIO

Neste trabalho de ficção, o autor tentou mostrar, na sua modesta e falha opinião, uma idéia de como poderiam ser, eventualmente, aspectos da vida do século XXVI. O progresso é inconteste, pois é o destino de todos os Mundos habitados.

Deus criou o Universo e Seus filhos para um fim feliz, mesmo sendo pelo caminho do sofrimento. Não importa o tempo que necessitar, pois ele é eterno.

O homem em espírito eterno faz o seu progresso lentamente, pelo seu próprio esforço e vontade, por muitas vidas e em diversos Mundos. Mas o destino é sempre a perfeição, sendo ele filho de Deus.

A terceira e a quarta partes do livro e no comentário, o conceito é exclusivo do autor como livre-pensador, mas este **não** se julga, em absoluto, como tendo o conhecimento da verdade.

Agradeço ao leitor pela gentileza e paciência em ler este livro, que é polêmico e excêntrico.

O Autor

Roberto Protti nasceu na cidade de São Paulo, em agosto de 1923. Dos seus oitenta anos, guarda muitas recordações preciosas, como a infância no bairro tumultuado e alegre, os tempos de grupo escolar e do ginásio, e sua atividade como executivo de vendas, o que o ajudou a aguçar seu senso de observação.

As reflexões que o acompanharam nessa longa caminhada e o hábito de ler bons livros despertaram seu interesse em escrever. Por duas vezes participou do concurso *Talentos da Maturidade*, promovido pelo Banco Real. Convidado a participar de todas as edições seguintes do concurso, declinou do convite por estar empenhado na composição da presente obra. *O embrulho inédito* é seu primeiro livro. Inédito, portanto, na autoria e não apenas no conteúdo, com grande chance de agradar ao leitor.

Contato com o autor: celsoprotti@uol.com.br